SCIENCE-FICTION

Collection dirigée par Bénédicte Lombardo

NANCY KRESS

LES FAUCHEURS

Traduit de l'américain
par Monique Lebailly et Florence Dolisi

POCKET

Titre original :
PROBABILITY SPACE

ISBN : 2-266-13821-9

A Jamie

J'aimerais remercier à la fois mon éditeur chez Tor, Jim Minz, et mon mari, Charles Sheffield, pour les nombreuses suggestions fort utiles qu'ils m'ont faites en relisant ce manuscrit.

« Ciel cache à tous sa Destinée,
Le présent donne tout fors la page dictée. »

Alexander Pope, *Essai sur l'homme*[1]

1. *An Essay on Man*, 1re Epître, vers 77 et 78. Traduit par Michèle Pinson, Ed. Ressouvenances, 1995. *(N.d.T.)*

PROLOGUE

MARS

Juillet 2168

Bellington Wace Arnold, président de l'Arnold Interplanetary, Inc., arriva tard à son somptueux bureau. Par-delà la fenêtre du dernier étage et le dôme piézoélectrique de Lowell City, le soleil était déjà haut sur l'horizon de Mars. Aujourd'hui, il n'y avait pas beaucoup de poussière. Le ciel n'était que faiblement rose, et Arnold pouvait voir jusqu'au spatioport et sa vilaine pagaille.

« Système en marche. Messages.

— Oui, monsieur Arnold. Cinq messages. » Cela signifiait cinq transmissions « rien que pour vos oreilles » ; l'équipe d'Arnold devrait s'occuper de tout le reste. L'écran mural s'alluma. Tout en écoutant, Arnold s'installa à son bureau et parcourut les listings que sa secrétaire avait estimés assez importants pour qu'il les lise attentivement. Le fauteuil, suffisamment large pour accueillir son impressionnante corpulence, était en cuir importé de la Terre, provenant de veaux génétiquement modifiés afin de produire des peaux gris-bleu, sa couleur favorite.

Les quatre premiers messages ne nécessitaient pas la totalité de son attention, même si deux d'entre eux impliquaient des transactions d'un milliard de crédits. On se faisait pas mal d'argent en temps de guerre, si l'on savait comment s'y prendre. Plus le conflit avec les Faucheurs durerait, mieux se porterait l'Arnold Interplanetary.

La cinquième transmission lui fit lever les yeux. Il n'y avait rien à voir ; le message était uniquement vocal.

« Enregistrement du cockpit, numéro d'enregistrement de l'appareil personnel 14387, date de la transmission 3 juillet 2168. » Hier.

Puis la voix du fils d'Arnold, Laslo Damroscher : « *Ça d'vrait pas êt' là.* »

Lentement, sans raison, Arnold se leva de son coûteux fauteuil. Tout son corps grand et fort se tendit.

Laslo avait reçu l'appareil en cadeau pour son dix-huitième anniversaire. Arnold savait qu'il n'aimait pas son fils. Il était difficile d'aimer Laslo, un faible pleurnichard qui se laissait facilement mener par le bout du nez. Etrange progéniture pour un Bellington Wace Arnold, mais il ne l'avait pas fait tout seul. Pour ça il faut toujours être deux.

Arnold avait d'autres fils légitimes, plus intéressants. Pourtant, il donnait tout ce qu'il fallait à Laslo, même si l'idée que ce garçon pouvait avoir besoin d'argent était risible. Il était l'unique héritier de sa mère.

Il lui semblait utile de savoir où Laslo se rendait avec son avion, et ce qu'il faisait en route. C'était le moyen d'éviter tout danger, ou embarras, ou procès. A cette fin, l'appareil avait été équipé, en cachette, d'un enregistreur-émetteur automatique en continu. Un programme intelligent signalait et transmettait seulement les enregistrements qui répondaient à certains paramètres.

Aucun de ceux-ci ne se rapportait à quelque chose de bon.

« *Ça d'vrait pas êt' là.* » La voix de Laslo, très ivre.

« *Qu'est-ce qui ne devrait pas être là ?* » Un autre jeune homme, l'air un peu moins ivre. « *C'est juste un astéroïde.*

— *I' n'est pas censé êt' là. Passe-moi un aut' verre.*

— *Il n'y en a plus. Tu as bu le dernier, espèce de porc.*

— *Plus d'champagne ? Autant rentrer à la maison.*

— *Juste un astéroïde. Non… deux astéroïdes.*

— *Deux !* » s'exclama Laslo avec une jubilation qui ne rimait à rien.

« *D'où viennent-ils ? Ils ne sont pas censés être là. Pas d'après l'ordinateur.*

— *C'est le problème de personne. La gravité. Fout la pagaille. Jupiter.*

— *Tirons-leur dessus !*

— *Ouais !* » cria Laslo, et il hoqueta.

« *Quelle sorte d'armes tu as sur ce truc ? Pas de canon, probablement. Un putain d'avion pour le plaisir d'un gosse de riche.*

— *Y en a… j'y ai fait met' des canons. Papa l'sait pas. C'est illégal.*

— *Tu es un sacré atout, Laslo.*

— *Putain, c'est vrai. Maman l'sait pas non plus. Les canons.*

— *Tu en es sûr ? Il n'y a pas beaucoup de choses que ta célébrité de mère ne sait pas. Ou ne fait pas. Bon dieu, ce corps qu'elle a, je l'ai vue dans un vieux…*

— *Ta gueule, Conner*, dit Laslo avec violence. *Ordinateur, active… peux plus me rappeler le mot…*

— *Activation des armes. Bon dieu, Laslo. C'est* TOI *qui dois le dire. C'est réglé sur ta voix.*

— *Activation des armes !*

— *Hé, un message qui vient de l'astéroïde ! Y a des gens ! Peut-être qu'il y a des filles.* »

« *Vous approchez d'une zone strictement interdite,* dit une voix enregistrée. *Quittez immédiatement cette zone.* »

« *Ils ne veulent pas de nous*, dit Conner. *Tire-lui dessus !*

— *Attends... peut-être que...* »

« *Vous approchez d'une zone interdite. Quittez immédiatement cette zone.* »

« *Putain de serpents*, dit Conner. *Descends-les !*

— *Je...*

— *Putain de trouillard !* »

« *CECI EST NOTRE DERNIER AVERTISSEMENT ! VOUS AVEZ ENVAHI UNE ZONE STRICTEMENT INTERDITE ET TRÈS DANGEREUSE ; PARTEZ IMMÉDIATEMENT OU NOUS FAISONS FEU SUR VOTRE APPAREIL !* »

Alors, une quatrième voix, parlant rapidement, dit : « *Appareil inconnu... SOS... Au secours ! Je suis retenu prisonnier ici — c'est Thomas Capelo —* »

Une plainte stridente, très brève.

« Fin de l'enregistrement signalé, dit le système d'Arnold. Transmission complète. »

Arnold resta debout au milieu de son bureau silencieux. Il essayait de penser d'une manière factuelle, méthodique, sans hâte.

L'impulsion électromagnétique portant la dernière conversation à bord de l'avion avait dû voyager à la vitesse de la lumière vers le satellite enregistreur de données en orbite lointaine, et Mars en avait des milliers. Là, l'information avait été cryptée et relayée vers Mars par des satellites plus proches. Elle ne lui avait fallu que quelques minutes pour arriver la nuit dernière, pendant qu'Arnold dormait. La transmission avait dû voyager devant l'onde choc. La brève plainte qu'il avait entendue à la fin devait être un vaporisateur de protons.

Laslo Damroscher était mort.

Arnold ne pouvait pas blâmer celui, quel qu'il fut, qui avait abattu Laslo. Ce dernier s'était trouvé où il n'aurait pas dû être, on l'avait suffisamment averti, il était assez âgé pour comprendre cet avertissement, et l'avait bravé. Laslo, « Conner », et ce garçon à bord de l'autre appareil, ce « Thomas » jouant à la guerre alors qu'il y avait une vraie guerre, prétendant être quelqu'un de célèbre afin de hausser son pitoyable ego... irresponsables. Les trois garçons. Une entreprise ou un gouvernement avait le droit de protéger son bien. Simple réalité. Il était plus que probable que la zone interdite disposait d'un armement contrôlé par le gouvernement, et dans ce cas, la mort de Laslo ne méritait même pas un procès. Pas en temps de guerre.

Le comportement irresponsable qui avait tué Laslo ne venait pas des gènes d'Arnold. Celui-ci n'avait commis qu'une seule erreur dans toute sa vie, et cette erreur avait produit Laslo. De quelque façon que l'on interprète la mort de Laslo, ce n'était pas de la faute de Bellington Wace Arnold. La responsabilité pesait sur quelqu'un d'autre.

Mais...

A sa grande surprise, Arnold s'aperçut qu'il n'arrivait pas à garder son objectivité. Soudain, des souvenirs l'envahirent : la naissance de Laslo, le beau bébé dans les bras de sa mère surnaturellement belle. Laslo faisant ses premiers pas dans ce même bureau, en tendant ses petits bras pour qu'on le prenne. Laslo conduisant une petite voiture rouge, riant et riant. Laslo tapant fièrement son nom sur le clavier pour la première fois, bien que ce ne fût pas le sien, LASLO D. ARNOLD...

Des larmes inattendues brûlèrent les yeux d'Arnold.

Il retomba, effondré, dans son fauteuil. Après tout, il avait aimé son fils disparu. Mais jamais autant que la mère qui avait dorloté Laslo, l'avait gâté, et causé sa perte.

A la pensée de Magdalena, les larmes d'Arnold se tarirent. Il allait falloir l'appeler, lui dire. Lui envoyer l'enregistrement. Pendant des années, Arnold avait évité tout contact avec cette garce. Mais ce ne serait qu'un bref contact ; un message préenregistré. Sa réaction à la mort de Laslo allait sans doute être violente, irrationnelle, pleine de désir de vengeance. Dangereuse.

Il pouvait du moins se passer de la voir.

CHAPITRE I

CAMBRIDGE, MASSACHUSETTS, FÉDÉRATION DE L'ATLANTIQUE UNIE, TERRE

Trois mois plus tôt

Parfois, Amanda Capelo avait l'impression que, de toutes ses amies de la Sauler Academy, c'était elle qui avait la meilleure vie. Son père les aimait, sa sœur et elle, bien plus que les pères de ses compagnes n'aimaient leurs filles. Tout le monde le constatait. En outre, son père était célèbre. Et Carol, sa belle-mère, était une femme bien — elle aurait pu tomber sur quelqu'un d'épouvantable, comme la pauvre Thekla Carter lors du remariage de son père. Mais Carol était formidable. De plus, Amanda avait de bonnes notes, ses amies étaient les meilleures filles du monde, et même à quatorze ans, elle savait qu'elle était mignonne et serait sans doute belle un jour. Elle irait à l'université et deviendrait une scientifique, comme son père, mais pas une physicienne car elle n'était pas douée en maths. Biologiste, peut-être. En attendant, elle habitait une belle maison, portait de bons vêtements et partait tous les ans en vacances sur Mars, chez sa tante Kristen et son oncle Martin. Une bonne position dans le continuum espace-temps, disait Papa, et Amanda était d'accord.

D'autres fois, il lui semblait que, depuis la mort de sa mère, elle n'avait cessé d'avoir peur. Peur que la guerre avec les Faucheurs ne survienne dans le système solaire. Peur que quelque chose arrive à Papa, ou à Sudie, ou à sa tante et son oncle. Peur que Papa perde son argent et qu'ils soient obligés de vivre dans les horribles quartiers des cités qu'elle voyait à la télé. Mais Amanda découvrit qu'elle n'avait pas vraiment connu la peur avant le soir où des hommes vinrent enlever son père. Pas du tout, même.

La soirée avait mal commencé à cause d'une dispute avec son père. Avant ses treize ans, ils ne s'étaient jamais bagarrés, mais depuis un an et demi, cela n'arrêtait pas. Elle l'aimait plus que toute personne au monde, mais pourquoi ne cessait-il pas de boguer son programme ? Les autres pères ne se comportaient pas comme lui. Celui de Thekla la laissait aller seule voir des holos, celui de Juliana la laissait en chute libre, et celui de Yaeko parlait avec elle de tout ce qu'elle désirait. Il y avait tant de choses dont Tom Capelo ne voulait pas parler.

Amanda réfléchissait à tout cela en se glissant dans la chambre de son père. Elle n'aurait pas dû y aller. Mais il était en bas, dans son bureau, en train de faire de la physique, et dans ce cas, il oubliait tout le reste. Y compris elle, pensa Amanda soudain pleine de ressentiment. Non, ce n'était pas vrai. Son père l'aimait tendrement. Mais soit il la réprimait, soit il l'ignorait. Pourquoi ne pouvait-il simplement se conduire d'une manière *normale* ?

Elle referma la porte sans faire de bruit et se

contenta, tout aussi silencieusement, de tirer la boîte de sous le lit de son père. Elle était en plastique opaque très solide, conçu pour être conservé longtemps dans de mauvaises conditions, et faisait un mètre carré sur quinze centimètres de haut. Elle avait une serrure-e dont Amanda avait dû trouver le code. Cela n'avait pas été difficile ; c'était le jour anniversaire de sa mère. On pourrait penser qu'un mathématicien universellement connu aurait plus d'imagination que cela.

Mais peut-être que non.

La gorge d'Amanda se serra, comme chaque fois qu'elle ouvrait la boîte. Repoussant sur le côté plusieurs cubes de données et deux boîtes plus petites, elle sortit la robe. Son cœur se mit à battre au ralenti. Cette fois, elle n'allait pas se contenter de la regarder. Elle allait l'enfiler.

Sur Coronus, les robes de mariées étaient jaunes, la couleur du soleil. Son père lui avait dit cela des années auparavant, la seule fois où il lui avait montré la robe. Amanda supposait qu'il avait été ivre, chose fort inhabituelle chez lui. Plus tard, elle comprit que cela s'était passé le jour anniversaire de la mort de sa mère. Il n'avait plus jamais parlé de ce qui lui restait d'elle. Pourtant, il avait gardé ces choses-là, même après avoir épousé Carol.

Repoussant la boîte sous le lit, Amanda ôta ses chaussures, sa tunique et son short. Elle enfila la robe et se regarda dans le miroir en pied de sa belle-mère.

L'année dernière, son corps s'était transformé d'une manière qui la surprenait toujours, bien qu'en secret, elle s'en réjouisse. Yaeko n'avait toujours presque pas de seins, et la taille de Thekla s'épaississait. Mais Amanda aurait bien voulu avoir les yeux de Thekkie. Cependant, elle était jolie dans cette robe et, grâce à sa haute taille, faisait plus vieille que son âge. Le tissu jaune, qui collait à son buste, s'évasait en une jupe tourbillonnante qui lui allait tout à fait. Karen Capelo était petite, comme son mari et sa plus jeune fille, Sudie. Amanda tenait de sa tante Kristen. Cependant, avec sa longue et lisse chevelure blonde et ses yeux gris, elle ressemblait aussi pas mal à Maman. Amanda se rappelait bien de sa mère, ce qui n'était pas le cas de Sudie. Elle avait presque huit ans lorsque Karen Capelo avait été tuée lors d'un raid ennemi sur une paisible planète.

Etait-elle plus jolie que sa mère ? Non, pas vraiment. Le visage de sa mère était vraiment beau. Le nez d'Amanda était trop long, son front un peu plissé, et son menton avait une drôle de forme… Si seulement ses parents n'avaient pas été si réfractaires aux modifications génétiques ! Personne ne l'était autant qu'eux. Thekla possédait des yeux bleu-vert sensationnels dont la couleur et la grandeur avaient été génémod, et…

Son père était en train de monter l'escalier !

Le ventre d'Amanda se contracta. Elle n'aurait même pas dû se trouver à la maison, mais à la piscine ; elle avait préféré prendre le car et rentrer seule, ce qui lui était interdit. Elle comptait éviter son père jusqu'à l'heure où le garde du corps de Yaeko devait la déposer chez elle, et faire alors semblant d'arriver. Son père serait furieux. Rapidement, d'un coup de pied elle lança ses vêtements sous le lit, ouvrit la porte de la penderie et se glissa à l'intérieur. Elle n'osa pas refermer complètement la porte à cause du bruit que cela ferait, car son père entrait déjà dans la chambre, et elle la laissa entrouverte au minimum.

Ce n'était pas son père. Durant une seconde, Amanda crut qu'il s'agissait de Dieter Gruber ; un homme immense, blond et génémod. Mais, plus de deux ans auparavant, Dieter était resté sur Monde, à l'autre bout de la Galaxie, et n'importe comment il était bruyant et marchait à pas pesants. Celui-là se déplaçait aussi silencieusement qu'un chat.

Il fit le tour de la pièce des yeux, puis referma la porte et redescendit.

Amanda ferma les yeux de toutes ses forces. Qui était-ce ? Qu'est-ce qui se passait ? Que devait-elle faire ?

Elle ouvrit doucement la porte de la penderie, sortit et souleva un coin du rideau de la fenêtre. Un autre homme se tenait debout à côté d'une voiture. La rue, derrière les arbres dénudés, était sombre et silencieuse, raison pour laquelle son père avait choisi ce tranquille faubourg à cinq kilomètres de Cambridge. « Je pouvais travailler avec les crétins d'Harvard, avait-il dit, mais j'aurais été obligé de vivre avec eux. »

Son père sortit de la maison avec un troisième homme. Aux yeux d'Amanda, il ne marchait pas comme d'habitude. Trop calme, trop silencieux, sans gesticuler. Il ne marchait jamais comme cela. Elle le regarda monter dans la voiture avec les deux hommes, puis celui qu'elle avait vu sortit de la maison et monta aussi. La voiture s'en alla.

Il se rendait peut-être à une réunion à l'université. Peut-être que son père avait laissé un petit mot. Amanda dégringola l'escalier. Mais avant même d'atteindre la table de la cuisine, où il laissait toujours ses petits mots, elle comprit que ce n'était pas une réunion professionnelle. Ce grand type blond avait monté l'escalier, dans sa maison, et son père marchait comme quelqu'un à qui l'on avait fait quelque chose. Une drogue, peut-être.

Elle devrait appeler la police.

« Des bafouilleurs incompétents bêtes comme des oies, soixante-dix pour cent d'entre eux, disait son père en parlant des flics, et les trente pour cent restants sont de mèche avec les criminels. » Alors si elle appelait la police et tombait sur l'un d'eux, de mèche avec ceux qui venaient d'enlever son père ? Ou même sur l'un des imbéciles, qui ne saurait pas quoi faire ? Son père dirait que quinze pour cent était une faible probabilité de succès.

Amanda resta immobile. « Réfléchis, lui disait toujours son père. Raisonne. C'est pour cela que tu as un cerveau. » D'accord, elle allait décider quoi faire en raisonnant.

Elle ne pouvait pas appeler la police. Ils étaient peut-être impliqués dans cette affaire. Même à l'école, certaines filles disaient, en chuchotant, que le gouvernement se délitait, et qu'un oncle ou un cousin avait disparu. Bien sûr, il s'agissait du puissant gouvernement de Mars, pas de celui, minable, de la Terre. Sur Mars, tout ce qui touchait à la guerre était pire que sur Terre. Mais même ainsi... on ne pouvait pas faire confiance aux gens du gouvernement. A qui se fier ?

Tante Kristen, bien sûr, à Lowell City. Mais si elle contactait Mars, les hommes qui avaient pris son père le sauraient. On pouvait retrouver les appels, surtout ceux envoyés à la capitale, et même s'ils étaient cryptés, les traceurs pouvaient toujours dire si un appel avait eu lieu, même s'ils ne savaient pas ce qui avait été dit. Tout le monde savait cela, par les spectacles holos. La Maison avait dû, aussi, enregistrer tout ce qui s'était passé à la porte d'entrée et aux fenêtres du premier étage. Les méchants avaient certainement pénétré les défenses de leur domotique (Amanda elle-même pouvait le faire) et détruit les preuves de l'enlèvement. En le faisant, ils ont dû apprendre qu'Amanda était rentrée tôt. Alors, ils pouvaient revenir pour l'emmener, elle aussi.

Peut-être étaient-ils déjà en route !

Il fallait qu'elle parte, tout de suite. Mais elle ne pouvait pas aller chez la sœur de Carol, à laquelle celle-ci et

Sudie rendaient visite, parce que les méchants savaient sûrement où elles se trouvaient. Alors, ils auraient Amanda. Et il ne fallait surtout pas que cela arrive, parce qu'elle était la seule à avoir vu son père emmené. Elle était l'unique témoin. Elle devait trouver secours pour son père auprès de quelqu'un, une personne en qui elle avait totalement confiance, chez qui les méchants ne pouvaient la soupçonner de se rendre, et assez riche et puissante pour l'aider. Amanda savait cela, aussi, d'après les spectacles holos.

Marbet Grant. A Luna City.

Amanda poussa un énorme soupir et cria presque de soulagement. Marbet, c'était l'idéal. Personne ne penserait à chercher Amanda sur la Lune. Et Marbet était la personne la plus gentille, la plus intelligente, la meilleure, que connaissait Amanda. Elle avait espéré, en secret, que son père l'épouserait. Carol aussi était gentille, et peut-être était-elle mieux pour son père, parce que Marbet était une Sensitive et son père trop indépendant pour aimer une femme capable de deviner, avec une probabilité aussi élevée, ce qu'il pensait, et cela continuellement.

Maintenant que sa décision était prise, Amanda devint efficace. Elle se précipita dans sa chambre, enfila ses chaussures et fourra dans son sac de bal quelques vêtements propres et ses objets de toilette. Pendant tout ce temps, elle ne cessait de penser. Son père lui avait donné le code du coffre-fort. Elle le fit ouvrir par la Maison et en tira son passeport — mais si elle l'utilisait, ne pourrait-on pas suivre sa trace ? Elle le prit tout de même, ainsi que tout l'argent qui s'y trouvait. Puis elle ajouta le petit sac en plastique bleu qui contenait les pierres de la druse.

La géode. Cette grotte scintillante, sur la planète Monde, semblable à la caverne d'Aladin. Son père et

Dieter Gruber les y avaient emmenées, Sudie et elle, une fois seulement, quand son père poursuivait ses importantes découvertes en physique, sur Monde. Dieter les avait laissées prendre, sur le sol et les parois de la grotte, deux poignées de diamants et de pépites d'or. Sudie avait seulement envie de jouer avec, mais Amanda avait demandé comment les pierres précieuses étaient arrivées là. « Autrefois, c'était la caldera d'un volcan, avait expliqué Dieter. L'or contenu dans l'eau chauffée par le magma s'est déposé ici. » C'était il y a longtemps, semblait-il. Elle était si petite alors.

Amanda mit le sac de pierres dans sa poche, et elle s'aperçut, pour la première fois, qu'elle portait toujours la robe de sa mère. Bon, très bien. Cela la faisait paraître plus âgée. Attends… oui ! Rapidement, elle retourna dans la chambre de son père, s'empara d'une petite partie du maquillage de Carol, qu'elle fourra dans son sac de bal.

Elle éteignit le système de surveillance de la Maison et sortit par la porte de la cuisine. Elle disparut rapidement dans les sombres bois, derrière la maison. Elle et ses amies y jouaient tout le temps ; Amanda les connaissait bien. « Des bois manucurés, comme son père les appelait, des Trianons de banlieue avec une basse probabilité d'animaux sauvages. » Bon, et alors.

Les bois sentaient la terre printanière, renouvelée et fertile. Il faisait froid sous les arbres et Amanda frissonna tout en se hâtant, d'un pied sûr, sur les chemins éclairés par la lune. Elle avait oublié sa veste.

Un quart d'heure plus tard, elle émergea de l'autre côté, à plusieurs pâtés de maisons de chez elle. Elle marcha jusqu'au coin de la rue et sauta dans un train à suspension magnétique qui allait à Cambridge. Personne ne lui posa de question ; le véhicule était plein d'enfants à peine plus âgés qu'elle. (Et son père disait qu'elle était trop jeune pour prendre le train toute seule le soir !) Amanda s'assit dans le dernier siège libre, cala sur ses genoux le miroir de poche de Carol, et se maquilla avec une moue critique.

Maintenant, elle avait l'air bien plus âgée. Elle faisait peut-être même seize ans.

Et si les kidnappeurs avaient tué son père ?

Ils n'avaient pas envie de le tuer. Faible probabilité ! Il s'agissait d'un célèbre physicien, et c'était peut-être la seule raison qu'ils avaient de l'enlever, aussi voudraient-ils probablement le maintenir en vie afin qu'il fasse de la physique pour eux. Oui. Elle devait cesser de penser à ce qui pouvait lui arriver et se concentrer sur le moyen de lui venir en aide. « *Réfléchis. Raisonne. C'est pour cela que tu as un cerveau.* »

A la gare de Cambridge, elle étudia toutes les pancartes jusqu'à ce qu'elle arrive à comprendre comment faire pour acheter un billet et prendre le train qui la mènerait au spatioport de Walton ; elle devait traverser la moitié de l'Etat. Elle utilisa la billetterie automatique ; on ne pouvait pas suivre la trace de la monnaie. Il n'y avait pas d'enfants dans le train, mais personne ne lui fit d'ennuis. Elle s'assit bien droit sur son siège, en s'efforçant d'avoir l'air plus âgée, et de ne surtout pas montrer qu'elle était bouleversée parce que son père avait été enlevé, et qu'elle avait peur pour sa vie et la sienne, et que tout avait changé deux heures auparavant, quand elle avait voulu découvrir si elle était jolie dans la robe jaune de sa mère morte.

CHAPITRE II

SPATIOPORT DE WALTON, FÉDÉRATION ATLANTIQUE UNIE, TERRE

C'est au spatioport qu'Amanda rencontra son premier gros problème. Pour acheter un billet, elle devait montrer son passeport, et ceux qui avaient enlevé son père pouvaient sans doute obtenir la liste des passeports. Et puis, elle n'avait pas assez d'argent. Il fallait qu'elle vende un diamant, et comment faire cela ? Elle n'en avait aucune idée.

Amanda s'enferma dans une salle de bains publique. Elle sortit un diamant du sac en plastique bleu. Elle le mit dans son slip, entre ses cuisses ; là, il ne se verrait pas sous la robe jaune tourbillonnante. Puis elle s'avança, d'un pas aussi assuré qu'elle pouvait, vers un terminal d'information et mit son argent dans la fente.

« Cherche annonce acheteur de diamants privé le plus proche.

— Liaison effectuée, dit le terminal. L'annonceur privé le plus proche de vous qui achète des diamants est Trevinno Frères, Spatioport de Walton, Bâtiment T, cinquième niveau. »

Ici ! Quelle chance ! Mais c'était normal. Beaucoup de gens décidaient probablement de quitter rapidement la Terre et ne voulaient pas que l'on retrouve leur trace, aussi avaient-ils besoin de beaucoup d'argent liquide. Mais quel genre de personnes pouvaient être ces Trevinno ? Des trafiquants, bien sûr. Ils pourraient essayer de lui faire du mal. Oh, mon Dieu.

Mais quel choix avait-elle ?

Elle pouvait appeler Marbet, sur la Lune. Marbet pourrait s'arranger pour lui acheter un billet de là-bas. Elle utiliserait sans problème un téléphone public.

Non. Si Marbet lui achetait un billet sur la Lune, elle devrait donner les informations portées sur le passeport d'Amanda, qui seraient alors intégrées, jusqu'au prochain vol, dans la base de données des réservations. Les kidnappeurs pourraient obtenir ces données et savoir où elle était. Mais si Amanda achetait son billet ici, à la dernière minute, ils n'auraient pas le temps de l'arrêter avant qu'elle soit saine et sauve avec Marbet. Celle-ci saurait comment la protéger. Marbet était riche et célèbre et avait des amis puissants (haute probabilité). La chose importante, pour Amanda, c'était d'arriver chez elle.

Durant un bref instant, elle se demanda si Marbet était vraiment son meilleur choix. Beaucoup de personnes n'aimaient pas les Sensitives. Marbet travaillait beaucoup pour les négociations, les procès des criminels, les manœuvres dangereuses du gouvernement. Elle avait reçu des menaces de mort. Peut-être Amanda devrait-elle aller chez quelqu'un d'autre.

Il n'y avait personne d'autre.

Relevant le menton, Amanda dit au terminal : « Recherche. Prix d'un diamant, un diamant... », elle hésita, estima qu'il était gros, « ... pesant dix grammes.

— Le prix dépend de la limpidité, de la couleur, du diamant, de la façon dont il a été taillé.

— Environ.

— De dix mille à cent mille crédits. »

Tant que cela ! Elle avait ramené tellement de diamants de la géode… trop tard, elle se souvint que la moitié d'entre eux étaient censés appartenir à Sudie. Bon, elle les rapporterait à la maison.

« Direction à prendre pour se rendre d'ici au Bâtiment T.

— Prenez le couloir à votre gauche, montez dans la rame numéro seize, descendez au troisième arrêt.

— Merci », dit-elle, même si son père lui avait expliqué que c'était stupide de remercier des machines. Son père.

« Je vous en prie », répondit la machine, et Amanda se sentit bien mieux. Son père ne savait pas tout. Et c'était l'homme le plus intelligent du système solaire, ce qui signifiait que les kidnappeurs ne savaient pas tout non plus.

La rame était pleine de soldats qui sifflèrent et interpellèrent Amanda. Effrayée, elle la laissa passer et attendit la suivante. Celle-ci était vide, mais pas très propre. Le Bâtiment T non plus. Le cinquième niveau n'était pas, comme Amanda l'avait supposé, le cinquième étage, mais le cinquième sous-sol. Dans l'ascenseur, Amanda serra son sac plus fort. Trop tard, elle prit conscience que le nom de son école, SAULER ACADEMY, était inscrit dessus. Tout le monde pouvait le voir. Elle le retourna afin que le logo soit contre son corps. Son cœur se comportait d'une manière étrange, battant tantôt trop vite, tantôt lentement et douloureusement.

Une femme la regarda lorsqu'elle sortit de la cabine, une femme bizarre aux cheveux violets, le buste nu, et dont le nombril lançait des flashs de lumière. Choquée,

Amanda détourna les yeux. Elle ferait mieux de s'en aller. Ce n'était pas bien. La femme éclata soudain de rire, d'un rire qui lui sembla fou, effrayant. Elle ferait mieux de remonter.

Mais la femme partit et, au bout du couloir sale, Amanda vit une enseigne-e rougeoyer : TREVINNO FRÈRES. ACHÈTE ET VEND SANS POSER DE QUESTION, puis elle afficha : SANS QUESTION LES MEILLEURS.

Même moi, je peux dire que ce n'est pas ce qu'ils veulent vraiment dire, pensa Amanda, et cela lui donna du courage. Elle était assez intelligente pour cela. On allait lui acheter son diamant sans lui demander son passeport. Cela n'allait prendre qu'une minute, et puis elle reprendrait l'ascenseur, ensuite le train et reviendrait dans les parties normales du spatioport. Cela n'allait lui prendre qu'une minute.

La porte s'ouvrit devant elle. La boutique était petite et malpropre, les murs décolorés en plastique expansé mais Amanda se sentit soulagée. C'était une machine ! Il n'y avait personne, juste une machine à acheter les choses. Personne pour lui faire du mal.

Presque joyeusement, elle se planta devant les fentes et les plateaux de différentes tailles du terminal. « S'il vous plaît, j'aimerais vendre un diamant.

— Posez-le sur le plateau A. »

Amanda hésita. Et si cette machine avalait le diamant sans lui donner d'argent ? Mais dans ce cas, les Frères Trevinno ne pourraient pas continuer très longtemps à faire des affaires, n'est-ce pas ? En tout cas, elle n'avait pas le choix. Elle posa son diamant sur le plateau.

Il ne fut pas avalé, mais un couvercle transparent se posa dessus et la machine bourdonna doucement. Elle dit : « Offre : cinq mille crédits. »

C'était beaucoup moins que la somme proposée par le terminal du spatioport. Est-ce que cette machine savait qu'elle n'était qu'une enfant ? Peut-être était-ce une presque IA ? Mais son père lui avait dit qu'elles coûtaient excessivement cher.

Surprise par sa propre hardiesse, elle dit : « Je veux dix mille crédits. Un terminal a dit que mon diamant valait cela.

— Huit mille crédits.

— D'accord. » Cela suffisait pour acheter le billet à destination de la Lune. Et au moins, elle avait obtenu trois mille de plus.

Son diamant disparut du plateau. Une fente cracha une pile de billets.

Amanda s'en empara sans les compter (on pouvait se fier aux machines, probabilité élevée), se retourna et courut jusqu'à la porte. Fermée. La fenêtre était devenue opaque.

« Laissez-moi sortir ! Laissez-moi sortir !

— Pas encore », dit une voix d'homme, derrière elle. Amanda pivota sur ses talons. « Tiens, vous n'êtes qu'une petite fille. »

Elle était trop terrifiée pour répondre.

« Une petite putain, qui a soudain un énorme diamant non taillé. A qui l'avez-vous pris, chérie ? Est-il encore vivant pour le pleurer ? »

Amanda se mit à crier. C'était presque comme si les cris remplissaient l'air de poudre autant que de sons, parce que, lorsqu'elle essaya, plus tard, de se souvenir exactement de ce qui était arrivé, tout semblait s'être obscurci. Mais elle se rappelait des mains de l'homme sur elle, déchirant la robe jaune de sa mère, tripotant ses seins puis se glissant dans sa culotte. Alors, elle entendit le plastique se déchirer, le mur s'effondra, et une autre machine entra dans la pièce. L'homme la lâcha et se mit à hurler. Quelque chose ou quelqu'un la ramassa et elle lui donna de violents coups de poing. Un grand bruit impétueux résonna dans ses oreilles, semblable à une chute d'eau, puis plus rien.

« Buvez », dit quelqu'un et Amanda s'exécuta. Immédiatement une énergie imprégna tout son corps. Elle repoussa le verre, s'assit et jeta des regards éperdus autour d'elle. Une minuscule pièce miteuse, un lit et une chaise, une gravure au mur et…

« Tout va bien, dit l'homme debout à côté du lit. Vous êtes en sécurité. » Il était petit, maigrichon, et portait une barbiche hérissée. Vêtu d'une chemise et d'un jean noirs et sales, il avait le teint grisâtre de quelqu'un qui marche rarement au soleil.

« Qui… qui êtes-vous ?

— La question plus pertinente, c'est, vous, qui êtes-vous ? Amanda Susan Capelo, âge quatorze ans, citoyenne de la Fédération atlantique unie, fille du professeur Thomas Capelo et de feue Karen Olsen Capelo. »

Il détenait son passeport. Sans penser, elle fourra la main entre ses jambes et tâta pour voir si le sac en plastique bleu était toujours là, rougit terriblement, et détourna les yeux. Quelque chose d'horrible se tenait dans un coin. Elle poussa un cri étouffé. « Qu'est-ce que c'est que *ça* ?

— Mon assistant. Un robot très fort et très stupide qui est passé au travers du mur de cette boutique et vous a amenée ici. Ne le remerciez pas ; il n'a pas de récepteur auditif. Il fait seulement ce que je lui ordonne par l'intermédiaire d'un ordinateur portable. »

La chose de deux mètres de haut était un rectangle de métal pourvu de trois tentacules flexibles, faits avec des canons de fusil, et de trois tuyères de pulvérisation. Amanda le regarda avec désespoir. Des larmes brûlantes lui picotèrent les yeux, qu'elle cligna pour les refouler. Elle désirait follement, aveuglément, rentrer à la maison.

« Ne pleurez pas, dit l'homme sans aucune compassion, parce que…

— Je ne pleure jamais !

— … cela ne vous aidera pas. Si vous êtes assez grande pour traînasser dans un coin comme le Bâtiment T, vous l'êtes assez pour contrôler vos émotions.

— Je ne savais pas que ce serait comme cela !

— Bien sûr que non. Maintenant, dites-moi pourquoi vous étiez là.

— Dîtes-moi d'abord qui vous êtes !

— Vous pouvez m'appeler Père Emil. Je suis un prêtre catholique.

— Qu'est-ce que c'est ?

— Oh, mon Dieu, vous n'avez jamais entendu parler du catholicisme ? Pas même *entendu* ? »

Amanda fit signe que non. Elle gardait d'un cours d'histoire, celui qu'elle aimait le moins, le vague souvenir de ce mot, mais ne se rappelait pas des détails.

« Cessez d'avoir l'air renfrogné. Enfant, obéissez. Le catholicisme est une très ancienne religion et la seule véritable foi dans un monde qui a oublié toute foi. Je dirige la Mission de Sainte Thérèse la Petite Fleur. Je sauve les âmes perdues qui ont sombré dans le vol, l'ivrognerie, la drogue, ou la prostitution, ce qui est votre cas, ai-je pensé. Une prostituée mineure dépassée par les événements. »

Au moins, Amanda savait ce qu'était une prostituée. Comment osait-il l'appeler ainsi ! « Je ne suis pas une prostituée !

— Non, je le vois. Alors que faisiez-vous dans une minable boutique chaude ? »

Elle ne répondit pas, se contentant de lui jeter un regard noir.

« Allons, enfant, dit le père Emil de cette même voix sèche et dépourvue de toute sympathie, si vous ne me dites pas ce qui va mal, je ne pourrai pas vous aider. Qu'est-ce que la fille d'un physicien mondialement célèbre et belliciste acharné fabrique à vendre des biens volés ?

— Je n'ai rien volé ! Et mon père n'est pas belliciste !

— Bien sûr que si. Thomas Capelo, le physicien qui a donné au monde l'artefact extraterrestre qui a le pouvoir de détruire, non seulement tout un système solaire, mais encore le tissu même de l'espace. Et par ce moyen, qui fait monter en flèche la guerre avec les Faucheurs de la simple destruction de l'humanité à celle de l'univers qu'un Dieu miséricordieux a donné à l'humanité, afin que l'égotiste Stefanak puisse s'emparer du pouvoir. »

Amanda était désorientée. Personne de ceux qu'elle connaissait ne parlait comme cela. Le tableau, sur le mur, représentait un homme sur une croix en bois, qui saignait en proie à une horrible douleur. Elle répliqua, avec entêtement : « Mon père a seulement donné l'artefact au général Stefanak parce que les Faucheurs en avaient déjà un. Le général s'en sert pour protéger le système solaire. »

Le père Emil s'étrangla de rire. « Pas la peine de parler politique avec une enfant, surtout une enfant qui n'a pas la foi. Dites-moi seulement pourquoi vous vendiez des choses — volées ou non — aux frères Trevinno.

— J'ai besoin d'argent.

— Maintenant, nous allons quelque part. Non, enfant, ne détournez pas les yeux de la gravure, c'est notre cher Seigneur qui est mort pour vos péchés. Pourquoi avez-vous besoin d'argent ?

— Pourquoi devrais-je vous le dire ?

— Parce que j'ai remarqué une petite fille peinturlurée comme la Grande Putain de Babylone, et vous ai suivie pour m'assurer que vous ne risquiez rien. Parce que, plein du courroux de Dieu, j'ai pénétré de force dans la boutique des Frères Trevinno et vous ai sauvée d'une vie probablement courte et vraiment horrible, celle d'une esclave du commerce sexuel. Parce que je vous ai amenée ici, en sécurité, dans ma mission, et vous ai donné un remontant que je peux à peine m'offrir, car vous sembliez en état de choc. Voilà pourquoi. »

Amanda tira les huit mille crédits de sa poche et en jeta deux mille sur le lit de camp, à côté du père Emil. « Pour payer votre médicament !

— Visiblement, je vous en ai trop donné. La folie des grandeurs s'est emparée de vous. Mais merci, j'accepte cet argent dans un esprit d'humilité, pour la plus grande gloire de Dieu. » Il empocha les billets. « Maintenant, dites-moi pourquoi vous aviez besoin d'argent. »

Amanda étudia le père Emil. Il lui avait donné un médicament, disait-il, et peut-être celui-ci la rendait-il plus brave. Pas plus vive d'esprit cependant. Mais elle pouvait de nouveau réfléchir, et il l'avait vraiment sauvée de… cela, et il n'avait pas essayé de s'emparer de son argent. Peut-être pouvait-elle lui faire confiance. En outre, qu'allait-elle faire, sinon ? Le spatioport était un endroit bien plus effrayant qu'elle ne l'avait imaginé.

« Vous avez décidé de vous confier à moi, dit-il. C'est bien. Le secret de la confession est sacré. »

Amanda n'avait aucune idée de ce qu'il voulait dire. Il parlait un peu comme son père, dont les mots semblaient normaux, mais dont le sens était parfois drôlement tordu. « Une ironie pleine d'amertume », avait-elle entendu dire, une fois, à sa tante Kristen, mais Amanda ignorait ce qu'elle voulait dire par là, et n'avait pas posé de question. Son père était ce qu'il était. *Son père…*

« Ne recommencez pas à pleurer…

— Je vous ai dit que je ne pleurais jamais !

— … ou le Courroux de Dieu vous ramènera dans cette ignoble boutique. Maintenant, dites-moi pourquoi vous avez besoin d'argent.

— Il faut que j'aille à Luna City, répondit-elle d'un air boudeur.

— Sur la Lune. Pourquoi ?

— Pour retrouver quelqu'un qui pourra m'aider. Mon père a été enlevé. »

Le prêtre ouvrit de grands yeux. Amanda éprouva une méchante satisfaction. Pour la première fois, elle avait produit un effet sur lui. « Le professeur Capelo ? s'exclama-t-il. Enlevé ? Quand ?

— Il y a quelques heures.

— Par qui ? Le savez-vous ?

— Non. Seulement, je…

— Racontez-moi toute l'histoire, Amanda. Depuis le début. Ne laissez rien de côté, même si vous pensez que ce n'est pas important. »

Elle relata les événements avec un soulagement qu'elle ne voulait pas reconnaître. Un adulte était de nouveau en charge de l'affaire. Le père Emil l'écoutait attentivement. Lorsqu'elle eut terminé, il se leva et s'avança vers la gravure, sur le mur. Le dos tourné vers elle, il dit : « Qui alliez-vous voir sur la Lune.

— Marbet Grant.

— La Sensitive ? Pourquoi ?

— C'est une amie. Je pensais qu'elle pouvait m'aider à retrouver Papa parce qu'elle est riche et connaît beaucoup de gens dans tout le système solaire. »

Il demeura silencieux un long moment. Puis il se détourna de la gravure et se toucha le front, la poitrine, l'épaule gauche, la droite. Amanda se demanda s'il avait une maladie neurologique, comme la mère de Thekla, soumise à des tics incontrôlables.

« Amanda, dit-il en venant se rasseoir à côté d'elle, je vais vous aider. Vous savez déjà que vous ne pouvez pas montrer votre passeport pour une traversée légitime jusqu'à Luna City sans que cela n'entre dans la base de données du gouvernement. Si ce sont des gens du gouvernement qui ont emmené votre père…

— Vous pensez que c'est le cas ? »

Une étrange expression passa brièvement sur le visage du prêtre. Il refit son geste étrange et ferma les yeux. « Je pense que les voies de Dieu sont impénétrables quand Il veut nous révéler ses merveilles, et qu'Il met nos cœurs à l'épreuve d'une manière que nous ne pouvons pas comprendre.

— Qu'est-ce que cela signifie ? demanda Amanda avec impatience. Pensez-vous, oui ou non, que le gouvernement a enlevé Papa ?

— Une rationaliste qui a une vision limitée. La fille de votre père. Ainsi les péchés retombent sur les enfants. Oui, Amanda, je pense que le gouvernement a enlevé votre père. Je pense aussi qu'ils en accuseront le mouvement pacifiste.

— *Pourquoi* ? Pourquoi s'emparer de Papa ?

— Je n'en ai pas la moindre idée. Je ne suis ni politicien ni scientifique, Dieu soit loué. Votre père travaillait-il à quelque grand projet scientifique ?

— Mon père ne cesse de le faire. » Vraiment, le père Emil ne connaissait pas beaucoup les scientifiques.

« Oui. Bon. C'est peut-être ce qui a mis l'affaire en branle. Peut-être pas. Le Seigneur y pourvoira.

— Pourvoira à quoi ? » demanda Amanda, mais le père Emil s'était de nouveau détourné d'elle. Il alla s'agenouiller devant l'image de l'homme ensanglanté, et ses lèvres remuèrent en silence. Il y avait une telle angoisse sur son visage qu'Amanda en fut effrayée.

Peut-être y avait-il eu une religion appelée « catholique ». Elles étaient si nombreuses. Et toutes aussi stupides et irrationnelles, disait son père, ce qui avait encore diminué l'intérêt d'Amanda pendant les cours d'histoire. Mais elle savait néanmoins ce que faisait le père Emil. Il « priait », demandait l'aide de Dieu. L'aide pour quoi ?

Amanda examina la porte. Si elle tentait de partir, le Courroux de Dieu l'arrêterait-il ? L'énorme robot de métal avait l'air capable d'arrêter un tremblement de terre. Et si elle franchissait la porte, où se retrouverait-elle ? Etait-elle encore dans le spatioport de Walton ?

Avant qu'elle ait pu décider quoi faire, le père Emil se releva. « Amanda, je vais vous aider à aller sur la Lune. »

Elle aurait dû se sentir pleine de reconnaissance, mais quelque chose dans la voix de cet homme l'ennuyait. « Pourquoi ? demanda-t-elle avec circonspection.

— Parce que les voies du Seigneur sont impénétrables, mon enfant. En ce qui nous concerne tous deux. J'ai des amis, et ils possèdent des vaisseaux, ainsi vous n'aurez pas besoin de montrer votre passeport à la base de données du gouvernement. »

Quelque chose n'allait pas dans cette proposition. Amanda réfléchit et trouva quoi. « Mais… même si vous avez des vaisseaux, il faut qu'ils obtiennent le feu vert d'un spatioport et soient suivis par lui, et ça, c'est le gouvernement.

— Pas complètement. Ou, plutôt, il y a des employés du spatioport qui sont de notre côté, et qui entreront correctement les données des décollages et des atterrissages des vaisseaux, mais sans enregistrer qui est à bord et pour quelle raison. »

Amanda était stupéfaite. « Pourquoi font-ils cela ?

demanda-t-elle. Et qu'est-ce que cela veut dire "des employés qui sont de notre côté" ? Notre côté en quoi ?

— En politique. Tout le monde n'aime pas le général Stefanak, vous savez. »

Oui, bien sûr, elle savait *cela*. Tout le monde savait cela. Des tas de gens pensaient que le général Stefanak menait épouvantablement mal la guerre contre les Faucheurs. Les holos des infos étaient pleins de démonstrations et d'éditoriaux et autres trucs, tous barbant. Amanda perdait alors tout intérêt. La politique, qu'est-ce que cela pouvait faire ? Papa disait toujours : « La science surpasse la politique, et dure plus longtemps qu'elle. » L'essentiel, c'était d'aller trouver Marbet à Luna City afin qu'elle puisse l'aider à faire revenir Papa.

« D'accord. Je vais partir à bord du vaisseau de vos amis. Merci.

— Oh, enfant », dit le prêtre, et de nouveau ses lèvres remuèrent pour cette « prière » sans rime ni raison, et Amanda finit par détourner les yeux. Elle souhaitait qu'il en ait terminé avec cela. Elle devait se rendre à Luna City dès que possible.

CHAPITRE III

LOWELL CITY, MARS

Il y a, découvrit Lyle Kaufman, mille moyens pour un gouvernement d'empêcher un citoyen de faire quelque chose de légal. Aucun de ces moyens n'impliquait la violence, ni même les menaces. Aucune base de données n'était violée, aucune information falsifiée, aucun mensonge proféré. Personne ne disait vraiment « Non ».

Mais des dossiers disparaissaient. Des réunions étaient remises pour cause « d'affaires urgentes ». Des personnes, dont la signature rétinienne portée sur des documents électroniques était vitale, se trouvaient temporairement hors d'atteinte, voyageant dans des tunnels spatiaux éloignés pour une « affaire liée à la guerre ». Des systèmes d'information souffraient de pannes, de virus, de confusion d'input, de fuites de données, de porosité de défenses, et d'érosion de l'atoll de base de données. Durant cinq mois, Kaufman avait essayé d'obtenir l'autorisation de quitter le système solaire à bord d'un vaisseau privé, pour se rendre sur la planète Monde, non proscrite, loin de tout théâtre de guerre. Il était toujours à Lowell City, aussi coincé que si on l'avait soudé à l'un des immenses étais qui soutenaient son dôme piézoélectrique.

« C'était plus facile de se déplacer quand j'étais dans l'armée », se plaignit-il à Marbet Grant. Elle était restée sur la Lune jusqu'à la semaine dernière ; tous deux pensaient que ce serait plus facile pour Kaufman d'obtenir une autorisation de voyager si la Sensitive la plus célèbre du système n'était pas déclarée comme un « membre du personnel ». Mais Marbet manquait à Kaufman. Et n'importe comment, les autorisations n'avaient pas été accordées. Aussi, la semaine dernière avait-elle quitté Luna City pour le rejoindre.

« Bien sûr que c'était plus facile lorsque tu étais dans l'armée, dit Marbet. Ils veulent que l'armée fasse la guerre au-delà du tunnel spatial #1. Et que les citoyens restent en sécurité chez eux.

— Je n'en suis pas si sûr, Marbet. On dirait qu'il y a de plus en plus de militaires ici, sur Mars.

— Je sais. » Elle n'en dit pas plus. Ils savaient tous deux que l'hôtel de Kaufman était probablement mis sur écoute.

C'était un hôtel bon marché, du genre utilisé par les familles des militaires pendant qu'ils attendaient désespérément un logement fourni par l'armée, ce dont celle-ci manquait. De petites chambres nues, des couloirs grouillant d'enfants qui n'avaient pas d'autre endroit où jouer, sauf les rues étroites, des murs en plastique expansé dépourvus de fenêtre — pour des raisons de sécurité et parce que, de toute façon, il n'y avait rien à voir. Sur Mars, la guerre avait rendu tout logement malcommode et encombré. Kaufman, ayant été soldat toute sa vie, le remarquait à peine. Cela dérangeait Marbet, mais elle ne disait rien. Lyle était aux prises avec assez de problèmes. Elle lisait sa tension, ses doutes et sa culpabilité injustifiée dans chaque ligne de son corps et chaque intonation de sa voix.

Marbet Grant était une Sensitive à l'apparence agressivement génémod : petite et mince, avec des pommettes coupantes comme des couteaux de chaque côté d'un nez large et doux ; sa peau était brun chocolat, ses yeux vert émeraude, sa chevelure auburn courte et bouclée. Elle semblait totalement artificielle, mais c'était son esprit qui avait été vraiment modifié génétiquement.

Durant toute l'histoire de l'humanité, il y avait eu des gens exceptionnellement sensibles aux autres, capables de lire l'état d'esprit de l'autre. Les historiens déclaraient que c'était nécessaire pour la survie des classes inférieures : les serfs, les esclaves, les femmes, les colonisés. Leur vie même dépendait de cette capacité à lire correctement l'humeur des maîtres.

Les biologistes évolutionnaires faisaient remarquer que cela concordait bien avec la théorie de Darwin. La survie des plus perspicaces, de ceux qui pouvaient s'adapter aux autres parce qu'ils percevaient avec exactitude comment ils devaient s'y prendre.

Les sociologues répertoriaient l'existence de minuscules indices, inconscients, qui signalaient les émotions et les intentions : d'infimes changements d'expression du visage, des modifications dans la posture, des intonations de voix, une élévation de la température de la peau. Les anthropologues dépistaient dans toutes les sociétés l'existence d'individus particulièrement aptes à percevoir ces indices, sans toutefois en connaître le mécanisme.

Mais ce furent les ingénieurs généticiens qui rattachèrent cette perspicacité à des structures génétiques spécifiques, des combinaisons subtiles mais identifiables de gènes, par ailleurs disparates. Et ce fut un unique groupe de généticiens qui mit ces connaissances en pratique, d'abord sur ceux qui étaient le plus à leur disposition, leurs propres enfants. Ils avaient cru leur donner un avantage guère différent d'un accroissement des muscles, d'une intelligence améliorée ou d'une beauté rehaussée que l'on trouvait chez les riches. Cela n'avait pas marché tout à fait ainsi. Comprendre instinctivement votre voisin, cela peut vous aider, mais cela déconcerte celui-ci. Un très grand nombre de gens ne souhaitaient pas être compris. Ils préféraient que leurs sentiments et leurs intentions demeurent cachés.

Cependant, Marbet ne manquait pas de travail. Pour des entreprises qui voulaient un avantage dans les négociations. Pour des policiers interrogeant de grands criminels. Pour le gouvernement cherchant à en savoir plus que ces individus ne souhaitaient en révéler. Et, une fois, pour les militaires cherchant à comprendre l'unique Faucheur jamais capturé vivant. Celui-ci était mort, mais pas avant que le professeur Thomas Capelo lui ait soutiré l'information qui avait totalement modifié la façon dont la guerre était perçue.

Tout cela était arrivé sur Monde, où Marbet avait rencontré Lyle Kaufman. Où, ensemble, ils avaient ruiné une civilisation.

Marbet ne tentait plus de parler à Lyle de sa culpabilité. Cela n'avait pas marché. Seul le fait de retourner sur Monde pourrait faire quelque chose. Si les autorités le leur permettaient.

Celles-ci n'avaient cessé de surveiller Kaufman durant ces dernières années, tout autant, sans doute, que Marbet Grant et Thomas Capelo. Tous trois en savaient trop sur le Faucheur mort. Aussi, bien sûr, la chambre était mise sur écoute. Le pouvoir du général Stefanak dépendait autant des informations que de la présence inexorablement croissante de l'armée sur Mars. Une armée qui lui était fanatiquement fidèle. Le général avait passé dix années à élaborer ce fanatisme : promotion de certains officiers, transfert vers les colonies, manipulations d'importantes attributions budgétaires. Certains — beaucoup — disaient que Stefanak édifiait une dictature, sous couvert de la loi martiale rendue « nécessaire » par la guerre. Depuis un an, peu osaient le déclarer ouvertement.

Marbet prit le portable — la chambre d'hôtel ne disposait même pas d'un système-maison convenable activé vocalement — pour avoir les nouvelles, car Sullivan Stefanak, commandant suprême, membre du Conseil de la Défense de l'Alliance solaire faisait une déclaration. « … ici ce soir seulement parce que le danger que courent tous les citoyens solaires est si grand. Un danger qui ne vient pas de l'ennemi, mais de notre propre peuple. La faction antiguerre connue sous le nom de "Vivre Maintenant" représente… »

« Nous y revoilà », dit Marbet. Le visage de Kaufman resta inexpressif, mais il savait que pour Marbet, il ne l'était pas. Ses sentiments envers Stefanak restaient ambigus. Kaufman était — avait été — un soldat, et Stefanak était le plus prestigieux soldat de sa génération. C'était grâce à lui si les Faucheurs, technologiquement supérieurs à l'humanité, n'avaient pas déjà gagné la guerre. C'était aussi Stefanak qui détruisait la structure républicaine de l'alliance du système solaire, structure inévitablement fragile depuis que Mars, et non la Terre plus peuplée, contrôlait le Conseil. Mars gardait le contrôle du réseau des tunnels spatiaux. Il n'en fallait pas plus. Mars…

« Que vient-il de dire ? » demanda Marbet. Un coup d'œil jeté sur le visage de la jeune femme et Kaufman tendit immédiatement l'oreille.

« … le lâche enlèvement d'un civil. Le professeur Thomas Capelo, comme vous le savez tous, est le savant le plus éminent du système solaire, l'homme qui a décodé pour nous l'artefact protecteur gardant nos précieux mondes à l'abri de cet ennemi qui a juré de détruire jusqu'au dernier vestige de vie humaine. Vivre Maintenant a fini par aller trop loin ! Thomas Capelo, père de deux filles, professeur respecté de la vénérable université d'Harvard, n'était même pas un combattant. Beaucoup voient en lui un sauveur et en effet… »

« Quand ? demanda Kaufman.

— Hier soir. Chut… »

« … heureux que sa famille n'ait pas été à la maison au moment où… »

Kaufman réfléchit rapidement. Oui, ce pourrait être Vivre Maintenant. Ils devenaient de plus en plus forts. Leur noyau d'idéalistes était soutenu par quelques familles et entreprises très puissantes qui auraient beaucoup à perdre si Stefanak devenait dictateur. Mais Vivre Maintenant n'était pas le seul candidat kidnappeur. On avait envoyé Kaufman commander une station spatiale dans un trou perdu durant la dernière année de son service militaire. Il s'y était trouvé totalement coupé de la politique solaire. Mais avant cela, c'était un stratège militaire de l'armée de la Défense de l'Alliance solaire. Il n'était pas inconcevable qu'une faction du gouvernement, amèrement opposée à Stefanak, ait enlevé Capelo. Mais pourquoi ? Ou bien…

« Sais-tu sur quoi Tom travaillait en ce moment ? » demanda-t-il à Marbet.

Elle fit la grimace. « Lyle, la physique est si compliquée maintenant que je ne pense même pas que la plupart des collègues de Tom aient compris sur quoi il travaillait. Peut-être Tom lui-même ne le savait-il pas. Ce ne serait pas la première fois. » Son expression changea. Elle dit : « Je me sens mal, Lyle. Cette nourriture, au déjeuner, je te l'ai dit… »

C'était leur signal. Il la suivit dans la salle de bains. Elle s'agenouilla pour se pencher au-dessus des toilettes, il fit de même à côté d'elle, et elle chuchota au niveau de l'aisselle de Lyle : « Tu penses que Stefanak lui-même a pu kidnapper Tom.

— Comment le sais-tu ? » lâcha-t-il étourdiment avant de se reprendre. Depuis le temps, il devrait savoir. Elle pouvait expliquer les minuscules changements du langage corporel, de la tonicité faciale, des mouvements des sourcils — tout cela — qu'elle lisait intuitivement, et quand elle essayait de le lui expliquer, Kaufman ne pouvait pas suivre. Son don était totalement non verbal.

« Oui, chuchota-t-il, je pense que c'est possible que Stefanak en personne ait fait kidnapper Tom.

— Pourquoi ? »

De l'écran-holo de la chambre d'hôtel, Stefanak dit : « ... mon appel personnel pour toute information permettant de retrouver le professeur Capelo et... »

Kaufman continua : « C'est un moyen de discréditer le mouvement pacifiste, d'utiliser Vivre Maintenant en guise d'excuse pour s'approprier encore plus de pouvoir... Je ne suis pas sûr. Si c'est le cas, c'est une technique maladroite. Cela ressemble à ce que feraient des amateurs.

— Alors, tu penses que Vivre Maintenant a enlevé Tom ? » Puis, d'une voix plus forte : « Oh, mon Dieu, Lyle, j'ai la tête qui tourne...

— Je l'ignore. Si Stefanak voulait que cela ressemble à une opération de Vivre Maintenant, il peut avoir commis, délibérément, une action maladroite... C'est cela, chérie, fais remonter tout ça... »

Marbet se fourra le doigt dans la gorge, eut un violent haut-le-cœur et se redressa comme si elle était dans les vapes. Lyle mouilla une serviette et la lui tendit.

Maintenant, la surveillance avait un vomissement *bona fide* à enregistrer.

Quand elle le rejoignit, il dit : « Ça va mieux ?

— Oui, merci. Mais ne remangeons plus chez Katouse.

— Affirmatif. Marbet, je vais appeler Carol.

— Je doute que tu y arrives. »

Il n'y arriva pas. Kaufman laissa un message à la seconde femme de Tom, pour lui offrir toute l'aide qu'il pourrait lui apporter, tout l'espoir qu'il pouvait imaginer. Carol devait être entourée d'agents fédéraux de la FAU, de membres de la famille et d'amis. Kaufman savait qu'elle, Amanda et Sudie seraient saines et sauves ; maintenant, il y devait avoir assez de soldats autour de la maison de Capelo pour former une compagnie.

Il prit la main de Marbet. Tous deux demeurèrent silencieux, pensant à Tom Capelo, cet homme si intelligent, difficile à vivre et compliqué. Ses deux filles l'adoraient. Elles avaient perdu leur mère lors d'un raid faucheur, il y avait des années de cela, et si leur père était aussi assassiné…

Le terminal sonna. Sans système-maison, il avait le son d'une cloche. L'écran afficha REÇU MESSAGE ENREGISTRÉ, et Marbet tapa sur la touche de son terminal pour l'avoir. Une femme qu'elle ne connaissait pas, aux cheveux mal coupés et portant des vêtements guère coûteux, apparut sur l'écran.

« Colonel Kaufman, mademoiselle Grant, le Service des Transports civils de l'Administration martienne des tunnels spatiaux, département d'Etat, Conseil de la Défense de l'Alliance solaire, est heureux de vous informer que votre demande d'un trajet à vos propres frais sur la planète non proscrite d'Osiris, système d'Isis, tunnel…

— Mais nous ne voulons pas aller sur Osiris ! » s'exclama Marbet. « Pas la peine d'essayer de l'interrompre », aurait pu dire Kaufman. C'était un enregistrement unilatéral.

« … spatial #89 a été approuvée. Plan de vol, itinéraire et régulation de l'Administration des tunnels suivants. Nous vous informons que l'itinéraire exige que vous entriez dans le tunnel spatial #1 entre le 16 octobre et le 19 octobre de cette année. Notez aussi que cette approbation qui ne lie pas légalement l'Administration martienne des tunnels spatiaux, peut être retirée à tout moment sans notification, et n'inclut aucune responsabilité pour le cours ou l'issue de votre expédition.

« L'Administration vous souhaite bon voyage. »

Kaufman et Marbet se regardèrent. Osiris n'était pas près de Monde. Corriger « l'erreur » bureaucratique allait prendre du temps — des semaines, des mois. Ce serait peut-être impossible.

Le regard des yeux brun clair de Kaufman restait calme. *Un homme solide*, pensa Marbet pour la centième fois. Calme. Pas aisément dérouté. Personne sauf elle connaissait la culpabilité calme et constante qui reposait tout au fond de lui. Il la regarda fixement, et elle lut clairement en lui. Il en avait sa claque des requêtes officielles.

Elle dit tout haut, pour les appareils d'enregistrement : « Ce n'est pas la bonne planète !

— Il ne nous reste plus qu'à tout recommencer. Mais, Marbet, cela va prendre du temps. Nous n'avons pas besoin de perdre de l'argent avec une chambre d'hôtel, n'est-ce pas ? Si nous allions chez Amy, qu'en penses-tu ?

— Oui, elle sera contente de nous avoir. Hier, elle m'a dit qu'on pouvait venir quand on voudrait. Je fais les bagages. »

Laissons le Département d'Etat, ou quelqu'un d'autre, perdre son temps à chercher « Amy ». Ou à chercher Lyle et Marbet. Ils avaient voulu faire cela en toute légalité, mais aussi prévu d'autres plans au cas où cela ne marcherait pas. Comme le gouvernement le rappelait sans cesse à tout le monde, on était en guerre.

Toute guerre, quelle qu'elle soit, avait engendré des batailles menées dans l'ombre entre les gouvernements et leurs propres citoyens. Marchés noirs, profiteurs de guerre, briseurs de blocus, collabos, objecteurs de conscience, crime organisé et ses fratries moins bien organisées. De faux contrats gouvernementaux, de faux papiers pour voyager, de fausses listes de passagers et, pour ceux qui étaient vraiment sophistiqués, des programmes falsificateurs de données de base. Tout cela exigeait des contacts et de l'argent.

Marbet avait de l'argent. Kaufman, le soldat de carrière, ne voulait pas avoir recours à des filières clandestines. Kaufman, l'homme bien, ne voulait pas violer la loi. Kaufman, l'ex-attaché militaire du Conseil solaire au centre de la guerre, à Lowell City, connaissait forcément des gens qui avaient des contacts.

Marbet et Kaufman ne pouvaient pas venir en aide à Tom Capelo. Ils n'étaient même pas des amis intimes ; cela faisait presque deux ans que ni l'un ni l'autre n'avaient vu le physicien, même si Marbet bavardait parfois par telcom avec Amanda, la fille de Capelo. C'était une gentille enfant, qui avait un béguin d'écolière pour Marbet. Mais dans cette terrible crise, Amanda n'avait pas beaucoup d'amis et de famille. Quand Kaufman pensait à tout ce qui était arrivé sur Monde, ce n'était plus à Thomas Capelo qu'il pensait, mais à Dieter Gruber et Ann Sikorski. Abandonnés sur Monde à cause de sa propre décision au sein d'une civilisation en train de s'effondrer, que Kaufman avait détruite à lui tout seul.

Marbet se mit à faire les valises.

CHAPITRE IV

LUNA CITY

Amanda n'arrivait pas y croire. Marbet était partie.

« Vous en êtes sûre ? dit-elle à la voisine de Marbet, la grosse femme gentille qui vivait dans l'appartement adjacent de l'étrange “bâtiment” souterrain.

— J'en suis sûre, mon chou », répondit la femme en s'essuyant les mains sur un torchon. Elle avait un étrange accent. Quelque part, derrière elle, un bébé vagissait. « Elle m'a donné le code de l'endroit où elle est, au cas où il y aurait un genre d'imprévu. Elle est partie rejoindre son amoureux, voilà ce qu'elle a fait. »

Amanda joignit fortement les mains, nouvelle habitude. « Puis-je visiter son appartement ? »

La femme hésita.

« Je vous en prie, je suis sa nièce. Mon beau-père et moi n'avons pas été prévenus qu'elle partait quelque part. »

Les yeux de la femme passèrent d'Amanda au Père Emil, debout à quelques pas de là, dans le couloir. Il portait une chemise et un pantalon noirs, mais bien plus propres que ceux qu'il avait eus dans sa mission. La femme secoua la tête.

« Je suis désolée, mon chou. Marbet ne m'a pas dit que je pouvais laisser entrer quelqu'un. Vous avez l'air d'une fille bien, mais elle n'a pas dit que je le pouvais.

— Mais… »

Les yeux gentils de la femme devinrent plus durs. Derrière Amanda, le Père Emil dit : « Ça suffit, Jane. Viens, maintenant. Merci, madame. »

La femme hocha la tête, l'air troublé. Amanda vit qu'elle souhaitait leur venir en aide, mais aussi qu'elle voulait protéger Marbet. C'était sympathique ; beaucoup de gens se sentaient trop mal à l'aise face à Marbet pour vouloir être son ami. Amanda essaya de lui sourire avant de rejoindre Père Emil en traînant les pieds. Elle avait seulement pensé à aller trouver Marbet, rien d'autre. Maintenant que celle-ci était sur Mars, ou du moins, c'était ce que disait cette voisine, qu'allait-elle faire ?

« Je suis désolé, mon chou, cria la femme derrière elle. Mais je sais que vous voulez que votre tante soit heureuse. Cela ne me surprendrait pas si elle épousait ce colonel Kaufman au cours du voyage d'amoureux qu'ils sont en train de faire. »

Amanda s'arrêta net. Marbet et le colonel Kaufman ? C'était un homme bien, supposait-elle, mais pour Marbet… il n'était pas assez bien pour elle ! Il n'aimait pas beaucoup Amanda et Sudie, et son père disait que c'était l'un de ces types qui n'appréciaient pas les enfants…

Son père…

Elle serra ses mains plus fort l'une contre l'autre. Ses jointures blanchirent. C'était nécessaire, parfois. Son père disait qu'on ne pouvait rien accomplir de valable lorsqu'on était en larmes.

« Ce colonel Kaufman, qui est-ce ? demanda le Père Emil.

— Il était le chef de l'expédition sur Monde, expliqua brièvement Amanda. La planète où mon père a trouvé l'Artefact Protecteur et a compris ce qu'il faisait et comment il fonctionnait. Je vous l'ai *raconté*.

— Je ne mémorise pas tous les noms que vous me citez, mon enfant. Tous les détails de votre vie ne me paraissent pas d'un intérêt dévorant, je le crains. Efforcez-vous d'acquérir un peu d'humilité. »

Amanda l'ignora. Elle n'avait pas compris, lorsque le Père Emil avait parlé de l'envoyer à Luna City avec ses amis secrets, qu'il s'y rendrait avec elle. Tout d'abord, elle s'en était réjouie. C'était effrayant de s'embarquer, pourvue d'un passeport au nom de « Jane Verghese », avec des étrangers et d'entendre les infos holos parler de l'enlèvement de son père, puis de sa disparition à elle.

Les journalistes avaient découvert qu'Amanda n'était pas avec Carol et Sudie, ou avec l'une de ses amies, aussi supposaient-ils qu'elle avait été kidnappée en même temps que son père. Mais les gens qui avaient commis l'enlèvement devaient savoir que ce n'était pas vrai. Peut-être savaient-ils aussi, maintenant, qu'elle avait été témoin de l'enlèvement. Ils étaient probablement à sa recherche. C'était effrayant, et elle avait été bien contente que le Père Emil soit avec elle, même si c'était la personne la plus agaçante qu'elle ait jamais rencontrée.

« Amanda, Dieu ne veut jamais que les humains aillent à la guerre.

— Alors, pourquoi sommes-nous en guerre ? Pourquoi Dieu n'y met-il pas fin ?

— Il nous a donné le libre arbitre. Nous avons choisi de partir en guerre contre les Faucheurs.

— Je *sais* que ce n'est pas vrai, dit-elle d'un ton triomphant. Les Faucheurs nous ont attaqués les premiers. Ce sont eux qui ont choisi la guerre.

— Mais les Faucheurs non plus ne désirent pas la guerre. » Quand le Père Emil s'enflammait, sa barbiche en bataille s'agitait de haut en bas. « Aucune espèce intelligente ne désire la guerre. Celle-ci continue à cause de nos dirigeants, et peut-être tout autant des dirigeants faucheurs, qui l'utilisent pour s'emparer du pouvoir, le garder ou l'accroître. »

Cela semblait logique ; le père d'Amanda disait la même chose. Mais alors, le Père Emil gâcha son propre argument.

« Si le général Stefanak voulait vraiment mettre fin à la guerre, il communiquerait son désir aux Faucheurs.

— Mais les Faucheurs ne communiqueraient pas avec nous ! cria Amanda, exaspérée. Ils refusent de parler ! Tout le monde le sait !

— Pas moi, répliqua le Père Emil. C'est juste de la propagande gouvernementale. La multitude, vous par exemple, croit toute la propagande politique dont vos gouvernants vous abreuvent.

— Eh bien, alors les prêtres, vous par exemple, croyez toute la propagande religieuse dont votre église vous abreuve ! »

Elle vit aussitôt qu'elle était allée trop loin. Le père Emil se redressa de toute sa médiocre hauteur et déclara : « Vous êtes incapable de reconnaître un faux témoin. Ni l'Antéchrist. Tels sont les signes de la Fin des Temps et telle est la douleur du massacre des innocents. »

Amanda décida qu'il était fou et tenta de faire la sourde oreille à ses propos. Que faisait-elle en compagnie d'un fou, le seul qui la protégeait ? Le Père Emil avait laissé le Courroux de Dieu à la mission, avec une autre personne appelé aussi « Père ». Le robot y était nécessaire, avait-il dit, pour « le travail ».

Le vaisseau qui les avait conduits à Luna City était petit, conçu pour six passagers, mais c'était un vrai vaisseau, pas seulement une navette, avec des couchettes, une coquerie, une cale, un minuscule pont. L'équipage, deux hommes et une femme, n'avaient pas échangé un seul mot avec Amanda. Ils se contentaient de la regarder, d'un œil dur et méfiant. Cela rendait Amanda nerveuse. Si elle s'était promenée à la maison avec cet air-là, son père l'aurait sévèrement réprimandée. Elle demanda au Père Emil qui étaient ces gens, et il répliqua que Dieu choisissait les propres instruments de Sa propre glorification, et que des êtres humains, surtout des enfants, ne devaient pas mettre Ses choix en doute.

Amanda décida que si Dieu avait choisi ces gens pour en faire ses instruments, alors il était aussi fou que le Père Emil.

Maintenant, elle avançait péniblement à côté de lui, dans le long couloir qui faisait le tour du niveau H de Luna City. Un petit tram apparut au tournant, s'arrêta à côté d'eux, et dit d'un ton joyeux : « Salut ! J'effectue un circuit autour de ce niveau résidentiel toutes les dix minutes, en m'arrêtant si vous me donnez l'ordre de le faire. Ou, si vous préférez, vous pouvez marcher. Toutes les entrées des résidences s'ouvrent sur ce couloir ou à proximité immédiate.

— Nous allons marcher, répondit le Père Emil, et le tram repartit.

— Père Emil…

— Taisez-vous, Jane, je réfléchis », dit-il avec une telle emphase sur le prénom qu'Amanda comprit qu'il lui rappelait de ne pas parler avant qu'ils soient de retour sur le vaisseau. Il y avait encore autre chose. Le Père Emil était l'être vivant le plus parano qui soit, pire encore que son père. Papa pensait toujours que l'univers ne cherchait qu'à faire du mal à Amanda et à Sudie. Le Père Emil croyait toujours que le gouvernement ne pensait qu'à écouter le plus petit propos insignifiant qu'il tenait.

Ils prirent l'ascenseur et se retrouvèrent sous le dôme de Luna City, où l'on pouvait voir le ciel noir constellé d'étoiles scintillantes. C'était un petit dôme, qui n'avait rien à voir avec ceux de Mars. Le Père Emil disait que huit mille personnes seulement vivaient sur la Lune, tous des Pharisiens : scientifiques, techniciens, militaires, et leurs riches familles. Pas de pauvres qui puissent passer par le chas de l'aiguille. Tous les lieux d'habitation et de travail étaient sous terre, à l'abri d'un bombardement de météorites. A la surface, sous le dôme, il n'y avait que des bâtiments en polystyrène expansé, un terrain de jeux pour les petits enfants, et un jardin au sable ratissé parsemé de grosses pierres, de bancs, et de parterres de ce qui ressemblait à des fleurs génétiquement modifiées, conçues à partir de moisissures.

C'était la première chose qui avait éveillé son attention depuis l'enlèvement, et elle aurait bien aimé s'agenouiller pour les examiner. Elles avaient de larges feuilles vert transparent et de minuscules fleurs jaune pâle. Elles étaient probablement génémod pour ce peu de lumière. Mais le Père Emil lui fit enfiler sa combinaison en vitesse, pour sortir du sas et pénétrer sur la plaine rocheuse déserte, entre le dôme et la navette du spatioport.

« Amanda, dit-il, et elle s'aperçut qu'il lui parlait sur son canal privé, si bien que ses paroles ne pouvaient atteindre qu'elle, j'ai une confession à vous faire. J'ai péché contre vous. »

Elle le regarda en coin. Si son père avait dit cela, il aurait juste été de nouveau en effervescence, en blaguant comme il en avait la ridicule habitude. Mais le Père Emil semblait sérieux.

« Je vous ai menti. Quand je vous ai emmenée voir Marbet Grant, je savais déjà qu'elle était sur Mars.

— Vraiment ? Comment ?

— Mes amis l'avaient découvert. C'était facile, vous savez. Marbet Grant est une personne aussi célèbre que détestée, et certaines chaînes d'information sans intérêt rapportent les déplacements des célébrités. Les acteurs, les sensitifs, les vedettes comme Magdalena… Je savais qu'elle était partie pour Mars, seule, il y a trois semaines.

— La voisine a dit que Marbet n'était pas seule ! Qu'elle était en compagnie du colonel Kaufman !

— Non, la femme a dit que Marbet Grant était partie rejoindre son amant. Kaufman devait déjà être sur Mars.

— Si vous saviez que Marbet était sur Mars, pourquoi m'avez-vous emmenée à Luna City ? demanda-t-elle avec feu.

— Je voulais que vous voyiez par vous-même qu'elle était partie, l'entendre dire par quelqu'un qui n'avait aucun lien avec moi ou notre organisation. Afin que vous le croyiez.

— D'accord, je le crois. » Amanda était en colère, perturbée, et désorientée. Les adultes ne parlaient pas ainsi aux enfants.

« Mais pour obtenir cela, j'ai menti. Je vous en demande pardon.

— N'êtes-vous pas censé demander le pardon de Dieu ? » Elle avait appris cela de lui.

« Cela aussi. »

Il était vraiment ridicule. Son père se serait terriblement moqué de lui. Mais Amanda voyait bien que le Père Emil était sérieux. C'était gênant pour elle.

« Je vous pardonne, dit-elle mal à l'aise. Mais où allons-nous maintenant ?

— Nous retournons sur le vaisseau. »

Ce n'était pas ce que voulait dire Amanda, mais elle marcha à côté de lui péniblement jusqu'à ce qu'ils aient franchi le sas et ôté leurs combinaisons. Alors, à sa grande surprise, le Père Emil dit : « Venez dans la coquerie, Amanda. L'équipage désire vous parler. »

Le compartiment d'habitation du vaisseau consistait en une salle commune, entourée de couchettes fermées qui donnaient l'impression de dormir dans un tiroir de commode, et d'une minuscule coquerie encombrée par une table et six chaises. Les trois membres de l'équipage l'attendaient. Fort consciente de la basse gravité, elle s'assit gauchement sur l'un des sièges. Le Père Emil resta debout.

« Amanda, dit le capitaine, le moment est venu de parler avec vous de votre situation. »

Elle hocha la tête, un peu terrifiée. Ils semblaient si sérieux. Elle ne se rappelait que d'un de leurs noms : le capitaine Lewis. C'était un homme grand et fort avec un gros nez.

« Nous vous avons rendu service en vous amenant ici pour chercher Marbet Grant. Maintenant, nous avons besoin que vous fassiez quelque chose pour nous, quelque chose qui vous aidera aussi. »

De nouveau Amanda hocha la tête. Il lui parlait comme si elle était un adulte, ce qui, à la fois, lui plaisait et l'effrayait.

« Vous avez été témoin de l'enlèvement de votre père par des agents du gouvernement qui veulent détruire le mouvement pacifiste. Nous sommes membres de ce mouvement, ainsi que le Père Emil qui est venu à votre secours sur Terre. Nous voulons que vous fassiez une déclaration holodiffusée, qui sera transmise par satellite à tout le Système solaire, en disant exactement comment les agents du gouvernement ont pris votre père. »

Amanda était déconcertée. « Mais alors, les kidnappeurs vont savoir où je suis et vont venir m'enlever, moi aussi !

— Pas après la diffusion de votre déclaration. Le monde entier saura où vous êtes et le monde entier veillera sur vous. Vous serez plus en sécurité que vous ne l'êtes maintenant. En sécurité avec nous.

— Mais… mais j'ignore qui a kidnappé mon père. Je ne sais pas si c'*étaient* des agents du gouvernement. Mon père effectue un bon travail de physicien pour le gouvernement. Il a décodé l'Artefact Protecteur qui empêche les Faucheurs de détruire tout le système solaire !

— Super. Au lieu de cela, cet artefact permet de détruire l'espace-temps », dit amèrement la femme présente. Le capitaine Lewis lui jeta un regard mauvais.

« Votre père a été manœuvré par le général Stefanak, dit-il, afin de l'aider à poursuivre cette terrible guerre. Le professeur Capelo est un homme brillant, Amanda, un homme bien. Personne n'en doute. Mais c'est un scientifique, et la science ce n'est pas la même chose que la politique. »

Amanda acquiesça d'un signe de tête. Cela, au moins, c'était logique : son père le disait toujours. Mais elle ne le répéta pas. Ce serait impoli car, visiblement, le capitaine Lewis s'intéressait plus à la politique qu'à la science. On ne peut pas insulter tout le temps les gens, à moins d'être Papa.

« Le général Stefanak a fait enlever votre père afin d'en accuser Vivre Maintenant, poursuivit le capitaine. Vous l'avez entendu le déclarer aux infos holos. Vivre Maintenant compte plein de gens qui veulent mettre fin à la guerre, qui ne veulent que la paix. Vous ne désirez pas la paix, Amanda ? Vous ne désirez pas que la guerre se termine ?

— Si. » Bien sûr que oui. Tout le monde le voulait.

« La guerre a tué votre mère, n'est-ce pas ? »

Elle se contenta de hocher la tête. Le Père Emil dit, en signe d'avertissement : « Lewis…

— Regardez ces photos, Amanda. » Le capitaine ouvrit une enveloppe et les lui tendit, une par une. Des corps calcinés, couchés sur de l'herbe brûlée, des gens hurlant de douleur… Amanda les lui rendit, prise de nausée.

« Ce sont des victimes de la guerre, Amanda. Est-ce que vous ne feriez pas tout pour que la guerre prenne fin afin qu'il n'y ait plus de gens blessés comme cela ? Hein ? »

De nouveau, elle hocha la tête.

« Alors, le général Stefanak perdrait le pouvoir. Il faut que les gens voient clairement les choses terribles qu'il fait ; comme l'enlèvement de votre père, juste pour que tout le monde croie que c'est le mouvement pacifiste qui en est responsable. Les gens pensent que votre père est un héros, Amanda. Vous le savez.

— Oui.

— Et vous voulez qu'il vous revienne. Bien sûr que oui. Faire cette déclaration aidera son retour parce que tout le monde fera pression sur le gouvernement pour qu'il le relâche. C'est un prisonnier politique, Amanda, et ce n'est pas juste. Vous pouvez dire cela à tout le système solaire. Alors, le gouvernement sera obligé de le laisser partir. »

Cet homme parlait trop. Amanda n'arrivait pas à penser. Prise de panique, elle tenta de mettre de l'ordre dans les mots, de comprendre ce que disait le capitaine Lewis. Quelque chose n'était pas exact…

La femme — Amanda ne se souvenait toujours pas

de son nom — pensait qu'elle hésitait pour une autre raison. Elle dit, d'une voix mielleuse : « Ne vous inquiétez pas de ce qu'il vous faudra dire, ma chérie. Nous l'écrirons pour vous, et vous n'aurez qu'à le lire.

— Je…

— Sauf si vous préférez parler par vous-même, dit le capitaine Lewis, en jetant un regard féroce à la femme. Tout ce que vous avez à faire, c'est dire la vérité, que vous avez vu les agents du gouvernement enlever votre père. »

Alors, Amanda vit ce qui n'était pas exact. « Je ne sais pas si c'étaient des agents du gouvernement. Je ne *sais pas* qui ils étaient.

— C'*étaient* des agents du gouvernement, répliqua le capitaine. Ce n'était pas Vivre Maintenant… ça, c'est nous, et nous n'avons pas kidnappé votre père. Pourquoi l'aurions-nous fait ? Le résultat, c'est que les infos holos nous blâment, et pourquoi aurions-nous voulu cela ? Cela ne fait que dresser les gens contre notre cause. »

Cela semblait logique. Jusqu'à ce qu'elle y réfléchisse. Alors Amanda dit : « Mais… si je rejette le blâme sur le général Stefanak, alors les gens feront de même. Et cela servira votre cause.

— Oui. Et la vôtre, puisque cela fera revenir votre père. Tout le monde saura que le gouvernement l'a enlevé, et on exercera une énorme pression sur lui pour qu'il le relâche.

— Ooo… ou… oui…, mais moi, je ne sais pas si c'est le gouvernement qui l'a enlevé.

— Nous venons de vous le dire, répliqua le capitaine d'une voix égale.

— Comment l'avez-vous appris ? » demanda Amanda. Elle était sur un terrain familier ; c'était ce que son père faisait avec elle. « *Quelles sont tes preuves, Amanda ?*

Enonce ton raisonnement. Pourquoi penses-tu cela ? » C'était comme cela que fonctionnait la science.

« Puisque nous ne l'avons pas enlevé, qui serait-ce d'autre ? »

Amanda resta silencieuse. Elle ignorait si Vivre Maintenant n'avait pas kidnappé son père. Le capitaine Lewis n'avait énoncé ni preuves ni raisonnement. Mais si elle disait cela, ce serait l'accuser, et donc impoli. Après tout, elle non plus n'avait pas de preuves.

Aussi se contenta-t-elle de répéter : « J'ignore qui l'a enlevé.

— Oh, pour l'amour de Dieu, dit la femme.

— Je regrette, mais c'est juste que je ne le sais pas. Je ne peux rien dire si je n'en suis pas sûre. » C'était un fait. Et ce que son père aurait voulu qu'elle fasse : s'en tenir aux faits.

« Etes-vous en train de nous dire, Amanda, que vous ne ferez pas cette déclaration holodiffusée ? » demanda le capitaine Lewis.

L'estomac d'Amanda se retourna. Le visage du capitaine avait changé, sa voix aussi. Elle se retrouvait dans de terribles ennuis. Elle s'accrochait à la seule chose qu'elle savait certaine, le fait que Papa voudrait qu'elle s'en tienne à cela parce que c'était vrai. « Je dis que j'ignore qui a enlevé Papa.

— Ferez-vous cette déclaration pour nous ? »

Il fallut du courage à Amanda pour dire : « Je ne peux pas.

— Non ? » Le capitaine Lewis la poussait dans ses derniers retranchements.

— Non, répondit Amanda d'une petite voix.

— Après tout ce que nous avons fait pour vous ? Tout ce que le Père Emil a fait ? Il vous a sauvé la vie ! »

Amanda se retourna pour le regarder ; il se tenait sur

le seuil de la petite coquerie. Son visage avait blêmi. « Dennis, ce n'est pas sur quoi nous nous étions mis d'accord.

— Vous nous avez dit qu'elle ferait cette déclaration.

— Je ne peux pas ! Je ne sais pas qui a enlevé mon père ! » cria Amanda. Elle avait l'impression que sa tête allait éclater. Elle détestait cela. Avec autant de dignité qu'elle pouvait en rassembler, elle se leva de sa chaise, traversa la salle commune jusqu'à sa couchette et tira le rideau. Elle s'enfouit le visage dans l'oreiller.

Je ne sais pas qui l'a enlevé, se dit-elle avec acharnement, elle s'accrochait à cela, parce que c'était ce que son père aurait dit et que c'était vrai et que c'était la seule chose qu'elle était certaine de comprendre.

Elle fut réveillée par une discussion violente et le bruit sourd des moteurs. Ils étaient dans l'espace et accéléraient à un G. Quelque chose lui chatouillait le cou, elle chercha le patch à tâtons et l'arracha. Un somnifère, probablement. Le Père Emil ne savait pas que ceux-ci ne la faisaient pas dormir longtemps. « Tu ne réagis guère aux narcotiques », lui avait toujours dit son père. Amanda, un peu groggy, resta immobile à écouter les voix qui parlaient dans la salle commune, derrière le rideau de la couchette.

« … inadmissible ! dit le Père Emil, un mot qu'Amanda ne connaissait pas.

— Et que voulez-vous que nous fassions d'elle ? dit le capitaine Lewis, et la colère qui vibrait dans sa voix effaça tout reste de sommeil chez Amanda. Si elle ne diffuse pas cette déclaration, le fait que nous, nous l'ayons, renforcera l'impression que nous les avons kidnappés tous les deux. Bon dieu, vous nous foutez dans la merde, Emil.

— Je voulais juste arranger les choses. Je pensais

qu'elle ferait cette déclaration. Et je voulais la mettre en sécurité quelque part.

— Oh, vos motifs sont irréprochables, répliqua le capitaine d'un ton sarcastique. La route vers l'enfer et tout cela. Nous n'aurions jamais dû écouter un révolutionnaire du dimanche tel que vous. »

Le Père Emil dit quelque chose qu'Amanda ne put saisir.

« Plus longtemps nous l'aurons, dit la femme, pire sera la situation. Personne ne croira que nous ne l'avons pas enlevée.

— Amanda leur dira la vérité sur la boutique du quartier chaud, sur moi et sur le fait que nous l'avons amenée à Luna City, déclara le Père Emil. C'est une enfant qui dit la vérité.

— Alors, elle dira aussi au monde que nous avons essayé de l'obliger à faire une déclaration holodiffusée. A moins qu'elle ne s'exécute — vous nous aviez dit qu'elle le ferait, Emil ! — et rapidement, aux yeux des médias c'est *nous* qui aurons l'air de la détenir.

— N'est-ce pas ce que nous faisons ? dit le père Emil.

— Non, foutre non, nous faisons ce qu'elle veut ! Nous allons maintenant l'emmener sur Mars, à la recherche de cette Marbet Grant, une abomination génétique et un valet du gouvernement !

— Avant tout, une gamine de quatorze ans mène ce vaisseau spatial par le bout du nez, dit la femme. Il faut qu'elle fasse cette déclaration. Nous pouvons l'y obliger, Dennis.

— Comment ? Par des menaces ? En la droguant ? Vous ne croyez pas qu'elle va le dire aux gens après ?

— Pas si on lui fait suffisamment peur.

— Lucy, ça suffit comme cela, dit le Père Emil. C'est une *enfant*.

— Une enfant capable de faire du tort à toute l'organisation de Vivre Maintenant, merci beaucoup », déclara Lucy avec amertume.

Le Père Emil demanda, d'un ton de voix totalement différent : « Dennis… est-ce que Vivre Maintenant a enlevé Thomas Capelo ?

— Oh, mon Dieu, dit Lucy. Des amateurs.

— Oui, Lucy, répliqua le Père Emil. Je suis un amateur, un révolutionnaire du dimanche, tout en bas de l'échelle organisationnelle. Juste quelqu'un qui croit aux buts de notre mouvement. C'est pourquoi j'ignore la réponse à ma question et pourquoi je veux savoir. Est-ce que Vivre Maintenant, ou l'une des associations pacifistes affiliée au MPP, a enlevé Thomas Capelo ? »

Amanda joignit les mains avec force. Qu'allait répondre le capitaine Lewis ? Mais ce fut le Père Emil qui parla.

« Vous ne connaissez pas la réponse, Dennis ? Je suis dans la cellule de base de Vivre Maintenant, mais vous n'êtes pas dans la cellule dirigeante. Vous ne savez pas.

— L'enlèvement ne fait pas partie de nos opérations, déclara le capitaine, et même au travers du rideau, Amanda entendit qu'il y avait quelque chose de faux dans sa voix.

— Cela non plus, vous ne le savez pas, fit remarquer le Père Emil.

— Tous les deux, vous perdez l'essentiel de vue, dit Lucy. Amanda Capelo doit faire cette déclaration qui épinglera le gouvernement, et le faire maintenant. Il faut que *vous*, Emil, vous la persuadiez. Vous êtes le seul dans lequel cette petite putain a confiance.

— Ce n'est pas une petite putain, Lucy, la reprit le capitaine. Mais, elle a raison, Emil. Vous devez persuader Amanda, dès qu'elle se réveillera.

— Et si je n'y arrive pas ?

— Alors, nous aurons un énorme problème. Nous ne pourrons pas la garder, ou nous serons des kidnappeurs. Et nous ne pourrons pas la confier à Marbet Grant, ou Amanda dira au monde comment nous avons fait pression sur elle pour qu'elle fasse porter cet enlèvement à Stefanak. Même si elle ne le dit à personne, cette Grant décèlera qu'elle est perturbée, qu'elle lui cache quelque chose, qu'elle ment, et le lui soutirera. Avez-vous jamais rencontré un Sensitif, Emil ?

— Non.

— Moi, si. Allez réveiller Amanda, et mettez-vous au travail. Soyez persuasif. Très persuasif.

— Attendez, dit Lucy. Même si Emil persuade Amanda et qu'elle fait sa déclaration, et que plus tard Marbet Grant découvre qu'Emil a fait pression sur elle… ce sera aussi mauvais pour nous !

— Non, dit le capitaine. Si plus tard elle se rétracte publiquement, elle aura seulement l'air d'être une enfant à la cervelle embrouillée. C'est si elle continue à refuser vigoureusement d'en faire une qu'elle deviendra une héroïne de la « vérité avant tout ».

— C'est ce qu'elle fait, fit remarquer le Père Emil. C'est une idéaliste, incapable de mentir. Nous ne devons pas considérer cela comme un péché.

— Oh, au diable le péché, dit Lucy. C'est de la pratique politique, Emil, pas une religion abstraite farfelue. Il faut qu'elle fasse cette déclaration holodiffusée, dès que nous la réveillerons. Et qu'elle croie le faire volontairement.

— Et si… »

Une autre voix intervint, une voix très profonde qu'Amanda n'avait jamais entendue. Le troisième homme. Il avait un fort accent. « Si elle ne le fait pas, elle constitue un grave handicap pour le mouvement.

Personne ne sait que nous l'avons. Elle doit simplement disparaître. »

Les trois autres se mirent à parler tous en même temps. L'homme à la voix grave les fit taire. « Vous êtes tous des dilettantes. La vie d'une enfant ne doit pas l'emporter sur celle de milliers d'enfants qui mourront si l'on n'arrête pas Stefanak. Ne soyez pas si sentimentaux. »

Personne ne parla jusqu'à ce que le capitaine Lewis dise : « Salah… », en même temps, le Père Emil déclara : « Je ne permettrais pas qu'une telle chose arrive.

— Moi non plus, dit le capitaine. Nous ne sommes pas des barbares, Salah. C'est l'autre côté qui l'est. Souvenez-vous en ! »

Salah ne répondit pas.

Amanda resta couchée, rigide, à attendre. Après une longue pause, elle entendit le Père Emil se lever et quitter la salle. Elle sut que c'était lui parce qu'elle perçut le faible murmure qu'il émettait en priant.

CHAPITRE V

EN ROUTE POUR MARS

On tira le rideau. Amanda, qui faisait semblant de dormir, sentit que l'on posait sur son cou le patch de l'antidote. Elle fit semblant de se réveiller. Le Père Emil se tenait à côté de la couchette. « Amanda… »

Elle le salua de la tête, trop épouvantée pour dire quelque chose.

Il la regarda, ce petit homme mal vêtu à la barbe ébouriffée et aux yeux cerclés de rides. Puis il grimpa dans la couchette, en prenant garde de ne pas la toucher, et s'assit le dos appuyé à la cloison, les genoux remontés contre la poitrine. Amanda fit de même et ils restèrent ainsi, côte à côte, tournés vers le lourd rideau, comme des serre-livres n'enserrant rien.

« Amanda, finit-il par dire, je vais vous le demander encore. Je ne veux pas vous harceler, ou vous effrayer, et ce sera la dernière fois que vous entendrez tout cela. » Au bout d'un moment, il ajouta. « De ma bouche, en tout cas. »

Elle ne répondit rien. Elle tenait ses mains jointes, serrées. Le Père Emil resta silencieux si longtemps qu'elle pensa que, peut-être, il n'allait pas lui parler à elle, seulement à Dieu, mais alors il prit la parole et ce qu'il dit la surprit.

« La mission où je travaille s'efforce de sauver des âmes. Faire que les misérables renoncent à leur triste vie de pécheurs et reviennent à Dieu. Elle s'appelle la Mission de Sainte Thérèse la Petite Fleur d'après une sainte femme, Thérèse de Lisieux, surnommée "la Petite Fleur". Ce n'était pas vraiment une femme, mais une petite fille. Comme vous. » Il s'arrêta de parler.

« Oh », dit Amanda parce qu'elle n'avait rien à dire. Elle ne voyait pas ce que cette Petite Fleur avait à faire avec sa situation. Et en tout cas, Amanda n'était pas « une petite fille ». Elle avait quatorze ans.

« La mère de la Petite Fleur, comme la vôtre, est morte alors que sa fille était très jeune. Quand la Petite Fleur était encore une jeune fille, plus âgée que vous de quelques années seulement, son père mourut aussi. A l'âge de quinze ans, elle prit le voile…

— Qu'est-ce que…

— Une femme qui prend le voile voue sa vie à Dieu et ne se marie jamais. La Petite Fleur a toujours essayé de faire ce qu'il fallait pour aider les autres, au mieux. Elle a écrit un livre sur sa vie. Je voudrais vous citer deux passages, et que vous y réfléchissiez. »

Le Père Emil ne la regardait pas. Avec ses genoux remontés contre sa poitrine et sa barbiche ébouriffée, il avait l'air d'un enfant devenu horriblement vieux avant d'avoir grandi. Elle détourna la tête pour regarder fixement le rideau bleu.

« La première chose que la Petite Fleur a dit, c'est : "J'ai essayé de toutes mes forces de ne jamais me trouver d'excuses." » Il s'arrêta brièvement, puis poursuivit. « La seconde est plus longue. C'est une prière qui dit à peu près : "Mon Seigneur et mon Dieu, j'en suis venue à comprendre que quiconque entreprend quelque chose par amour des biens de ce monde ou pour se gagner les louanges des autres se trompe. Aujourd'hui, une chose plaît au monde, demain ce sera une autre… mais Vous, Vous êtes immuable pour l'éternité." Comprenez-vous cela, Amanda ?

— Non.

— Cela signifie qu'aujourd'hui, des gens veulent que vous fassiez une chose, demain une autre, mais que vous devez toujours faire le bien, même si l'on fait pression sur vous, sans vous trouver d'excuses. Le bien est éternel. Il sera toujours le bien. »

Les faits, pensa Amanda. Il veut dire « s'en tenir aux faits ». Le Père Emil parlait de ce que Papa appelait « l'intégrité scientifique ».

« Je comprends.

— Bien. Alors, je vais vous reposer la question. Souvenez-vous que ce qui est à la mode, ou largement cru aujourd'hui, n'a pas d'importance. Ce sont les choses éternelles qui comptent, comme la gentillesse et aider les autres — la Petite Fleur a voué sa vie aux autres — et faire le peu que nous pouvons pour mettre fin au mal dans le monde. Puisque tout cela est vrai, nous aiderez-vous à mettre fin à la guerre en faisant cette déclaration holodiffusée et en disant que des agents du gouvernement ont enlevé votre père ?

— Non, Père Emil. Je ne peux pas. »

Il ne répliqua rien. Ses lèvres marmonnaient une prière. Puis il tira le rideau et descendit de sa couchette.

Amanda attendit de voir ce qui allait arriver. Rien ne se passa. Elle n'entendit aucun son. Pour finir, effrayée, elle jeta un coup d'œil par l'entrebâillement du rideau. La salle commune était vide et la porte de la coquerie fermée. Alors ils étaient tous dedans, en train de discuter à son propos. Ou sur le pont, ou dans la cale.

Elle s'allongea et ferma les yeux. Quand elle les rouvrirait, elle serait de retour à la maison. Elle serait revenue dans sa chambre, et se réveillerait pour aller au lycée. En bas, Sudie regarderait les holotoons, et son père, dans la cuisine, ferait cuire le bacon en grommelant. Sa chambre sentirait le bacon, et les arbres se dresseraient devant la fenêtre ouverte, elle sentirait l'odeur forte de son cartable neuf posé par terre. Elle se lèverait, irait faire sa toilette dans la salle de bains, puis elle descendrait l'escalier, et Carol lui dirait bonjour avec le sourire, et Sudie lui tirerait la langue, et Papa...

Elle imagina tout cela, les yeux fermés, jusqu'à ce qu'elle tombe endormie.

Lorsqu'elle s'éveilla, il faisait nuit sur le vaisseau et les lumières étaient en veilleuse. Amanda regarda sa montre : 3 h. Elle avait dormi pendant une si grande partie de la journée qu'elle se réveillait au milieu de la nuit.

Non — quelque chose l'avait réveillée. Des bruits. Quelqu'un était dans la salle commune. Quelqu'un qui tira le rideau de sa couchette. Salah, avec quelque chose à la main.

Amanda cria. Frénétiquement, elle recula à l'autre bout de la couchette. Salah jura et tendit la main vers elle. Elle lui donna un coup de pied dans le bras et vit alors ce qu'il tenait, un patch. Il allait essayer de la droguer.

« Non ! Non ! » Elle se mit à crier, sachant que cela ne l'aiderait pas. Son coup de pied n'avait pas du tout dissuadé Salah. Il était trop grand et trop fort et il avait dit aux autres : « *Elle doit simplement disparaître... la vie d'une enfant ne doit pas l'emporter sur celle de milliers d'enfants...* » Mais ils lui avaient tous crié dessus ! Le Père Emil, le capitaine Lewis et Lucy, ils lui avaient tous crié dessus et Amanda avait cru qu'elle ne craignait rien. — « Non ! Allez-vous-en ! »

De son énorme main, il lui prit le bras et, sans effort, l'attira vers lui. Elle le frappa à la figure, ce qui parut n'avoir aucun effet sur lui. Il allait *la tuer*…

La tête de Salah se détacha de son corps.

Le sang jaillit de son cou en une immense fontaine, éclaboussant le plafond et aspergeant Amanda. En même temps, l'alarme se mit à hurler et le système informatique du vaisseau dit fortement : « Il y a un trou dans la coque. Il y a un trou dans la coque. il y a… »

Il se tut en un instant. Le revêtement nano s'étendit pour couvrir le trou d'une mince couche temporaire, un trou si petit qu'Amanda ne pouvait pas le voir.

« Cela ne tiendra pas ! » dit le Père Emil. Chose incroyable, il était là, un fusil laser à la main… on ne doit *jamais* se servir d'un fusil laser à bord d'un vaisseau spatial !… devant un coffret de stockage ouvert. « Je ne sais pas poser une réparation permanente — et vous ? »

Bien sûr qu'elle le savait. Amanda descendit en toute hâte de sa couchette et ouvrit d'un coup sec le placard rouge qui se trouvait dans toutes les chambres de tous les vaisseaux. Elle prit un patch permanent, l'arracha de son sachet, puis glissa sur le sang qui couvrait le sol. Elle tenta frénétiquement de s'accrocher à quelque chose, n'importe quoi. Le Père Emil la remit sur ses pieds. Elle remonta dans la couchette, en proie à la nausée. Mais elle n'arrivait pas à retrouver le trou.

« Il y a un trou dans la coque, recommença à dire le système, mais pas aussi fort. La réparation temporaire doit être remplacée par une autre permanente. Il y a un trou… »

« Le trou doit être long et mince, dit le Père Emil à bout de souffle. J'ai brandi le fusil pour lui couper la tête, je ne savais pas quoi faire d'autre pour m'assurer que… »

« Il y a un trou dans la coque. La réparation temporaire doit être remplacée par une autre permanente. Il y a un trou… »

Amanda trouva la déchirure. Elle rougeoyait maintenant, à cause des nanos temporaires devenues signal lumineux. C'était le sang qui le rendait difficile à voir. Elle mit le patch dessus et les nanos coûteuses, fruits d'une haute technologie, commencèrent à combler la minuscule brèche. Le vaisseau cessa de jacasser.

Dans le silence, Amanda et le Père Emil se regardèrent.

« Je m'étais caché dans le coffre de stockage », dit le Père Emil. La violence semblait, étrangement, l'avoir calmé. Il en avait tant vues. Son calme remit, à son tour, Amanda d'aplomb. « Je me doutais qu'il allait tenter de vous tuer, puis de mettre votre corps dans le sas et le jeter dans l'espace. Une fois la chose faite, les autres n'auraient pas averti les flics, parce que, ce faisant, ils auraient dû admettre qu'ils vous avaient emmenée avec eux. Et le problème était résolu.

— Où… où sont les autres ?

— Sans doute mis hors circuit. Il aurait fait pareil avec moi, mais il ne m'a pas trouvé. Salah n'était pas un criminel professionnel, seulement un fanatique de sa cause. Il a probablement supposé que je priais dans la cale, et qu'à mon retour, il en aurait terminé avec vous.

— Tout ce sang, dit Amanda.

— Ne vous mettez pas à pleurer, Amanda.

— Je ne pleure pas ! Vous me voyez pleurer ? Je suis… » Qu'était-elle ? « … dégoûtée ! »

Un petit sourire se dessina sur la bouche du prêtre. « Oh, allez chercher une brosse à récurer. »

C'est ce qu'elle fit, se traînant vers la coquerie sur

ses jambes tremblantes. Le temps qu'elle revienne, la tête de Salah avait disparu. Son corps était enveloppé dans un rideau de couchette bleu, épais, arraché à ses crochets.

« Ce n'est pas un travail pour une enfant. Allez prendre une douche, Amanda. Mais ne videz pas le réservoir d'eau. »

Une fois sous la douche, elle se mit à trembler. Cet homme avait tenté de la *tuer* ! Sans le Père Emil… oh, elle voulait son Papa ! Elle voulait rentrer à la maison !

Elle joignit les mains devant elle, l'eau coulant sur elle, jusqu'à ce que les tremblements cessent.

Quand elle revint, la salle commune était impeccable. Non seulement pour avoir été récurée à la main, mais aussi nettoyée par les nanos, devina-t-elle, qui mangeaient les molécules organiques, puis en mouraient rapidement. Les nanos mortes avaient été aussi absorbées. Le corps de Salah avait disparu. Caché ? Ou jeté dans l'espace ? Elle ne posa pas de question.

Les yeux du Père Emil semblaient tellement las ; Amanda ne savait pas que des yeux pouvaient avoir l'air si fatigués. Il lui montra une couchette vide, pas celle qu'elle avait avant. « Couchez-vous, Amanda.

— Je ne pourrais pas dormir.

— Je sais. Couchez-vous tout de même. Vous êtes en sécurité maintenant. »

En sécurité ? Bizarrement, elle le crut. « Où allons-nous ?

— A la station spatiale Cléopâtre. »

Cléopâtre orbitait autour de la Terre, au-delà de la Lune. C'était un point de transfert solaire important, ainsi qu'une grande cité. « Je veux aller sur Mars pour retrouver…

— Au lit, Amanda ! Tout de suite ! »

Etendue dans sa nouvelle couchette, elle attendit,

tous ses muscles tendus. Elle savait ce qu'allait faire le Père Emil. A la manière dont il avait dit : « Au lit ! Tout de suite ! » Elle le savait parce que Papa aurait fait la même chose. Le Pèrc Emil revint à pas de loup quelques minutes plus tard et un patch somnifère baisa doucement son cou.

« Merci », chuchota-t-elle. Cela ne lui procurerait pas un très long sommeil, mais ce serait mieux que rien.

« Dormez bien. Vous êtes une fille courageuse. L'enfant la plus brave, la plus entêtée et la plus stupide que j'aie jamais rencontrée. »

Elle aurait dû lui répondre, mais elle dormait déjà.

CHAPITRE VI

LE TUNNEL SPATIAL #1

Le vaisseau *Cascade d'étoiles* quitta Mars en juillet ; il avait obtenu l'autorisation de transporter des marchandises jusqu'à Titan, puis de là, des émigrés se rendant à New Canaan, une planète lointaine. C'était un immense astronef, affrété par la Liu Wang Interplanetary, République de la Nouvelle Chine, Terre, bien qu'il ne se soit jamais trouvé près de celle-ci et qu'il ne le serait probablement jamais. Assez vaste pour transporter deux avions et deux navettes, il comptait huit mille passagers. Six mille d'entre eux étaient des Amish qui allaient s'établir sur New Canaan, tentative donquichottesque de créer une civilisation non technologique après leur venue à bord d'un astronef de haute technologie. L'équipage était surtout composé de Chinois. La cargaison comprenait des charrues et des enclumes pour New Canaan, et une quasi-IA pour la station géologique gouvernementale de Titan.

Les deux mille autres passagers étaient un mélange d'hommes d'affaires, de techniciens, de dirigeants, d'aventuriers et d'un groupe d'individus inclassables qui se déplaçaient dans le système solaire en manifestant un détachement poli et qui ne révélaient jamais les raisons de leur voyage. Certains d'entre eux étaient des chefs de réseaux criminels, d'autres des fugitifs ou des espions. La déontologie du vaisseau exigeait que l'on accepte à bord tout voyageur, quelle que soit l'identité qu'il choisisse de présenter. Bien entendu, cette règle n'était pas respectée par les agents du gouvernement qui vérifiaient les passeports et enregistraient les itinéraires.

Deux des inclassables étaient Lyle Kaufman et Marbet Grant. Lyle voyageait sous le nom de « Eric James Peltier », un colonel en retraite devenu consultant en sécurité personnelle. Marbet n'avait pas de nom du tout, puisque aucun des passagers ou des agents du gouvernement ne savait qu'elle était là. Elle ne pouvait pas voyager ouvertement, car on l'aurait aussitôt reconnue comme la plus célèbre Sensitive du système solaire. Cependant, elle n'avait pas à le faire.

Cascade d'étoiles était pourvu de deux petites cabines à l'écart du quartier d'habitation et inconnues de la plupart des officiers du vaisseau, y compris du capitaine. Le chef de la sécurité les avait fait aménager et en tirait un profit fabuleux, partagé seulement avec des membres de l'équipage triés sur le volet, qui auraient pu en découvrir l'existence. Ce profit fournissait suffisamment de fonds pour les dépenses nécessaires, tels les pots-de-vin. Personne de la Liu Wang ne savait que le vaisseau avait subi des modifications. Il y avait des avantages à être transporté dans un endroit différent de celui où l'on opérait.

Marbet, confinée dans sa cabine pour un long et assommant voyage de Mars au tunnel spatial #1, choisit de ne pas passer ce temps plongée dans un profond sommeil induit. Elle disposait d'un terminal autonome, de livres, d'haltères et d'un cube de musique. Kaufman savait qu'il n'aurait pas pu supporter des semaines de vie solitaire, sans voir personne d'autre que le steward, payé par le chef de la sécurité pour lui apporter ses repas. Marbet disait que cela ne lui posait pas de problème. Elle avait tous les cubes de données de leur précédente expédition et apprenait à parler le mondien. « La dernière fois, tu le sais, je ne suis descendue qu'une seule fois sur la planète, et je n'ai eu qu'un bref contact avec les Mondiens. »

Lyle s'en souvenait.

Il ne pouvait pas communiquer avec elle pendant le voyage : c'était la règle. Il jouait bien son rôle, participant aux conversations sans entamer de relation personnelle. La plupart des autres passagers pensaient probablement que c'était un délinquant important. Grand bien leur fasse.

De toute façon, le sujet principal des conversations oiseuses n'avait rien de personnel. Dans la salle à manger de première classe, dans les salles communes, dans celle de gym, on jouait à : « Devinez où le général Stefanak a caché l'Artefact Protecteur. » Ce jeu se déroulait en plusieurs langues. C'était une façon de parler du général sans courir de danger, même s'il y avait, dans le coin, des espions du gouvernement ; Stefanak lui-même proclamait souvent que l'Artefact Protecteur, activé au « réglage du nombre premier onze », était le sauveur du système solaire. Il protégeait « chacune de nos précieuses habitations du genre d'attaque destructrice de planète que l'ennemi avait utilisé pour griller la planète sans défense du système viridien. » Ce mélange de rhétorique pompeuse et de parler des rues était du pur Stefanak.

L'artefact, découvert deux ans auparavant, avait été décodé par le brillant savant disparu, le professeur

Thomas Capelo. Aucun des bavards qui se trouvaient à bord de la *Cascade d'étoiles* ne comprenait la physique élaborée par ce Capelo, ni pourquoi elle importait autant. Mais tout le monde savait ce que les sept réglages de l'artefact pouvaient faire.

Réglage du nombre premier un : un faisceau-dirigé déstabilisateur de tous les atomes possédant un nombre atomique supérieur à soixante-quinze. (Peu importe que dans les maths humaines « un » ne soit pas un nombre premier ; ce n'étaient pas des humains qui avaient construit l'artefact.)

Réglage du nombre premier deux : un champ contre les réglages un et trois.

Réglage du nombre premier trois : une onde sphérique déstabilisatrice affectant tous les atomes possédant un nombre atomique supérieur à soixante-quinze.

Réglage du nombre premier cinq : un champ pour protéger toute une planète contre l'artefact.

Réglage du nombre premier sept : une onde pour détruire toute une planète en déstabilisant les atomes possédant un nombre atomique supérieur à cinquante.

Réglage du nombre premier onze : un champ pour protéger tout un système solaire.

Réglage du nombre premier treize : une onde pour détruire tout un système solaire, transformant les civilisations en un désert radioactif.

Cet Artefact Protecteur avait été caché quelque part dans le système solaire par le général Stefanak, et sa localisation n'était connue que d'une douzaine de personnes.

« Je parie qu'il est dans la Ceinture, dit une femme d'une éblouissante beauté génémod, à la table qui parlait anglais. Forcément. C'est le plus grand nombre de corps flottant dans l'espace où pouvoir le cacher.

— Non », dit un jeune homme avec une barbe taillée

en une forme stupéfiante que Kaufman n'avait jamais vue auparavant. Ah, les jeunes civils. « Il y a beaucoup trop de circulation dans la Ceinture. Des colonies, du commerce, des mineurs. Non, il est caché sous terre, sur une planète principale. Peut-être Mars, d'ailleurs… ainsi, Stefanak peut garder l'œil dessus.

— A quoi cela servirait de garder l'œil dessus ? dit avec indolence une femme plus âgée qui portait d'énormes émeraudes antiques. Il fonctionne automatiquement, n'est-ce pas ? Réglons-le à "onze" et il protège tout le système solaire. Ce n'est pas comme s'il fallait le remonter, ou le réviser.

— Non, dit le jeune homme, mais il faut le protéger de ces putains de groupes pacifistes. Ces salauds ne perdraient probablement pas une seconde pour le livrer à l'ennemi.

— Oh, je ne le crois pas », dit un autre individu, pas aussi bien habillé que les autres, qui regardait le jeune homme d'un air désapprobateur.

L'adolescente qui voyageait avec la belle femme dit : « Pourquoi le garder dans le système solaire ? Tant que les Faucheurs croiront qu'il est ici, l'Artefact Protecteur accomplira son boulot. Ils n'apporteront pas le leur ici pour nous attaquer. Par contre, nous pourrions emporter le nôtre dans leur système et les éliminer.

— Alva, dit sa mère avec impatience, tu ne sais pas de quoi tu parles. Si l'on mettait notre artefact en marche dans leur système, et que le leur protège *leur* système, cela détruirait tout l'espace-temps. Le professeur Thomas Capelo l'a prouvé. Franchement, je me demande ce que tu apprends au lycée !

— Pas cela, dit la jeune fille avec feu, parce que ce n'est pas vrai. Les deux artefacts doivent être réglés au nombre premier treize pour détruire tout un système.

Toi, tu devrais peut-être étudier cela plus soigneusement. »

L'homme vêtu pauvrement intervint pour éviter la dispute. « Cela n'arrivera jamais — le réglage des deux à treize. Si l'un des camps le faisait, l'autre serait protégé par le réglage onze, alors pourquoi irait-il à treize ?

— Je suis d'accord, dit un homme qui, jusque-là, était resté silencieux. C'est un scénario non viable. »

Un espion, pensa Kaufman, *ou un journaliste*. Marbet l'aurait su simplement en le regardant. Mais après avoir été affecté durant des années au Conseil de la Défense de l'Alliance solaire, Kaufman reconnaissait la technique : émettre — ou approuver — une déclaration provocatrice, et voir qui réagit et comment.

Le jeune homme à la barbe fantastique se renfrogna. « Cela pourrait arriver. Par exemple : nous n'apportons par notre artefact dans leur système natal, mais dans l'une de leurs principales bases militaires, et nous le réglons à treize pour détruire tout le système. Ils nous voient apporter l'artefact et essaient de nous battre à plate couture en réglant *leur* artefact à treize pour détruire notre flotte. Tous deux sont en train d'émettre, ou de faire autre chose, à treize, et boum ! Adieu l'espace-temps.

— Mais, répliqua Alva, s'adressant à lui d'un ton totalement différent de celui qu'elle adoptait en discutant avec sa mère, pourquoi les Faucheurs utiliseraient-ils leur artefact dans le système d'une de leurs bases militaires au lieu de protéger leur système natal, comme nous le faisons ? »

Il lui sourit au travers de ses morceaux de barbe. « Je l'ignore. Peut-être ont-ils peur qu'il puisse avoir des effets secondaires sur leur peuple.

— Peut-être avons-nous peur, nous aussi, des effets

secondaires, répliqua la jeune fille. Peut-être notre artefact n'est-il même pas dans le système solaire.

— Le général Stefanak dit qu'il y est, pour nous protéger. »

L'espion-ou-reporter eut un bref éclat de rire. « Il n'y a pas d'effets secondaires, jeune dame. »

Le visage d'Alva, au lieu de s'empourprer devint d'un marron peu séduisant ; elle se tourna vers lui : « Comment le savez-vous ?

— Le général Stefanak l'a dit.

— Mais est-ce que les physiciens l'ont dit ? Le professeur Capelo par exemple ? »

Cela se rapprochait trop d'une critique du général Stefanak. La mère dit sévèrement : « Alva, tu ne sais vraiment pas de quoi tu parles. Monsieur Peltier, vous avez été dans l'armée. Je le vois à la manière dont vous vous tenez. Où pensez-vous que le général Stefanak a caché l'Artefact Protecteur pour notre plus grand bien à tous ? »

Kaufman s'essuya les lèvres sur sa serviette. Il n'avait pas plus d'idée que les autres sur l'endroit où était l'artefact de Stefanak. D'autre part, il avait une bonne idée de l'endroit où l'artefact des Faucheurs se trouvait, mais l'information était classée top secret. Cependant, rien de tout cela ne le concernait plus. Il ne faisait plus partie de l'armée.

« Je pense, dit-il d'une voix calme et autoritaire, que l'endroit le plus probable où le général Stefanak a mis l'artefact, c'est la Ceinture. » Lorsqu'on vous défie, il faut toujours livrer la réponse de la majorité. C'est la moins ostentatoire.

« Je vous l'avais bien dit ! » triompha la belle femme. Sa fille semblait au bord des larmes. Pourquoi est-ce qu'une femme aussi ostensiblement génémod avait-elle une enfant au physique aussi ordinaire, se demanda Kaufman ? Pourquoi n'était-on pas intervenu sur sa fille ? Peut-être la mère avait-elle peur d'avoir une rivale. Les gens étaient vraiment pervers.

« Où qu'il soit, dit l'homme miteux, c'est la carte maîtresse de Stefanak. Aussi longtemps qu'il en a le contrôle, personne n'osera l'écarter du pouvoir.

— Oh, je ne sais pas, dit la femme plus âgée, il y a pas mal de dingues. Et si un groupe de terroristes, de gens encore plus fous que les pacifistes, découvraient l'Artefact Protecteur et s'en emparaient ? Ils pourraient décider de détruire les Faucheurs si l'envie leur en prenait. En fait, ils pourraient détruire le système solaire, ou menacer de le faire, contre rançon. »

Alva, en dépit de sa tendance à bouder ou à pleurer pour un rien, avait étudié cette femme. Elle dit soudain : « Je vous reconnais. Vous écrivez des romans à suspense pour l'holo ! Vous êtes Ruth Pomeroy ! »

L'autre sourit modestement, et la conversation dévia sur les thrillers, sur l'écriture, et des acteurs dont Kaufman n'avait jamais entendu parler, jusqu'à ce que le très jeune homme barbu déclare : « Savez-vous ce que j'ai entendu dire ? Le mois dernier, Magdalena était à bord de ce vaisseau.

— Vraiment ! s'écria Ruth Pomeroy. Voilà une femme sur laquelle j'aimerais écrire un roman.

— Eh bien, si vous voulez que dans votre thriller, quelqu'un assassine Magdalena, dit l'homme qui était un journaliste ou un espion, vous ne manquerez pas de suspects. Elle a plus d'ennemis que le général Stefanak.

— Qu'elle connaît extrêmement bien, à ce que j'ai cru comprendre, dit Ruth Pomeroy.

— Oh, sûrement plus maintenant, protesta la beauté. Elle doit avoir au moins soixante ans. Et elle les fait bien.

— Non, pas du tout, répliqua le barbu. Quel corps !

— Mais qui est cette Magdalena ? » lâcha Alva.

Le journaliste-espion rit. « Ce n'est pas le genre de personne que vous avez besoin de connaître. »

Délibérément, la jeune fille se tourna vers le barbu. « Dites-moi qui c'est, je vous en prie. »

Il ne se laissait pas impressionner par les dictats maternels. « Magdalena a débuté comme vedette du porno, bien avant votre naissance. On dit qu'elle est née dans un bidonville et s'est battue bec et ongles pour en sortir. Elle était incroyablement sexy. Mais elle a, depuis longtemps, cessé de faire des holos.

— Et elle est devenue encore plus célèbre qu'avant, dit le journaliste-espion. Ce n'est pas un modèle pour vous, jeune dame. Magdalena a épousé un membre du gouvernement de Stefanak, qui a fini par être accusé de trahison. Mais elle n'est jamais passée en jugement. Elle a hérité de la fortune de son mari et passé son temps, à la fois à investir cet argent et à caresser dans le sens du poil tout homme qui avait du pouvoir. Lorsque la guerre a commencé, elle s'est encore plus enrichie dans le marché noir du matériel militaire. Vous pouvez peut-être nous en dire plus là-dessus, colonel Peltier.

— Ce n'est pas mon domaine, je regrette », dit Kaufman, bien qu'en fait il soit au courant. Il n'avait jamais vu les holos pornos de Magdalena, et n'en savait pas long sur ses précédents mariages et ses affaires financières. Mais dans le monde actuel des contrats gouvernementaux signés en temps de guerre, des services de renseignements secrets, de la collusion des entreprises, du contrôle de l'espace-temps et des vols militaires, Magdalena était de première force. Personne ne savait dans quelle mesure sa réputation était fondée et quelle part d'exagération émoustillante elle comportait. La seule chose vraie, c'était que Magdalena —

l'unique nom qu'elle utilisait — devenait de plus en plus riche, puissante et dangereuse.

« Etait-elle vraiment si belle que cela ? demanda Alva d'un air mélancolique.

— Oui », s'extasia le jeune barbu qui, visiblement, n'avait pas encore appris qu'il fallait éviter de s'appesantir sur la beauté d'une femme en parlant à une autre. « Une chevelure noire, d'immenses yeux bleus, le visage d'un ange. Et un corps… vous n'avez jamais vu de tels seins et un tel…

— Cela suffit comme cela, dit froidement Ruth Pomeroy. Les combinaisons génétiques peuvent certes produire d'étranges résultats. » Elle ramena la conversation sur le général Stefanak et l'artefact.

Kaufman continua à déguster son excellent dîner en réfléchissant à ce qui venait d'être dit. Rien de tout cela n'était nouveau pour lui, bien entendu. Stefanak lui-même lui avait révélé, la seule fois où ils s'étaient rencontrés, ce qu'il projetait.

« *Qu'allez-vous faire de mon artefact ?* »

Le pronom possessif arracha un sourire à Stefanak ; Kaufman savait que Capelo l'avait utilisé délibérément, mais le général ne fit aucun commentaire. « *Nous allons l'emporter jusqu'au système solaire, l'installer dans un lieu sûr et secret, et l'activer au réglage du nombre premier onze, pour protéger tout le système d'une attaque des Faucheurs.*

— Je vois. Alors vous n'allez pas l'emporter jusqu'à celui des Faucheurs, l'activer au réglage du nombre premier treize et griller tout leur système solaire natal ?

— Vous nous avez dit que cela pouvait affecter d'une façon désastreuse le tissu même de l'espace-temps.

— Et si je me trompais ?

— Nous espérons que vous allez continuer à affiner votre théorie, pour qu'elle devienne plus sûre.

— Et si je me trompais sur ce qu'effectue le réglage du nombre premier treize ?

— Même réponse », avait déclaré Stefanak.

Thomas Capelo avait donc continué à « affiner sa théorie » ? Etait-ce ce qui avait causé son enlèvement : un nouvel aspect de sa physique révolutionnaire qui comporterait des implications guère appréciées par Stefanak ? Celui-ci avait accueilli le scientifique en disant, d'un air joyeux, qu'il ne comprenait rien à son hypothétique champ de force de probabilité. Mais en fait, il n'y avait, dans le système solaire, qu'une douzaine de personnes environ qui le comprenaient.

« Vous semblez bien pensif, monsieur Peltier, dit la beauté génémod en flirtant. Pourrions-nous savoir quelles sont vos pensées ?

— Je pense à ce que l'on va peut-être nous apporter pour dessert. J'espère qu'il sera meilleur que le gâteau à la crème que nous avons eu au déjeuner. »

On accorda sans complication au *Cascade d'étoiles* la permission de prendre le tunnel spatial #1. On contrôla les passeports, on inspecta la cargaison, l'Administration martienne des Tunnels spatiaux compléta les données. Cette dernière avait effectué tout cela lors de l'escale sur Titan, et recommença pourtant. Elle maintenait un contrôle serré sur les tunnels. C'était grâce à eux si Mars dirigeait maintenant le système solaire. Mars les avait eus en premier.

On avait découvert les tunnels spatiaux soixante ans auparavant. Ce réseau souple, cartographiable, de trous de ver, introduisit dans la galaxie un système de transport instantané. Il vous suffisait de prendre le car jusqu'au tunnel le plus proche, d'y pénétrer, et vous en sortiez sur une autre station spatiale, à proximité d'un autre système solaire. Si vous repreniez le même, vous vous retrouviez à votre point de départ — à moins que ce ne soit la première fois que votre vaisseau entrait dans le tunnel. Auquel cas, vous ressortiez au même endroit que la fusée précédente. Le système pouvait réacheminer ses véhicules.

Certains systèmes solaires possédaient trois, ou même quatre, tunnels en orbite, bien que le nôtre n'en ait qu'un. Il était évident que l'espèce, depuis longtemps disparue, qui les avait construits ne considérait pas notre soleil comme un liaison importante.

La découverte du tunnel spatial #1 avait ébranlé la civilisation solaire qui avançait cahin-caha. De nouvelles disciplines surgirent : la xénobiologie, la chasse au trésor interstellaire, des tournages de films holos sous des cieux roses ou jaunes. De graves penseurs firent remarquer que l'humanité, n'ayant pas encore résolu ses propres problèmes, n'était guère prête à coloniser les étoiles. Personne ne les écouta. Les riches prospérèrent grâce à de nouveaux investissements ; les pauvres restèrent pauvres ; la Terre continua à passer, en titubant, d'une crise écologique à une autre. Tout était pareil, et rien ne l'était.

Les premières années furent pleines de triomphes et de désastres. L'expérimentation prouva qu'un vaisseau — ou tout autre objet — empruntant un tunnel spatial pour la première fois aboutissait directement à l'endroit d'où était parti le vaisseau précédent. Celui qui avait traversé un tunnel et le reprenait à l'autre bout revenait automatiquement à son point de départ, quel que soit le nombre de véhicules l'ayant utilisé entre-temps. Pour une raison ou pour une autre — expression clef de la compréhension que les hommes avaient de cette technologie — le tunnel « se souvenait » de l'endroit où chaque vaisseau était entré dans leur espace. C'était un « Toboggans et Echelles[1] » interstellaire ne comprenant que des glissières.

Au bout de cinquante-six ans, la science ne savait toujours presque rien sur la manière dont les tunnels fonctionnaient. Même le travail du professeur Thomas Capelo n'avait pas beaucoup aidé ces recherches. Les objets physiques, des panneaux en forme de beignet flottant dans l'espace, étaient totalement impénétrables. Cette science était trop étrangère. La meilleure supposition, c'était que les panneaux créaient un champ d'enchevêtrement d'objets au niveau macroscopique, analogue à l'enchevêtrement quantique qui permettait à une particule d'affecter sa contrepartie jumelle quelle que fût la distance, éliminant ainsi toute dimension spatiale de l'univers traité alors comme un point unique. Mais c'était simplement une conjecture. Accomplir un enchevêtrement pour un objet ayant la dimension d'un vaisseau de guerre spatial — sans parler de *contrôler* le phénomène — semblait impensable. Cependant, les tunnels existaient.

Le *Cascade d'étoiles* attendit que la configuration du tunnel spatial #1 change afin de s'ouvrir sur le système d'Herndon, ce qui fut effectué en envoyant un appareil d'Herndon vers le Soleil. Plusieurs autres vaisseaux faisaient aussi la queue. Lorsque son tour vint, le *Cascade d'Etoiles* pénétra dans le tunnel. Les passagers se rassemblèrent sur le pont d'observation, mais il n'y avait rien à sentir, et guère plus à voir. Les étoiles du système solaire, les bizarres panneaux flottants du tunnel, puis

1. *Chutes and Ladders*, sorte de jeu de l'oie anglo-saxon connu aussi sous le nom de *Snakes and Ladders* (Serpents et Echelles). *(N.d.T.)*

les étoiles du système d'Herndon. Le désappointement fut audible : *hmmnnnnnn.*

Quelques heures suffirent pour traverser l'espace du système d'Herndon du tunnel #1 au tunnel #32. De nouveau, l'administration martienne contrôla les passeports et la cargaison, mais bien plus rapidement. Quatre systèmes plus tard, en orbite autour du tunnel #389, l'administration effectua encore un contrôle, bien que personne en dehors des colons Amish ne soit descendu sur New Canaan et que personne ne soit monté à bord.

Il fallut plusieurs jours aux navettes du *Cascade d'étoiles* pour amener les Amish à destination. Presque tous les autres passagers avaient débarqué sur des planètes des systèmes précédents. En se rendant à la soute des navettes, Kaufman ne dépassa que des gens anxieux, vêtus de noir, chargés de ballots.

Le chef de la sécurité avait organisé le timing. Seuls ceux dont il s'était chargés étaient présents. Marbet fut emballée. Kaufman et elle grimpèrent dans l'un des deux avions qui serait déclaré perdu à la Berrington Corporation à cause d'une défaillance mécanique. L'appareil avait été considérablement, et coûteusement, reconstruit. A mi-chemin entre un avion et une navette, il ne fonctionnait pas aussi bien que ceux-ci. Mais il pouvait traverser l'espace, plus lentement qu'un avion, et pouvait atterrir sur la planète avec infiniment plus de douceur qu'une navette. Il avait coûté à Marbet un prix qui la fit sourciller.

« Tu es certain de pouvoir faire voler ce machin ? avait-elle demandé, d'un ton dégagé, à Kaufman.

— Depuis mon entraînement de cadet. Tu es contente d'être libérée de ton confinement solitaire ?

— Oui et non. C'était très paisible, Lyle. Mais tu me manquais.

— Peux-tu déjà parler le mondien couramment ?

— Nous allons l'apprendre. » Elle sourit, et il refoula son appréhension, puis s'éloigna du *Cascade d'étoiles*.

Le système de New Canaan avait deux tunnels. Kaufman pénétra dans l'un d'eux qui s'ouvrit sur le système de Caligula. C'était une base militaire lointaine, à un tunnel de Monde. L'appareil de Kaufman fut hélé dès qu'il émergea du tunnel.

« Identification », dit le vaisseau de la police. Kaufman nota son armement bien visible.

« Véhicule civil #6754 venu de Mars via la route des tunnels. A bord : le colonel Eric James Peltier, ADSS, à la retraite, et madame Ellen Fineman, citoyenne. Mari et femme. Numéros de citoyens suivent. » Eric James Peltier et son épouse Ellen Fineman étaient morts très récemment dans l'Hégémonie d'Amérique du Sud, qui avait le service d'informations le plus déplorable de tous les membres de la Défense de l'Alliance solaire. Surtout maintenant. Le général Stefanak n'était pas populaire dans l'Hégémonie. Kaufman n'avait pas de passeport pour Ellen/Marbet, mais si loin du système solaire, les militaires se fiaient généralement plus aux approbations de vol vérifiées et transmises qu'aux passeports des civils. Kaufman retint son souffle.

Silence. Puis une voix dit, dans le telcom : « Votre vol est enregistré, colonel Peltier. Cependant, les ordres sont : pas de vol vers le système de Monde. Je ne sais pas comment vous avez obtenu une homologation pour venir jusqu'ici. »

De l'argent. « Je ne comprends pas ! Nous avons des homologations !

— Je vous prie d'attendre, Colonel, pendant ce que je vérifie cela. Quel est le but de votre mission ?

— Personnel. Ma femme est la cousine du professeur Ann Sikorski, laissée sur la planète Monde durant la dernière mission scientifique approuvée. » Un mensonge efficace reste aussi près que possible de la vérité.

« Contrôle…

— Soldat, le système de Monde est-il interdit ? demanda Kaufman.

— Non.

— Et toutes les homologations sont en ordre ?

— Oui, colonel », dit la voix, répondant automatiquement à l'autorité qui imprégnait la voix de Kaufman.

« Alors, je ne vois pas où est le problème.

— Mes ordres sont de ne laisser aucun vaisseau emprunter ce tunnel. »

Il ne changerait pas d'idée. Kaufman passa à sa seconde tactique. « Transmettez ma requête à votre commandant, je vous prie.

— Oui, colonel. »

Kaufman ferma le telcom. « Installe-toi confortablement, Marbet. Nous allons demeurer ici un certain temps.

— Je ne comprends pas. Pourquoi ne veut-il personne dans le système de Monde ? Il n'y reste rien. Nous avons tout pris.

— Je l'ignore. Mais j'espère qu'ils préféreront nous laisser passer plutôt que de nous renvoyer et de courir le risque que nous nous mettions à poser des questions inopportunes une fois de retour sur Mars. »

Cela ne prit pas autant de temps que Kaufman l'avait supposé. En moins d'une heure, un minuscule avion quitta le vaisseau de la police et pénétra en trombe dans le tunnel.

« Qu'est-ce qu'il y a, Lyle ? Pourquoi es-tu aussi surpris ? »

Il n'était toujours pas habitué à la capacité qu'avait Marbet de lire ses pensées à partir d'un langage corporel qu'il n'était pas conscient d'utiliser. Il dit : « Ils vont vérifier mes dires auprès de quelqu'un qui se trouve de l'autre côté du tunnel. Je ne connais personne qui soit là... oh, mon Dieu. J'espère qu'ils ne vont pas réveiller Ann par telcom afin de vérifier notre histoire. Ellen Fineman n'était sûrement pas sa cousine. »

Pendant qu'ils attendaient, Kaufman énuméra soigneusement des plans d'urgence prévus pour le cas où ils seraient identifiés. Mon Dieu, ce serait un beau gâchis. Mais l'avion revint par le tunnel, une demi-heure après, et il se détendit. « Ils n'ont pas parlé à Ann, le décalage horaire du tunnel menant à Monde est de cinquante-quatre minutes. Mais alors, à qui ont-ils parlé de l'autre côté ?

— Colonel Peltier, vous avez l'autorisation d'emprunter le tunnel. »

Marbet lui prit la main. Il serra la sienne, puis alluma le moteur de leur avion.

A la grande surprise de Kaufman, le *Murasaki* était en orbite de l'autre côté du tunnel. C'était le même vaisseau de guerre qui se trouvait là, presque trois ans auparavant. Mais à ce moment-là, il protégeait le système qui contenait l'artefact extraterrestre et les tentatives que faisait le professeur Thomas Capelo pour le décoder. Qu'est-ce que le *Murasaki* gardait maintenant ? Il n'y avait rien ici. Garder un vaisseau de guerre hors service pendant trois ans alors que les humains étaient en train de perdre la guerre... cela n'avait aucun sens.

« Qu'est-ce que le *Murasaki* fait ici ? demanda Marbet.

— Je n'en sais rien. Mais si McChesney en est toujours le capitaine, il va nous reconnaître. Oh, merde alors...

— Ici le *Murasaki*, dit le telcom. Vous avez la permission de poursuivre votre route vers la planète Monde. Confirmez votre destination.

— La planète Monde », répondit Kaufman en essayant de déguiser sa voix. Il n'était pas très efficace pour ce genre de chose. Mais le *Murasaki* dit : « Poursuivez votre route. Bonne chance.

— Merci », répliqua Kaufman, et du pied il appuya sur l'accélérateur. Ils partaient pour Monde.

CHAPITRE VII

LOWELL CITY, MARS

Lorsque Amanda finit par se réveiller, ce n'était plus à l'endroit où elle s'était endormie, la station Cléopâtre. Quelqu'un l'avait gardée plongée dans un profond sommeil — *pas* du genre patch somnifère ! — pendant le long voyage jusqu'à Mars. Ce vaisseau, bien plus grand, venait d'atterrir au spatioport de Lowell.

« Vous n'auriez pas dû faire cela sans me le dire ! Ce n'est pas juste ! cria-t-elle au Père Emil qui se tenait debout, à côté de sa couchette.

— Ils l'ont fait. Levez-vous Amanda, vous avez deux heures pour retrouver l'usage de vos jambes. Les stimulants sont déjà dans votre système. Levez-vous.

— Deux heures jusqu'à quoi ? » Elle s'assit trop vite, peu habituée à une basse gravité. Elle avait déjà expérimenté le sommeil profond, pendant une partie du long voyage de Mars au tunnel spatial #1, avec Papa. Quand vous vous réveillez, il vous faut une thérapie, et malgré cela, vous ne vous sentez pas bien pendant environ une semaine. Amanda détestait cela. Ils n'avaient pas le *droit*…

Elle ne sentait pas ses cheveux toucher ses épaules.

Lorsqu'elle se redressa, ils ne retombèrent pas en avant, pourtant ils n'étaient pas attachés sur sa nuque, ni sur sa tête. Elle tâta sa tête d'une main tremblante et ramena une natte devant ses yeux. Courts ! Et noirs, pas blonds !

« Qu'avez-vous fait à mes cheveux ?

— On les a coupés et teints. Ne perdez pas de temps en bagatelles. Levez…

— Mes cheveux ! gémit-elle. Mes cheveux ! Mes cheveux ! » Le père Emil la regarda fixement, ahuri. Pour finir, il dit :

« On a failli vous tuer — *deux fois* —, vous avez assisté à un meurtre, vous avez tenu tête à toute une organisation d'adultes… et vous craquez à cause d'une coupe de cheveux !

— Mes cheveueueux !

— Debout ! Tout de suite ! »

Elle se leva et vit son reflet sur la paroi brillante. Un miroir assez minable, qui montrait tout de même une étrangère : une petite fille aux cheveux noirs et courts avec une frange. Revêtue d'une salopette bleu foncé.

« Amanda, dit le Père Emil en s'efforçant d'être patient, arrêtez cela. Tout de suite. Nous sommes sur Mars. Levez-vous et suivez les instructions holos de la thérapie physio avant que je vous rendorme. »

A vrai dire, elle semblait plus âgée avec les cheveux courts. Une étrangère, mais plus âgée. Et un petit peu exotique, comme Yaeko. Et ils l'avaient amenée sur Mars, où était Marbet Grant. Elle la verrait bientôt. Elle leva la main pour lisser ses cheveux noirs.

L'holovidéo s'alluma tout seul. Péniblement, Amanda s'agrippa à la barre qui se trouvait à côté de sa couchette et entama le premier exercice qui devait restaurer ses muscles. Le Père Emil la laissa avant qu'elle ait pu lui poser d'autres questions.

Lorsqu'il revint, elle avait terminé l'holovidéo et venait de s'asseoir, pantelante, au bord de sa couchette. Tout son corps était douloureux. Le Père Emil lui apportait un plateau de nourriture. Affamée, Amanda se jeta dessus. Elle avait probablement perdu du poids, ce qui était une bonne chose. Plongé dans le sommeil profond, nourri par intubation, on perd toujours du poids. Amanda voulait devenir aussi mince que Marbet.

Et puis, le Père Emil aussi avait maigri, ce qui n'était pas une bonne chose. Les os de ses poignets ressortaient. Ses pommettes saillaient en biseau. Il avait l'air malade.

L'exercice et la nourriture rendirent à Amanda ses facultés. « A-t-on retrouvé mon père ? » Elle retint son souffle ; il dirait peut-être que l'on avait retrouvé le corps de Papa, ou que Papa était de nouveau libre, ou…

« Non, mon enfant. Il est toujours porté disparu et le gouvernement accuse toujours Vivre Maintenant. Il y a eu des émeutes, des manifestations. La plupart de nos membres ont dû passer dans la clandestinité. »

Elle refusa de répondre à cela. « Etiez-vous aussi en sommeil profond, Père Emil ?

— Non. »

Alors, il avait l'air comme cela même sans intubation. « Allez-vous m'amener chez Marbet dès que j'aurais retrouvé l'usage de mes jambes ?

— Amanda, Marbet n'est plus sur Mars. »

Elle resta la fourchette en l'air. « Elle doit y être !

— Parce que vous voulez qu'elle y soit ? Ne fonctionnez pas comme cela, mon enfant.

— Mais vous avez dit qu'elle y était ! Où est-elle ?

— Elle a disparu. Non, elle n'a pas été enlevée. Kaufman et elle ont quitté Mars il y a plusieurs mois, juste après que nous sommes partis de Terre. Apparemment, ils ont passé des mois à demander au Département d'Etat la permission de se rendre sur Monde. Elle leur a été refusée à cause de la limitation des voyages qu'impose un temps de guerre. La meilleure hypothèse, c'est qu'ils ont trouvé le moyen de s'y rendre illégalement.

— Comment peut-on…

— Oh, ne soyez pas naïve, mon enfant. Nous l'avons fait. Croyez-vous que quelqu'un, en dehors de Vivre Maintenant, sait que vous vous trouvez sur Mars ? Vous aussi, vous êtes dans l'illégalité. »

Amanda repoussa le plateau. Brusquement, elle n'avait plus faim du tout.

« Dans l'illégalité, avec le même problème qu'auparavant. Amanda, si quelqu'un savait que vous êtes ici, Vivre Maintenant serait accusé de vous avoir enlevée. Tout comme nous vous l'avons dit, il y a trois mois. »

Trois mois ? Ils avaient mis trois mois pour arriver sur Mars. C'était…

D'une toute petite voix, elle dit : « Nous sommes le combien, père Emil ?

— Le trois juillet. Le mois de Notre-Dame. »

Cela ne lui disait rien.

« Si l'on accuse Vivre Maintenant de vous avoir enlevée en apportant des preuves sûres que vous êtes avec nous, et non des accusations simplement conjecturales, des gens mourront. Je veux que vous vous rappeliez cela.

— Où allons-nous ? » demanda-t-elle. Elle était prise de nausées. « Oh, je vous en prie, puis-je aller chez tante Kristen ? Elle vit à Tharsis, ici, sur Mars, je pourrais…

— J'ignore où l'organisation va vous cacher. Ce n'est pas moi qui décide. Nos instructions, à Dennis, Lucy et moi, étaient de vous amener sur Mars et de vous livrer à ceux qui dirigent Vivre Maintenant. Ils sauront ce qui est le mieux pour tous ceux qui sont concernés.

— Vous… vous n'allez plus vous occuper de moi ? » demanda Amanda en ouvrant de grands yeux. *Me protéger ?*

« Je vais vous emmener à l'endroit où vous rencontrerez les dirigeants de Vivre Maintenant. Ils sauront ce qui est le mieux pour tous ceux qui sont concernés », répéta-t-il sans la regarder.

Quelque chose ne tournait pas rond. Le Père Emil ne semblait pas tout à fait lui-même. La peur envahit Amanda.

« Venez, mon enfant. La voiture est là. »

Elle le suivit tandis qu'il traversait le vaisseau, parce qu'elle ne savait pas quoi faire d'autre. Ils ne rencontrèrent personne. *Je peux m'enfuir en courant*, pensa-t-elle, désespérée. Les vaisseaux avaient une passerelle, et la voiture devait attendre en bas de celles-ci, et pendant quelques secondes, elle serait à l'air libre et pourrait crier, courir et hurler son nom… Le spatioport de Lowell était un endroit plein de monde. Elle y était déjà venue, lors de ses visites à tante Kristen. Quelqu'un l'entendrait crier, la reconnaîtrait peut-être en dépit de sa courte chevelure noire… On avait dû la montrer dans toutes les infos holos, comme Papa. Quelqu'un verrait…

La « voiture » était un véhicule fermé, fonctionnant à l'énergie nucléaire, qui attendait dans la soute scellée du vaisseau.

« Non, dit Amanda. Je ne monte pas là-dedans.

— Alors nous — je — vais vous droguer », dit le Père Emil.

Pourquoi ne l'avaient-ils pas déjà fait ? L'emporter, toujours endormie, de sa couchette à la voiture… Si c'était pour la tuer, ils l'auraient déjà fait. Alors, ils n'allaient pas la tuer. Elle ne risquait rien. Le Père Emil ne la tuerait pas. Il avait empêché Salah de le faire !

Le Père Emil ne la tuerait pas. Mais, il allait la livrer à ses « chefs », et eux pourraient le faire. Et le Père Emil ne le saurait jamais, pas avec certitude. Ce serait une excuse toute trouvée.

« Ils vont me tuer ! cria-t-elle. Pour "résoudre le problème". Lorsque vous m'aurez laissée avec eux !

— C'est absurde, Amanda. Ils ne feraient pas une chose pareille.

— Vous, Lucy et le capitaine Lewis, vous ne le feriez pas. Mais Salah l'aurait fait, lui ; alors si vos dirigeants étaient plus comme lui que comme vous ? »

« Elle doit simplement disparaître. La vie d'une enfant ne doit pas l'emporter sur celle de milliers d'autres… »

« C'est absurde », répéta le Père Emil, et son regard ne croisa pas le sien ; tout cela était très très louche.

Elle courut comme une flèche vers une pile de caisses sanglées, à l'extrémité de la soute. Il la rattrapa facilement. Elle se débattit, mais bien que le Père Emil ait l'air malade, il était *fort*, et en une minute, il la ligota. Elle se jeta sur le sol et lui donna des coups de pied, et il dut se battre pour lui attacher aussi les chevilles. Le visage du prêtre était gris et des veines pourpres se gonflaient autour de son nez.

« Non, non, au secours ! » cria-t-elle, mais il n'y avait personne dans la soute. Il la fourra dans la voiture blindée.

« Véhicule, en route. Portes de la soute, ouvrez-vous », dit-il hors d'haleine.

« Programmation de l'itinéraire prévu. Liaison des telcoms avec l'extérieur. » Amanda se mit à crier. Peut-être les telcoms fonctionnaient-ils dans les deux sens et quelqu'un, n'importe qui, l'entendrait à l'autre bout de la ligne.

Personne ne répondit. La voiture se mit en route. Amanda cria jusqu'à ce que sa voix se casse.

Elle était couchée par terre, le Père Emil en face d'elle, assis sur un strapontin en métal. Ses lèvres bougeaient sans cesse, il priait. Elle se contorsionna pour lui donner un coup de pied, et il se pencha comme pour la changer de place. Il glissa un morceau de papier dans la poche de la combinaison d'Amanda. Ses yeux disaient : *ne dites rien, ne dites rien, ne dites rien.*

Elle cessa de crier, haletante, et le regarda. Il se remit à sa prière silencieuse.

La voiture s'arrêta et elle devina qu'ils étaient arrivés à l'un des sas de Lowell City. Généralement, on y vérifiait l'identité des passagers — quelqu'un n'allait-il pas venir ouvrir la porte de la voiture ? Amanda ne savait même pas si elle avait encore son passeport au nom de « Jane Verghese ». On allait sûrement vérifier qui se trouvait dans la voiture…

Personne ne le fit. Vivre Maintenant avait dû trouver le moyen de tricher. La voiture repartit et roula. Cela, au moins, apprit quelque chose à Amanda : les voitures n'étaient admises que dans l'un des trois grands dômes de Lowell City, celui des usines et des entrepôts. Le Secteur est. C'est là qu'elle devait être.

Toutes les deux ou trois secondes, le Père Emil jetait un coup d'œil à sa montre. Pour finir, il dit : « Véhicule, stop. Programmation annulée. Mot de passe "Ghandi". » La voiture s'arrêta. « Véhicule, ouvre la porte. »

Rapidement, il la libéra de ses liens. « Amanda, cours. Dieu veille sur toi, mon enfant… » Il la poussa dehors.

Elle n'avait pas totalement retrouvé l'usage de ses jambes. Elle tituba, tomba. Le Père Emil la regardait depuis le véhicule que remplit soudain un son sorti du telcom : « ... *traître*, je crains que l'on ne puisse plus vous faire confiance... » Ils avaient été mis sur écoute.

Elle se trouvait dans une rue déserte entre deux bâtiments sans fenêtres. Aucune rue sur Mars ne restait longtemps déserte. Amanda se releva en vacillant et essaya de courir, mais ses jambes ne la portaient pas, elle craignait de tomber. Le Père Emil descendit de voiture et la regarda enfin dans les yeux. « Courez ! Vous avez peu de temps avant qu'ils arrivent, mais je ne sais pas combien... » Ses yeux s'agrandirent.

Amanda se retourna pour suivre son regard. Une femme sortit d'un bâtiment et s'avança d'un air résolu. Elle brandissait une arme.

Aussitôt, sembla-t-il à Amanda, le Père Emil se mit entre elle et la femme. Il tenait quelque chose à la main. La femme tira. Il n'y eut aucun bruit, mais le Père Emil s'effondra. La femme aussi. Quelqu'un d'autre, un passant qui venait de tourner le coin de la rue, cria.

Le cri attira d'autres personnes. Soudain, la rue fut pleine de gens. Quelqu'un tira Amanda en arrière, sans doute s'imaginant ainsi la mettre à l'abri. Il lui baragouina quelque chose dans une langue qu'elle ne comprenait pas. D'autres personnes arrivèrent en courant. Soudain, un flic apparut, puis deux soldats en uniformes de l'Armée de Défense de l'Alliance solaire. Il y eut des cris et des questions. Un camrobot des Martian Transglobal News, sorti de nulle part, arriva en vrombissant.

Amanda se glissa jusqu'au bord de la foule et prit une autre rue. Personne ne la remarqua. Elle essayait de marcher naturellement, en dépit de ses jambes, en dépit de sa panique. Le Père Emil était mort. Le Père Emil était mort. Le Père Emil était mort.

Il était mort en l'aidant à s'enfuir.

Elle avait vu ce qu'il tenait à la main. Les soldats la

reconnaîtraient peut-être ? Elle l'ignorait. Mais elle, elle l'avait reconnue. Elle l'avait déjà vue, et cela l'avait terrifiée. Peut-être la terreur vous faisait mémoriser les choses. Dans la main du Père Emil se trouvait une arme, l'une de celles, nombreuses, qui constellaient les flancs du Courroux de Dieu, le protecteur de la Mission de Sainte Thérèse la Petite Fleur.

Elle marcha jusqu'à ce qu'elle ne puisse plus tenir debout. En suivant la direction empruntée par le plus grand nombre de gens, elle avait fini par atteindre le tunnel piétonnier menant à l'immense dôme principal de Lowell City. Il était, lui aussi, fait de plastique piézo-électrique transparent, et assez large pour accueillir des camions lorsqu'ils rejoignaient le Secteur principal. Amanda s'effondra par terre, afin de se reposer.

Elle sortit le papier que le Père Emil avait mis dans la poche de sa combinaison. Il était enroulé autour de quelque chose de dur. Il y avait dessus, écrit à la main :

Allez à l'abbaye d'Ares, 8451 Rho Street. Demandez le frère Meissel. Donnez-lui cette lettre. Prenez un traîneau qui, pour dix percies vous emmènera n'importe où sous le dôme. « Mon Seigneur et mon Dieu, j'en suis venue à comprendre que quiconque entreprend quelque chose par amour des biens de ce monde ou pour se gagner les louanges des autres se trompe… Mais Vous, Vous êtes immuable pour l'éternité. »

Dans le papier, il y avait une pièce de dix percies et une autre lettre.

Amanda replia le tout. *Mon Seigneur et mon Dieu…* Elle avait toujours pensé que le Père Emil était fou à lier. Mais il avait donné sa vie pour elle. En dépit de son petit mot, il appartenait à une organisation qui se chargeait des « biens de ce monde ». Tout cela était très déconcertant. Elle en avait assez d'être déconcertée, et effrayée, et pourchassée. Elle était fatiguée.

Néanmoins, elle se força à se relever et à pénétrer à pas pesants dans le tunnel. Par-dessus le toit, le ciel martien chatoyait de poussière rose. Sur bien des murs, il y avait des posterholos du général Stefanak, et les rues grouillaient de soldats. Des camions à grands plateaux, portant des marchandises venues du secteur industriel du dôme principal, la dépassaient de temps à autre. Tout se déplaçait lentement dans Lowell City.

La ville était composée de trois dômes, entourés d'un mur en ciment d'un mètre et demi de haut où étaient ancrés les étais modelant ceux-ci. Le principal faisait environ cinquante kilomètres carrés, les deux autres environ vingt-cinq. Dans le Secteur principal, une tour élancée s'élevait le long du grand étai central. Appelé « le Sommet », il abritait le Conseil de la Défense de l'Alliance solaire. Le bureau du général Stefanak occupait l'étage supérieur, d'où il dirigeait Mars.

Là où le tunnel rejoignait le dôme principal, les camions s'arrêtaient. Des robots transféraient les marchandises sur des traîneaux bien plus petits, seul moyen de transport permis dans le Secteur principal, en dehors des véhicules militaires. Il y en avait de deux sortes, certains à plates-formes, et d'autres avec quatre sièges. Amanda héla l'un de ces derniers par le nombre inscrit sur son flanc, et il roula vers elle, sur les voies commandées par ordinateur qui quadrillaient toute la ville.

« Rho Street, numéro huit quatre cinq un », dit-elle en mettant sa pièce dans la fente. La plupart des gens utilisaient des crédits, bien sûr, mais les percies restaient en circulation. Ils étaient intraçables.

« Rho Street huit quatre cinq un », répéta le traîneau, et il partit. Il n'avait ni parois ni toit et Amanda s'assit en dissimulant le mieux possible son visage sous sa nouvelle chevelure courte. Mais personne ne faisait attention à elle.

Le traîneau était équipé d'un petit terminal audio, pourvu d'un choix limité de stations. Amanda appuya sur le bouton INFOS.

« … dernière attaque menée, sans provocation aucune, par des organisations subversives qui essaient de faire tomber le gouvernement. Ont été tués, un prêtre catholique du nom de Emil Fulden et une citoyenne martienne du nom de Maria Greta Silverstein. Les sources gouvernementales d'information supposent que cette tuerie a pour cause le rassemblement prévu ce soir par le général Stefanak au parc Kepler, et que… » Amanda cessa d'écouter.

Ils avaient tout faux. Tout le monde se trompait. Durant toute sa vie, elle avait cru que les adultes savaient ce qu'ils faisaient, savaient ce qu'il en était vraiment. Toute sa vie.

Elle ne pleurerait pas. Amanda Capelo ne pleurait pas.

Descendre du traîneau au 8451 de Rho Street consuma toute la force qui lui restait. C'était un bâtiment sans fenêtre, fait de polystyrène expansé, comme la plus grande partie de Lowell City. Sur la porte rouge, une plaque de métal déclarait en petits caractères : ABBAYE BÉNÉDICTINE D'ARES.

Amanda parla à la porte. « S'il vous plaît, je voudrais voir le frère Meissel. C'est le Père Emil qui m'a dit de venir ici. »

Aucun système domotique ne répondit.

Elle répéta son message en ajoutant : « Je m'appelle Jane Verghese. » Elle avait trouvé le faux passeport dans une poche intérieure de sa combinaison. Le Père Emil avait dû l'y mettre.

Le Père Emil couché dans une rue martienne, ayant perdu tout son sang…

« Laissez-moi entrer ! » dit Amanda à la porte.

Toujours pas de réponse. Des gens la bousculaient en passant. Lowell City, comme tous les dômes de Mars, était encombré de monde et de véhicules.

Elle repéra une seconde plaque, plus petite, à droite de la porte. Elle disait : FRAPPEZ SVP, en plusieurs langues. Cet endroit, quel qu'il fut, n'avait même pas de *système domotique*. Qu'est-ce que le Père Emil l'envoyait faire là ?

D'un air las, Amanda frappa à la porte. Elle dut le faire deux fois avant que quelqu'un réponde.

« Frère Meissel, s'il vous plaît, je…

— Pourquoi voulez-vous voir le frère Meissel ? » demanda l'homme. Amanda le regarda de plus près. C'était un jeune garçon, pas un homme, qui n'avait que quelques années de plus qu'elle. Il portait une drôle de robe longue de grossier tissu marron. Sans un mot, Amanda lui tendit la lettre. Puis, sans se préoccuper de politesse, elle le poussa pour entrer dans un petit vestibule au sol dallé où elle aperçut un banc en pierre rouge de Mars. Elle s'y laissa tomber avec gratitude. Le garçon referma la porte de l'abbaye et disparut.

Au bout d'un moment — elle ne put dire si son attente dura longtemps, le temps semblait étrangement distordu — un homme apparut, la lettre à la main. Il portait le même truc marron que le garçon. Sa voix était grave et calme.

« Bonjour, Amanda. Je suis le frère Meissel. Vous êtes en sécurité avec nous, comme Emil vous l'a dit.

— Il est mort.

— Il est parti rejoindre notre Seigneur Jésus-Christ, répliqua tranquillement frère Meissel. Dieu ait son âme vaillante. Venez avec moi, Amanda. Vous êtes en sécurité. Personne ne vous trouvera ici. »

Amanda ne le croyait pas. Mais elle se leva et suivit en trébuchant frère Meissel, parce qu'elle ne savait quoi faire d'autre. Oncle Martin et tante Kristen étaient sur Mars, mais à Tharsis, de l'autre côté de la planète. Amanda n'avait aucun moyen de s'y rendre. N'importe comment, le père Emil lui avait dit de rester à l'abbaye parce qu'elle y serait en sécurité. Peut-être que cette fois, quelqu'un lui avait dit la vérité.

CHAPITRE VIII

MONDE

Vue du ciel, la planète semblait la même.

Traversant en trombe l'atmosphère, Kaufman regarda grandir l'unique continent qui se déployait à l'équateur. Il distinguait son feuillage luxuriant, ses mers et ses lacs miroitants, ses rares montagnes. Il se rapprocha, et l'étonnant kaléidoscope de couleurs apparut : Monde était plein de fleurs, cultivées et sauvages, poussant dans d'immenses champs et de minuscules terrains, violettes et bleu cobalt et rose et jaune citron et d'autres couleurs que, à l'inverse des Mondiens, Kaufman ne pouvait pas nommer. Il se rapprocha encore, et le réseau de villages éparpillés, de champs bien entretenus, de routes blanches de poussière, apparut. Rien n'avait changé. Puis ils se posèrent sur leur ancienne piste d'atterrissage, près des Monts Neury et du village de Gofkit Jemloe.

Kaufman dit, rompant le silence : « Je n'aurais jamais cru revoir cet endroit.

— Moi non plus, confirma Marbet.

— C'est la réalité partagée », remarqua Kaufman,

mais cette plaisanterie était si triste, si amère, que Marbet ne répondit pas.

« Penses-tu qu'il reste quelque chose ? ajouta-t-il.

— Bien sûr que oui. Mais pas ce qu'il y avait avant. Les êtres humains ne se laissent pas abattre.

— Ce n'étaient pas des êtres humains.

— Ils en étaient assez proches », dit Marbet, mais elle ne le savait pas vraiment. Elle n'avait rencontré que quelques Mondiens, très brièvement. Kaufman non plus n'en avait pas fréquenté beaucoup ; il n'était pas aussi intuitif qu'elle (personne ne l'était), mais il avait vu « la réalité partagée » en action. Il avait été témoin de l'allègre présomption selon laquelle la conception que deux Mondiens avaient d'une situation était la même. Et du vif mal de tête dont ils souffraient quand elle ne l'était pas, mal de tête qui, comme Ann Sikorski l'avait démontré, était câblé de façon permanente dans le cerveau des Mondiens, résultat d'une évolution millénaire en présence de l'artefact extraterrestre enterré dans les Monts Neury.

Ce même artefact que Kaufman leur avait enlevé pour le donner au général Stefanak. La culture de Monde avait disparu avec lui : les suppositions partagées physiologiquement renforcées, l'impossibilité de toute violence préméditée, les structures sociales complexes du travail, de l'accouplement et du partage, tout cela basé sur le fait de ne pas pouvoir sentir différemment que ceux qui vous entouraient. Tout cela avait disparu, à cause de lui.

Il pouvait réciter par cœur le dernier message connu d'Ann Sikorski :

Ceci est le dernier rapport de l'équipe anthropologique sur Monde. Même si je pense que mon rapport ne fera pour vous aucune différence. Les autochtones de Monde survivent, mais pas sans de terribles tensions et d'innombrables morts et blessés. L'infrastructure de la communication, du commerce et de l'autorité centralisée a totalement disparu. Il y a du pillage et des émeutes, probablement pas autant que s'ils étaient humains. Ils commencent à se défendre en transformant leurs villages en petits fortins, avec des palissades et une justice locale. La civilisation planétaire a disparu avec la base biologique qui lui avait donné naissance, merci à vous. Ce qui l'a remplacé, c'est l'isolement frontalier, économiquement possible sans provoquer de famine uniquement parce que c'est une planète très fertile. Dans cet isolement, la plupart des arts non pratiques disparaîtront. Ainsi que la plus grande partie de l'industrie qui dépendait du commerce, et les échanges d'idées. La religion va sûrement se briser en morceaux. Dans une génération, Monde sera fait de très petites enclaves pré-Renaissance, et leur propre version de l'Age des Ténèbres commencera. Mais ne torturez pas votre conscience, Lyle — ils survivent. Fin du rapport de l'équipe sur la planète Monde, Ann Pek Sikorski, biologiste, et Dieter Pek Gruber, géologue.

« Arrête ça, Lyle, dit Marbet. Ce n'était pas de ta faute. Et je suis lasse de te le dire. Essaye de contacter Ann. »

Il décrocha le telcom. Tous les satellites de communication tournaient encore autour de Monde ; ils resteraient en orbite durant des centaines d'années. On avait donné aux autochtones neuf telcoms, en faisant du troc. Mais seuls Ann Sikorski et Dieter Gruber répondraient sur cette fréquence. Kaufman laissa le telcom sonner pendant toute une minute. Personne ne répondit.

Il enregistra un message. « Ann, Dieter, si vous m'entendez, je vous en prie, répondez. C'est Lyle Kaufman. C'est une communication en temps réel ; Marbet Grant et moi sommes sur Monde. Je vous en prie, répondez. »

Marbet dit gentiment : « Lyle, mettons-nous en route vers le village. Ils sauront peut-être où sont Ann et Dieter. »

Ils ne s'étaient même pas encore armés lorsque le telcom de Kaufman sonna. Il répondit : « Allô ? Ann ?

— C'est Dieter ! » cria une voix joyeuse.

Deux années se dissipèrent et Kaufman se retrouva dans les Monts Neury en train d'écouter Dieter Gruber et Thomas Capelo discuter des effets mentaux de l'artefact enterré. Dieter Gruber, joyeux, insensible, immense blond génémod selon la conception ridiculement exagérée d'un prince teutonique. Dieter, sans lequel l'Artefact Protecteur serait resté enterré dans la caverne, au sein de la montagne, où il se trouvait depuis cinquante mille ans.

« *Ach*, Lyle, c'est vraiment vous ? Vous êtes revenu ? Ann, Ann, viens vite, c'est Lyle ! »

Alors, Ann Sikorski était vivante, elle aussi. Un immense soulagement envahit Kaufman. Une mort de moins sur la conscience.

« Lyle ? » La voix d'Ann, plus calme que celle de son mari, et infiniment plus dure. Ann, l'idéaliste, qui était restée dans la civilisation que les humains avaient ruinée.

« Oui, c'est moi. Et Marbet, aussi. Nous sommes sur l'ancien site d'atterrissage, près de Gofkit Jemloe. Etes-vous au village ? Ou chez Hadjil Voratur ?

— Non, répondit rapidement Ann. N'allez ni dans l'un ni dans l'autre. Nous sommes dans un autre village, à une demi-journée de marche. Mais vous ne pouvez pas… Avez-vous un véhicule de surface ?

— Non. Seulement un appareil volant bâtard, moitié avion moitié navette. Impropre à ce genre de sauts de puce.

— Alors, ne bougez pas. Dieter va venir vous rejoindre.

— Venir me rejoindre ? Mais pourquoi…

— J'ai dit : *Ne bougez pas.* » La liaison fut coupée.

Marbet étudia le visage de Lyle. « Ils pensent que c'est dangereux pour nous d'aller là-bas par nous-mêmes. »

Il ne répondit pas. Voyager sur Monde avait toujours été facile, sans danger. Dans une culture monolithique où tout acte de violence blesserait autant l'auteur que la victime, celle-ci était rare. Avant.

Ils remontèrent dans la navette ; Kaufman se sentait à la fois ridicule et plein de mépris. Il avait été soldat, il avait l'expérience du combat. Marbet et lui possédaient les armes personnelles les plus récentes accessibles aux civils. Et Ann Sikorski voulait qu'il attende avant d'affronter une hypothétique armée de petits extraterrestres sans aucune histoire de guerre et avec un niveau technologique qui se réduisait à des roues de bicyclettes forgées à la main. Son humeur, habituellement calme, s'assombrit. Marbet le laissa tranquille.

Ils gardèrent la porte ouverte, s'assirent et attendirent. Pour finir, une tache floue apparut à l'horizon, qui se déplaçait très vite. Qui devint Dieter Gruber sur un vélomoteur. Il fonça vers eux, sauta de la bécane et les étreignit tous deux. « *Leiber Gott !* Vous êtes vraiment là !

— Oui », dit Kaufman en s'extirpant des bras de Gruber. Ce n'était pas le style de Kaufman de se laisser embrasser. « Et surtout, vous aussi. Vous allez bien ? Et Ann ?

— Je vais très bien. Marbet, toujours aussi belle ! Mais pourquoi êtes-vous venus ? Est-ce une autre expédition scientifique ?

— Non, pas d'expédition.

— Nous sommes venus à votre secours », dit malicieusement Marbet. Elle avait reçu avec plaisir l'embrassade du géologue, et le regard qu'elle jeta à Kaufman disait que l'exubérant Gruber, éclatant de santé, n'avait visiblement pas besoin d'être sauvé. « Mais pourquoi vous ne nous laissez pas aller à Gofkit Jemloe ? »

Gruber se calma aussitôt. « Nous ne sommes pas à Gofkit Jemloe. Et chez Hadjil Voratur… ce n'est pas possible.

— Racontez-moi », demanda Kaufman. On y était. A ce qu'il avait fait à cette planète.

« Hadjil Voratur et son fils Shosaf sont morts. Tués par des maraudeurs peu de temps après la disparition de la réalité partagée. Ils ne voulaient pas nous croire quand on leur a dit de ne pas essayer de… enfin ! Gofkit Jemloe est un camp armé, sous la direction d'un cousin de la famille Voratur, quelqu'un de très dangereux. Febin Frillandif. Il a recruté une armée… Les Mondiens étaient pacifiques, vous vous en souvenez. »

Comme si Kaufman pouvait oublier.

« Pacifiques, oui, mais ils sont humains. Enfin, non. Mais quand tout a changé, les salauds qui étaient contrôlés par la réalité partagée ne le furent plus. Frillandif est en train d'assujettir tous les villages des alentours, l'un après l'autre. Il est en train d'édifier un "empire". »

Comme Stefanak. « Et vous, Ann et Enli ?

— Nous sommes dans le village de cette dernière, Gofkit Shamloe. Ils ont essayé de l'attaquer, mais Ann et moi avions apporté avec nous des armes que, bien entendu, ils n'avaient jamais vues… et vous en avez apporté d'autres, je pense.

— Oui. » Deux ans… Gruber avait dû amasser une quantité impressionnante d'armes. Sinon le seigneur de la guerre du coin ne les aurait pas attaqués qu'une seule fois. « Vous ne pouvez pas simplement le descendre ?

— Si. Mais Ann ne me laisserait pas faire. » Au bout

d'un moment, Gruber ajouta : « Quoique vous, Lyle, vous le pourriez avec votre vaisseau. »

Oui, Kaufman le pouvait. Survoler Gofkit Jemloe et le frapper avec un faisceau protonique... Non, il ne pouvait pas. Le village, et même la maisonnée du tyran, devaient être pleins de civils, d'enfants. Ann avait raison. Ces gens avaient dû imaginer leur propre moyen de supporter les despotes qu'ils n'avaient jamais eus auparavant. S'il y avait un seigneur de la guerre, il y en aurait forcément d'autres.

Marbet, qui observait Kaufman, dit à Gruber : « Vous ne voulez pas que nous vous rejoignions à cause des maraudeurs. »

Gruber eut l'air surpris. « Non, je sais que Kaufman peut se défendre. C'était pour une autre raison. Je voulais vous avertir, vous donner le temps de vous préparer.

— A quoi ? demanda Marbet.

— Il y a une autre Terrienne ici », déclara Gruber, et malgré sa surprise, Kaufman remarqua qu'il avait utilisé le mot mondien pour humains. « C'est... *Scheisse*, les voilà qui arrivent ! Il n'y a pas moyen d'échapper à cette femme ! »

Un autre véhicule fonçait vers eux, si vite que Kaufman eut à peine le temps de l'identifier avant qu'il soit sur eux. Un glisseur à réaction, volant à soixante centimètres au-dessus du terrain. Un énorme glisseur, à l'épais blindage, pas vraiment militaire, mais l'équivalent civil le plus proche que Lyle ait jamais vu. Il s'arrêta brusquement et la porte s'ouvrit toute grande. Une femme, furieuse, en descendit.

Marbet émit un petit grognement, mais Kaufman ne l'entendit même pas. *Impossible*. Mais aussi, impossible de se tromper quant à son identité, pas avec ce corps, ni cet incroyable visage ravagé...

« Marbet Grant, enfin, dit Magdalena. J'ai dû

parcourir un sacré chemin avant de vous retrouver. Alors dites-moi, puisque vous semblez être la seule à le savoir… Où diable est Amanda Capelo ? »

Les yeux de Kaufman passèrent de Marbet à Magdalena, et revinrent sur la première. La Sensitive ressemblait à rien moins qu'un chat agacé ; si elle avait eu une fourrure, celle-ci aurait été hérissée. Magdalena répéta son outrageante question. « Marbet Grant, qu'avez-vous fait d'Amanda Capelo ?

— Rien du tout », cracha Marbet. Kaufman ne l'avait jamais vue ainsi : agitée, peu sûre d'elle. « Je ne sais même pas de quoi vous parlez !

— Je n'ai pas eu l'occasion de te le dire, Marbet, intervint Kaufman. Amanda a été enlevée en même temps que Tom. Les médias ne l'ont appris que vingt-quatre heures plus tard, et tu étais déjà enfermée à bord du vaisseau, aussi j'ai… » Au regard qu'elle lui jeta, Kaufman s'interrompit.

« Et tu n'as pas trouvé l'occasion de me le dire depuis, Lyle ? »

Il ne répondit rien. Kaufman ne s'était jamais beaucoup intéressé aux filles de Capelo ; il n'aimait pas beaucoup les enfants. Durant les semaines passées à bord du *Cascade d'étoiles*, il avait oublié Amanda. Il valait mieux ne pas avouer cela à Marbet.

« Je vois », dit celle-ci froidement ; cela ne servait à rien de taire quelque chose à Marbet. Les minuscules modifications de son langage corporel le révélaient. La Sensitive se tourna vers Magdalena. « Racontez-moi ce qui s'est passé. »

Celle-ci paraissait s'amuser de ce qui, pensait-elle, avait pu arriver entre Kaufman et Marbet. La présence d'une Sensitive, qui rendait presque tout autre humain de la galaxie au moins un peu nerveux, ne semblait pas du tout l'affecter. « Les médias ont déclaré qu'Amanda aussi avait été kidnappée, comme Lyle vient de vous le dire. Mais ce n'est pas vrai. J'ai, en divers endroits, des contacts qui l'ont facilement découvert. Cependant, je n'ai pas pu apprendre où elle se trouve. Elle est venue chez vous, à Luna City, en compagnie d'un homme non identifié. Après cela, elle s'est rendu en toute illégalité à Lowell City, à bord d'un vaisseau appartenant à Vivre Maintenant. Cependant, sur Mars, elle a disparu. Elle vous cherchait, mais à cette date, vous étiez déjà partie. »

Que sait-elle d'autre sur Marbet et moi ? se demanda Kaufman. *Tout probablement.* Evidemment, c'était Magdalena, la vedette chimérique d'innombrables histoires qui couraient parmi les membres des services de renseignements. Dont la plupart étaient indubitablement fausses, mais pas toutes. Magdalena trouvait ce qu'elle voulait trouver.

Il s'agita, mal à l'aise. Pour la première fois, il remarqua que trois autres passagers étaient descendus de l'hydroglisseur de Magdalena. Deux hommes génémod, à la musculature augmentée, qui ne pouvaient être que des gardes du corps, et une petite mondienne ; un enfant ? Qu'est-ce que Magdalena faisait avec un enfant de cette planète ? Et pourquoi lui, Kaufman, n'avait-il pas remarqué ces trois-là avant ? Il avait pourtant été entraîné à cela.

Il savait la réponse. Magdalena. Son visage de quinquagénaire était un peu ridé, ses yeux plus froids que ceux de presque tous les soldats auxquels Kaufman avait eu affaire. Cependant, son corps était encore spectaculaire, et possédait toujours ce magnétisme, ce pouvoir, qui émet des vibrations sexuelles autour d'une femme et non autour d'une autre. Magdalena en avait plus qu'aucune femme qu'il ait jamais rencontrée. Il avait honte d'éprouver ce qu'il éprouvait. Et il n'y avait guère de chance pour que cela ait échappé à Marbet.

Afin de dire quelque chose de rationnel, il demanda : « Pourquoi cherchez-vous Amanda ? »

Ses yeux extraordinaires se posèrent sur lui et, de nouveau, il sentit son amusement. Elle savait.

« J'ai besoin d'elle afin de retrouver mon fils. »

Kaufman s'attendait à tout, sauf à cela. Il répéta, stupidement : « Votre fils ?

— Oui. Celui, quel qu'il fut, qui a kidnappé le professeur Capelo détient aussi mon fils, Laslo Damroscher. »

Aux oreilles de Kaufman, Magdalena dit cela de la même voix calme, rauque (il ignorait le sous-entendu de cet enrouement !), dont elle avait dit tout le reste. Mais de toute évidence, Marbet entendit une différence. Sa fourrure invisible de chat se détendit, et elle regarda Magdalena simplement avec sa vigilance acérée habituelle.

« Cet endroit ne semble pas vraiment choisi pour discuter de tout cela. Nous rendrons-nous dans ce village que Dieter a nommé ? »

Gruber, oublié jusqu'à cet instant, fit un geste que Kaufman ne put déchiffrer. « Dieter, vous aviez hâte de vous précipiter ici, afin de les avertir de ma présence, n'est-ce pas ? Malheureusement, Essa, que voici, a entendu Ann parler au telcom. Elle m'a dit ce qui se passait. »

La petite Mondienne, qui semblait à peine pubère, se précipita et étreignit les genoux de Gruber. Il recula et tenta de la détacher de lui ; Kaufman sympathisa instinctivement avec lui. Mais la fillette maigrichonne, aux brillants yeux noirs et à la colletine brune, tint bon, babillant en mondien. Ses crêtes crâniennes se plissaient d'émotion. Kaufman regarda Marbet.

« Essa supplie Dieter de lui pardonner, traduit

Marbet. Je ne parle pas encore couramment, mais je pense qu'elle dit que Pek Magdalena lui a offert quelque chose de merveilleux si elle lui disait… je ne suis pas très sûre… lui disait tout… elle lui a offert… *vous n'auriez pas dû.* »

Cela s'adressait carrément à Magdalena qui se contenta de hausser les épaules. Marbet et Gruber paraissaient consternés. Kaufman, le seul qui ne parlait pas du tout mondien, dit, irrité : « Quoi ? Qu'a-t-elle offert à cette petite fille ?

— Un voyage vers d'autres mondes dans son astronef, répondit Marbet. Magdalena, vous savez que ce n'est pas possible.

— Plus de choses me sont possibles que vous ne le croyez. Et pourquoi pas ? C'est une enfant entreprenante.

— Vous lui avez menti.

— Peut-être pas. »

Kaufman voyait bien que Magdalena prenait plaisir à ce duel, contrairement à Marbet. Gruber avait réussi à détacher l'enfant de lui. Elle se tenait maintenant à côté de Magdalena, et Kaufman avait l'impression désagréable qu'elles se ressemblaient d'une façon qu'il ne pouvait qualifier. Il essaya de remettre la conversation sur les rails.

« Marbet et moi, nous allons nous rendre dans ce village. Gruber, pouvez-vous nous y emmener ?

— Pas besoin, intervint Magdalena. Il y a de la place pour vous deux dans mon glisseur. Gruber peut nous suivre sur son vélo.

— Je vais avec Dieter », dit Marbet, et Magdalena sourit.

Kaufman n'avait pas le choix. Il ne connaissait pas ce territoire. Il grimpa dans l'hydroglisseur, suivi par les deux gardes du corps silencieux, semblables à des robots. Pour quelle mission avaient-ils été génémods ?

Peu lui importait. Il n'avait rien à faire avec eux, pas plus qu'avec Magdalena ; il s'assit aussi loin que possible d'elle. Ses affaires, c'était Monde et ce qu'il lui avait fait.

CHAPITRE IX

GOFKIT SHAMLOE

Une palissade entourait le village, faite à la main avec des troncs d'arbres grossièrement équarris. De petits groupes de personnes travaillaient dans les champs. Il y avait des fleurs, autant qu'avant. Mais Kaufman s'aperçut qu'il ne pouvait pas dire en quoi le village avait changé depuis qu'il avait emporté l'artefact, et en quoi il était le même. Il n'avait pas séjourné dans un village durant son bref séjour sur Monde. Tout ce qu'il avait vu, c'était le somptueux enclos du négociant Hadjil Voratur, la plaine herbue où la navette avait atterri, et les Monts Neury où était enterré l'artefact.

Mais il pouvait dire aisément en quoi Ann Sikorski avait changé.

Il se souvenait d'elle comme d'une femme gentille, pas de taille à lutter contre sa décision d'enlever l'artefact à Monde quoiqu'il puisse arriver aux autochtones. C'était alors une intellectuelle, une xénobiologiste de haut niveau, mince, aux longs cheveux blonds qui parlait d'une voix douce. Celle qui vint à sa rencontre à grands pas, avec une hostilité manifeste, était musclée,

robuste, visiblement une cultivatrice. Son visage était bronzé par le soleil et ses cheveux coupés très courts.
« Lyle.
— Bonjour, Ann.
— Alors, vous êtes revenu. Où est Marbet ?
— Elle arrive avec Dieter. Ils seront là dans une minute. Ann, vous avez l'air en forme. Nous avions peur…
— Que je sois morte ? J'ai failli, plus d'une fois. Mais la société survit, Lyle, en dépit de vous. Nous survivons.
— Pek Kaufman ! » cria une Mondienne.

Il la reconnut — l'interprète de Voratur, la femme avec laquelle Ann avait lié amitié. Enli Pek quelque chose. Elle était bien plus grande et forte que la plupart de ces extraterrestres, et empotée. Elle vint à sa rencontre, souriante, un petit enfant dans les bras. En cours de route, elle cueillit une fleur jaune à un buisson et la lui offrit. « Que votre jardin fleurisse à jamais ! »

Il se souvint des paroles rituelles, la seule chose qu'il avait appris de leur langue. « Que vos fleurs réjouissent vos ancêtres. »

Ann dit, d'un ton caustique, en anglais : « Vous êtes censé lui offrir une fleur de visiteur.
— Je suis surpris que tous ces rituels aient persisté.
— N'y voyez pas la preuve que vous n'avez causé aucun grave dommage, Lyle. Tout a changé. C'est seulement que les Mondiens se raccrochent à toutes les anciennes formules liées à la fleur, parce que, maintenant, c'est la seule réalité partagée qui leur reste. »

Enli comprenait l'anglais, Kaufman le savait. Ann lui passait un savon devant une autochtone. Elle n'avait vraiment pas changé.

Le vélomoteur de Dieter arrivait en rugissant. Ann, Marbet et Enli s'étreignirent et bavardèrent en mondien. Laissé à l'écart, Kaufman examina le village.

De basses maisons rondes — les Mondiens trouvaient fort laides les lignes droites — en bois, aux toits de chaume, rassemblées autour des feux collectifs. Monde avait un sol fertile, des ressources abondantes, un climat tempéré, dépourvu de saisons. Les maisons étaient peintes en rouge foncé ou en violet, couleurs visiblement favorites, avec de hautes fenêtres cintrées. Partout, des plates-bandes abondaient de somptueuses couleurs, faisant paraître le village infiniment plus riche qu'il ne l'était vraiment. La palissade encerclait trois côtés ; le quatrième descendait en pente jusqu'à une rivière. Un système complexe de poulies et de seaux apportait l'eau en haut de la colline.

Des autochtones commencèrent à sortir des maisons, en majorité des vieillards ou de très jeunes enfants, ces derniers surveillés par les premiers. Le reste des habitants devaient travailler dans les champs. Ceux que Kaufman pouvait voir semblaient en bonne santé, bien nourris, vêtus de simples tuniques faites d'une étoffe grossièrement filée (que portaient-ils avant ? Il ne s'en souvenait pas.)

Enli dit en anglais : « Pek Kaufman et Pek Grant, venez chez moi boire du… », elle hésita, le mot n'existait probablement pas en anglais, « boire quelque chose.

— Merci », répondit Kaufman.

Magdalena lui glissa à l'oreille : « Une demi-heure, colonel. Ensuite, il faut que je vous parle, à vous et à Marbet Grant. Des vies sont en jeu. »

Il ne répondit pas. Elle marcha vers une autre cabane et Kaufman, Marbet, Ann, Dieter et Enli entrèrent dans la maison de cette dernière, qui ne comportait qu'une seule grande pièce. Il n'y avait pas de vitre aux quatre fenêtres et l'air y circulait librement. Des couvertures, des coussins et de petites tables basses la meublaient.

Deux des couvertures soigneusement pliées étaient tissées dans une riche étoffe brodée qui semblait usée ; les autres étaient neuves, grossièrement tissées à la main. Les coussins et le bois des tables étaient également de deux sortes.

Ann le regarda. « Avant et après, Lyle. Les gens, qui doivent s'occuper de leur défense et cultiver la terre pour leur subsistance n'ont ni le temps ni une division du travail suffisants pour se consacrer au confort, encore moins à l'art.

— Ann, ça suffit, dit Marbet.

— Pas encore. Vous n'avez pas vu le cimetière.

— Du jus de baies ? » dit Enli d'une voix forte. En entrant dans la maison, elle avait inventé un mot en anglais.

C'était mieux qu'un simple jus de fruits, pensa Kaufman. Un mélange de différents goûts, très parfumés. Le « pain » que Enli leur offrit était aussi délicieux.

Gruber dit quelque chose en mondien à Enli et tendit un morceau de pain à son enfant. Visiblement, Ann et Dieter étaient acceptés ici, bienvenus même. Non, plus que cela — ils faisaient partie de cette communauté extraterrestre.

« Enli, dit Kaufman en anglais, je viens de la Terre pour voir comment Monde vit sans réalité partagée. Pouvez-vous me l'expliquer ? »

Elle se retourna sur son coussin pour le regarder. Ses crêtes crâniennes se plissèrent, mais Kaufman n'avait pas été suffisamment exposé aux Mondiens pour savoir quelle émotion cela exprimait. Les yeux d'Enli, noirs et doux comme la cendre, fixèrent fermement les siens.

« Nous ne partageons plus la réalité, dit-elle lentement en anglais, aussi nous créons nos propres réalités. Certains endroits, comme Gofkit Shamloe, créent de bonnes réalités entre les gens. Pas chez tout le monde, mais la plupart. Nous parlons, et nous travaillons et nous faisons la classe à nos enfants, et nous honorons nos ancêtres qui sont dans le monde des esprits. C'est parfois difficile de regarder quelqu'un et de se dire : A quoi pense-t-il ? C'est très étrange.

— Continuez, dit Kaufman lorsqu'elle se tut.

— D'autres endroits créent une mauvaise réalité. Ils volent, ce qui passe encore, mais ils tuent les propriétaires pour les voler. » Ses crêtes crâniennes se tordirent. « Parfois, ils se contentent de tuer. Ils pensent… ils pensent que peut-être ils devraient être de riches commerçants, ou… je ne sais pas ce qu'ils pensent. C'est difficile. J'apprends à Confit — elle montra l'enfant — à ne pas faire de mal aux gens. Mais si des tueurs venaient, il serait forcé de leur faire du mal. C'est difficile. »

Ce discours sembla avoir épuisé et troublé Enli. Elle prit le bébé, qui se tortilla pour qu'elle le recouche, puis se mit à geindre.

« Nous avons établi des relations commerciales avec deux villages proches, dit Ann. Non parce que quelqu'un a quelque chose à échanger, mais parce que cela crée une alliance. Cela maintient le contact. Ainsi qu'un grand réservoir de gènes et une défense potentiellement plus forte contre des endroits comme l'enclos des Voratur, qui maintient des serfs en esclavage. Ils amassent une armée pour étendre leur pouvoir. »

Marbet dit alors, pour ménager Kaufman : « Voulez-vous savoir ce qui arrive dans le système solaire ? Vous n'avez pas eu de nouvelles pendant combien, deux ou trois ans ?

— *Ja*, répondit Gruber avec enthousiasme. Où en est la guerre ? Et l'artefact ? Et qu'en est-il de *l'enlèvement* de Thomas ? »

Marbet se mit à leur parler de Stefanak, de Vivre Maintenant, des Faucheurs, de l'Artefact Protecteur, de

Capelo. Enli s'occupait de son enfant. Kaufman se leva et sortit, trop perturbé pour rester tranquille.

C'était une erreur. Magdalena l'attendait. Une fois de plus, il regarda ses yeux brillants, son visage vieillissant, son corps toujours affriolant, et sentit son bas-ventre réagir involontairement, mais indubitablement. Cette fois, cela ne poussa pas Magdalena à se moquer de lui. Elle avait d'autres choses en tête. « Venez avec moi, Lyle. Il y a quelque chose que vous devez entendre. »

Comme il ne répondait pas, elle lui prit la main. Il se libéra d'une secousse, mais la suivit dans une autre maison, quasiment identique, de l'extérieur, à celle d'Enli. Mais pas à l'intérieur, il y avait un lit et d'autres meubles terriens. Elle avait un vaisseau quelque part. La jeune Essa assise, jambes croisées, sur un coussin, polissait un bol. Elle lui sourit.

« Ecoutez », dit Magdalena, et elle alluma un cube de données.

« *Ça d'vrait pas êt'là.* » La voix de Laslo, très ivre.

« *Qu'est-ce qui ne devrait pas être là ?* » Un autre jeune homme, l'air un peu moins ivre. « *C'est juste un astéroïde.*

— *I'n'est pas censé êt'là. Passe-moi un aut'verre.*

— *Il n'y en a plus. Tu as bu le dernier, espèce de porc.*

— *Plus d'champagne ? Autant rentrer à la maison.*

— *Juste un astéroïde. Non… deux astéroïdes.*

— *Deux !* » s'exclama Laslo avec une jubilation qui ne rimait à rien.

« *D'où viennent-ils ? Ils ne sont pas censés être là. Pas d'après l'ordinateur.*

— *C'est pas un problème. La gravité. Fout la pagaïe. Jupiter.*

— *Tirons-leur dessus !*

— *Ouais !* » cria Laslo, et il hoqueta.

« *Quelle sorte d'armes tu as sur ce truc ? Pas de canon, probablement. Un putain d'avion pour le plaisir d'un gosse de riche.*

— Y en a... j'y ai fait met' des canons. Papa l'sait pas. C'est illégal.

— Tu es un bonus, Laslo.

— Putain, c'est vrai. Maman l'sait pas non plus. Les canons.

— Tu en es sûr ? Il n'y a pas beaucoup de choses que ta célébrité de mère ne sait pas. Ou ne fait pas. Bon dieu, ce corps qu'elle a, je l'ai vue dans un vieux...

— Ta gueule, Conner, dit Laslo avec violence. *Ordinateur, active... peux plus me rappeler le mot...*

— Active les armes. Bon dieu, Laslo. C'est TOI *qui dois le dire. Le signal vocal.*

— Active les armes !

— Hé, un message qui vient de l'astéroïde ! Y a des gens ! Peut-être qu'il y a des filles. »

« *Vous approchez d'une zone strictement interdite*, dit une voix enregistrée. *Quittez immédiatement cette zone.* »

« *Putain de serpents*, dit Conner. *Descends-les !*

— Je...

— Putain de trouillard ! »

« *CECI EST NOTRE DERNIER AVERTISSEMENT ! VOUS AVEZ ENVAHI UNE ZONE STRICTEMENT INTERDITE ET TRÈS DANGEREUSE. PARTEZ IMMÉDIATEMENT OU NOUS FAISONS FEU SUR VOTRE APPAREIL !* »

Alors, une quatrième voix, parlant rapidement, dit : « *Appareil inconnu... SOS... Au secours ! Je suis retenu prisonnier ici — c'est Thomas Capelo —* »

Une plainte stridente, très brève.

« Tom ! s'écria Kaufman.

— Alors, c'est bien le professeur Capelo ? Vous reconnaissez sa voix ?

— Oui. Mais je ne comprends pas comment… où et quand cela a-t-il été enregistré ?

— Le trois juillet, dans la Ceinture, dit Magdalena. J'ai vérifié la localisation. Maintenant, il n'y a plus rien là, et cet enregistreur avait une portée de moins de cent kilomètres. Il a indiqué que les deux voix venaient de deux endroits séparés. Mais après cela, les capteurs ont éteint l'appareil d'enregistrement. »

L'esprit de Kaufman bouillonnait. Tom avait été emprisonné dans la Ceinture, probablement dans un astéroïde creux, et d'après l'avertissement et le tir immédiat, quelque chose d'important se trouvait là, quelque part, avec lui. L'Artefact Protecteur ? Planqué là avec un maximum de défenses, et Tom caché tout près, en train de… de faire quoi ? De travailler dessus ? Peut-être, mais seulement si l'on a le genre d'esprit qui ne comprend pas que la physique expérimentale et la physique théorique, ce n'est pas la même chose. Capelo pratiquait cette dernière. Et que les théoriciens n'avaient pas besoin d'être en présence des phénomènes qu'ils pouvaient expliquer en inventant des équations. Kaufman pouvait aisément imaginer que des officiers de l'armée ne comprenaient rien à cela. On avait envoyé Tom sur Monde pour expliquer l'artefact, et il l'avait fait. Que voulaient-ils qu'il fasse maintenant ?

Et Magdalena disait que ni Tom ni l'artefact n'étaient plus là maintenant. On les avait déplacés. Elle avait dit aussi…

« Que voulez-vous dire par : "Après cela, les capteurs ont éteint l'appareil d'enregistrement" ?

— Laslo faisait ce qu'il fait toujours », dit Magdalena en repoussant de son visage une mèche de cheveux noirs. Vêtue de ce pantalon bleu marine et de cette tunique brodée de fils d'argent, elle semblait déplacée dans la cabane des autochtones. « Laslo veut agir sans tenir compte de mes conseils, mais il en est incapable. Aussi, périodiquement, il joue à des jeux idiots, disparaissant pendant des semaines ou des mois. Mon fils est très immature pour son âge, je le crains. Pourtant, je ne pense pas qu'il ait prévu que ce vol se terminerait ainsi, qu'ils seraient emprisonnés, son ami et lui, avec le grand professeur Capelo. »

Kaufman la regarda fixement. Oui, elle le croyait. Mais il avait entendu l'avertissement, le gémissement caractéristique de l'arme… Le vaisseau de Laslo avait été vaporisé.

« Avez-vous quelque chose d'autre qui indique que Laslo est encore vivant ? demanda-t-il avec précaution.

— Bien sûr qu'il est toujours vivant. Vous ne croyez tout de même pas que Stefanak va tuer Thomas Capelo, le sauveur du système solaire ?

— Non, mais…

— Là où est Capelo, Laslo s'y trouve aussi », dit Magdalena.

Kaufman regarda au fond de ces yeux bleus, plus bleus que des saphirs, et y lut une conviction absolue. Elle croyait que son fils était vivant, et avec Capelo. Il fallait bien qu'elle le croie ; rien d'autre n'était supportable. Kaufman regardait l'aveuglement d'une personne assez forte pour élever celui-ci jusqu'à la folie.

« Vos contacts ne peuvent pas obtenir une indication de l'endroit où le professeur Capelo a été emmené ?

— Non. Et croyez-moi, j'ai essayé. La sécurité est plus serrée qu'un cul de vierge. Ma seule piste, c'était Amanda Capelo. Elle n'a pas été enlevée avec son père, aussi a-t-elle peut-être vu quelque chose qui m'apporterait un indice. Elle peut ne pas l'avoir pris pour un indice, mais moi je le pourrais.

— Et vous êtes venue fort loin, jusqu'à Monde, chercher vous-même Amanda pour obtenir cette légère preuve », dit-il, toujours avec prudence.

Elle sourit. « Vous avez raison. J'aurais dû envoyer quelqu'un, sauf que l'on m'a avertie.

— Avertie de quoi ?

— Alors, vous ne savez pas. Vous aviez déjà emprunté le tunnel. Mais il y a eu une révolution. Stefanak a déclaré la loi martiale et les forces anti-Stefanak ont tenté de le renverser. »

Le ventre de Kaufman se serra. « Tenté ? Ont-ils réussi ? »

Magdalena haussa les épaules. « Je l'ignore. On m'a avertie. Un ami m'a envoyé un mot. "Quittez le système solaire. Pierce a décidé de prendre le contrôle le dix-huit. La Marine passera à l'attaque." Je suis partie. »

Pierce. L'amiral en chef de la Marine de la Défense de l'Alliance solaire, un rival acharné de Stefanak. Et si Magdalena avait les relations qu'on lui attribuait, elle avait raison de s'en aller. Pierce l'aurait aussitôt fait tuer. Le vaste empire mystérieux, quasi politique, de cette femme soutenait Stefanak.

« Un vaisseau va m'apporter des nouvelles. Il doit arriver par ce tunnel dans quelques jours. En attendant, ce trou perdu, pourri, est un endroit aussi bon qu'un autre où se cacher jusqu'à ce que la question soit tranchée. »

« *Jusqu'à ce que la question soit tranchée* » — elle parlait du contrôle politique et militaire de tout le système solaire comme si l'identité du gagnant importait peu. Peut-être pour elle. Son seul souci, c'était son fils. Kaufman trouvait grotesque, perturbante, une ténacité aussi hors de propos.

« Et si Pierce l'emporte ? Vous avez l'intention de vous cacher définitivement sur Monde ? »

Elle lui sourit. « Bien sûr que non. Mais vous devriez savoir que dans les jours qui suivent un coup d'Etat, toutes sortes de gens disparaissent. "Les pertes des échauffourées". J'ai beaucoup d'ennemis. Si Pierce gagne, il devra restaurer au moins un semblant d'ordre, et alors il sera bien plus difficile de me tuer sans provoquer un considérable mouvement d'opinion. Peu importe qui l'emportera, je reviendrai. Votre petite planète primitive n'est qu'un bon abri temporaire. Et bien sûr, j'espérais qu'Amanda Capelo serait avec vous. C'était possible, vous savez. Mais nous n'avez aucune nouvelle d'elle ?

— Non. » Kaufman avait été soldat sous les ordres du général Sullivan Stefanak, le commandant suprême du Conseil de la Défense de l'Alliance solaire. En dépit de tout, il admirait cet homme. Et maintenant, il se pouvait qu'il soit destitué, ou emprisonné, ou assassiné. La révolution…

« Si, je l'ai vu à votre première réaction. Et celle de votre jolie Sensitive. Je le retrouverai, vous savez, Laslo. »

Elle attira de nouveau son attention. Il la regarda attentivement. Elle y croyait. Qu'elle retrouverait Tom Capelo, et que son Laslo serait avec lui. La pitié envahit Kaufman.

Elle lui évita de parler en ajoutant : « En attendant, bien entendu, si votre petite Amanda est toujours à Lowell City, cela n'ira pas très bien pour elle. Ni pour le reste de la population. Essa, qu'est-ce qu'il y a encore ? »

Humblement, la jeune autochtone tendit à Magdalena le bol qui brillait d'une façon aveuglante. Elle dit quelque chose en mondien, que ni Kaufman ni Magdalena ne comprirent. « Quoi ? » demanda celle-ci d'un air irrité.

« Elle demande dans combien de temps vous allez l'emmener vers les autres mondes dans le bateau volant en métal, dit la voix de Marbet, derrière lui. Elle dit que vous le lui avez promis, par l'intermédiaire d'Enli.

— Oh, bientôt. »

Kaufman se retourna pour regarder Marbet, sur le seuil de la porte. Elle dit : « Lyle, Ann te demande », puis elle sortit. Kaufman la suivit. Elle le conduisit, non pas à la cabane d'Ann, mais à une autre, qui ne contenait qu'une petite table, deux coussins de sol tout à fait ordinaires et une paillasse enroulée.

« C'est là que nous allons habiter. Lyle, il ne faut pas te fier à ce que Magdalena te raconte.

— Combien de temps es-tu restée là ? As-tu écouté ce cube de données ?

— Oui. » Elle lui fit signe de s'asseoir sur l'un des coussins, et prit l'autre. « Ça, c'est vrai. Elle cherche son fils et croit sincèrement qu'il est vivant, ainsi que Tom.

— Il n'est pas vivant.

— Je sais.

— Tu ne l'avais jamais rencontrée auparavant ?

— Non, jamais.

— Que peux-tu me dire d'autre sur elle maintenant ? »

Marbet resta longtemps silencieuse. Pour finir, elle dit : « Je savais déjà quelque chose sur elle. On ne peut pas faire travailler une Sensitive dans des négociations sans que, tôt ou tard, elle tombe sur l'une des compagnies commerciales de Magdalena. Lors de ma préparation aux transactions avec ces gens, on m'a montré des holos d'elle, et révélé ce que l'on sait de son histoire. Tu es au courant ?

— Non.

— Elle est née à Atlanta, sur Terre. Sa mère était

probablement une prostituée. Ce que l'on peut dire avec certitude, c'est que la mère, ou quelqu'un d'autre, a abandonné le bébé dans une boîte, devant une clinique du gouvernement, à Plumbob, le pire quartier de la ville. Même les flics ne veulent pas y aller.

— Continue, dit Kaufman.

— Le bébé a été adopté par une infirmière de la clinique, Catalune Damroscher, qui était ou est devenue une droguée. Elle a appelé l'enfant "May". Peut-être qu'au début, Catalune Damroscher voulait être une bonne mère, mais elle a horriblement maltraité May. Nous avons des rapports de dix différents centres médico-sociaux disant que l'enfant avait été battue, brûlée, qu'elle avait reçu des coups de pied. May n'a pas pu parler avant l'âge de quatre ans.

« A six, elle a disparu de tous les fichiers. L'année d'après, Catalune est morte d'une overdose. Personne ne sait où May est allée et où elle a vécu entre six et seize ans.

— Je vois », dit Kaufman, qui ne voyait pas du tout. Comment une petite fille de six ans pouvait-elle vivre à Plumbob ?

« May reparut en 2125 sur les plages privées de la Caroline du Nord. Ces endroits sont très sévèrement gardés mais, on ne sait comment, elle s'y introduisit et devint, pendant trois ou quatre ans, la maîtresse d'un richard appelé Domingo Dalton. Elle est mentionnée dans de vieilles bases de données des échos de la presse, des trucs comme ça. Elle passa de Dalton à Evan Kilhane, le producteur de films pornos, ou peut-être y eut-il d'autres hommes. Kilhane la baptisa Magdalena et la lança. Tu connais probablement le reste, au moins dans ses grandes lignes.

— Oui. » L'enfance malheureuse de Magdalena

l'avait remué. « Mais je ne savais pas qu'elle avait un fils.

— De Bellington Wace Arnold. Illégitime. Lyle, si tu continues à avoir cet air, je vais te gifler.

— Quel air ? » Une erreur, il n'aurait pas dû poser la question.

« Celle d'un homme qui va pleurer sur un chaton blessé. Ecoute-moi. Magdalena est dangereuse. Elle n'a pas fait modifier génétiquement son fils parce qu'elle est si arrogante qu'elle croit que tout enfant à elle sera merveilleux sans aucune aide artificielle. En même temps, elle est furieuse, intérieurement, contre les gènes pervers de cette beauté qui a ruiné sa vie.

— Tout *ceci* est dans les rapports officiels ? demanda-t-il, sceptique.

— Bien sûr que non, répliqua-t-elle d'un ton sec. Je l'ai lu dans chaque ligne de sa personne tandis qu'elle écoutait ce cube de données. Ce qu'est Laslo la rend furieuse. Elle a aussi concentré sur lui tous ses désirs inassouvis, toutes ses impulsions déniées. Je parie qu'elle n'a jamais connu de véritable orgasme. »

C'était trop. Kaufman se leva, s'étira, jouant la nonchalance.

« Ne fais pas semblant, Lyle, cela ne marche pas avec moi. Tu es aussi indifférent face à elle qu'un ours devant du miel. Elle a détruit tout le potentiel que son fils aurait pu avoir en le contrôlant, en l'excusant, en l'étouffant. Il la détestait et l'adorait, et ils se disputaient probablement tout le temps.

— Tu ne crois pas que c'est tirer un peu trop de conclusions d'une rencontre aussi courte ? Même pour quelqu'un comme toi ? »

Marbet le regarda fixement. Plus elle le contemplait, plus Kaufman devenait mal à l'aise. Elle pouvait voir tant de choses !

Pour finir, elle se détourna en disant par-dessus son épaule : « Il faut faire venir nos affaires du vaisseau. Lyle, ne laisse pas May Damroscher te berner. C'est une personne rongée par le désir et tu ne fais pas le poids. »

CHAPITRE X

LOWELL CITY, MARS

L'abbaye bénédictine d'Ares était le lieu de vie le plus étrange qu'Amanda ait pu imaginer. Tout le monde était gentil, mais elle ne comprenait personne.

Les premiers jours, elle resta au lit, terrifiée et épuisée. Frère Meissel lui apportait à manger et s'asseyait près d'elle, ce qui la gênait parce qu'elle portait une vieille tunique en guise de chemise de nuit et, qu'en tout cas, elle ne s'était pas lavée et sentait peut-être mauvais. Le frère lui parlait de la foi, de la prière, et de la mise à l'épreuve de l'esprit, jusqu'à ce qu'Amanda fasse semblant de dormir et que le « prêtre » s'en aille. Souvent elle tombait endormie, mais jusqu'à ce que des cauchemars sur son père ou sur le Père Emil la réveillent.

Un jour, elle interrompit le frère Meissel pour dire brusquement : « Pourquoi les gens doivent-ils mourir ?

— Vous voulez dire, le Père Emil ?

— Oui. Il… il…

— Il est mort pour vous sauver la vie, c'est ce que vous pensez.

— Il ne l'a pas fait ? demanda Amanda, déconcertée.

— Non. Il est mort pour la plus grande gloire de Dieu. »

Cela ne tenait pas debout pour Amanda qui avait vu clairement le Père Emil tué alors qu'il tentait de la protéger. Papa disait que les gens mouraient parce que leurs télomères[1] flanchaient et, qu'en outre, la Nature n'avait plus besoin d'eux lorsqu'ils avaient passé l'âge de concevoir. Ce n'était pas vraiment réconfortant, mais au moins, c'était logique.

« L'âme du Père Emil est avec Dieu », dit frère Meissel. Amanda ne trouva rien de poli à dire, aussi resta-t-elle silencieuse. Elle n'avait pas de réponse. Le Père Emil était quelqu'un de bien. Ce n'était pas juste qu'il soit mort comme cela, tué dans la rue, couché dans son sang.

Au bout de quelques jours, sa faculté naturelle de récupération s'affirma et elle quitta le lit pour partir à la recherche d'une holovision. Elle n'en trouva pas. De fait, bien qu'elle eut du mal à y croire, il n'y avait aucun terminal dans l'abbaye. Pas de terminal ! Elle n'avait jamais connu d'endroit sans terminal. « Les affaires de ce monde ne nous intéressent pas, lui dit frère Meissel en tirant d'un coup sec sa longue robe marron. Un terminal ne ferait que nous distraire de notre travail sacré. Cependant, il y a une télé à écran plat qui nous donne les nouvelles en cas d'urgence. Je vais la faire mettre, pour vous, dans le réfectoire.

— Si vous n'avez pas de terminal, dit Amanda d'un ton sceptique, comment apprendriez-vous qu'il y a urgence à allumer votre écran plat ?

— Dans le réfectoire, Amanda. Et uniquement là. »

1. Télomère : extrémité des bras long et court d'un chromosome dont l'absence est généralement léthale. *(N.d.T.)*

Elle explora l'abbaye et ses nombreuses « salles ». Chaque pièce était appelée une salle, bien que la plupart aient aussi d'autres noms, des mots qu'Amanda n'avait jamais entendus : réfectoire, chapelle, office, stalles du chœur, bureau du cellérier. Chaque salle avait une fonction particulière, et tous ceux qui y travaillait s'y trouvaient à la même heure jour après jour. Il n'y avait pas de « salon », pas de spontanéité, personne ne se prélassait. Et cependant, personne ne semblait malheureux.

Dix-sept « frères » dans toute l'abbaye, dont quatorze n'en sortaient jamais, quelles que fussent les circonstances. Amanda fut navrée d'entendre cela. Seuls frère Meissel et frère Wu avaient le droit d'aller faire des courses, ou de se rendre à la banque, ou de mener une vie normale. C'était un « ordre cloîtré », lui dit-on. Encore d'autres mots étranges. Le jeune garçon qui l'avait fait entrer était un « postulant ».

Ce que tout le monde faisait, en général, c'était chanter et nourrir les pauvres. Trois fois par jour, frère Meissel et frère Wu emportaient d'énormes cuves pleines d'une nourriture que les autres avaient fait cuire pour « l'autre côté de la clôture ». Celle-ci était réelle, une épaisse grille en acier qui ressemblait à des arbres et des feuilles entrelacées. Les quatorze « frères cloîtrés » restaient dans la partie du bâtiment située entre la grille et un mur adjacent à l'arc de cercle piézo-électrique du dôme principal de la cité.

Il y avait un petit espace entre le mur de l'abbaye et le mur du dôme, qui ne faisait guère plus de trente centimètres de large. On y avait entreposé des détritus non dégradables : un sommier à ressorts cassé, des caisses en plastique dont on ne se servait pas pour le moment, une roue dont Amanda se demandait ce qu'elle faisait là. Elle fouilla dans les différentes piles, puis se dressa sur la pointe des pieds pour regarder par-dessus le mur.

Au-delà de l'épais polystyrène à multiples couches s'étendait le sol de roche rouge de Mars.

Des gens venaient nombreux dans la salle extérieure à la clôture afin de manger gratuitement. Frère Meissel et frère Wu les servaient, se glissant entre les minuscules tables entassées. L'espace coûtait cher à Lowell City. Après le repas, certains restaient pour entendre les frères chanter.

Amanda pensait qu'en fait, c'était pour cela qu'ils venaient.

Les frères étaient cachés derrière la grille, dans leurs « stalles du chœur » individuelles, et chantaient une musique comme Amanda n'en avait jamais entendu. Une belle musique qui, ensuite vous trottait dans la tête ; pas d'instruments enregistrés, aucune musique synthétique ne les accompagnaient. « Plain-chant », c'est ainsi que frère Meissel l'appelait. Ils chantaient avec une émotion intense qu'Amanda ne comprenait pas vraiment, comme si la musique n'était pas seulement de la musique, mais autre chose. « Nous prions, dit frère Meissel. En chantant le Saint Office. Votre ignorance est navrante, Amanda. »

Six fois par jour, ils chantaient, bien que les gens de l'extérieur ne viennent qu'à trois de ces « offices ». Ceux-ci portaient des noms encore plus étranges : Laudes, Prime, Tierce, Sexte, Vêpres et Matines. Certains avaient lieu au milieu de la nuit et frère Meissel ne voulait la laisser y assister. Amanda avait besoin de sommeil, disait-il. Elle aimait bien aller écouter les autres chants, même si les paroles étaient en latin. Ce n'était pas les mots qui l'intéressaient, mais le son.

Amanda restait toujours derrière la grille. Seuls, les frères sur Mars savaient qui elle était. Personne ne viendrait la chercher ici, disait frère Meissel. Personne ne franchissait jamais la clôture.

« Comment trouvez-vous l'argent nécessaire pour acheter la nourriture et le reste ? » demanda Amanda, douée d'un esprit pratique, qui avait observé que personne ne payait les repas ou le chant. (« Ce n'est pas un spectacle, Amanda. ») Frère Meissel répondit que l'abbaye recevait des donations venues de la Terre.

« Pourquoi ?

— Pour la plus grande gloire de Dieu. »

Apparemment, la télé à écran plat était aussi une donation. Elle était posée sur une table, à l'une des extrémités du réfectoire. (« Oh ! C'est une salle à manger ! » dit Amanda.) On lui permit de la regarder, uniquement à cause de son père, et on lui accorda le droit de l'allumer seulement quand le réfectoire était vide. Elle s'assit sur un banc dur et sans dossier, conçu pour quatre personnes, les bras autour des genoux, dans un pantalon que frère Meissel avait cousu pour elle, et regarda les journalistes et les présentateurs virtuels et les gens importants, même le général Stefanak, parler de l'enlèvement de son père, qui avait eu lieu plusieurs mois auparavant. C'était tout de même des nouvelles.

« Aucune trace de l'éminent physicien, le professeur Thomas Capelo, le décodeur de l'Artefact Protecteur, qui disparut le…

— Evanoui dans les airs, bonus ? Aucun indice qui ? Aucun…

— Citoyens du système solaire, jusqu'à maintenant chacun d'entre nous est en sécurité dans sa maison, des atrocités comme la disparition du…

— … des groupes terroristes comme Vivre Maintenant ! Ils cherchent à nous livrer à l'ennemi ! Ils feront tout, même enlever un scientifique comme le professeur Capelo, afin de discréditer…

— Des traîtres de guerre…

— Des collaborateurs dans…

— Pas de repos jusqu'à ce que le professeur Capelo soit restitué à…

— Le professeur Capelo et sa fille de quatorze ans, Amanda…

— Récompense pour toute information menant à… »

Amanda tourna et retourna cela dans sa tête, ce soir-là. Elle revoyait le costaud blond dans la chambre de son père, l'homme qui attendait près de la voiture noire, son père marchant d'un pas anormalement raide entre les deux autres hommes. Rien de tout cela ne lui disait qui ils étaient, ou pourquoi ils étaient venus.

Une fois, Amanda tomba sur une brève interview de sa belle-mère, pâle et bouleversée. Carol dit simplement qu'elle s'était rendue chez ses parents avec Sudie, puis demanda à toute personne, sur Terre ou ailleurs, sachant ce qui était arrivé à son mari et à sa belle-fille, de l'appeler au numéro qui s'inscrivit sur l'écran.

« Amanda, cela suffit, dit frère Meissel. Vous avez assez regardé comme cela. Frère Killian a besoin de votre aide à la cuisine. » Il croyait qu'il fallait garder « les mains inactives » occupées. Amanda alla moudre des herbes martiennes pour aromatiser le soja synthé.

A l'abbaye, la nourriture était abondante, mais monotone. Parfois, l'eau lui venait à la bouche, en pensant à une orange ou à un petit bonbon. Une fois, elle rêva de citrons.

Après deux semaines passées à l'abbaye, les informations changèrent. On ne parlait plus du père d'Amanda, ou de n'importe quoi d'autre, sauf du général Stefanak.

Amanda courut au bureau de frère Meissel et frappa à la porte.

« *Deo gratias*… qu'y a-t-il, mon enfant ? Pourquoi avez-vous l'air bouleversée ?

— La télé dit qu'il y a une révolution à Lowell City ! En ce moment même ! Maintenant ! »

Frère Meissel se figea. Puis, il dit : « J'arrive. » Il la suivit au réfectoire et écouta un moment. Amanda regardait ses lèvres remuer, en prière.

« Frère Meissel… que se passe-t-il ? Qu'est-ce que cela veut dire ?

— Je n'en suis pas certain, Amanda. Les informations sont très confuses.

— Ils disent qu'on se bat dans les rues !

— Oui.

— Qu'allons-nous faire ?

— Nous allons chanter Tierce, répondit calmement frère Meissel. Eteignez, Amanda.

— Mais…

— Eteignez la télé. C'est l'heure de Tierce. »

Cependant, quand le chant, qu'Amanda avait appris à appeler « le Saint Office », prit fin, frère Meissel lui permit de rallumer la télé et tout le monde vint la regarder. Même le très vieux frère Killian, à moitié sourd, quitta sa cuisine pour se joindre à ses frères rassemblés autour de l'ancienne télé. Ils étaient tous là lorsque la nouvelle survint.

« Un grave événement vient de nous être rapporté », dit le présentateur humain âgé que l'abbaye aimait bien. Amanda lui préférait un virtuel séduisant, appelé Stix, mais ne l'avait jamais dit. « L'ennemi, les soi-disant “Faucheurs”, ont tenté d'emprunter le tunnel spatial numéro un et de pénétrer dans le système solaire. En raison de l'odieuse trahison de l'humanité perpétrée par les hauts responsables de l'Administration des tunnels, trois vaisseaux faucheurs ont vraiment franchi le tunnel, au sortir duquel ils ont été détruits par les vigilants vaisseaux de la Marine de la Défense de l'Alliance solaire, fidèle au général Stefanak. »

« Oh, cher Seigneur Dieu », dit frère Wu, et il fit le signe de croix.

« En conséquence, le général Stefanak a déclaré la loi martiale temporaire jusqu'à ce que l'on puisse identifier et écarter ces chefs de l'armée qui ont trahi l'humanité d'une façon inexcusable. Tous les citoyens de Lowell City sont maintenant soumis au couvre-feu. Personne ne doit être vu dehors entre vingt heures et six heures du matin. Pour la sécurité de tous, les soldats de l'armée visiteront les immeubles, à la recherche des ennemis de l'Alliance solaire. Votre coopération est exigée pour cette opération qui a pour but de protéger vos foyers et vos familles. Le général Stefanak a fait cette déclaration il y a quelques instants. »

Le présentateur disparut et le général Stefanak envahit l'écran, grassouillet et chauve, ses puissantes épaules tendant le tissu de son uniforme. Si Sudie l'avait vu en holo, elle se serait caché la figure, disant qu'il lui faisait trop peur. Amanda s'était toujours moqué de sa sœur à ce propos, mais Sudie avait raison, le général Stefanak paraissait effrayant.

« Citoyens de Lowell City, la corruption s'avère bien enracinée dans notre gouvernement. J'ai commencé à l'en extirper et... »

Une explosion sourde ébranla la pièce. Les prêtres se regardèrent. « Qu'est-ce que c'est ? cria Amanda.

— Juste l'avertissement que le couvre-feu commence, j'imagine, dit calmement frère Meissel. Frère Wu, je vous prie d'aller vérifier ce qui se passe à l'extérieur. »

Le vieux frère Killian dit au frère Meissel : « L'enfant...

— Je sais. Pas encore. »

Frère Wu revint. « C'est calme dehors. Mais beaucoup de soldats sont soudain apparus dans les rues.

— La loi martiale, expliqua frère Meissel. Ensuite, ce sera les recherches.

— Qu'allons-nous faire ? cria frère Kawambe, très impressionnable.

— Nous allons chanter les Vêpres. Il est presque l'heure.

— Mais si les Faucheurs reviennent avec leur artefact… ce que ce physicien a dit à propos de la destruction du tissu de l'espace… si les Faucheurs retraversent le tunnel pour pénétrer dans le système solaire…

— Il n'y avait pas de Faucheurs dans le tunnel, dit frère Meissel avec patience. C'était une excuse de Stefanak pour déclarer la loi martiale et attaquer ses ennemis au Conseil. Calmez-vous, frère Kawambe. Amanda, je voudrais vous parler. »

Les autres s'en allèrent, à la queue leu leu, vers leurs stalles pour chanter les vêpres. Amanda, le cœur serré, s'arracha à l'écran télé.

« Durant les semaines à venir, dit frère Meissel, l'abbaye va être fouillée, peut-être plus d'une fois. Les soldats franchiront probablement la clôture, même si j'essaie de les dissuader d'envahir un espace sanctifié. Lorsqu'ils viendront, il faudra vous cacher. Je vais vous montrer où. Savez-vous ce qu'était un trou de prêtre, au XVIIe siècle[1] ?

— Non.

— Je n'arrive pas à imaginer quel était le contenu de votre programme d'histoire. Suivez-moi, je vous prie. »

Le « trou du prêtre » était un endroit secret que l'on atteignait en franchissant un panneau secret pratiqué dans le mur d'une cellule inutilisée ; des cellules, c'est

1. Durant la persécution de l'église catholique par Olivier Cromwell. *(N.d.T.)*

ainsi que les frères appelaient leurs minuscules chambres. Frère Meissel montra à Amanda comment appuyer sur les endroits qui l'ouvraient et le fermaient. Le trou pouvait renfermer deux personnes, trois si elles se serraient les unes contre les autres, mais la moitié était occupée par une combinaison de surface, avec ses bottes, son casque et son énorme réservoir d'air.

« Qu'est-ce qu'elle fait là ?

— Juste au cas où. Voilà comment ouvrir la seconde porte. Elle mène à l'extérieur, au tas d'ordures. » Il lui montra comment faire.

« Dans quel cas ?

— Au cas où Dieu ferait en sorte que quelqu'un en ait besoin. »

C'était le genre de chose que disait constamment frère Meissel, et c'était le ton qu'il employait alors. Le ton qui ne permettait aucune discussion. Amanda, pleine de ressentiment, lui rétorqua : « Mon père dit toujours qu'on ne devrait pas faire une déclaration qu'on ne peut exprimer clairement en d'autres mots ou en chiffres.

— Je suis sûr que oui, répliqua le frère, imperturbable. Une chose encore, Amanda. Si vous venez ici, et si le temps vous permet de le faire en toute sécurité, je veux que vous emportiez le calice avec vous. »

Le calice était la coupe en or gardée derrière l'autel, que frère Meissel utilisait lorsqu'il « disait la messe ». Amanda trouvait qu'il était très joli. Il était aussi très saint, disait-on. « Mais… est-ce que les soldats ne verront pas qu'il manque ? demanda-t-elle d'un air hésitant. Et sauront que vous avez dû le cacher quelque part ?

— Les soldats ? S'apercevoir de l'absence du calice ? Vous plaisantez. Mais n'oubliez pas, je vous en prie.

— Je m'en souviendrai », répondit Amanda. Elle n'avait pas envie d'en dire plus — de lui avouer combien elle avait peur, de lui demander ce que les soldats feraient dans l'abbaye — mais elle s'en garda bien. Au lieu de cela, elle retourna voir la télé, laissant les frères chanter les vêpres sans personne pour les écouter.

CHAPITRE XI

LOWELL CITY

Frère Meissel s'était trompé ; aucun soldat ne vint fouiller l'abbaye. Amanda comprit pourquoi. Ils étaient bien trop occupés à se battre pour prendre en charge les services essentiels de la ville.

La station holo fut la première. Les employés de cette société privée filmèrent leur propre surprise lorsque les soldats de l'amiral Pierce pénétrèrent dans la station qui diffusait sur Mars, sur la plus grande partie de la Ceinture, et qui envoyait des paquets de données à la Terre, à Titan et au réseau de tunnels spatiaux. Les soldats se montrèrent polis. Ils ordonnèrent aux employés de partir, ce qu'ils firent. Puis les soldats en uniforme et armés commencèrent à faire marcher l'équipement.

« Maintenant, nous ne verrons plus que ce qu'ils veulent que nous voyions », dit frère Wu. Mais lui aussi se trompait. Le lendemain matin, Amanda se glissa hors de sa cellule à 5 h et trouva tous les frères déjà rassemblés devant la télé. Elle diffusait un seul message statique, sans aucun son :

CETTE STATION A ÉTÉ RENDUE AU PEUPLE, SOUS LA PROTECTION DU NOUVEAU GOUVERNEMENT DÉMOCRATIQUE PROVISOIRE DE MARS. LES ÉMISSIONS REPRENDRONT DANS PEU DE TEMPS.

« Notre Père qui êtes aux cieux… » pria à voix haute frère Meissel.

Amanda, étonnée, se tourna vers l'écran. « Qu'est-ce que cela veut dire ? » demanda-t-elle, mais personne ne lui répondit jusqu'à ce que la prière, à laquelle tous s'étaient joints, soit terminée.

« Cela signifie que la faction de l'amiral Pierce s'est emparée des stations, répondit enfin frère Meissel. Ils proclament que le général Stefanak ne peut pas gagner la guerre contre les Faucheurs. Ce qui justifierait leur révolution. Ils doivent être en train de se battre dans toute la ville.

— Se battre ? Mais nous sommes en guerre avec les Faucheurs, pas avec l'amiral Pierce !

— De la bouche des enfants, dit quelqu'un.

— Mais Papa… mon père dit toujours qu'on ne peut pas se battre sous un dôme martien ! On pourrait percer le dôme !

— Cela dépend des armes dont on se sert. Frère Wu, ou pensez-vous aller ?

— Dehors, pour voir ce qui se passe.

— Non. Les affaires de César ne sont pas les nôtres. Vous devez suivre le Saint Office. Laudes va commencer dans dix minutes. »

Frère Wu montra Amanda du doigt, en silence.

« Bon, d'accord, dit frère Meissel. Prenez garde, Shing.

— Je ferai attention. »

Pendant que les frères chantaient Laudes, Amanda resta devant la télé, attendant qu'elle transmette quelque chose. Avant cela, frère Wu revint. Son visage rond était rigide. « Je suis seulement allé au bout de Sigma Street, dit-il à Amanda, seule dans le réfectoire. Ils se battent pour s'emparer des installations des équipements de survie. J'ai vu les soldats de Pierce se servir de fusil laser contre les troupes de Stefanak qui… regardez ! » Il montra la télé.

« … avec courage pour empêcher les forces de l'oppression de couper l'eau ou l'air de la ville. La victoire a été remportée à six heures du matin, et cette station est heureuse de vous annoncer que les installations des équipements de survie sont en sécurité entre les mains des forces de secours. Notre commandant, l'amiral Pierce… »

Amanda n'écoutait plus. Elle regardait fixement l'écran, qui montrait un jeune soldat du CDAS coupé en deux par un fusil laser. L'image fut immédiatement, avec incompétence, remplacée par une prise de vue neutre, mais Amanda l'avait vue.

Sa mère, penchée sur le vivier, et le vaisseau faucheur descendant soudain du ciel en piqué… des cris et des cris, mais pas d'image de sa mère déjà tranchée en deux de l'épaule à la hanche par le canon laser, couchée par terre avec une expression de surprise sur son beau visage, et son père courant et hurlant, le sang de sa mère sur la pierre, près de la mare, coulant dans l'eau, et les poissons…

Salah, retombant de sa couchette, la tête tombant de ses épaules dans un jet de sang…

Le Père Emil, couché dans la rue…

« Amanda, dit calmement une voix, allez dans le trou du prêtre. »

Le sang coulant goutte à goutte dans…

« Oui, répondit-elle d'une voix haletante. D'accord. Mais vous…

— Il n'y a pas de mais. Allez dans le trou et enfilez la combinaison-s. »

Elle revint immédiatement à la réalité. « La combinaison-s. Pourquoi ?

— Parce que je vous dis de le faire. » Puis il se laissa fléchir. « Au cas où la bataille fendrait le dôme.

— Ils sont fous de faire cela ! s'exclama Amanda, et elle s'aperçut aussitôt que la phrase était celle de son père.

— Je crois que oui. Mais si le général Stefanak est tué…

— Ils essaient de tuer le *général Stefanak* ? » C'était comme essayer d'éteindre le soleil. Le général Stefanak avait été, durant toute sa vie, le centre du système solaire. Il était un fait aussi inéluctable que la lumière, ou l'air.

L'image de la télé, sautillant toujours et changeait maladroitement de mise au point, montrant des soldats gardant le Sommet. Amanda reconnut immédiatement le bâtiment ; tout le système solaire le reconnaissait. C'était le quartier général du général Stefanak, installé sur la partie la plus haute du dôme central de Lowell City, le support central imposant des étais du dôme s'élevant à des centaines de pieds de l'intérieur même du bâtiment. Tandis qu'elle observait, les soldats qui étaient devant le Sommet commencèrent à s'effondrer. Personne ne leur tirait dessus, personne ne se servait de mousse paralysante, les soldats portaient toujours leur armure. Et ils s'effondraient.

« Que… que… » Frère Kawambe. Quand les frères avaient-ils terminé les Laudes et s'étaient-ils rassemblés dans la salle ? Amanda ne s'en était même pas aperçu.

« Ils se servent de virus génémods qui stoppent la respiration », dit frère Meissel.

Amanda hoqueta ; elle ne put s'en empêcher. Les virus génémods étaient totalement interdits. Ils pouvaient tout anéantir. Papa disait que l'on pouvait les concevoir afin qu'ils cessent de se reproduire après un nombre donné de générations, et alors ils mouraient ; mais ceux-là étaient-ils conçus ainsi ? Et même s'ils l'étaient, qui les respirerait avant que le gène tueur commence à agir ? Qui l'avait déjà fait ? Frère Meissel ? Frère Wu ? Elle-même ?

Les soldats du Sommet les avaient respirés.

« Amanda, allez-y », dit frère Meissel.

Elle serra d'abord dans ses bras chacun d'entre eux, perdant ainsi un temps précieux, sans s'en soucier. Hors de l'abbaye, une immense clameur résonna, celle des gens qui couraient, et criaient. La panique.

Amanda courut jusqu'au trou du prêtre, appuya sur les ardillons avec des doigts qui tremblaient, et enfila la combinaison-s. Plus facile de l'enfiler à l'extérieur du trou. Elle entendait toujours la panique se déchaîner dans les rues. Puis, par-dessus cela, un autre son, à l'intérieur : les chants. Les frères chantaient le Saint Office.

Mais ce n'était pas l'heure ! pensa follement Amanda. Peu importe. Ils chantaient tout de même. Puis elle comprit que ce n'était pas le Saint Office, mais un autre chant, qu'elle n'avait jamais entendu : « *Dies irae, Dies illa…* »

Elle ferma le casque, et le chant, ainsi que tous les autres bruits, s'éteignit.

Amanda rampa dans le trou. Mais alors, elle prit conscience qu'une fois à l'intérieur, avec le casque pour la protéger des virus, elle ne pourrait plus rien voir ni entendre. Elle n'aurait aucune notion de ce qui se passait. Si des soldats fouillaient l'abbaye, elle ne les entendrait même pas arriver.

La trouver ne leur importait guère. Le général

Stefanak et l'amiral Pierce se faisaient la guerre dans Lowell City. Ils n'allaient pas chercher Amanda Capelo.

Ainsi équipée, elle revint d'un pas pesant au centre de l'abbaye. Toujours agenouillés dans les stalles du chœur, les frères chantaient. Amanda eut une soudaine vision de ce que tout cela donnerait à la télé — un petit adulte ou un grand enfant, dans une combinaison-s complète, y compris le casque, martelant lourdement le sol entre des rangées de prêtres chantant. Dingue.

Arrivée près de frère Meissel, elle s'arrêta en se demandant comment lui parler sans ôter son casque. Elle n'en eut pas besoin. Il se rendit à l'autel, revint avec le calice et le lui tendit. Amanda retourna au trou.

Une fois à l'intérieur, elle ouvrit la seconde porte et émergea près d'un tas d'ordures, à côté du mur en ciment qui ancrait les étais du dôme. Tout l'espace était occupé par des entrepôts, et le dôme descendait obliquement trop près d'eux pour que l'on puisse se tenir debout. Poussant maladroitement le calice devant elle, Amanda rampa derrière les constructions et fit le tour du dôme en restant derrière le mur de ciment. Lorsque, pour finir, elle arriva à un bâtiment assez méfiant pour verrouiller sa déchetterie, elle découvrit une étroite allée de service qu'elle emprunta jusqu'à la rue, à moins d'un pâté de maisons de l'un des huit sas du dôme.

Elle eut tout juste le temps de voir le dôme s'effondrer.

Un avion militaire passait dans le ciel. Avait-il tiré au faisceau protonique, qui aurait vaporisé toute la cité ? Ou simplement tiré au laser pour traverser le dôme piézoélectrique. Il découpa une fente de cinq cents mètres de long, quasi chirurgicale, et atteignit le plastique, les étais de métal, les constructions, les objets et les gens qui se trouvaient en dessous.

Les étais se déformèrent et commencèrent à s'écrouler.

Amanda courut vers le sas. Elle ne pouvait pas entendre le sas tomber, ni les sirènes qui devaient hurler tandis que l'atmosphère s'échappait. Tout arrivait dans un profond silence. Les fenêtres explosaient. Les gens ouvraient la bouche et criaient silencieusement. Ceux qui, comme elle, portaient une combinaison-s se précipitaient vers le sas, se bousculaient pour le franchir et se mettaient à courir. Amanda se força à les suivre jusqu'à ce que chaque respiration fasse palpiter ses poumons de douleur, et que ses jambes cèdent sous elle. Alors elle tomba sur le sol rouge et se tortilla pour regarder derrière elle, Lowell City.

La ville ressemblait à un gros ballon transparent défoncé d'un côté. Elle était trop loin pour distinguer les détails. Seulement le plastique affaissé et les étais brisés ressortant sur le ciel matinal. Tous les gens qu'elle connaissait devaient être morts ou mourants.

Est-ce que frère Meissel et les autres avaient réussi à atteindre l'un des deux dômes plus petits ? Ceux-là semblaient intacts. Non, ils n'auraient même pas tenté de le faire. Ils avaient dû rester dans leurs stalles, derrière la clôture censée les garder hors du monde, et chanter. *Dies irae, Dies illa…*

Amanda refoula ses sanglots. Elle ne devait pas pleurer — il ne le fallait pas. Elle se remit en marche en regardant droit devant elle, son halètement résonnait dans le casque. Dix minutes plus tard, elle s'aperçut qu'elle portait toujours le calice d'or, la relique de l'Abbaye bénédictine d'Ares sur Mars.

La plaine martienne, qui paraissait si plate vue du dôme, était couverte de grosses pierres de régolite, et d'énormes rochers. Entre eux se hâtaient des silhouettes en combinaison-s, des bus de navette, des véhicules de surface privés, des traîneaux. Ils allaient tous dans la même direction. Amanda fit de même. Les véhicules la dépassaient à toute vitesse. Pour finir, elle aperçut des vaisseaux à l'horizon et comprit que tout le monde se dirigeait vers le spatioport. Tout en marchant, elle vit l'un d'eux s'envoler.

Sans le savoir, Amanda avait fui Lowell City par le sas le plus proche du spatioport. Elle avait une bonne avance sur les centaines d'autres qui tentaient d'y arriver. Quarante mille personnes vivaient dans le dôme central de Lowell City. La plupart étaient maintenant morts, étouffés par manque d'air ou gelés par le froid intense. Certains avaient pu gagner les sas menant aux deux autres dômes plus petits. Tous ceux qui avaient pu mettre la main sur une combinaison-s avaient quitté la ville en véhicule ou à pied dans l'espoir de gagner le spatioport avant que leur réservoir d'air ne s'épuise.

Amanda marchait, engourdie, incapable de penser à ce qu'elle pourrait faire d'autre. Elle était jeune et en bonne santé. Elle atteignit le spatioport avant que tous les vaisseaux civils ne soient partis, vaisseaux qui, à leur tour, fuyaient les gens désespérés qui se ruaient et se battaient pour monter à bord de l'un d'eux, n'importe lequel.

La scène était tellement sinistre que son esprit paralysé frissonnait. Dans un silence total, des silhouettes en combinaisons aux têtes en forme de bulle sautaient des véhicules et couraient vers les navettes, les hoppers et les avions. Les vaisseaux militaires, parqués dans un endroit séparé du champ d'atterrissage, étaient entourés par des soldats qui tuaient tous ceux qui ne possédaient pas le code adéquat. Les civils possédant ces codes ouvraient les sas de leur vaisseau privé. D'autres s'agglutinaient autour d'eux, se poussant et se bousculant pour monter à bord. Certains propriétaires étaient armés ; les gens tombaient ligotés par la mousse paralysante, ou parce que leur combinaison était percée. D'autres restaient à l'écart de la bataille, privés de tout espoir, attendant l'inéluctable. Amanda vit deux silhouettes portant un petit lit spatial entre eux. Un bébé.

Elle hoqueta et se détourna. Mais il n'y avait nulle part où aller. Elle n'avait pas de vaisseau. Elle ne pouvait pas se battre pour monter sur l'un d'eux, et même si elle l'avait pu, elle ne l'aurait pas fait. Elle allait mourir. Tant de gens étaient morts... le Père Emil, et frère Meissel, et frère Wu, si faible ; frère Kawambe... et son père. Il était probablement mort, lui aussi.

Elle s'assit. Même au travers de sa combinaison, le sol rocheux semblait froid. Elle resta assise et attendit de mourir, dans l'espoir de ne pas trop souffrir.

Plus tard, elle ne put jamais dire combien de temps elle demeura ainsi. Peut-être seulement quelques minutes ; la scène autour de vaisseau n'avait pas chanté. Ses fesses semblaient gelées. Quelqu'un surgit dans son champ de vision. Amanda leva les yeux, mais elle ne voyait rien au travers de la visière teintée du casque de l'autre personne.

La silhouette en combinaison toucha le calice qu'elle tenait dans ses bras.

Puis regarda Amanda de près. Sa propre visière était transparente. L'autre saisit la main d'Amanda et la remit sur pied. Elle trébucha puis courut, tirée par elle ne savait qui vers une autre partie du champ d'atterrissage. Comme ils approchaient du hopper de surface qui se trouvait là, une autre silhouette fit de grands gestes. La foule qui entourait le véhicule était peu nombreuse, peut-être parce que c'était le seul hopper incapable de quitter Mars. Mais c'était une foule et, tandis qu'Amanda courait, hors d'haleine, elle vit la seconde silhouette cesser de gesticuler et tirer au pistolet laser sur quelqu'un qui tentait de monter la rampe de force. L'intrus s'écroula sur le sol.

Amanda fut tirée vers le garde qui la visa. Mais l'autre individu qui la remorquait continua à la tirer ; elle monta la rampe, la porte se ferma et Amanda s'effondra de tout son long, haletante, arracha le casque qui soudain semblait l'étouffer, juste avant que le hopper décolle de Mars.

Elle leva les yeux. Deux adolescents la regardaient, une petite jeune fille basanée et un très grand garçon. Un second jeune, en combinaison-s sans casque pilotait le hopper. Le premier haletait aussi péniblement qu'Amanda ; c'était celui qui l'avait remorquée. Il semblait incapable de retrouver son souffle. Mais même courbé en deux et respirant bruyamment, il était beau.

La jeune fille dit quelque chose dans une langue qu'Amanda ne connaissait pas. Le ton, cependant, était très clair ; elle était furieuse. Le pilote éclata de rire, émit une remarque et fit un mouvement de bras, tranchant.

Le premier, qui haletait moins, se redressa. Ce qui arracha à la fille une tirade encore plus furieuse. Il l'ignora. Il regardait fixement Amanda.

« *Christos*… c'est *vous* ! Ah-man-dah Capelo ! »

La fille cessa de rouspéter et parut abasourdie. Le pilote se retourna pour l'observer. Amanda ne savait pas que faire. La peur glaça encore plus son corps déjà froid.

Puis le grand garçon dit en anglais avec un fort accent : « Bienvenue à bord, Ah-man-dah Capelo. Content je être vous être pas morte ! »

Elle secoua faiblement la tête.

« Moi à Mars m'occuper votre père ! Bienvenue à bord. »

Ils étaient grecs, lui dit Konstantin. Des Grecs orthodoxes, ce qui ne signifiait rien pour Amanda. Konstantin Ouranis était le grand garçon qui lui avait sauvé la vie, s'arrêtant d'abord uniquement parce qu'elle portait un calice, signe d'une religion qu'elle ne partageait pas et ne comprenait pas. Puis à son visage il l'avait reconnue, grâce aux infos. Il avait dix-huit ans, était né en Thessalonique et connaissait l'œuvre de son père. Il voulait être physicien. Il était venu sur Mars pour demander à Martin et Kristen Blumberg s'ils avaient des recherches du professeur Capelo qui n'avaient pas encore été publiées.

Il sortit tout cela lentement, péniblement, tandis que tous deux se débattaient avec la langue. Le pilote avait posé le hopper sur une plaine lisse où l'on ne voyait que du régolite rouge. La fille et lui écoutaient intensément, comme si cela rendait plus intelligibles pour eux les paroles d'Amanda. « Eux pas avoir anglais, expliqua Konstantin. Moi, une année anglais à l'école.

— Vous parlez mieux que moi je parle grec », dit Amanda timidement. Konstantin lui fit un sourire rayonnant.

La jeune fille, Demetria, était sa sœur. Le garçon plus âgé, vingt ans, était Nikos Papandrea, le petit ami de Demetria. Tous deux le dos rond, se penchaient en avant, les yeux passant de leur ami à Amanda.

« Vous venir par où ? » demanda Konstantin. Son visage semblait inquiet, intéressé. Il avait des yeux brun foncé et des cheveux noirs bouclés : des yeux superbes, des cheveux superbes. Sa peau, d'un brun doré, avait la couleur du miel.

« J'étais à Lowell City, répondit-elle timidement. Dans une abbaye.

— Pardon ? »

Amanda chercha des mots simples. « J'étais avec des prêtres. La messe. Le Saint Office. » L'inspiration la saisit. « Dans une maison de Dieu.

— Splendide ! » Peut-être que son anglais venait de Grande-Bretagne. « Vous à la maison de Dieu, vous êtes… (il chercha un mot) … cachée ?

— Oui, je me cachais. Des hommes qui ont kidnappé… qui ont pris mon père.

— Oui, oui », dit Konstantin, et il traduisit pour Demetria et Nikos, qui firent le signe de croix, comme faisait frère Meissel. Frère Meissel…

« Ils sont morts, n'est-ce pas ? Tous les prêtres de la maison de Dieu ?

— Morts, oui. » Konstantin lui prit la main. Amanda sentit un choc étrange, comme une décharge électrique, remonter son épine dorsale. « Désolé, je être.

— Merci. Ils ont été bons avec moi.

— Splendide, dit Konstantin d'une voix douce. Bonnes personnes. Vous cachée à la maison de Dieu. Et votre père, le professeur Thomas Capelo, lui caché à la maison de Dieu, aussi ?

— Non. Je ne sais pas où il est. Nous n'avons pas été kidnappés… pris ensemble. Je l'ai vu emmené.

— Vous voir votre père emmener. Qui ?

— Je ne sais pas. »

Nikos dit brusquement quelque chose et Konstantin s'arrêta pour lui traduire leur dialogue. Nikos émit une longue réplique volubile.

« Nikos dit méchantes personnes prendre votre père. Mort maintenant, peut-être. Peut-être non.

— Il n'est pas mort, répliqua vigoureusement Amanda. Je sais qu'il n'est pas mort. Ils ont probablement besoin de lui. C'est le meilleur physicien de la galaxie ! Ils n'avaient pas d'autres raison de le kidnapper !

— Je demande votre pardon ?

— Mon père n'est pas mort. De méchants hommes l'ont pris, ils ont besoin de lui. Pour faire de la science.

— Ah, oui, la science, dit Konstantin d'un ton respectueux. Le professeur Thomas Capelo ! »

Amanda hocha la tête. Ils semblaient avoir atteint une impasse. Soudain, Amanda s'aperçut qu'elle avait monopolisé toute la conversation. Elle rougit. « Vous et Demetria et Nikos… vous vivez à Lowell City ?

— Demetria et moi vivre à Grèce. Dans Terre. Nous visiter Mars. Nikos vivre à Lowell City avec père de lui. »

Nikos grogna et fit, de la main, un geste très impoli que le père d'Amanda n'aurait jamais toléré.

« Nikos pas aimer le père de lui », expliqua Konstantin.

Amanda fut choquée. « Mais… son père était-il à Lowell City ? Quand le dôme s'est effondré ?

— Père de lui à petit dôme. Peut-être OK, peut-être pas OK. Nikos se moquer.

— Mais… » Elle se tut ; elle essayait de comprendre. Nikos se moquait de savoir si son père était mort ou non. « Mais, vous pouvez lui envoyer un message radio, ou quelque chose comme ça ? »

Konstantin parla en grec à Nikos qui refit le geste impoli en lui répondant. Amanda rougit. Konstantin dit : « Père de Nikos envoyer radio pour Nikos, parfois, peut-être. Ce… » Il montra du doigt les cloisons du hopper, manquant évidemment du mot pour le nommer, vous dites comment ?

— Hopper.

— Oui. Splendide. Ce hopper être au père de Nikos. Lui vouloir ce hopper encore. »

Le père de Nikos voulait récupérer le vaisseau, mais ne s'intéressait pas à son fils. Non, Konstantin devait se tromper. Ou tout simplement il exagérait, comme Yaeko quand elle disait qu'elle détestait sa mère. Yaeko se disputait pas mal avec sa mère, mais ne la détestait pas vraiment, et l'idée que l'autre puisse mourir ne laissait pas réellement indifférents Nikos et son père. Ce n'était pas possible. Embarrassée, Amanda changea de sujet.

« Où allez-vous maintenant ? »

Konstantin traduisit sa question et une longue discussion s'ensuivit, en grec. Demetria essayait de dire quelque chose et Konstantin, à la grande surprise d'Amanda, se tourna vers elle pour lui lancer sèchement un ordre, ne parlant pas du tout gentiment comme à Amanda. Demetria cessa aussitôt de parler et baissa les yeux. Même Nikos semblait s'incliner devant Konstantin… mais ce n'était pas possible ? Nikos était plus âgé, et c'était son vaisseau. Ou du moins celui de son père.

Pour finir, Konstantin revint à Amanda. « Nous allons où vous vouloir aller. Vous pour cacher. Oui ? »

Amanda réfléchit. Où voulait-elle aller ? Marbet Grant n'était même pas sur Mars… mais avait-elle encore besoin de Marbet ? Le général Stefanak avait peut-être enlevé son père, ou Vivre Maintenant, mais ni l'un ni l'autre n'avait peut-être plus de pouvoir maintenant. Si l'amiral Pierce avait gagné la bataille, alors Amanda était saine et sauve. L'amiral Pierce n'avait pas de raison de suivre Amanda ou de faire surveiller la maison de tante Kristen, à Tharsis. Il ne faisait pas partie de ceux qui avaient enlevé son père. Mais l'amiral Pierce avait-il gagné, ou était-ce le général Stefanak ?

« Konstantin, pouvez-vous allumer la radio ? Pour savoir qui, de l'amiral Pierce ou du général Stefanak, a gagné ? »

Il parut comprendre sa demande, du moins les noms et le mot « radio ». Il donna l'ordre à Nikos, qui mit les informations. C'était en anglais ; il ne devait pas y avoir assez de Grecs sur Mars pour émettre dans leur langue.

« … triomphante victoire qui nous libère du contrôle militaire qu'illustrait la loi martiale. L'amiral Pierce a ordonné la fin du couvre-feu, immédiatement appliqué, afin que les survivants puissent commencer la reconstruction du dôme central de Lowell City. Maintenant que Sullivan Stefanak est mort, l'amiral Pierce assumera le rôle de Commandant suprême du Conseil de la Défense de l'Alliance Solaire, et… »

Amanda cessa d'écouter. Alors il était mort. Cela semblait très étrange. Il avait toujours été au sommet, toujours été puissant, aussi longtemps qu'Amanda pouvait se souvenir. Elle se sentait bizarre, comme si la gravité avait soudain manqué.

« Quoi ils dire ? »

Elle parla lentement et de façon claire. « L'amiral Pierce a gagné. Il est maintenant le chef du Conseil de la Défense de l'Alliance Solaire.

— L'amiral Pierce ! » s'écria soudain Nikos, et il fit un large sourire. Amanda ne comprenait pas pourquoi.

« L'amiral Pierce bon pour affaires de mon père, expliqua Konstantin.

— De quelles affaires s'occupe votre père ?

— Beaucoup affaires. Une, voyage de la Terre à Mars. Gros gros vaisseaux. Ouranis Corporation », déclara fièrement Konstantin.

Amanda n'en avait jamais entendu parler, ce qui n'avait rien de surprenant. Son père avait toujours écarté de ses pensées les affaires, ennuyeuses et sans importance comparées à la science.

Konstantin ajouta : « Mon père pas aimer Nikos pour Demetria. Demetria pas écouter. »

« Oh. » Amanda perdait pied. Est-ce qu'un jour, son père… si elle aimait un garçon, quelqu'un comme, disons, Konstantin… mais Konstantin voulait être un scientifique. Cela aurait probablement marché.

Elle rougit de nouveau, à cette pensée.

« Alors, où vous vouloir aller, Ah-man-dah Capelo ? demanda Konstantin.

— A Tharsis. Cela marche ? Ma tante et mon oncle y vivent. Je peux rester avec eux.

— Je demande votre pardon ?

— Ma tante. La sœur de mon père. A Tharsis.

— La sœur du professeur Capelo, oui, à Tharsis. Moi aller là, demander œuvre du professeur Capelo. Splendide. »

Nikos dit quelque chose. Konstantin lui répondit ; Amanda entendit les mots « Tharsis » et « professeur Capelo ». Nikos haussa les épaules et remit le moteur en marche.

« Pourquoi doit-il faire ce que vous dites ? demanda timidement Amanda à Konstantin. En fait, elle n'avait pas à s'en mêler. Mais il ne parut pas offensé.

« Nikos pas avoir argent. Demetria être une fille. Moi avoir tout l'argent de mon père un jour », répondit Konstantin, joyeusement et brutalement.

Amanda ne trouva rien à répondre. Après sa première réaction de reconnaissance, elle avait commencé à se sentir mal à l'aise. Est-ce que Konstantin venait vraiment sur Mars pour parler du travail de son père à elle avec tante Kristen ? Ou était-ce juste quelque chose qu'il avait décidé après l'avoir reconnue au spatioport ? Il en savait long sur son père. Cela signifiait-il qu'il en savait plus encore que ce qu'il lui avait dit ?

Elle n'avait pas l'habitude de penser ainsi, de mettre en doute les motifs de quelqu'un.

Mais alors Konstantin tendit la main pour la relever et la faire asseoir dans un fauteuil du hopper, et, au contact des doigts du garçon, chauds et dorés, elle oublia tous ses doutes.

CHAPITRE XII

GOFKIT SHAMLOE

Kaufman, à sa grande surprise, ne revit plus le côté coléreux d'Ann Sikorski. Et elle n'était pas, non plus, la gentille xénobiologiste qu'il avait connue à bord de l'*Alan Shepard*. Celle d'aujourd'hui était active, compétente, plus soucieuse des choses matérielles et nécessaires que des sujets intellectuels. Elle parlait très bien des essieux du chariot, des aliments pour bébé, des jardins de zeli, des jiks dont les réserves de lait diminuaient. Elle ne mentionnait jamais des cascades physiologiques ou des effets quantiques dans le cerveau.

« Je ne comprends pas, dit Kaufman à Marbet, elle avait l'habitude de s'intéresser aux fonctions cérébrales. Elle avait toute une théorie sur la réalité partagée, qui impliquait des neurotransmetteurs, et en quoi ils avaient modifié les cerveaux des Mondiens… et tout cela.

— Elle ne reviendra pas, Lyle.

— Elle te l'a dit ?

— Ce n'est pas nécessaire.

— Elle ne reviendra pas dans le système solaire ? Jamais ?

— Non. Sa vie est ici, maintenant. »

Alors, il avait fait tout ce chemin, dans l'espoir d'expier sa faute, du moins en partie, en sauvant une personne qui s'avérait ne pas avoir envie d'être sauvée. Et si Ann restait ici, Dieter aussi. La mission de Kaufman sur Monde, en ce qui les concernait, ne rimait plus à rien.

Elle semblait tout aussi inutile en ce qui concernait Monde. Jour après jour, Kaufman ne voyait ni la culture détruite, sauvage, retournée à la barbarie, à laquelle il s'était attendu, ni une culture restée intacte après son passage. Au lieu de cela, il voyait un peuple prosaïque, fonctionnel, s'adaptant aux tâches quotidiennes de la survie (les essieux de chariot, les troupeaux de jiks), combiné à une vie spirituelle centrée sur les fleurs, et qui n'avait pas diminué.

« Tu désherbes cette plate-bande d'allabenirib, lui dit Marbet, et moi je m'occupe des pajalib. »

Kaufman avait dépensé toutes ses économies, et presque toutes celles de Marbet, avait violé la loi en voyageant dans l'illégalité, risquait la prison si l'on découvrait son voyage… et sa présence ici était totalement superflue. Monde n'était ni florissant ni détruit — il *était*, tout simplement. Kaufman ne pouvait rien faire pour lui venir en aide, sauf désherber la plate-bande d'allabenirib en fleurs. Il s'agenouilla et se mit à tirer sur les mauvaises herbes.

« Ils en veulent plein pour mettre sur l'autel, à la cérémonie de demain, expliqua Marbet en grattant le sol autour des buissons de pajalib. Des fleurs de l'hospitalité, tu sais. »

Ce n'était pas ainsi qu'il avait imaginé expier sa faute envers Monde.

« Non, n'arrache pas ça, Lyle... c'est une plante.

— Oh, désolé. »

Pas du tout ce qu'il avait imaginé.

« Je suis surpris qu'Enli nous laisse travailler sur les plates-bandes, dit-il. Le potager, oui... mais pas les fleurs sacrées.

— Essaie de ne pas être amer, chéri. »

Elle savait. Elle savait toujours. Kaufman essaya. C'était simplement que, depuis sa sortie de l'armée, il n'était pas certain de son identité. Ni un soldat, ce qu'il avait été toute sa vie. Ni un sauveteur, ce n'était visiblement pas nécessaire. Ni un instructeur ou un diplomate sur Monde, qui n'avait besoin ni de l'un ni de l'autre. De telles pensées lui étaient étrangères, lui qui avait surtout passé sa vie à accomplir la tâche qui l'attendait aussi bien que possible, sans trop penser à la façon de le faire, ni pourquoi. Maintenant, semblait-il, il allait devoir penser à ce qu'il était et à ce qu'il allait faire.

Il n'aimait pas cela.

Les Mondiens étaient tout à fait clairs sur ce que leurs propres activités signifiaient. L'enfant d'Enli devait subir une espèce de cérémonie, et tout le village s'activait follement à la préparation. Kaufman en avait déduit que la cérémonie avait quelque chose à voir avec le fait d'être déclaré « réel », mais maintenant que la réalité avait disparu, la cérémonie ne pouvait plus être cela. Peut-être était-ce juste une cérémonie de sa nomination. Kaufman avait oublié le nom de l'enfant d'Enli. Ou peut-être n'en aurait-il pas avant demain. Etait-ce une fille ou un garçon ?

A quoi allait-il s'occuper durant le reste de sa vie ?

« Bien, dit Marbet. Maintenant, passons aux trifalitib.

— Redis-moi quand ce truc va avoir lieu.

— Demain. C'est excitant, hein ? Confit va avoir trois ans, en années mondiennes. »

Confit. C'était le nom de l'enfant. Kaufman ne se souvenait toujours pas de son sexe.

Ann, venant de l'intérieur de la palissade, s'avança vers eux. Elle semblait en colère. « Marbet, Lyle, l'un de vous a-t-il vu Essa ?

— Non, dit Marbet. A-t-elle encore disparu ?

— Je n'ai jamais vu personne se défiler comme cette fille pour échapper à un travail. Enli lui a dit de moudre ce cari pour cuire le pain de demain, et elle n'en a rien fait. »

Marbet se redressa et fit jouer les muscles de son dos. « Pourquoi Enli est-elle devenue responsable d'Essa ?

— C'est une longue histoire. Pour abréger, disons qu'Essa était une domestique des Voratur et, lorsque le changement est survenu, elle a échoué chez nous parce qu'elle n'avait personne d'autre. Elle rend Enli folle.

« Et maintenant, Essa veut aller visiter d'autres mondes, dit Marbet d'un ton dégagé.

— Magdalena ne l'emmènera jamais, répliqua brièvement Ann. Elle a juste promis cela à Essa afin d'attirer les ennuis. »

En entendant le nom de Magdalena, Kaufman désherba avec plus d'ardeur.

« Les activités de Magdalena sont suffisamment inexplicables sans qu'elle emmène une enfant extraterrestre dans l'espace, ajouta Ann. Pourquoi reste-t-elle ici, maintenant qu'elle sait que vous ne pouvez pas l'aider à retrouver Amanda Capelo ? Et elle disparaît presque tous les jours pour effectuer de longs trajets dans son traîneau. Où va-t-elle ? Ce qui est certain, c'est qu'elle ne s'intéresse absolument pas à Monde.

— Non, confirma Marbet. Elle ne fait que s'en servir. Monde est un endroit où elle peut attendre.

— Attendre ? dit Ann. Quoi ? »

Marbet regarda Kaufman. Il dit : « Il y a peut-être une

révolution sur Mars. Stefanak peut être renversé car beaucoup de gens pensent qu'il ne mène pas assez agressivement la guerre contre les Faucheurs. Magdalena a des relations intimes avec Stefanak, personnelles et commerciales, et elle a besoin d'un endroit où se cacher en sécurité, pendant que l'on règle la situation du système solaire, et elle peut se servir de l'information que lui fournissent les services secrets pour choisir son meilleur scénario. Un vaisseau lui enverra des nouvelles par le tunnel dès qu'il y en aura.

« Et l'attente lui coûte tout ce qu'elle possède de self-control, ajouta calmement Marbet.

— Même moi, je peux le sentir lorsque je suis près d'elle. Elle est comme un volcan prêt à exploser. Marbet, je n'arrive pas imaginer ce que l'on ressent lorsqu'on est une Sensitive. »

Marbet changea de sujet. « Comment se passent les préparatifs pour demain ?

— Très bien. Mais c'est pour cela que je vous cherchais, tous les deux. Lyle, j'ai besoin de votre aide. »

Son aide ? Kaufman se redressa.

Ann semblait plus grave que d'habitude. « Les deux villages les plus proches vont venir assister à la cérémonie de la fleur de Confit. C'est vraiment important parce que, comme vous le savez, depuis le Changement, chaque village est devenu joliment plus isolé. Ils ont peur les uns des autres parce que, naturellement, ils ne savent pas comment traiter les étrangers sans la réalité partagée. Mais Dieter, Calin et moi, nous avons essayé de toutes nos forces de rétablir au moins des liens commerciaux avec Gofkit Mersoe et Gofkit Tramloe. Les Mondiens ont toujours été de grands négociants, vous le savez. Et demain, chacun d'eux va envoyer des représentants à la cérémonie de Confit. »

Ann se tut ; elle paraissait embarrassée. Kaufman

attendit. Il ne voyait pas comment il pourrait l'aider. Il ne parlait même pas mondien.

« Il s'agit d'un progrès décisif, Lyle. Mais seulement si les invités viennent ici et repartent sains et saufs. Les maraudeurs de l'ancienne propriété des Voratur organisent de mieux en mieux leurs attaques. Deux groupes de personnes voyageant entre les villages, porteuses de nourriture et de présents, sont des cibles naturelles. Ils font de leurs captifs des esclaves qui travaillent dans les champs pour nourrir les seigneurs de la guerre. Ils sont… peu importe. En tout cas, Dieter va se rendre à Gofkit Mersoe sur son vélomoteur, tôt demain matin, et accompagnera les invités jusqu'ici. Il a de la mousse paralysante, des fusils laser… il peut les amener ici sains et saufs.

— Quelles armes possèdent les seigneurs de la guerre ? demanda Kaufman.

— Des couteaux, des lances et des matraques. Ils n'ont même pas encore inventé l'arc et les flèches, Dieu merci. Mais Dieter ne peut pas être en deux endroits à la fois. Vous êtes armé, Lyle, vous devez l'être. Iriez-vous à Gofkit Tramloe pour escorter les invités jusqu'ici ? »

Il se sentit honteux de la joie qu'il éprouva à être de nouveau utile. « Bien entendu.

— Merci. Avez-vous besoin d'aller chercher des armes sur votre vaisseau ?

— Non. » Dieter lui avait assuré que le vaisseau fermé et sans surveillance était en sécurité derrière une barrière électrique. « Mais, Ann…

— Quoi ? Regardez, cette bonne à rien est derrière ces buissons… Essa ! Viens ici, Essa !

— Ann, dit Lyle, le vaisseau a un véritable armement. Je pourrais voler jusqu'à l'enclos Voratur et résoudre une fois pour toute vos problèmes avec ce seigneur de la guerre. »

Il avait, de nouveau, toute son attention. Celle d'Ann en colère, aux yeux durs comme des diamants. « Non, merci, Lyle, nous n'essayons pas d'enseigner à ces gens plus de violence que celle que nous leur avons apportée. Magdalena a proposé de faire la même chose. Nous le lui avons aussi refusé.

— Pourquoi ne lui avez-vous pas demandé d'escorter les invités ? Elle est ici depuis plus longtemps que nous, et cela fait des semaines que vous préparez cette cérémonie.

— Je ne veux rien demander à Magdalena », répliqua Ann, et Kaufman se demanda si Dieter réagissait de la même manière que lui à Magdalena. Bien sûr, Marbet devait le savoir, mais Kaufman n'allait pas le lui demander.

« Elle paie bien Gofkit Shamloe pour sa nourriture et son eau, poursuivit Ann. C'est tout ce que nous voulons d'elle. »

Alors, c'était de là que venaient les beaux coussins brodés de la maison d'Enli. « J'aurai besoin, demain, qu'un villageois me guide jusqu'à Gofkit Tramloe et… » Mais Ann ne l'écoutait plus. Elle parlait avec feu en mondien à Essa, qui venait de les rejoindre avec quelque chose dans son poing. Kaufman saisit « Enli » et « cari ».

Essa, sans remords aucun, ouvrit son poing. Il y avait là un minuscule cube de données et une nano de domotique encore plus minuscule. « Où a-t-elle trouvé ça ? » demanda Kaufman.

Essa baragouina une réponse à Ann. Marbet la traduisit pour Kaufman. « Elle s'est mis dans l'idée de démonter son telcom. Apparemment, c'est en grande partie composé d'un coffrage. Ceci était à l'intérieur, et cela fonctionne toujours. »

Kaufman ne regardait pas Ann. C'était lui qui avait fourni neuf telcoms aux autochtones, lors de la précédente expédition, malgré les vigoureuses protestations d'Ann. La portée des telcoms était limitée à la planète, à l'inverse de ceux d'Ann, de Kaufman et, probablement, de Magdalena. Les leurs pouvaient atteindre tout ce qui était en orbite autour du tunnel, avec un décalage de cinquante-quatre minutes.

« Qui a les huit autres telcoms ? demanda-t-il. A qui parle Essa sur le sien ?

— Personne, répondit Ann. Les autres sont aux mains des maraudeurs, ils se trouvaient tous chez les Voratur. S'ils existent toujours. Mais même Essa se garderait bien d'essayer d'appeler quelqu'un avec le sien. »

Kaufman devrait le lui reprendre. Une enfant irresponsable… Les Mondiens avaient d'étranges idées sur la propriété privée. Ils toléraient le vol, mais pas la confiscation. Peut-être parce que, autrefois, cela violait la réalité partagée ? Apparemment, Ann partageait maintenant ces idées.

« Si elle ne joint personne avec le telcom, dit Marbet avec raison, comment sait-elle qu'il marche ?

— Elle ne le sait pas vraiment », répondit Ann. Kaufman regarda le cube de données intact et la nano de domotique, et pensa, *Il fonctionne toujours*.

Ann emmena Essa pour moudre le cari. Marbet, lasse de désherber, partit avec elles. Avant que Kaufman ne revienne de son travail, il vit Magdalena s'avancer vers lui.

« Lyle ?

— Oui ? » A la lumière du soleil, elle semblait plus âgée qu'à la lueur des étoiles. Mais elle marchait toujours avec l'élasticité d'une jeune fille.

« Je voulais juste vous dire que j'ai pas encore eu de nouvelles par le tunnel. Mon informateur, sur Mars, a dit que le soulèvement contre Stefanak devait être réglé hier… » comme si Kaufman pouvait l'oublier ! « … mais je ne sais toujours pas si cela a réussi, ou sur quelle échelle, ou avec quel résultat. Je pensais que vous vouliez savoir. »

Savoir qu'elle n'avait rien à lui apprendre ? Kaufman savait reconnaître un subterfuge quand il en voyait un. Il dit gravement : « Merci.

— Allez-vous assister à ce… truc indigène, demain ? »

Alors, c'était ça. Magdalena n'avait pas été invitée. Non, ce n'était pas possible ; les villageois faisaient les choses collectivement, c'était un vestige de la réalité partagée. Tout le monde dans le village était sûr de faire partie de la cérémonie. Magdalena résidait au village. Ergo.

« Oui, dit-il. J'accompagnerai les invités de Gofkit Tramloe jusqu'ici, tôt demain matin.

— Vous serez de faction, hein ? répliqua-t-elle, comme s'il s'agissait d'un acte servile. Je suppose que c'est nécessaire. Mais peut-être pourrez-vous répondre à une question. Est-on censé donner un cadeau à cet enfant, à la cérémonie ? Je ne veux certes pas commettre une gaffe d'ordre social. »

Kaufman l'étudia. Du sarcasme, et derrière cela… encore plus de sarcasme ? Ou voulait-elle vraiment savoir ? Il ne pouvait pas la sonder, même après toute une vie de contacts avec des politiciens et des militaires et des sociétés commerciales aux agendas cachés. Pas étonnant qu'elle constitue une force redoutable. Elle était bien plus complexe que le général moyen. Fourberie, intelligence et beauté.

Beauté ?

Oui. Toujours. Malgré tout.

Il joua franc-jeu. « Je crois qu'un cadeau est de mise, oui. Marbet et moi allons donner quelque chose à l'enfant.

— Quoi ? » demanda-t-elle et Kaufman vit qu'elle savait qu'il n'avait pas la moindre idée de ce que Marbet avait prévu. Magdalena lui lança un sourire entendu et s'en alla d'un pas nonchalant. Il ne put s'empêcher de la suivre des yeux jusqu'à ce qu'elle soit hors de vue.

Je pourrais coucher avec lui, pensa Magdalena. Mais cela provoquerait pas mal d'ennuis. Les hommes bien commencent fréquemment par se dérober. Ou peut-être qu'elle ne pourrait pas avoir Kaufman, peut-être qu'il resterait fidèle à sa télépathe génémod. Autrefois, l'incertitude et le défi auraient suffi à l'exciter. Maintenant, cela ne valait pas un tel effort, tout simplement.

Personne ne la comprenait, pas vraiment. Ils la croyaient froide, rapace. Et elle travaillait à maintenir cette illusion, à cacher et à protéger son vrai moi. Seules les choses cachées restaient hors de danger.

Elle voulait — avait voulu toute sa vie — demeurer en sécurité.

L'argent, les hommes, les éternelles transactions clandestines, étaient faits pour ça. Pourquoi ces idiots ne comprenaient-ils pas cette essentielle réalité de la vie ? Seul le pouvoir vous préservait de tout danger. Si l'on en possédait suffisamment, on pouvait contrôler toute situation menaçante, et s'en tirer saine et sauve.

Durant son enfance, elle ne s'était jamais sentie en sécurité, même pas une minute. Elle ne se souvenait pas de sa mère, sauf comme une géante qui, dans un nuage de peur maladive, lui faisait du mal, encore et encore. Le nom de sa mère lui glaçait encore la nuque. *Catalune*.

May Damroscher ne s'était même pas sentie en sécurité avec Sualeen Harris ; elle avait pourtant été le seul être qu'elle ait jamais aimé, jusqu'à l'arrivée de Laslo. Sualeen habitait à un pâté de maisons de May et Catalune. Elle avait remarqué que la petite May de six ans souffrait souvent, et avait examiné les bleus, les brûlures et les coupures. Elle n'en avait pas informé la police ; ces gens-là ne le faisaient jamais. Elle avait simplement averti Catalune Damroscher que, dorénavant, May vivrait avec elle, que si elle s'approchait de l'enfant, elle mourrait. Catalune savait que Sualeen Harris ne plaisantait pas. Elle lui avait abandonné May et ne revit jamais sa fille adoptée.

Sualeen avait une immense famille tentaculaire de parents mal définis appartenant à des ethnies impossibles à identifier. C'étaient des exemples ambulants de la guerre génétique : noirs, blancs, hispaniques, vietnamiens, penjabi. Certains étaient des criminels et d'autres pas, certains étaient marginalement moins appauvris que d'autres, certains étaient instruits et d'autres pas. Sous le rudoiement énergique de Sualeen, ils se montraient tous gentils avec May. Lorsqu'elle eut douze ans, Sualeen réunit tous les mâles de sa famille, de onze à soixante-dix ans, et leur dit que si l'un d'eux posait la main sur May, il aurait un pied dans la tombe. Comme Catalune six ans auparavant, ils la crurent, et les hommes qui avaient commencé à reluquer la croissance des seins de May détournèrent les yeux.

Le grand regret de Sualeen, au cours d'une vie pleine de faim, de froid et de mort, c'était de ne pouvoir s'offrir des pierres tombales sculptées, en véritable granit, pour les sépultures de sa famille. Elle tenta d'économiser dans ce but, mais l'argent était toujours nécessaire pour autre chose : un nouveau bébé, le paiement d'une caution, des pots-de-vin aux flics, etc. Souvent, Sualeen visitait le grand cimetière public en expansion, à quatre heures de train de la ville, et déplorait que les tombeaux de ses aimés ne soient marqués que de chiffres anonymes sur du polystyrène bon marché. Lorsque des tumeurs, dont aucun médicament ne put empêcher le développement, finirent par l'envahir, elle sut que ce polystyrène était tout ce qu'elle aurait, elle aussi.

Deux jours avant sa mort, couchée dans une chambre fétide à la chaleur insoutenable, torturée par de grandes douleurs, elle fit venir May. « Va… May, va…

— Où, Sualeen ?

— Va… où sont les hommes riches. Il t'en pleuvra, chérie… de toute façon. Tires-en… tout ce que tu peux. »

May ne demanda pas ce que signifiait ce « en ». Elle le savait.

« De l'argent… le jardin de derrière… enterré sous l'arbre…

— Je t'aime, dit May pour la première et la dernière fois de sa vie.

— Va… »

May ne partit pas. Elle resta, tint la main de Sualeen tombée dans le coma, jusqu'à ce qu'elle meure, et assista aux funérailles. Au cimetière, il n'y eut qu'une marque sur le polystyrène, des chiffres anonymes. Deux jours plus tard, comme elle était seule dans la maison de Sualeen, oncle Harris la viola.

Elle resta étendue, sans se débattre, sachant que cela ne servirait à rien. La pénétration lui fit mal et du sang tacha le plancher. Après cela, l'oncle, pris entre le défi et la honte, ne la regarda pas en remontant son pantalon et sortit d'un air fanfaron. Elle avait seize ans.

May remonta son propre pantalon. Son corps hurlait du vagin à la base de sa colonne vertébrale. Laissant le sang sur le sol, elle se rendit, en titubant, vers l'arbre du jardin de derrière — il n'y en avait qu'un, qui se mourait de la rouille — et creusa avec une fourchette jusqu'à ce qu'elle trouve la boîte contenant une quantité pitoyable d'argent en liquide. Mais cela suffit à l'achat d'un billet de train pour la Caroline du Nord, et d'un monokini quand elle y arriva.

Elle s'avança vers le garde de l'enclave prestigieuse qu'elle avait vue simulée dans des holofilms. Les yeux de ce type s'ouvrirent tout grand puis se plissèrent. May lui sourit. En dépit de ses douleurs vaginales, elle le laissa faire ce qu'il voulait en échange de l'entrée à la plage. Elle remarqua, avec détachement, qu'ensuite, il montra le même air de défi et de honte que l'oncle Harris avait affiché.

May pénétra sur la plage et marcha lentement, de long en large, au bord de l'eau en ramassant des coquillages. C'est ainsi qu'elle rencontra Amerigo Dalton, qui devint le troisième homme qui la pénétra en vingt-quatre heures. May se mordit les lèvres et endura la chose. Elle avait besoin de lui, et même alors, elle sut qu'il n'était que le premier d'un grand nombre d'hommes.

Mais pas Kaufman, décida-t-elle. Du moins, pas pour le moment.

En rentrant dans sa cabane primitive et pathétique, Magdalena tua un insecte volant. Les deux gardes du corps, qu'elle remarquait moins que l'air, la suivirent et se postèrent à la porte. Elle s'assit sur l'un des grotesques coussins indigènes et tenta, de nouveau, de lutter contre le désespoir quotidien.

Laslo. Où était-il ? Qui l'avait enlevé ? Quel effet le coup d'Etat sur Mars — en supposant que ce merdeux de Pierce réussisse à le mener à bien — aurait-il sur la capture de Laslo et de Capelo ?

Elle savait très bien que Laslo était son… comment ce professeur appelait-il ça, il y avait de si nombreuses années ? Le talon de quelqu'un. D'un Grec. L'endroit où l'on pouvait la blesser.

Tant de doux souvenirs. Laslo grimpant sur ses genoux avec un jouet. « Regarde, Maman ! » Laslo riant devant un chiot. Laslo déclarant, avec le plaisir ingénu d'un enfant de quatre ans : « Quelle belle journée aujourd'hui ! »

Laslo, dans les années qui suivirent… Non. Non, pas ces souvenirs-là. Tous les adolescents étaient durs à supporter, il n'y avait qu'à regarder cette petite terreur d'extraterrestre, Essa. Laslo traversait seulement une phase difficile dont il sortirait en grandissant. Ce n'était sans doute rien d'autre qu'une des cruelles « fuites » loin de sa mère qui la rendaient folle. Mais peut-être que, cette fois-ci, il tirait une vraie leçon de sa mésaventure, d'être ainsi enlevé et claquemuré pendant des mois avec un célèbre physicien. Laslo détestait être enfermé et il n'était pas très bon en science.

Lorsque ses ravisseurs étaient venus pour les transférer, Thomas Capelo et lui, dans un endroit plus sécurisé — exactement ce que Magdalena aurait fait à leur place — Laslo avait dû croire qu'ils le laisseraient partir. Il était temps qu'il perde ce genre d'illusion. Seule sa mère pouvait le libérer, et peut-être qu'après, il apprécierait mieux la vie qu'elle s'efforçait de lui donner. Oui, cette histoire pourrait avoir un effet bénéfique sur Laslo.

Ayant repris courage, Magdalena se releva gracieusement. Elle devait trouver un cadeau pour ce gosse d'Enli. Que donneriez-vous à un enfant extraterrestre primitif ? Elle ne pouvait pas se contenter de commander un jouet chez Schwartz-Mars en V.P.C. Bon, il devait bien y avoir quelque chose de ce genre dans son vaisseau. N'importe comment, il était temps d'aller y jeter un coup d'œil.

Elle appela ses gardes du corps d'un claquement de doigts, afin qu'ils l'accompagnent jusqu'à son traîneau.

CHAPITRE XIII

GOFKIT SHAMLOE

Le lendemain matin, Kaufman partit à bicyclette pour Gofkit Tramloe avec le compagnon d'Enli, Calin, afin d'escorter les invités de ce village jusqu'à Gofkit Shamloe, pour la cérémonie de la fleur.

« Tu es sûr de pouvoir rouler en bicyclette ? lui avait demandé Marbet la veille au soir, lorsqu'ils étaient couchés dans les bras l'un de l'autre.

— N'est-ce pas, paraît-il, quelque chose que l'on n'oublie pas ?

— C'est ce que l'on dit. »

Il gloussa. « Tu ne sais pas en faire, hein ? Tu n'as jamais appris.

— Non. C'est vrai. Mon Dieu, il fait noir ici. Je suis habituée à Luna City ; où il ne fait jamais complètement noir. Et sur Terre aussi. J'ai seulement vécu dans des villes éclairées. »

Kaufman avait connu une nuit aussi profonde, au combat. Il préférait ne pas en parler à Marbet. Et il se réjouissait de cette impénétrable obscurité pour une autre raison. Parfois, il avait l'impression que Marbet lisait dans ses pensées, tant elle réussissait à interpréter ses mouvements corporels et ses intonations de voix les plus infimes. Dans l'obscurité, lorsqu'ils faisaient l'amour en silence, elle ne pouvait rien détecter. Malgré tous ses efforts — et ils étaient grands — Kaufman n'arrivait pas à chasser Magdalena de son esprit pendant qu'il caressait Marbet.

Il vérifia l'état de ses armes et enfourcha sa bicyclette. Calin aussi était armé, de mousse paralysante et surtout d'un fusil laser très puissant. Ann l'ignorait ; elle n'aurait pas été d'accord. Mais Kaufman ne serait pas allé au combat — si l'on peut qualifier ainsi une bataille à coups de lance — avec un lieutenant seulement armé de mousse paralysante. La portée de tir de cette dernière était bien inférieure à celle d'une lance. Et Calin était l'autochtone le plus calme et le plus sérieux qu'il ait rencontré sur cette planète. En dépit du fait qu'il ne parlait pas anglais et que Kaufman ne parlait pas le mondien, Calin avait aisément appris à se servir du laser durant la séance d'entraînement secrète que Kaufman lui avait donnée hier. Il avait jugé sa valeur de soldat et avait confiance en lui.

Calin tint longtemps contre sa poitrine les mains d'Enli, puis les relâcha et monta sur sa bicyclette. Kaufman embrassa Marbet et ils partirent pour Gofkit Tramloe, laissant derrière eux le village préparant déjà frénétiquement la cérémonie de la fleur, bien que l'aube ne fut pas encore levée. Des odeurs de nourriture les suivirent dans l'air. Des gens s'interpellaient en criant ; Kaufman put entendre, par-dessus le bruit général, le rire excité, et irritant, d'Essa. Dieter était parti pour Gofkit Mersoe, qui était plus éloigné.

Visiblement, on se servait peu de la route entre les villages. Ce chemin de terre battue avait été, autrefois, tellement parcouru, que la boue avait durci. Maintenant, des herbes folles perçaient le sol, si serrées en certains endroits que Calin et lui devaient descendre de vélo et marcher. Les broussailles, qui empiétaient sur la route, auraient constitué une bonne cachette pour des assaillants. Kaufman demeurait en alerte, jetant un coup d'œil toutes les deux trois secondes à ses détecteurs de chaleur, mais la seule chose qu'ils enregistraient, ou que Kaufman lisait, c'étaient les équivalents omniprésents du lapin, appelés frebs.

Ce qu'il voyait surtout, c'étaient des fleurs. Kaufman s'étonnait encore de la vie florale de Monde. Personne ne s'occupait plus de ces massifs bordant les routes, cependant leurs centaines d'espèces spectaculaires éclataient de couleurs et répandaient leurs parfums. Derrière eux, les fleurs sauvages s'épanouissaient avec presque autant de profusion. Si les maraudeurs de l'ancienne propriété des Voratur réussissaient à imposer la guerre à cette partie de la planète, celle-ci se déroulerait entre d'infinis jardins. Le sang coulerait sur les allabenirib.

Il serait facile de détruire tout l'enclos. Un lancer de faisceau protonique. Et, Kaufman se l'avouait, cela allégerait sa culpabilité. Mais il devait se conformer aux désirs d'Ann. Elle allait vivre ici ; lui pas. Dieu merci.

Ils arrivèrent, sans incident, à Gofkit Tramloe. Calin échangea de longs discours obséquieux, accompagnés de fleurs, avec les sept indigènes qui allaient faire le voyage jusqu'à Gofkit Shamloe. Kaufman se tint en retrait, sachant que ces gens n'étaient pas habitués aux humains ; même Calin leur paraissait étranger depuis la fin de la réalité partagée. Les enfants, cachés derrière les murs et les buissons, leurs jetaient des coups d'œil furtifs. Ce village était entouré, lui aussi, d'une palissade.

Le voyage de retour, à pied, fut plus lent. Il était prévu que Kaufman et Calin laisseraient leurs bicyclettes à

Gofkit Tramloe. Deux des invités étaient âgés. L'un d'eux, une vieille ratatinée, toute ridée, dont les yeux noirs et brillants semblaient plus vieux que les rochers, parassait fort honorée. (« Ils vont amener avec eux la mère d'une grand-mère ! » s'était exclamée Enli, tout excitée, ce qui ne signifiait rien pour Kaufman). Elle fit le trajet, sereine et majestueuse, dans une charrette rudimentaire, tirée par deux vigoureux jeunes gens, parmi les fleurs, les aliments, les bouteilles et les présents envoyés par le village. Kaufman espérait qu'elle ne mourrait pas de vieillesse en cours de route.

Il posta Calin en tête de la colonne et marcha derrière. Si des bandits les attaquaient, ce serait maintenant : plus de butin, plus d'esclaves. Les autochtones chantaient, faisant plus de bruit qu'il n'aurait voulu, impossible donc de détecter l'ennemi à l'oreille. Mais personne ne les attaqua. Ils ne virent personne avant d'approcher Gofkit Shamloe, dont la délégation officielle sortit pour les accueillir.

Aussitôt, Kaufman comprit que quelque chose ne tournait pas rond.

Ann était parmi eux. Kaufman ne pouvait pas bien lire les expressions des indigènes, mais Ann était visiblement perturbée. Dieter ? Kaufman se dit qu'il était peut-être retenu en otage dans la propriété des Voratur. Mais il ne voyait pas comment le groupe de Dieter aurait pu se laisser capturer. Celui-ci était aussi bien armé que Kaufman.

« C'est Essa ! lui chuchota Ann quand le défilé fut entré en serpentant dans le village. Elle a disparu !

— C'est une habitude, non ?

— Elle ne l'aurait pas fait ce matin. Elle n'aurait pas manqué cela pour tout l'or du monde, c'est l'événement le plus excitant que nous ayons dans l'année.

— Que voulez-vous que je fasse ? demanda Kaufman en dissimulant son irritation.

— Je l'ignore. Enli est très bouleversée. Elle…

— Est-ce que l'on est allé voir Magdalena ? Essa semble fascinée par elle. Elle est peut-être chez elle.

— Lyle, Magdalena assiste à la cérémonie. Tout le monde y est, sauf Essa. Regarde, Dieter arrive. »

Un nuage de poussière flottait à l'horizon, dans la direction de Gofkit Mersoe. Ann et Kaufman fermaient la marche de la première procession qui devait se trouver sur la pelouse du village et avoir terminé tous ses discours avant que la seconde n'arrive. Ce n'était pas très différent d'une inspection faite par un amiral, pensa Kaufman.

A l'intérieur de la palissade, cette impression fut encore plus forte. La pelouse communale avait été totalement transformée. Des coussins et des tables basses recouvraient tout le sol. Des fleurs étaient accrochées sur toutes les cabanes. Des plats débordant de nourriture dissimulaient presque une longue table à tréteaux construire durant l'absence de Kaufman. Les habitants de Gofkit Shamloe, vêtus des tenues de fêtes soigneusement conservées depuis le Changement, étaient assis sur des rangées de rondins, en bordure de la pelouse ; les enfants restaient silencieux et raides comme des piquets d'une façon surnaturelle. Le vieux flûtiste du village, Solor Pek Ramul, jouait doucement.

Kaufman aperçut Marbet et Magdalena, debout derrière les villageois assis. Marbet, très petite, portait une robe que Kaufman avait déjà vue, en tissu vert pâle si léger que roulée, elle était plus petite que son poing et pesait moins de cent grammes. Elle était belle. Quant à Magdalena… Pourquoi diable une femme en exil, ou quoi qu'elle fut censée être, voyage avec une robe comme celle-là ! Et la porter à la cérémonie de l'enfant d'Enli était-elle une marque de respect ou d'ironie ?

Le vêtement était en partie holo, en partie en tissu épais rayé de couleurs fantastiques qui changeaient subtilement lorsque l'holographe jouait avec lui. Il était aussi parsemé de joyaux qui pouvaient être, ou ne pas être, faux, ou holo, ou autre chose encore. Le corsage, très décolleté, épousait les seins et la taille de Magdalena avant de s'évaser en une longue jupe raide. Ses cheveux étaient rassemblés en grosses boucles brillantes au sommet de sa tête, et ornés d'autres pierres précieuses. Ses lèvres et ses paupières étaient dorées. Elle se tenait fièrement et, à côté d'elle, Marbet, de trente centimètres plus petite qu'elle, semblait soudain insignifiante. Kaufman détourna les yeux.

Enli et Calin, les parents de l'enfant que l'on honorait, faisaient de longs discours à la mère d'une grand-mère, toujours dans sa carriole surchargée. Kaufman se résigna à supporter plusieurs heures de chants, de fleurs et de paroles dans une langue qu'il ne comprenait pas. Le télcom d'Anna sonna, les faisant tous deux sursauter.

« Que… Dieter se garderait d'appeler maintenant, à moins que quelque chose ait mal tourné », dit Ann. Elle vint se mettre derrière la haute silhouette de Kaufman, sortit son télcom et l'alluma. Ce n'était pas Dieter.

« … me tiennent oh venez vite ils vont encore me faire mal venez… » La communication fut coupée. Essa.

Kaufman regarda autour de lui. Chose incroyable, personne d'autre n'avait écouté. Il s'empara du poignet d'Ann et la fit reculer, l'entraînant entre deux huttes, jusqu'à ce qu'il puisse l'amener derrière un mur.

« Y a-t-il, sur le telcom, un indicateur de localisation ?

— Oui. Elle dans l'enclos Voratur. Oh, Lyle ! »

Kaufman réfléchit en toute hâte. « Je vais avoir

besoin de Dieter et de deux Mondiens. Jeunes, calmes, qui peuvent obéir aux ordres. Calin peut protéger Gofkit Shamloe, je vais lui donner d'autres armes. Mais postez des guetteurs, parce que Essa va leur dire ce qui se passe ici aujourd'hui. Elle ne pourra pas s'en empêcher. Et il me faut l'hydroplaneur de Magdalena. Tirez Dieter à l'écart dès qu'il arrivera ici et dites-lui de me rejoindre discrètement à l'hydroplaneur. Je vais contourner les cabanes par-derrière pour aller parler à Magdalena.

« Lyle, vous et Dieter, vous ne pouvez pas partir maintenant ! C'est le début de la cérémonie ! »

Il lui prit les mains. « Ann, les maraudeurs veulent des informations sur les villages. Ils vont peut-être torturer Essa. Je pense pouvoir m'introduire dans l'enclos et négocier sa libération sans qu'aucun de nous ne meure. Mais il faut que je parte tout de suite. »

Elle hocha la tête. Kaufman se fiait à elle pour trouver deux jeunes indigènes sérieux et informer Dieter. Il se glissa derrière les cabanes, le long de la pente menant à la rivière. Il ne fut pas surpris lorsque Magdalena le rejoignit à mi-chemin ; elle avait vu Ann sortir son télcom, puis Kaufman et elle se retirer derrière un mur. Presque rien n'échappait à cette femme.

Dans sa splendide robe constellée de joyaux qui laissait voir ses seins ronds, elle semblait violemment incongrue à côté de ces cabanes en bois non équarri, sur l'herbe rêche. Kaufman lui dit brièvement ce qui était arrivé. « J'ai besoin de votre glisseur, je vous en prie.

— Seulement si je vais avec vous.

— Non. C'est une action militaire, bien que modeste. Je ne veux avoir à veiller sur vous.

— Ce sera plutôt une action commerciale, après qu'ils aient épouvanté les indigènes, et vous le savez. Je pilote l'hydroglisseur, ou vous ne l'aurez pas. »

Kaufman ravala sa réplique. Il n'avait pas le temps de discuter. « D'accord. Attendez-moi près du véhicule. »

Il revint par le même chemin. Ann l'attendait de l'autre côté de la palissade, en compagnie de deux hommes, l'un jeune et costaud, l'autre d'âge mûr, petit, ventru. « Je vous présente Solin Pek Harbutin et Camifol Pek Narfitatin. Camifol est un grand négociateur.

— Bien. Envoyez Dieter à l'hydroglisseur dès qu'il arrivera. Et il faut arracher Calin à la cérémonie et l'amener droit ici. »

Ann parut consternée, mais elle retourna à l'intérieur du village. Kaufman sortit son fusil laser et commença à montrer aux deux autochtones comment s'en servir. Ann les avait bien choisis. Tous deux étaient effrayés, mais semblaient déterminés et ils suivirent ses instructions à la lettre, sans dire un mot.

Lorsque Ann réapparut avec Calin, Kaufman lui dit comment poster des veilleurs et repousser une attaque du village, s'il devait le faire. Ann traduisit. D'après la longueur de son speech, il supposa qu'elle ajoutait des mises au point de son cru, mais il n'avait pas le temps de la questionner là-dessus.

Magdalena avait rapproché l'hydroglisseur du village. Et changé sa robe contre une combinaison grise, mais elle portait toujours sa coiffure élaborée et endiamantée. Les deux autochtones restèrent aussi loin d'elle que possible, autant que le permettait le véhicule. Comme celui-ci ne comportait que six sièges, et qu'il fallait en garder un pour Essa, Magdalena avait laissé ses deux gardes du corps à terre. Elle pensait sans doute que Kaufman et Dieter suffiraient à la protéger. Après ce qui parut une longue attente, mais ne l'était pas, Dieter arriva.

« Lyle ! Qu'avez-vous prévu de faire, comment allons-nous la récupérer ? *Scheisse*, ces salauds… »

Kaufman lui coupa la parole et s'expliqua. Magdalena décolla et vola à vitesse maximum ; il était évident qu'elle savait où se trouvait l'enclos Voratur. Les deux autochtones serrèrent les bras de leur siège, mais ne dirent rien. Des braves, reconnut Kaufman. Selon n'importe quel critère. Et s'il devait coopérer avec des alliés totalement extraterrestres : des Faucheurs, par exemple ? Il n'arrivait pas à l'imaginer.

« Nous y voilà », déclara Magdalena en décélérant fortement. Kaufman supposa qu'elle s'amusait. Elle ouvrit la porte et les quatre hommes descendirent.

Kaufman avait combattu sur deux planètes et sur une lune. Il avait servi sous un maître stratège, la colonel Syree Johnson. Il avait participé à des négociations qui avaient empêché que la Ceinture ne se sépare de l'Alliance solaire, en 2159. Il avait persuadé un général du CDAS d'envoyer une expédition sur Monde pour déterrer et décoder l'Artefact Protecteur. A côté de tout cela, des négociations avec les maraudeurs semblaient à peine mériter ce mot. Cela prendrait deux minutes et il aurait pu le faire seul. Kaufman avait un peu honte de ses préparations contingentes.

Dieter leur cria en mondien de faire sortir l'enfant Essa. Pas de réponse. Kaufman se servit de son laser, à puissance maximum, pour faire tomber le haut de la grande porte ornementée. Du bruit retentit à l'intérieur, mais personne n'émergea. Il tira de nouveau, plus bas ; du bois et de la pierre s'effondrèrent avec fracas. Plus de bruit à l'intérieur. Une minute plus tard, la porte en ruine s'ouvrit sur une trentaine de centimètres, et Essa fut poussée dehors.

Elle trébucha, se releva et courut en vacillant vers l'hydroglisseur. Kaufman s'attendait à des blessures ; elle avait crié, au telcom : « *... oh venez vite ils vont encore me faire mal venez...* » C'était bon signe qu'elle puisse encore marcher. Dieter courut au-devant d'elle et la prit dans ses bras pendant que Kaufman le couvrait de son arme. Ils remontèrent tous dans l'hydroglisseur.

Le bras d'Essa dessinait un angle étrange. Cassé. Trois brûlures avaient couvert de cloques la peau du même bras. Son visage était gonflé par les larmes et tordu par la douleur. Dieter fouilla dans sa poche et colla un patch sur le cou de l'enfant. « Ann m'a donné des analgésiques. Et je pense pouvoir éclisser son bras jusqu'à ce que nous rejoignions Ann… tiens-toi tranquille, Essa ! »

La fillette avait commencé à rire et à jacasser. Le patch avait coupé la douleur. Kaufman avait vu cela sur le champ de bataille ; une soudaine euphorie à l'arrêt net de la douleur et du danger. Mais les soldats étaient censés maîtriser l'euphorie. Essa ne maîtrisait jamais rien.

« Elle dit qu'ils se sont emparés d'elle avant l'aube, près de Gofkit Shamloe, dans le champ de cari, et… reste tranquille, *verdamnt* ! s'écria Dieter.

— Demandez-lui ce qu'elle faisait seule dans le champ de cari, avant l'aube », ordonna sèchement Kaufman.

Dieter traduisit la réponse d'Essa. La pénible fillette bondissait toujours sur son siège, sans tenir compte de son bras cassé qui ne lui faisait plus mal. « Elle dit qu'elle voulait essayer le telcom, pour voir si les huit autres que nous avions donnés aux Mondiens fonctionnaient toujours. Elle a émis un appel toutes fréquences — vous savez, Lyle, les fréquences que nous leur avions données à l'origine, les telcoms étaient programmés. Ce dont elle se souvient ensuite, c'est d'avoir été saisie et emportée chez les Voratur. Ils l'ont fouillée, mais elle avait déjà… la paix, Essa !

— Endormez-la, dit Lyle. Tenez. » Il tendit un autre patch à Dieter, qui hésita. Mais Essa recommença à jacasser, de toute la force de ses poumons, et Dieter appliqua le patch. Aussitôt, elle s'effondra dans son siège.

Kaufman demanda, dans un silence bienvenu : « Qu'a-t-elle dit d'autre ?

— Seulement qu'ils l'ont fouillée, mais qu'elle avait caché le telcom dans sa colletine, et ils ne l'ont pas trouvé. Ils l'ont questionnée sur Gofkit Shamloe, lui demandant combien nous avions de provisions, quelles armes je possédais, et quand elle ne voulait pas répondre, ils la frappaient. Je ne sais pas ce qu'elle a fini par leur dire.

— Tout ce qu'ils lui demandaient », dit Kaufman. Mais cela n'avait pas vraiment d'importance. Il se tourna vers Magdalena pour lui dire de décoller.

Elle resta immobile à regarder fixement le bras d'Essa. Marbet avait dit que Magdalena avait enduré bien pire que cela. Si les rumeurs qui couraient sur elle étaient vraies, elle avait causé bien pire que cela. Alors pourquoi…

Il fallut un moment à Kaufman pour comprendre. C'était une enfant. Essa paraissait très petite, ainsi écroulée dans son siège, sa douce peau couverte de cloques par de vilaines brûlures douloureuses, son jeune os brutalement cassé. Une enfant capturée. Comme Laslo. Qui, sa mère utilisait toute sa force intérieure pour le croire, était encore en vie et n'avait pas été blessé lors de sa capture.

« Magdalena… dit gentiment Kaufman. Magdalena, ramenez l'hydroglisseur à Gofkit Shamloe. »

Il pensait devoir répéter cette instruction, mais elle se retourna instantanément vers le tableau de bord et mit le moteur en marche. Tout le monde s'assit. Kaufman se retourna vers Dieter, qui dit : « Magdalena, *bitte*… vous n'allez pas dans la bonne direction. »

Kaufman se précipita hors de son siège. Trop tard. Magdalena qui avait fait tourner l'hydroglisseur, survola l'enclos et tira. Un faisceau protonique — comment diantre avait-elle pu en faire installer un à bord d'un véhicule civil ! L'enclos s'était vaporisé. Avait disparu.

« *Lieber Gott* ! » cria Dieter. Les deux Mondiens se regardèrent, épouvantés. Kaufman saisit Magdalena par les épaules et la fit tourner.

« Vous n'aviez pas reçu l'ordre de faire cela !

— Je n'obéis pas aux ordres. » Son air figé s'était évanoui, remplacé par une froideur telle que Kaufman n'en avait jamais vue. « Maintenant, ces pathétiques petits villages n'auront plus peur. Ils sont en sécurité. » Elle se retourna vers les commandes et fit redescendre l'hydroglisseur à une altitude normale.

Kaufman se rassit. Bon, elle avait raison. Gofkit Shamloe et ses partenaires commerciaux débutants étaient en sécurité maintenant. Il ne restait plus à Kaufman que de convaincre Ann qu'il n'avait rien eu à faire avec cela. Ann, et le reste des trois villages.

Si la réalité partagée existait encore, tous les humains auraient été déclarés irréels, Kaufman en prit conscience. La réalité partagée avait disparu, grâce à lui. Ce massacre ne donnerait pas aux Mondiens d'horribles maux de tête. Mais Kaufman ne croyait pas que cela allait pousser les Mondiens à aimer les humains. Ann avait tenté de leur prouver que ceux-ci n'étaient pas tous violents. Maintenant, Enli et Calin et tous les autres penseraient que même leurs alliés humains étaient dangereux, perfides, imprévisibles, et que l'on ne pouvait pas se fier à eux.

Et ils auraient raison.

Un telcom sonna, et durant un instant, Kaufman pensa que c'était celui d'Essa, peut-être toujours caché dans sa colletine épaisse, sale et emmêlée. Mais c'était celui de Magdalena. Elle glissa un écouteur dans son oreille. Le temps que le message — probablement enregistré puisqu'elle ne répondit rien — soit terminé, ils étaient arrivés à Gofkit Shamloe. Magdalena atterrit.

« C'était mon informateur, qui m'appelait du tunnel, dit-elle calmement à Kaufman et à Dieter. Il vient d'arriver de l'espace de Caligula. Le coup d'Etat a réussi. Le général Stefanak est mort, la moitié de Lowell City est détruite et l'amiral Pierce contrôle le Conseil de la Défense de l'Alliance solaire.

— Qu'allez… commença Kaufman, mais Magdalena lui coupa la parole.

— Les choses ont dû se calmer un peu maintenant. Je vais partir immédiatement par le tunnel. Vous pouvez venir, ou non, pour récupérer Capelo, par la même occasion. Ce glisseur va me ramener en dix minutes à ma navette.

« Alors, décidez-vous. »

CHAPITRE XIV

THARSIS, MARS

Le hopper de Stavros Ouranis était conçu pour effectuer de courts trajets dans le ciel de Mars, pas pour parcourir les dix mille kilomètres qui séparaient Lowell City de Tharsis. Aux yeux d'Amanda, il ressemblait à un avion déformé. Composé de plastique ultraléger, il avait d'immenses ailes, nécessaires pour voler dans une atmosphère raréfiée, et un petit fuselage dont une grande partie était occupée par le réservoir de combustible et l'appareil de conversion de l'air. Tant l'air respirable que le moteur à réaction dépendaient d'un judicieux mélange d'oxygène liquide stocké et du CO_2 de l'atmosphère martienne. Malgré cela, ils auraient besoin de s'arrêter quelque part pour se réapprovisionner. Le hopper pouvait transporter un maximum de quatre personnes pas trop lourdes.

« Pour aller besoin de deux jours, dit Konstantin à Amanda, parce que... » Les mots anglais lui manquaient et il fit des gestes, des deux mains.

« Nous devons zigzaguer, dit Amanda, et Konstantin acquiesça d'un hochement de tête.

— Pour le combustible, vous savez. Splendide. »

Le premier jour, Amanda écouta les nouvelles en anglais. Faire le tri s'avérait difficile. L'amiral Pierce commandait maintenant le Conseil de la Défense de l'Alliance solaire ; cela au moins était clair. Mais certains endroits semblaient résister. Du moins selon les informations qui commençaient et se terminaient soudain, et réapparaissaient selon une fréquence imprévisible. D'autres bulletins disaient que toute la population du système solaire était soulagée de ne plus avoir Stefanak et que soit au pouvoir quelqu'un « qui a les intérêts du peuple à cœur, et la volonté de gagner cette terrible guerre ». Il se pouvait, mais peut-être pas, qu'il n'y ait eu aucun mouvement contre Pierce sur Terre. La Ceinture lui résistait d'une manière définitive, mais les stations spatiales et les avant-postes militaires de celle-ci avaient toujours compté parmi les supporters les plus fervents de Stefanak. Sauf qu'un autre bulletin annonça que « les éléments dissidents de la Ceinture avaient été identifiés et arrêtés », et que maintenant « des députés librement élus soutenaient pleinement les efforts de l'amiral Pierce pour concentrer le système solaire sur la victoire contre les Faucheurs ».

C'était très déroutant. Amanda écoutait la radio pendant des heures, tandis que Nikos volait jusqu'à une autre des petites cités sous dôme de Mars, atterrissait et franchissait le sas pour s'occuper du ravitaillement. Elle passait son temps à écouter les bulletins, mais Konstantin avait d'autres projets.

« Pas d'infos maintenant, Ah-man-dah », dit-il avec son merveilleux accent. Ils étaient seuls dans le hopper ; Nikos et Demetria étaient partis en quête de combustible et de nourriture. « Maintenant, parler à moi. » Il éteignit la radio.

Amanda pensa que c'était très impoli — il ne lui

avait pas demandé la permission — mais il lui souriait et elle se surprit en train de lui rendre son sourire. Les dents de ce garçon semblaient encore plus blanches à côté de ses lèvres rouges et de sa peau d'un brun de miel.

« Nous trouver votre père », dit Konstantin, et quand il le proclama, Amanda crut qu'ils le feraient. « Je penser beaucoup à votre père. A son travail. Regardez ! »

D'une chiquenaude, il alluma un petit portable et afficha un répertoire. Amanda vit une longue liste des articles de son père, à la fois en anglais et dans ce qu'elle supposa être du grec. « Regardez… votre père à l'Artefact Protecteur. Réglage du nombre premier un, déstabilisateur de faisceau dirigé, loi du carré inverse, courte portée, déstabilisateur des nombres atomiques supérieurs à soixante-quinze.

— Votre anglais est meilleur, Konstantin, lorsque vous parlez de physique.

— C'est physique. C'est *votre père*. Réglage du nombre premier deux, champ contre réglage un et réglage deux. Réglage du nombre premier trois, déstabilise, onde, loi du carré inverse, courte portée. Réglage du nombre premier cinq, champ protecteur une planète. C'est Artefact Protecteur. Réglage nombre premier sept, déstabilise une planète, nombres atomiques supérieurs à cinquante. Réglage du nombre premier onze, champs protecteurs un système étoile. Réglage du nombre premier treize, déstabilise un système étoile. Comme le véridien.

— Je sais cela », dit Amanda. Mais Konstantin n'en tint pas compte et continua à foncer.

— Deux artefacts protecteurs à un système étoile… détruire tissu de l'espace. Regardez ! » Il montra théâtralement du doigt le grec sur le bloc-notes, pur charabia pour Amanda. Au moins la moitié de la feuille semblait remplie d'équations.

« Konstantin, est-ce que vous me dites que vous comprenez les articles de mon père sur l'Artefact Protecteur ? Vraiment ?

— Je faire physique. Pas comme professeur Capelo. Petite physique. Je essayer… Regardez ! »

Il afficha autre chose sur l'écran, aussi incompréhensible pour Amanda. Mais elle pouvait lire sur le visage du jeune homme. « C'est votre travail ? Vous travaillez sur la même chose que mon père ?

— Petite physique, dit Konstantin d'un ton solennel, très petite. Les espaces de Calabi-Yau. Effondrements transitionnels. »

Amanda ne pouvait pas dire si « petite physique » voulait dire que sa physique était mineure ou qu'il travaillait au niveau quantique. Et elle n'avait aucun moyen de lire le mélange de grec et de mathématiques qu'il lui montrait du doigt, avec tant de fierté. Elle ignorait si son père avait déchiffré ce qui arrivait aux faisceaux protoniques lorsqu'ils frappaient un vaisseau faucheur équipé du champ disrupteur de faisceau.

Autant qu'Amanda le comprenait, la probabilité du chemin suivi par le faisceau était altérée, aussi disparaissait-il alors dans un espace de Calabi-Yau, où son énergie servait à opérer un effondrement transitionnel de la forme de cette minuscule dimension. Elle savait aussi que si les deux Artefacts Protecteurs, l'humain et le faucheur, se retrouvaient ensemble dans le même système solaire et que l'on déclenchait le réglage au nombre treize, le grand univers en trois dimensions subirait aussi un effondrement transitionnel. L'onde se déploierait à la vitesse de la lumière, modifiant toutes les particules fondamentales, et toute vie disparaîtrait.

Amanda savait que son père l'avait prouvé mathématiquement. Mais c'était tout ce qu'elle savait.

Konstantin devait être le garçon le plus intelligent qu'elle ait jamais rencontré.

« Etes-vous dans une école spéciale pour apprendre la physique ? demanda-t-elle timidement.

— Je aller à l'université pour physique. »

Un étudiant d'université ! « Etes-vous en première année ?

— Oui. Première année par anglais, histoire, tout cela. Mais aller à l'université étudiants en licence de physique. Moi aller à professeur Claude Dupuis.

— J'ai entendu mon père prononcer ce nom. Il est célèbre.

— Votre père, oui. Nous trouver votre père. Près vous. Près moi aussi. Je rencontrer professeur Capelo.

— Oui, bien sûr, vous pouvez le rencontrer. Cela me ferait plaisir. » A son grand embarras, Amanda se sentit rougir.

« Vous très jolie, Ah-man-dah, dit gravement Konstantin. Je pouvoir embrasser vous ?

— Non !

— OK. Un jour, peut-être. J'aime vous très beaucoup.

— Eh bien, moi aussi, je vous aime bien », marmonna Amanda, très mal à l'aise. A son grand soulagement, Nikos et Demetria revinrent, se glissèrent dans le minuscule compartiment avec une boîte de nourriture chauffée, en faisant beaucoup de bruit.

C'était accompagné de chants, comme toujours. Elle ne savait pas pourquoi, mais dans ses rêves, les frères chantant le Saint Office sur Mars étaient toujours mêlés à l'enlèvement de son père sur Terre, si bien que lorsque le général Stefanak saisissait son père et le jetait dans la voiture noire, le plain-chant des matines remplissait l'air : *Benedicite, Deo gratias*... « Ne vous inquiétez, lui dit le Père Emil tandis qu'elle se tenait, figée, à la fenêtre de la chambre de son père. Dieu y pourvoira, ou sinon l'amiral Pierce le fera. » Et elle se tourna vers lui, pleine d'indignation en voyant que le sang jaillissait et éclaboussait le devant de la robe jaune de sa mère.

« Ah-man-dah, dit gentiment Konstantin. Ah-man-dah, arrêter dormir maintenant. Stop dormir. »

Elle se réveilla cramponnée à son bras. Nikos et Demetria ronflaient dans leurs sièges. A l'extérieur, le rose profond de l'aube éclairait le ciel. Le hopper sentait mauvais ; aucun d'eux n'avait quitté sa combinaison-s depuis deux jours. « Où... où sommes-nous ?

— Nous à Tharsis, répondit Konstantin en souriant. Au soir nous arriver. Vous dormir. Regardez ! »

Il lui montra l'horizon. Amanda vit un grand miroitement de métal : les étais d'un dôme. Ils étaient garés sur le spatioport de Tharsis. Tante Kristen était là, et oncle Martin, et ils sauraient ce qu'elle devait faire ensuite. Les adultes se chargeraient de nouveau de la situation.

« Pas pleurer, Ah-man-dah.

— Je ne pleure jamais !

— Femmes pleurer, dit Konstantin avec une grande autorité. Hommes non. »

Elle lui jeta un regard mauvais et se leva. « Pouvons-nous partir tout de suite ? Allez-vous réveiller Nikos et Demetria ?

— Nikos pas aller à côté vous et moi. Eux ici. Père de Nikos veut hopper. Très colère. Lui venir à Tharsis.

— Et Demetria ?

— Demetria venir à côté moi, proféra Konstantin, l'air scandalisé. Elle pas rester ici seule à côté Nikos ! »

Amanda prit son casque. Si le père de Nikos arrivait,

elle préférait ne pas être là. Konstantin avait envoyé un appel radio à son père, deux jours auparavant, pour lui annoncer que sa sœur et lui étaient sains et saufs. Amanda ne comprit pas la conversation, mais le ton de Konstantin était plein d'affection.

Pourtant, cela lui semblait bizarre que le père de Konstantin laisse celui-ci errer sur Mars avec sa sœur, même s'il avait dix-huit ans. Papa n'aurait jamais permis cela. Et puis, il y avait le père de Nikos, furieux à propos du hopper, mais Konstantin n'avait pas dit qu'il était inquiet à propos de son fils. C'était très bizarre. Il y avait plus de gens bizarres dans le monde qu'elle ne l'avait soupçonné avant que cette épouvantable chose lui arrive.

Konstantin réveilla Demetria, qui protesta furieusement. Son frère la fit taire d'un mot cinglant. Pourquoi devait-il commander alors que Demetria n'était qu'un peu plus jeune que lui, juste parce qu'il était un garçon ? Amanda décida de ne pas lui poser la question, même si elle pouvait trouver des mots anglais que Konstantin comprendrait.

Tous trois franchirent le sas pour poser le pied sur la plaine que baignait l'aube. Le soleil venait juste de paraître à l'horizon, il se découpait nettement dans l'air raréfié. Ils attrapèrent une navette qui les mena à Tharsis, où des soldats leur demandèrent leurs passeports. Amanda avait déjà montré à Konstantin les faux papiers que les gens de Vivre Maintenant lui avaient donnés… quand ? Il y avait seulement quelques mois, même si cela semblait être des années auparavant. Salah et Lucy et les autres n'apparaissaient plus jamais dans ses rêves, seulement frère Emil et les bons frères bénédictins. Frère Meissel… *Non, n'y pense pas. Pense plutôt à tante Kristen et à un bain chaud.*

« Nous trouver votre tante ? demanda Konstantin, une fois à l'intérieur du dôme. Où ? »

Tharsis était bien plus petit que les dômes auxiliaires de Lowell City. Il n'y avait pas de traîneaux. Les rues partant des quatre portes se rejoignaient sur la place centrale. L'appartement de tante Kristen et d'oncle Martin était à la périphérie, au troisième étage du plus ancien bâtiment de la ville. De là, on avait une vue spectaculaire. Cependant, l'immeuble n'était pas près de cette porte, mais de celle se trouvant à l'autre bout du dôme. Même à cette heure matinale, des gens se hâtaient dans les rues étroites. Amanda n'avait pas envie d'être reconnue.

« Venez par là », dit-elle à Konstantin et elle le prit par la main. Elle les conduisit par le boulevard circulaire jusqu'à l'arrière de l'immeuble. Le minuscule ascenseur — les escaliers prenaient trop de place — les emporta jusqu'au troisième étage. Amanda frappa à la porte.

Durant une brève seconde, elle s'attendit à entendre le « *Deo gratias* » de frère Meissel. Mais cela, elle ne l'entendrait plus jamais.

« Votre oncle pas avoir système domotique ? » dit Konstantin.

Bien sûr que si. Amanda était désorientée, après des semaines passées dans l'abbaye, qui en était dépourvue. Elle dit : « Système, ouvre la porte. C'est Amanda Capelo. Vérifie la voix.

— Bonjour, Amanda », répondit le système, et il ouvrit la porte.

Oncle Martin, petit dormeur, avait dû entendre frapper. Il se hâta hors de la chambre, en nouant la ceinture de sa robe de chambre, et s'arrêta net. « Oh, mon Dieu !

— Martin ? Qu'est-ce qu'il y a ? » Tante Kristen se précipita, puis cria : « Amanda ! Oh, Amanda ! » Elle la serra dans ses bras, de toutes ses forces, puis l'éloigna d'elle pour voir si c'était vraiment vrai, et l'étreignit de nouveau. « Amanda ! » Tante Kristen éclata en sanglots.

Elle ressemblait tellement à Papa. Le même visage mince et brun. Amanda sentit sa poitrine se resserrer.

« Amanda, Tom est avec toi ? demanda oncle Martin. Qu'est-il arrivé ? D'où viens-tu ? »

Konstantin répondit. « Le professeur Capelo pas être ici, non. Moi, amener Amanda. »

Oncle Martin le regarda fixement. « Qui êtes-vous ?

— Konstantin Ouranis.

— Ouranis ? Attendez… vous êtes le gamin qui essayait constamment d'entrer en contact avec Tom au sujet de la physique. Et puis, vous avez envoyé un message disant que vous veniez ici, sur Mars, pour voir Kris.

— La physique, oui. Splendide. Ma sœur, Demetria. » La jeune fille salua d'un gracieux signe de tête.

« Amanda, dit oncle Martin avec son calme habituel, je t'en prie, raconte-nous ce qui s'est passé. »

Amanda avait fini de les embrasser. Maintenant, elle s'inquiétait car elle sentait probablement mauvais. Elle n'avait pas pris de douche depuis trois jours ! Bien sûr, son oncle et sa tante étaient trop polis pour dire quelque chose, mais… Elle essaya d'oublier cela et se concentra sur ce qui était arrivé. Il y avait tant à dire.

« Commence par ce qui est arrivé le soir de l'enlèvement, suggéra l'oncle.

— Martin, laisse-moi au moins leur offrir d'abord un peu de café », dit tante Kristen.

Demetria, pour la première et dernière fois en présence d'Amanda, reconnut un mot anglais. « Café ! » cria-t-elle, d'un air si extasié que Konstantin fronça les sourcils et qu'Amanda, contre toute raison, éclata de rire.

Du café, du gâteau, et des explications. Lorsque Amanda eut terminé de dire à sa tante et à son oncle tout ce qui était arrivé, elle n'avait plus de voix. Tante Kristen lui tenait la main. Oh, que c'était bon d'être là.

« Alors, tu as pensé que, puisque le général Stefanak n'était plus au pouvoir, et qu'il avait peut-être enlevé ton père — *peut-être*, n'oublie pas — tu pouvais sortir de ta cachette et venir ici.

— Oui, répondit Amanda, mais quelque chose dans la voix de son oncle l'avait soudain mise mal à l'aise. Je me suis trompée.

— Je l'ignore. Ces temps-ci, les choses sont très imprévisibles. Il est certain que l'arrivée au pouvoir de l'amiral Pierce n'a pas encore provoqué la libération de ton père. Amanda, il y a des amis à nous chez lesquels, je pense, tu ferais mieux de rester jusqu'à ce que…

— Des visiteurs, annonça le système de la maison. Des soldats du Conseil de la Défense de l'Alliance solaire. Ils demandent à être immédiatement reçus.

— Oh, mon Dieu ! s'exclama tante Kristen. Martin, dis-leur qu'elle n'est pas ici !

— Je ne crois pas que cela changera les choses », répondit-il calmement.

En effet. La porte s'ouvrit pour les trois soldats. Deux d'entre eux traversèrent rapidement l'appartement pour venir se porter de chaque côté d'Amanda. Le troisième, un officier, dit à oncle Martin : « Professeur Blumberg, je suis le commandant Harper, du CDAS. Il y a un quart d'heure, votre nièce, Amanda Capelo, est entrée dans cette résidence.

— Oui.

— Je suppose que son arrivée n'était pas prévue.

— Non. De quoi s'agit-il, commandant ?

— Est-ce la première fois que vous voyez mademoiselle Capelo depuis sa disparition, le soir du second avril, sur Terre ?

— Je pense que vous le savez déjà, répliqua tranquillement oncle Martin. En quoi ma nièce vous concerne-t-elle, commandant ?

— L'amiral Pierce désire vous faire savoir combien il se félicite que mademoiselle Capelo soit saine et sauve. Savez-vous où se trouve son père, le professeur Thomas Capelo ?

— Non. Et Amanda non plus.

— L'amiral Pierce souhaite parler avec elle. Il m'a donné l'ordre de l'accompagner à Lowell City.

— Mais j'en viens à l'instant ! » cria Amanda. Elle était sortie de la cuisine en entendant prononcer son nom.

« Bonjour, mademoiselle Capelo, dit courtoisement le commandant Harper. Vous devez venir avec nous.

— Non ! Certainement pas ! Où est mon père ?

— Nous espérons que vous serez capable de nous aider à déterminer cela, dit-il, et même l'oncle Martin parut surpris.

« Vous voulez dire, cria Amanda, que vous ne *savez pas* où est mon Père ?

— Mademoiselle Capelo, répondit patiemment le commandant Harper, la situation est complexe et je n'ai pas le droit de discuter de cela ici avec vous. »

Amanda releva le menton. « Je veux que ma tante et mon oncle viennent avec moi.

— Certainement, si vous préférez cela. »

Cela aussi les surprit. Amanda, décida de pousser plus loin. « Et Konstantin aussi. Il est… il est physicien. »

Le commandant Harper prit un air sceptique. Konstantin s'avança. « Konstantin Ouranis. Mon père est Stavros Ouranis. Je suis à côté de Ah-man-dah.

— Stavros Ouranis ? » Une lueur éclaira les yeux du commandant. « Sait-il que vous êtes ici ?

— Oui, oui. Tout OK à lui.

— Mais… monsieur Ouranis, je suis désolé, mais mes ordres ne vous concernent pas. »

Konstantin se renfrogna. Amanda vit qu'il n'avait pas l'habitude qu'on lui dise « non ». Le commandant Harper prit Amanda par le coude ; elle fut emmenée avant de savoir ce qui lui arrivait. « Mais… il faut d'abord que je prenne un bain !

— Je regrette, mais ce n'est pas possible », dit l'officier ; mais il permit à oncle Martin et à tante Kristen de changer, en tout hâte, leurs vêtements de nuit pour des salopettes. Amanda dit à Konstantin : « Restez ici, Konstantin. Je suis sûre que cela ne dérange pas mon oncle et ma tante. Je reviendrai aussi vite que… commandant, combien de temps vais-je rester à Lowell City ? »

L'officier se contenta de sourire.

« Bon, restez ici avec Demetria, d'accord ?

— Splendide », répondit Konstantin qui lui adressa son sourire aux dents blanches et lui toucha le bras. Une fois encore, Amanda fut ennuyée en pensant à son odeur. Oh, elle avait envie d'un bain !

Le commandant Harper et ses soldats l'entraînèrent vers l'ascenseur, et ils retournèrent à Lowell City.

CHAPITRE XV

MONDE

« Alors, décidez-vous vite », avait dit Magdalena à Kaufman, bien que celui-ci ne voyait pas de raison à cette hâte soudaine. Elle était sur Monde depuis pas mal de temps. Aussi cette demande d'une immédiate prise de décision n'était qu'une démonstration de son pouvoir. *Sautez quand je le dis !*

Il ne laissa pas son agacement dicter sa décision. « Je viens avec vous. Laissez-moi seulement aller chercher Marbet. » Il se mit en marche vers la porte de l'hydroglisseur. Magdalena hocha la tête et releva son telcom, sans doute pour dire à ses gardes du corps de rassembler ce qu'elle avait besoin de prendre dans sa cabane, et de se présenter au véhicule. Avant qu'elle ait pu les joindre, Kaufman la colla contre la cloison.

« Désolé, mais j'ai besoin de plus de temps que vous ne semblez prête à m'accorder. Pas beaucoup plus, Magdalena, mais assez pour parler à Ann. »

Elle avait trop de bon sens pour hurler ou se débattre ; ni l'un ni l'autre ne lui auraient été utiles. Il lui attacha les mains derrière le dos, puis la ligota sur l'un des sièges. Dieter dit : « Lyle… vous avez bien réfléchi à cela ?

— C'est juste que je n'ai pas envie qu'elle s'en aille sans nous. Dites aux deux indigènes de retourner à la cérémonie, sans la troubler, et d'envoyer Ann et Marbet du côté est de la palissade. »

Dieter traduisit. Les deux Mondiens descendirent précipitamment de l'hydroglisseur ; leurs crêtes crâniennes ondulaient fortement. Kaufman laissa Magdalena avec Essa, toujours inconsciente, et en compagnie de Dieter marcha à grands pas vers la palissade.

« Lyle, que… ils en sont à la partie cruciale du rituel de la fleur !

— Où sont les gardes du corps de Magdalena ? C'est important.

— Dans sa cabane, je pense. Elle leur a dit de rester jusqu'à ce qu'elle les appelle sur son telcom. Ils ne s'intéressent pas beaucoup à la cérémonie de la fleur.

— Bien. Marbet, la révolution a réussi sur Mars. Stefanak est mort, Pierce est au pouvoir et Magdalena va partir immédiatement pour le tunnel. Je pense qu'elle constitue peut-être notre dernière chance de retrouver Thomas. Elle a des relations que ni toi ni moi n'avons. Mais nous avons besoin de prendre notre décision maintenant. »

Marbet le regarda fixement. Elle dit lentement : « Notre mission était de venir en aide à Ann et Dieter, et peut-être à Monde ; quand as-tu choisi, au lieu de cela, de sauver Tom ?

— Nous ne pouvons pas aider Monde. Nous ne pouvons rien faire ici. Ou… tu le penses vraiment ?

— Je l'ai toujours pensé. Mais je ne suis pas sûre que *toi*, tu en aies pris conscience. L'autre raison pour laquelle nous sommes venus sauver Dieter et Ann… » Elle se tourna vers eux, d'un air interrogateur.

« Nous restons, dit Ann. Votre venue n'a rien changé pour nous. Nous sommes chez nous ici, maintenant.

— Dieter ? demanda Kaufman.

— *Ja*, nous restons. » Il mit le bras autour des épaules de sa femme.

« Mais Lyle, tu ne peux pas laisser ces deux gardes du corps ici ! Ce serait trop injuste. Malgré l'usage que Magdalena a fait d'eux contre les maraudeurs de la maison Voratur ! »

Kaufman et Dieter échangèrent un regard. Le premier disait, *Laisse Dieter dire à Ann ce que Magdalena a fait aux maraudeurs*. Le regard du second disait, sarcastiquement, *Merci beaucoup*. Mais Dieter ne protesta pas.

« Si vous et Dieter restez vraiment, alors il y a de la place dans l'hydroglisseur et dans la navette pour les gardes du corps, dit Kaufman. La navette de Magdalena, pas la nôtre — elle n'a que deux places. Je vais la laisser les appeler. Alors, Dieter…

— La laisser ? demanda Ann d'un air suspicieux. Que voulez-vous dire par “la laisser” ?

— Je n'ai pas le temps. Dieter vous expliquera. Adieu, Ann. Vous faites ici un travail magnifique, en défaisant ce que j'ai fait. »

Le visage chevalin, ordinaire, d'Ann s'adoucit. Mais tout ce qu'elle trouva à dire, ce fut : « Faites attention à vous, Lyle. Vous aussi, Marbet. »

Dieter le prit dans ses bras pour une embrassade d'ours. Kaufman l'endura sans réagir ; Dieter était comme ça. Kaufman se tourna vers Marbet : « Cinq minutes dans notre cabane, Marbet. Prends seulement quelques vêtements et équipements. Je ne veux pas que les gardes du corps de Magdalena arrivent à l'hydroglisseur avant nous. Fais en sorte que les Mondiens ne te voient pas, si possible, et…

— Impossible, dit Ann. J'expliquerai tout cela à Enli plus tard. Maintenant, il faut que je retourne à la cérémonie. » Elle s'en alla, à grands pas décidés, sa longue tunique brodée aurait aussi bien pu être une armure de combat accompagnée de bottes militaires.

Ann Sikorski était une femme heureuse, se dit Kaufman, hors de propos.

Dieter suivit son épouse. Marbet était déjà partie pour leur cabane. Kaufman vint retrouver Magdalena.

« Nous partirons dans quelques minutes, lui dit-il d'un ton apaisant. Marbet vient, Anna et Dieter restent. Si je vous détache et vous laisse faire venir vos gardes du corps, leur direz-vous de me démolir ? »

Magdalena l'étudia. « Et si je disais *oui* » ?

— Alors, ils resteraient ici, et vous, vous resteriez ligotée.

— D'accord, Kaufman, je ne vais pas leur ordonner de vous réduire en miettes. Mais, pourquoi croiriez-vous cela ?

— Eh bien, parce que je ne vous fais pas confiance. Mais je ne pense pas que vous ayez vraiment envie de me tuer ou de me laisser sur cette planète. Je peux vous être utile, dans une certaine mesure.

— Je ne vois pas en quoi.

— Moi non plus, pas encore. Mais nous connaissons des gens fort différents, nous avons des alliés différents, nous pouvons réclamer des faveurs différentes. Est-ce que cela vaut vraiment la peine, pour vous, de perdre cet avantage potentiel juste pour avoir la satisfaction de me punir ? Je ne vous ai retardée que d'environ un quart d'heure, et vous le savez. Et bien sûr, vous aurez toujours la possibilité, plus tard, de lancer ces voyous contre moi. Quand notre carnet de bal ne sera pas tout à fait rempli. »

Magdalena éclata de rire. « Vous étiez vraiment un bon négociateur militaire, hein ?

— Je peux toujours l'être.

— Vous et votre Sensitive apprivoisée, vous pourriez retourner au tunnel dans votre propre vaisseau.

— Vous êtes là où l'action va se passer. Tom et Laslo. » Kaufman éprouva un certain remords, à évoquer le nom de son fils. Mais c'était le seul point vulnérable de cette femme. Il faut utiliser ce que l'on peut. Il allait avoir besoin des contacts de Magdalena pour trouver Tom, et s'il prenait son propre vaisseau, elle pourrait aisément lui échapper.

« D'accord, Lyle, dit-elle en prononçant son nom avec les intonations de Marbet, une moquerie délicate. Je vais faire venir mes "voyous" sans leur dire que vous m'aviez ligotée. Détachez-moi. »

Il le fit, en jetant d'abord un coup d'œil à l'extérieur pour s'assurer que Marbet arrivait. Magdalena était tout à fait capable de partir sans elle. Marbet tournait le coin de la palissade, dans sa longue robe ondoyante, les bras chargés de paquets. Kaufman libéra Magdalena.

Elle appela ses gardes du corps d'un ton cassant. Kaufman se prépara à détacher Essa toujours endormie. Il allait la déposer sur le sol ; Ann viendrait la chercher dès qu'elle pourrait.

« Laissez cette enfant ici, dit Magdalena. Non, ne me regardez pas comme cela, Lyle… cela ne vous concerne pas. Elle part avec nous. Je le lui ai promis, n'est-ce pas ?

— Vous ne pouvez pas faire cela, elle est native de cette planète… ne l'emmenez pas juste pour vous venger de moi !

— Vous vous flattez. Laissez-la tranquille.

— Non.

— Oh, si, Lyle. Venez, Rory. Nous partons. »

Ses gardes du corps arrivèrent en même temps que

Marbet. Le plus âgé embarqua, en foudroyant Kaufman du regard. Celui-ci n'avait aucune chance face à lui. Des muscles augmentés, presque certainement, et modifié génétiquement, aussi. Magdalena sourit.

Le plus jeune et Marbet étaient tous deux chargés d'affaires. « Posez ça là, dans le coin, et asseyez-vous, nous partons, dit Magdalena.

— Mais… Essa ! Lyle… » commença Marbet qui fut précipitée par terre lorsque Magdalena lança l'hydroglisseur à pleine vitesse.

Sa navette était garée à dix kilomètres de là, au milieu d'un champ vide. Bien visible, elle était néanmoins protégée par une barrière-e. Kaufman cligna des yeux en l'apercevant. Elle était aussi grande que la navette militaire que Dieter et lui avaient empruntée lors de leur précédente expédition, quand ils avaient sorti l'artefact de la montagne. Cette expédition était arrivée à bord d'un vaisseau de guerre de la Marine du système solaire. Comment diable celui de Magdalena pouvait-il être ainsi ?

« Décollez immédiatement, dit Magdalena. Rory, arrimez l'hydroglisseur. Mettez tous ces trucs dans des casiers, nous trierons plus tard. »

Si ces ordres surprirent le jeune garde du corps, il n'en montra rien. Marbet dit de nouveau : « Magdalena, vous ne *pouvez pas* faire cela. Lyle…

— Lyle n'a rien à voir avec cela, répliqua Magdalena, qui s'amusait visiblement. Ni vous non plus. Essa part avec nous. »

Les deux femmes s'affrontèrent. Marbet dit : « Essa ne peut pas survivre loin de sa planète. Elle ne connaît rien d'autre. Pourquoi faites-vous cela ?

— Regardez-moi la Sensitive, railla Magdalena. Comment savez-vous qu'Essa ne peut pas s'adapter loin de sa planète ? Elle voulait partir. Etes-vous en train de dire que la super-femme génémod doit prendre des décisions à la place de la pauvre extraterrestre inférieure et retardée ? Je dois dire que vous êtes très colonialiste.

— Vous l'avez seulement emmenée pour nous mettre mal à l'aise, Lyle et moi. C'est bien dans votre style.

— Pourquoi ne questionnez-vous pas Essa ? répliqua gentiment Magdalena. Quand elle sera réveillée, bien entendu… remuez-vous, Rory. Filons. Il vaudrait mieux vous attacher, la Sensitive.

— *Lyle…*

— Je ne peux rien y faire », répondit Kaufman, sachant que si Marbet n'avait pas été aussi bouleversée, elle ne l'aurait jamais obligé à reconnaître cela tout haut. Il ne la regarda pas tandis qu'il attachait sa ceinture.

Magdalena prit les commandes. Durant la montée dans l'atmosphère, personne ne dit mot. Essa dormit durant tout le vol. Kaufman regardait Monde s'éloigner derrière lui. Verte, luxuriante, et… quoi d'autre ? Condamnée, aurait-il dit il y a une semaine, et il frémit maintenant de son hubris. Il n'était pas un destructeur de mondes. Pas même le sauveteur de compagnons humains naufragés. Ann, Dieter et Monde géraient très bien leur existence sans lui.

Et pourtant, il avait modifié les trajectoires de leurs vies. Alors, il n'était ni un destructeur, ni un sauveur, ni une force neutre, mais quelque chose de plus indéfinissable. Plus ambigu. Lui, Lyle Kaufman, qui avait apprécié la clarté sans ambiguïté de l'obéissance aux ordres militaires, tout en restant non affecté, émotionnellement, par ceux-ci.

Plus maintenant. Plus le moins du monde.

Lyle Kaufman regarda la belle planète diminuer, et

espéra de tout son cœur ne jamais revoir Monde ou y remettre les pieds.

Le vaisseau de Magdalena était aussi grand qu'un bâtiment spatial de type *Thor*. Trente membres d'équipage, se dit Lyle en professionnel. Des montages suspects à l'avant et à l'arrière ; ce vaisseau comportait bien plus d'armes qu'un long-courrier civil ne devrait en avoir. Kaufman remarqua, avec un sourire ironique, qu'il s'appelait le *Sans Merci*[1].

« "Flânerie inadmissible", en fait », murmura amèrement Marbet. Kaufman ne voyait pas ce qu'elle voulait dire, et ne le demanda pas.

Dès que la navette fut amarrée, Magdalena disparut. Pour appeler le *Murasaki*, devina Kaufman. Autant qu'il le sache, le navire de guerre était, de manière inexplicable toujours en orbite autour du tunnel. Magdalena avait dû obtenir la permission de pénétrer dans le système solaire. Autrement, elle ne serait pas là.

Il y a deux ans, le colonel Ethan McChesney, des services secrets du CDAS, commandait le *Murasaki*. Rendant compte directement au général Stefanak, il avait dirigé le groupe du Projet Spécial qui amena un Faucheur vivant à bord d'un vaisseau de guerre de la Marine du CDAS. Le seul Faucheur vivant que les humains aient jamais capturé, avec lequel Marbet avait lentement, péniblement appris à communiquer, jusqu'à ce qu'il soit tué.

McChesney était-il toujours à bord du *Murasaki* ? Et si oui, pourquoi ? Et qui Magdalena connaissait-elle qui lui permettait d'aller et venir en toute impunité sous le nez de celui-ci ?

Qui que ce fut, le coup d'Etat de Lowell City aurait

1. En français dans le texte. *(N.d.T.)*

dû affecter son standing. Sans parler de celui de Magdalena elle-même, « l'amie » bien connue de feu Sullivan Stefanak. Pas étonnant que Magdalena ait l'air préoccupé.

Cependant, elle l'était beaucoup moins, semblait-il, lorsqu'elle réapparut sur le pont d'observation, deux heures et demie plus tard. On avait attribué à Kaufman et à une Marbet très silencieuse une minuscule cabine pourvue de quatre couchettes. Kaufman avait déposé Essa sur l'une d'elles... Il valait mieux que la petite extraterrestre reste avec Marbet qui, au moins pouvait lui parler, plutôt qu'entre les mains de Magdalena, autoproclamée « *Sans Merci* ». La pièce s'ouvrait sur une coursive menant à la cabine de luxe de Magdalena, aux chambres adjacentes des gardes du corps, à une coquerie séparée du mess de l'équipage et du carré des officiers, et, tout au bout, au pont d'observation, plein de meubles confortables, qui offrait une vue spectaculaire sur les étoiles, le domaine personnel de Magdalena.

Elle y entra d'un pas vif. Kaufman et Marbet étaient en train de parler à voix basse, et même lui savait que rien de ce qu'ils disaient ne comptait autant que ce qu'ils ne disaient pas. Il avait désappointé Marbet en laissant Magdalena emmener Essa, en quittant Monde à bord du vaisseau de celle-ci au lieu du leur, et parce qu'il ne voyait pas bien ce qu'il était en train de faire. Chercher Tom ? Où ? Comment ? Il y a trois mois, il avait déclaré qu'il n'était pas question de chercher le professeur Capelo.

« Ah, mais c'était quand je croyais avoir une raison d'aller sur Monde », avait-il dit. Quel but poursuivait-il en cherchant Thomas Capelo ?

« Vous avez raison », dit Magdalena avec son sourire moqueur. Le bleu de sa salopette assombrissait ses yeux qui devenaient comme des saphirs. « McChesney va nous faire passer dans le tunnel sans arraisonnement d'inspection. Il ne saura jamais que vous êtes mes passagers d'une façon hautement illégale.

— Et alors quoi ? » demanda Marbet d'une voix égale.

A la grande surprise de Kaufman, Magdalena lui répondit. « McChesney ne sait rien de la situation politique actuelle, pas si loin de tout, dans ce trou du cul à rats de la galaxie. Par le tunnel, nous allons passer dans l'espace de Caligula. J'y connais des gens. Pierce n'a pas eu le temps de changer les commandements des lointains avant-postes, du moins je l'espère. Mais tout le monde sera très secoué. Les quelques personnes que je connais là seront peut-être exposées à un danger considérable. Il se pourrait que l'on puisse passer des… arrangements. »

Son sourire visait Kaufman, il le savait, l'ex-soldat. Il dit d'une voix délibérément amusée : « Magdalena, j'espère que vous ne sous-entendez pas que j'ignore la corruption qui régnait dans l'armée de Stefanak. Cette présomption ne serait pas digne de vous.

— Et de vous, Lyle. Mais il se peut que vous ne sachiez pas jusqu'où va cette corruption. Toujours pur, hein ? Comme McChesney. Et toujours loyal envers Sullivan, aussi. »

C'était la première fois que Kaufman entendait quelqu'un utiliser le prénom du général Stefanak. Il ne demanda pas pourquoi McChesney, s'il était si pur que cela, traitait avec elle. Il ne voulait pas vraiment connaître la réponse.

« La guerre avec les Faucheurs, vous vous en moquez, n'est-ce pas ? dit Marbet. Sauf en tant que source de profit.

— C'est un sale univers, Sensitive. »

On courait, à pas léger, dans la coursive. Essa, dans

sa tunique de célébration aux couleurs voyantes, fit irruption sur le pont d'observation. Elle vit le clair mur d'étoiles sur l'espace noir et, dans un coin, Monde, globe bleu-vert s'éloignant. La petite extraterrestre se figea sur place.

Marbet se leva vite. « Essa, n'aie pas peur. Nous… »

Essa dit quelque chose en un mondien rapide. Kaufman se souvint qu'elle avait déjà été dans l'espace, parmi les neuf extraterrestres que Ann avait amenés à bord de l'*Alan B. Shepard*.

Pour la rassurer, Marbet lui parla en mondien, d'un ton apaisant.

« L'espace ! » dit Essa en anglais. Elle se jeta aux pieds de Magdalena, la regardant d'un air adorateur ; ses yeux noirs brillaient comme des étoiles et ses crêtes crâniennes étaient si plissées que sa tête ressemblait à un pruneau.

Kaufman s'était encore trompé. Essa ne semblait ni effrayée ni « déplacée ».

« L'espace ! Essa ! » dit-elle, et Magdalena regarda Marbet d'un air moqueur et rit.

CHAPITRE XVI

AU TUNNEL SPATIAL #438

Il fallut quatre jours au vaisseau de Magdalena pour arriver au tunnel. A une accélération de presque 2G, ce qui leur fut très désagréable. Ils restaient la plupart du temps dans leurs fauteuils, sauf Essa.

Elle parcourait tout le spacieux bâtiment. Un officier courroucé la traîna par un bras sur le pont d'observation. « Cette extraterrestre était dans la salle des machines ! » Kaufman refusa de dire qu'il était désolé. Il n'était pas responsable d'Essa.

Marbet l'avait prise sous son aile. Elle passait des heures par jour avec la fillette, à lui apprendre l'anglais. « Elle est intelligente, Lyle, et c'est l'une des personnes les moins craintives que j'ai jamais vue. Elle n'a peur de rien, sauf si sa vie est menacée à l'instant même. Elle est terriblement vulnérable. Qu'est-ce que l'on va faire d'elle ?

— Je pense que nous n'allons rien faire avec elle. Mais Magdalena, si.

— Tu sais que ce n'est pas vrai. Ce serait criminel de laisser une enfant comme cela avec Magdalena.

— Marbet, lorsque nous rentrerons dans le système solaire, j'ignore si mon faux passeport ne sera pas découvert. Je ne sais pas si l'on ne va pas m'accabler de lourdes accusations. Je ne sais même pas où nous allons habiter, ou comment je vais gagner ma vie. Tu penses vraiment qu'il serait juste de me refiler une enfant extraterrestre ?

— Non. Mais comme Magdalena l'a fait remarquer si obligeamment, c'est un sale univers. Nous devons la prendre. » Marbet fit une pause. « Ou du moins, moi, je le dois. »

Les implications de cette déclaration de plurent pas à Kaufman. « Veux-tu dire que, lorsque nous reviendrons sur Mars, ou la Lune, ou n'importe où ailleurs, nous n'allons pas vivre ensemble ?

— Je ne dis pas cela, non. Je *dis* qu'il faut que tu prennes des décisions, et que tu ne le fais pas. Tu te laisses dériver, et cela te rend nerveux et désagréable. Au moins, trouve-toi quelque chose à faire sur ce vaisseau, Lyle. » Elle se retourna et sortit. Kaufman entendait Essa l'appeler du pont d'observation.

Il alla frapper à la porte de la luxueuse cabine de Magdalena. Rory, le plus âgé des gardes du corps, se prélassait là dans un fauteuil. Kaufman fit comme s'il ne le voyait pas.

« Oui ?

— C'est Lyle Kaufman. Puis-je entrer ? »

La serrure-e de la porte cliqueta.

La cabine était grande et somptueuse. Rory le suivit à l'intérieur. Magdalena, allongée sur un immense lit, écoutait un cube de musique. Elle portait sa salopette bleue, et sa chevelure noire s'étalait sur l'oreiller. Bon sang, elle avait au moins dix ans, peut-être quinze, de plus que lui, elle n'aurait pas dû faire cet effet sur lui.

Ni en avoir conscience. Marbet avait raison ; il n'était pas censé.

« Je voudrais vous demander si je peux avoir accès librement à la bibliothèque de votre vaisseau, dit-il avec irritation, et si vous téléchargez régulièrement des revues scientifiques.

— Pourquoi ? demanda-t-elle en l'étudiant.

— Je veux lire les revues scientifiques des six derniers mois, si vous les avez.

— Vous pouvez comprendre les articles sur la physique ? » Elle souriait.

Il répondit d'une voix calme. Au moins, contrairement à Marbet, elle ne pouvait pas déduire ses pensées des minuscules modifications de son langage corporel. « Pas la plus grande partie des maths. Mais il y a des résumés et des conclusions, et certaines revues traduisent les innovations pour les profanes instruits.

— A quelles innovations pensez-vous ?

— Je ne sais pas. C'est justement le problème. Mais si vous voulez que je vous aide à retrouver Tom — et Laslo — j'ai besoin de savoir le plus de choses possibles sur ceux qui l'ont enlevé. C'est peut-être lié au projet sur lequel il travaille. »

Elle fronça les sourcils. « Je suis sûre que la police et les journalistes y ont déjà pensé.

— Probablement. Mais j'aimerais, malgré tout, y jeter un coup d'œil. » *Pour m'occuper à quelque chose*, ne dit-il pas tout haut.

« Bon. Je vais donner au système l'ordre de vous laisser entrer. Il reconnaît les empreintes rétiniennes. Mais, Lyle… il faut que vous le sachiez. Il n'y a rien de personnel dans la bibliothèque du vaisseau. Au cas où vous voudriez violer des systèmes de sécurité.

— Vos dossiers personnels ne m'intéressent pas », répliqua-t-il sèchement, et le regretta. Cela donnait une petite victoire à Magdalena. Il se força à dire : « Merci », et fut de nouveau troublé par le sourire moqueur qu'elle lui lança.

Qu'elle aille au diable.

Kaufman ne pouvait se servir du terminal dans leur chambre ; Marbet y passait trop de temps à enseigner l'anglais à Essa, allongée sur sa couchette (que l'on ne désignait pas, à cause de la fillette, comme « leur » couchette). L'accélération était plus pénible pour Marbet que pour quiconque. Elle avait vécu des années sur la Lune ; puis passé six mois sur Mars ; Monde avait 1,9 de la gravité terrienne. Marbet passait donc beaucoup de temps couchée. Kaufman, toujours plein d'énergie, s'irritait de cette constante position horizontale. Elle avait l'air paresseuse. Il savait que ce n'était pas juste de penser cela.

Le seul terminal accessible à Kaufman était celui du pont d'observation. Magdalena avait acheté le pack commercial le plus complet disponible, et l'intégra à son système dès qu'il arriva dans la région de l'espace où elle se trouvait à ce moment-là. Le *Sans Merci* avait apparemment traversé le tunnel spatial #438 en août, aussi la bibliothèque contenait-elle des revues et des commentaires parus avant cette date. Kaufman s'assit dans un confortable fauteuil, ses fortes mains posées sur les accoudoirs, et parla à l'ordinateur trois jours d'affilée, essayant de suivre les pensées de Thomas Capelo à travers ses articles publiés.

Il n'avait jamais suivi de cours de physique. Mais cela l'avait toujours fasciné. Et comme il avait été présent lorsque Tom formula sa découverte capitale sur la probabilité, depuis Kaufman avait suivi l'évolution de cette théorie. Son évolution, la résistance qu'elle rencontrait, les confirmations faites par d'autres scientifiques, les objections et les échappatoires — toutes les concessions mutuelles du discours scientifique.

En réalité, la théorie du professeur Thomas Capelo avait fasciné tout le système solaire, même ceux qui ignoraient la différence entre un proton et une protéine. Les gens savaient qu'elle avait, mystérieusement, produit les faisceaux disrupteurs qui permettaient aux vaisseaux faucheurs d'échapper aux armes humaines de faisceaux de particules. Plus important encore, elle avait produit l'Artefact Protecteur qui empêchait l'ennemi de griller le système solaire.

Cette dernière croyance n'était pas exacte, Kaufman le savait. L'artefact agissait sans que les humains comprennent ou non la science qui le sous-tendait. Capelo avait expliqué pourquoi il fonctionnait, mais cela avait moins intéressé le Conseil de l'Alliance solaire que le fait qu'il fonctionnait. Les soldats n'étaient ni physiciens ni même ingénieurs. Ils avaient voulu que Capelo découvre ce que provoquait chaque réglage de l'artefact. Il l'avait fait. Mais il avait aussi découvert pourquoi.

Autant que Kaufman pouvait le comprendre, Capelo avait justifié, mathématiquement et par une modélisation, l'existence d'une particule qu'il avait appelée « probon ». Chaque probon, comme toutes les particules fondamentales, était composé de minuscules fils vibrants, et chacun était une traînée de probabilités. Il existait au niveau quantique, dans la frénésie tourbillonnante et bouillonnante qu'est le quantum, où les particules sont constamment déviées de leur route, constamment désassemblées et reformées, surgissant constamment de l'énergie du vide pour disparaître de nouveau.

Le probon était une particule messagère, tout comme les gravitons étaient les messagers de la gravité et les gluons de la force forte. Le message que portait le probon, la force qu'il transmettait, c'était la probabilité. Dans l'univers, tel que la physique humaine le connaissait, la probabilité décrétait que le chemin pris par un objet *était* la moyenne de tous les chemins, celui résultant des amplitudes de la fonction d'onde au carré, celui que la gravité déformée par la masse transforme en chemin de moindre résistance. La masse disait à l'espace comment il devait se courber ; l'espace disait à la masse comment se déplacer.

Mais, en réalité, comme les physiciens le savaient depuis deux siècles, une particule empruntait tous les chemins possibles. Un faisceau de protons, tiré depuis un vaisseau de guerre, voyageait droit jusqu'à sa cible, voyageait obliquement jusqu'à sa cible, l'atteignait en faisant d'abord un détour par la galaxie d'Andromède. Tous les chemins possibles. Y compris au travers des six dimensions enroulées de l'espace, les minuscules espaces de Calabi-Yau. Le faisceau protonique traversait les dimensions de Calabi-Yau un nombre incalculable de fois, parce que celles-ci étaient si minuscules, en revenant chaque fois à son point de départ. Mais, en fin de compte, la moyenne de tous ces parcours tortueux était l'intégrale de la somme des chemins de moindre résistance, parce que c'est la force que les probons portaient et qu'elle opérait partout, tout comme les gravitons faisaient opérer la gravité en tous lieux.

De grosses masses pouvaient gauchir la gravité, parfois à l'extrême, ce qui expliquait l'existence des trous noirs. L'Artefact Protecteur, cet étrange vestige d'une race inimaginable, faussait la probabilité.

L'artefact concentrait les probons, décochait un énorme nombre d'entre eux en un flot reçu de particules, tout comme un laser concentrait et décochait des photons. L'artefact gauchissait donc la probabilité, de la même manière qu'une immense masse gauchissait la gravité. L'énergie pour faire cela était certainement disponible ; l'intensité de la force transmise par une particule messagère était inversement proportionnelle à la tension subie par ses fils, et Capelo avait assez bien calculé la basse tension nécessaire au probon, sans parler de l'énergie contenue dans les protons. Toute l'énergie de ces minuscules fils vibrants causait un chemin différent, de basse probabilité, mais pas réduite à zéro, dans des circonstances « normales », et alors de probabilité à cent pour cent. Aussi le faisceau protonique n'entrait pas dans sa cible, mais dans l'un des six espaces de Calabi-Yau, les dimensions recourbées de l'univers.

Une fois qu'il était là, il ne pouvait pas se contenter de perdre toute cette énergie ; la loi de conversation de l'énergie ne le permettait pas. Aussi celle-ci, apportée dans une dimension de Calabi-Yau, énergie qui n'y était pas avant, faisait quelque chose d'autre. Elle produisait un effondrement transitionnel de l'espace fluctuant, changeant la forme de cette minuscule dimension recourbée en une autre. *Sans* affecter du tout notre univers plus vaste, à trois dimensions étendues. L'énergie commençait par faire une minuscule déchirure, et pour la réparer, l'espace de Calabi-Yau adoptait une forme différente, et les mathématiciens avaient su que cela était possible quasiment depuis qu'ils connaissaient les formes des Calabi-Yau. On appelait ce processus, un effondrement transitionnel.

L'énorme énergie nécessaire pour altérer le chemin probable du faisceau, pour changer la vibration de ses fils, égalait exactement l'énergie nette des probons plus lourds moins celle perdue dans l'agitation du quantum. La nouvelle énergie vibrationnelle égalait exactement celle nécessaire pour effectuer un effondrement transitionnel de l'espace changeant dans une dimension Calabi-Yau ayant une certaine configuration probable.

Une partie de la dimension était dépliée, puis repliée sous une forme subtilement différente, comme on replie un morceau d'un origami complexe. Toutes les équations s'équilibraient, amenées de l'une à l'autre avec une justesse naturelle.

Mais tout cela avait un prix.

Lorsque l'espace de Calabi-Yau évoluait au travers de la déchirure, cela affectait les valeurs précises des masses de particules individuelles — les énergies dans leurs fils. Les minuscules fils vibrants qui fabriquaient, disons, un faisceau protonique, toujours traînées de probabilité, vibraient maintenant selon une résonance différente. En réalité, il avait cessé d'être protonique, et était devenu un faisceau d'autres particules inconnues. C'était possible parce que la matière elle-même, au niveau le plus profond, était une manifestation des probabilités. Celles-ci avaient été modifiées.

Lorsqu'on appliquait les équations au grand univers à trois dimensions, le prix devenait effroyable.

L'énergie de la probabilité concentrée par *deux* artefacts était immense. Suffisante pour faire à l'univers à trois dimensions ce que de plus petites quantités faisaient, encore et encore, aux petites dimensions recourbées de l'univers : effectuer un effondrement transitionnel de l'espace-changeant en une forme différente. De la même manière qu'elle le faisait dans les dimensions minuscules, en commençant par déchirer le tissu de l'espace-temps.

Mais dans les dimensions minuscules, c'était une minuscule déchirure, facilement réparée par l'énergie se déversant, en même temps, à partir de l'événement tout entier altérant la probabilité. Dans le grand univers à trois dimensions, il n'y avait pas assez d'énergie. La « déchirure » s'étendrait, et toute la forme dimensionnelle de l'univers — en ce moment, une hypersphère inoffensive s'étendant sur quinze milliards d'années-lumière avant de s'enrouler sur lui-même — subirait un effondrement transitionnel modifiant sa topologie.

Les structures vibrationnelles des fils qui formaient l'espace-temps dépendaient étroitement de la forme des dimensions dans lesquelles elles vibraient. Non pas de la dimension, mais de la forme. Si les trois dimensions étendues de l'univers subissaient un effondrement transitionnel, ses fils vibreraient selon différents modèles, *engendrant différentes particules fondamentales*. L'espace-temps lui-même serait différent, la perturbation de son tissu s'étendant à la vitesse de la lumière.

Et toute chose vivante de l'univers — les humains et les Faucheurs, les bactéries et les virus, et les éléphants génétiquement recréés, mourraient.

Cela Kaufman le comprenait, au moins superficiellement. Maintenant, il essayait de suivre le travail qui avait été mené par Capelo et d'autres, sur les équations de la probabilité et leurs implications. Il cherchait quelque chose, peu importe quoi, qui pouvait pousser quelqu'un à kidnapper le professeur Thomas Capelo. A empêcher Capelo de travailler sur une idée spécifique, ou de la publier, ou autre chose. N'importe quoi.

Kaufman ne trouva rien.

Tout ce qu'il pouvait discerner dans la masse des équations et la prose difficile des revues, ou des spéculations fébriles, dramatisées, de la presse populaire, c'était qu'il y avait un immense trou dans la théorie de Capelo. Il ne concernait pas l'enchevêtrement quantique au niveau macro. C'était l'idée plus acceptée de la façon dont fonctionnaient les tunnels spatiaux, et Capelo avait lié la probabilité, en tant que cinquième force universelle, à l'enchevêtrement quantique. Certains physiciens y voyaient comme une faille si fondamentale qu'elle invalidait toute la théorie de Capelo. D'autres y voyaient simplement un blanc qui serait comblé lorsque la théorie serait complétée et peaufinée. Capelo lui-même, dans l'unique interview présente dans la bibliothèque de Magdalena, semblait n'y voir ni l'un ni l'autre.

Kaufman tressaillit un peu en voyant ce mince visage foncé, avec son inévitable expression irritée, apparaître sur le terminal. Capelo n'avait jamais supporté les imbéciles. Il disait que oui, l'enchevêtrement du quantum n'avait pas été expliqué. Non, il ne pensait pas que cela invalidait sa théorie. Non, il ne pensait pas l'avoir publiée prématurément, disant que le général Stefanak lui ordonnait de le faire, et tous les membres de la communauté scientifique savaient combien était profonde la compréhension de la physique par les militaires.

Kaufman sourit, malgré lui. Le même vieux Tom.

Mais Kaufman ne voyait toujours pas pourquoi Capelo avait été enlevé. Peut-être, comme Stefanak l'avait proclamé, était-ce Vivre Maintenant qui avait cherché à attribuer au régime de Stefanak quelque chose d'important et qui éveillerait de fortes émotions.

Peut-être était-ce l'inverse.

Peut-être était-ce une tentative de rançon qui avait avorté à mi-chemin.

Peut-être Tom était-il déjà mort, comme Stefanak.

Kaufman n'était arrivé nulle part et avait perdu trois jours pour rien. Mais alors, qu'aurait-il dû faire d'autre ?

« Lyle ! » cria une voix dans la coursive. Celle de Marbet. « Lyle, viens vite ! »

Marbet ne criait jamais. Kaufman se leva précipitamment de son fauteuil, en dépit de la gravité et courut maladroitement vers leur cabine.

Elle avait passé beaucoup trop de temps couchée sur son lit, pensa Magdalena. La gravité n'était pas en cause. Elle pouvait la supporter, et savait s'y prendre avec ses passagers ridicules, ainsi que manipuler McChesney et, dans le système de Caligula, ce bâtard d'Hofsetter. Ce que Magdalena avait dû mal à gérer, c'était la peur.

Et si elle n'arrivait pas à retrouver Laslo ? Deux personnes pouvaient l'en empêcher : l'amiral Pierce et Laslo lui-même.

Elle ne s'était pas attendu à l'assassinat de Stefanak. Son erreur avait été de surestimer sa mainmise sur le pouvoir. Elle ne savait comment, Stefanak s'était fichu dedans, où une brute comme Pierce n'aurait pas été capable de réussir son coup. Elle, Magdalena, aurait dû prévoir cette possibilité, aurait dû empêcher que cela se produise. C'était vraiment de sa faute. Et Pierce était capable de séquestrer Laslo quelque part pendant très longtemps, juste pour obliger Magdalena à ramper, à se conduire de façon stupide et à céder du territoire, elle qui, autrement n'aurait jamais abdiqué face à un trou du cul comme ce Pierce. Bien, si elle devait ramper, elle le ferait. Simplement, ne pas laisser Pierce la garder comme cela pendant des années.

Son autre crainte, c'était Laslo. Magdalena pouvait aisément imaginer un scénario dans lequel les assistants auxquels Stefanak se fiaient le plus puissent paniquer, immédiatement après l'assassinat. Ils se seraient débarrassés de tout ce qui n'était pas essentiel, y compris Laslo. Et Laslo pouvait alors se cacher, loin du contrôle de sa mère, dont il avait si désespérément besoin, mais qu'il était trop faible pour accepter. Cela lui prendrait des années pour le retrouver, s'il avait eu le temps de tirer des sommes importantes de son compte ou de celui de son père, et de se préparer une cachette. Pendant qu'elle revenait dans le système solaire, du fin fond de la galaxie.

Mais cette fuite avait été nécessaire. La première ruée du pouvoir d'un nouveau tyran était toujours la période la plus confuse, la plus dangereuse. Pierce aurait facilement pu la faire disparaître. Maintenant, qu'il devait découvrir les limites de sa portée, et que ses contacts avaient une meilleure appréhension de la situation, elle avait plus de chance d'en jouer afin qu'il ne puisse pas la tuer sans que le public le sache.

Mais Laslo…

Elle devait arrêter ça. Ruminer ne résoudrait jamais rien. Magdalena méprisait ceux qui ressassaient la même chose ; c'était de la faiblesse. L'action était la seule chose qui forçait l'univers à se soumettre. Trop de gens comprenaient cela — quoique, assez bizarrement, parmi eux, il y avait cet ignorant de Kaufman qui, sans cela, était un sérieux joueur.

Magdalena balança ses longues jambes contre la gravité et quitta le lit. Elle se redressa et entendit quelqu'un crier.

Aussitôt, Rory, qui était dans la coursive, avait ouvert sa porte et tiré son arme. « Non, je vais bien, Rory. C'est Marbet Grant. Venez avec moi ! »

Aussi rapidement que ses jambes lourdes le lui permettaient, Magdalena s'engagea dans la coursive. La porte de la cabine des couchettes était ouverte et Lyle Kaufman la franchissait déjà comme une flèche, en réponse au cri de la Grant : « Lyle, viens vite ! »

Magdalena entra dans la pièce derrière Rory, qui la couvrait. Mais il n'y avait rien contre quoi la protéger, seulement l'enfant extraterrestre couchée par terre, qui tenait sa tête dans ses mains.

« Qu'y a-t-il ? Qu'est-ce qu'elle a ? » demanda Magdalena. Personne ne lui répondit.

« Cela a commencé il y a environ une demi-heure, dit

rapidement Marbet à Kaufman. Nous sommes à combien du tunnel ?

— Environ une heure. Marbet, comment peux-tu en être sûre ?

— C'est facile », répondit Marbet sèchement. Elle s'agenouilla sur le sol, près d'Essa, la souleva pour la prendre dans ses bras en lui murmurant quelque chose en mondien. « Regarde. Je viens de lui dire qu'elle est Essa, à bord d'un navire volant en métal, dans l'espace, que je suis Marbet… regarde. »

Tandis que Marbet lui murmurait quelque chose, le visage de l'extraterrestre cessa de se tordre. Les vilains plissements de sa tête chauve s'aplanirent. Elle s'accrochait à Marbet en l'écoutant, mais ne semblait plus souffrir.

« Maintenant, regarde cela…, dit la Sensitive, oh, mon Dieu, j'ai horreur de faire cela, mais tu as besoin de le voir ! »

Elle se remit à parler en mondien. L'enfant regarda Marbet d'un air consterné, et son crâne recommença à se plisser. En trente secondes, elle serra sa tête dans ses mains, souffrant visiblement.

« Je lui ai dit que nous revenions vers Monde, expliqua rapidement Marbet à Kaufman, que toi et moi nous nous détestions, que les fleurs ne sont pas importantes durant une transaction. Et regarde.

— Regarder quoi ? » demanda Magdalena, mais les deux autres continuèrent à ignorer sa présence. Elle sentit son visage se durcir. Comment osaient-ils prétendre qu'elle n'était pas là ?

Kaufman dit d'une voix étrange : « Je ne vois toujours pas comment cela peut arriver. La réalité partagée existe seulement en présente de l'artefact. Dans le champ qu'il générait autour de Monde.

— Oui, dit Marbet. *Oui.* »

Kaufman se figea. « McChesney.

— Trié sur le volet par Stefanak pour le projet du Faucheur, dit Marbet. Comment a-t-on pu te faire confiance pour cela ? Et il est toujours là.

— L'*Alan B. Shepard* s'est arrimé au *Murasaki* pour embarquer des provisions. J'étais dans la prison, mais un enseigne me l'a dit. Arrimé de ce côté du tunnel.

— Et McChesney est toujours là ! »

Tous deux se regardèrent jusqu'à ce qu'Essa gémisse. Marbet pencha la tête vers l'enfant et lui parla d'une voix apaisante.

Magdalena dit d'une voix tendue : « Kaufman, qu'est-ce que vous baragouinez tous les deux ? Qu'est-ce qui ne va pas avec cette gamine ?

— Elle est en train de vivre la réalité partagée. De nouveau.

— Et alors ? Qu'est-ce que cela signifie ? »

Pour la première fois, Kaufman regarda Magdalena. Elle comprit à ses yeux qu'il était en train de calculer quelque chose. Lorsqu'il parla, ce fut d'une manière très posée : une somme totalisée et aboutie.

« Cela signifie que Essa est de nouveau en présence du champ de probabilité dans lequel elle avait passé sa vie. Cela signifie que Dieter Gruber avait raison lorsqu'il élabora sa délirante théorie de l'évolution du cerveau. Cela signifie que l'Artefact Protecteur n'est pas caché quelque part dans le système solaire, sous le contrôle de Stefanak ou de Pierce.

« L'artefact est là, à bord du *Murasaki*. »

CHAPITRE XVII

AU TUNNEL SPATIAL #438

Automatiquement, Magdalena répliqua : « Ce n'est pas possible.

— Pourquoi pas ?

— Parce que cela n'a aucun sens, Kaufman. Stefanak avait l'artefact dans le système solaire, réglé sur onze, pour protéger le système contre les Faucheurs.

— Vous ne le savez pas. Pas avec certitude. Il était soi-disant caché.

— Mais pourquoi Stefanak aurait fait quelque chose d'autre avec ? Il n'y a pas de raison !

— Si, il y en a une. Je vais m'asseoir, Magdalena. Cette gravité. » Il posa son grand corps sur une couchette. Après un moment d'hésitation, Magdalena fit de même. Rory resta debout à côté d'elle, mais elle le remarqua à peine. Un garde du corps, ce n'est pas une personne. Sur le sol, la Grant berçait l'extraterrestre qui semblait s'être remise, mais dont le ridicule visage, avec sa colletine, donnait l'impression qu'elle prenait plaisir à l'attention que cette femme lui portait.

« Stefanak n'avait pas besoin de garder réellement

l'artefact dans le système solaire pour empêcher les Faucheurs d'apporter les leurs et de nous griller, poursuivit Kaufman. Il suffisait de le faire croire à l'ennemi. Nous savons qu'ils suivent de près les émissions électromagnétiques de nos avant-postes, et qu'ils savent bien plus de choses sur nous que nous n'en savons sur eux. Depuis deux ans, les médias humains déclaraient, discutaient, et criaient que l'Artefact Protecteur est quelque part en orbite autour du Soleil. Tout comme le leur orbite autour de leur étoile natale.

— Ça ne tient toujours pas debout, dit Magdalena. Réfléchissez, Kaufman. Stefanak n'avait pas de raison de tromper comme cela les Faucheurs — et les humains. Aucune raison de garder l'artefact dans ce lointain trou perdu, et non dans le système solaire.

— Si, il en avait. Cette expédition pour l'artefact ne comprenait pas que des physiciens. Ann est une xénobiologiste. Elle a attesté que le cerveau mondien s'était adapté pendant cinquante mille ans au fort champ de probabilité que l'artefact générait quand il était enterré sur Monde — et qu'il était en permanence allumé sur le réglage du nombre premier onze. Ils ont évolué vers la réalité partagée.

— Et alors ?

— Alors, il y avait une autre partie des rapports de la première et de la seconde expédition qui ne fut jamais publiée, parce qu'il n'y avait pas de preuve irréfutable. Mais je l'ai vécu moi-même, et je l'ai dit moi-même à Stefanak.

— *Vous*, vous avez parlé à Stefanak ? » Magdalena ricana.

« La seule fois où je l'ai rencontré. Il assistait au conseil d'investigation pour déterminer si je devais passer devant la cour martiale. On a conclu que non, aussi il n'y a pas eu de rapport public de cela, non plus. Surprise ?

— Ne jouez pas à ce genre de jeu avec moi, Kaufman. Qu'avez-vous expérimenté vous-même sur l'artefact ? »

Son visage changea. Magdalena reconnut l'expression d'un homme se souvenant de quelque chose qu'il aurait préféré oublier. Marbet regardait attentivement Kaufman. Généralement, Magdalena réussissait à occulter les capacités de Marbet, mais là, elle se demanda ce que la Sensitive voyait ou ne voyait pas.

« J'ai expérimenté l'effet de l'artefact sur le cerveau humain. Personnellement, lorsqu'il était encore enterré. Je suis allé, avec Thomas Capelo et Dieter Gruber dans les cavernes, et mon esprit s'est vidé. Complètement. Si je n'avais pas été tiré de là grâce à une corde, je serais resté debout, absent, au même endroit, jusqu'à ce que je meure de faim.

— C'est de la connerie, lança Magdalena. McChesney est à bord du *Murasaki* avec tout un équipage et, soi-disant, votre artefact, et son esprit n'est pas vide. Je lui ai parlé ce matin. Et vous avez dit qu'Essa était maintenant affectée par ce “champ”, mais visiblement, nous ne le sommes pas.

— Non. Le champ n'est pas uniforme. Il est toroïdal... il a la forme d'un beignet. Ce n'est qu'arrivés à la section la plus épaisse que Gruber, Capelo et moi, avons eu le cerveau vide. Et la guide extraterrestre qui était avec nous n'a rien eu. Elle avait évolué dans le champ. Son cerveau pouvait le gérer.

— Vous n'avez pas de véritable preuve que...

— Je l'ai *senti* », dit Kaufman, et à sa calme conviction, Magdalena comprit qu'il disait vrai. Il avait expérimenté ce dont il parlait.

« Stefanak sait tout sur le champ toroïdal, poursuivit-il. Gruber l'a mis dans son rapport et moi, je le lui ai dit. Lorsque l'artefact est réglé sur le nombre premier onze, le dispositif qui protège un système solaire entier de toute attaque d'une arme quantique, vous avez aussi un champ toroïdal qui vide l'esprit. Je suppose que Stefanak n'a pas aimé cela. Un champ inconnu altérant l'esprit apporté par les tunnels spatiaux, que nous ne comprenons pas non plus, et installé dans le système solaire ? Vous ne le savez probablement pas, mais avant, un artefact plus grand a explosé lorsqu'un vaisseau de guerre a tenté de l'emporter dans un tunnel, tuant tout le monde à bord et s'autodétruisant. » Il demeura silencieux un moment. Evoquait-il le souvenir de Syree Johnson ? Les soldats sont tellement sentimentaux.

« Alors, reprit-il, pourquoi courir un tel risque si vous n'êtes pas obligé de le faire ? Stefanak ne l'aurait pas fait non plus. Il obtenait le même effet politique simplement en faisant *croire* à tout le monde qu'il l'avait installé dans le système solaire. »

Marbet dit avec brusquerie : « Il tiendrait aisément dans la soute du *Murasaki*. Il ne fait que vingt-cinq mètres de diamètre.

— Et les soldats ne deviennent pas plus fidèles qu'Ethan McChesney. Il fait partie des services de renseignement du CDAS. »

Magdalena réfléchit rapidement. Il se pouvait que Kaufman ait raison. Elle avait bien connu Sullivan Stefanak ; il tirait vanité de son cerveau. Il ne divaguait jamais, même en faisant l'amour, de peur de brouiller sa pensée. Il avait pu se montrer peu disposé à apporter dans le système solaire quelque chose qui pouvait vider les esprits humains. Même si cela n'affectait les gens que dans un certain rayon d'action « toroïdal ». Peut-être surtout dans ce cas, la portée n'étant pas bien mesurable. Il n'aurait pas voulu non plus risquer que l'artefact explose, comme celui dont Magdalena venait d'entendre parler pour la première fois.

Kaufman disait-il la vérité ? Oui. Elle n'était pas une

Sensitive, mais elle faisait confiance à son propre jugement.

Alors, si Stefanak avait vraiment caché l'Artefact Protecteur à bord du *Murasaki*… mais Stefanak était mort. Alors…

« Pierce ne sait pas où se trouve l'artefact, s'empressa-t-elle de dire. Sinon, il serait déjà intervenu ici, pour tuer McChesney et prendre le contrôle de la situation. Son coup d'Etat remonte à plusieurs jours. Cela suffit pour qu'un aviso arrive ici, aussi avait-il largement le temps d'ordonner aux militaires du système de Caligula de s'emparer de l'artefact.

— Je suis d'accord », dit Kaufman.

Marbet intervint. « Comment pouvez-vous être certaine que l'amiral Pierce n'a pas agi ? Laisser McChesney à ce poste et garder l'artefact ici, pour les mêmes raisons que Stefanak ? »

Magdalena eut un petit rire moqueur. « Vous ne connaissez pas Ethan McChesney. Et Nikolai Pierce non plus. Non, Pierce ne sait pas où est la chose.

— Pas encore, en tout cas, dit Kaufman. Mais notre problème, c'est : que faire de ce que nous savons ? »

Magdalena répliqua aussitôt : « En parler à McChesney. L'artefact est le meilleur argument qu'on puisse employer dans une négociation. »

Laslo.

Marbet se leva, laissant Essa par terre. « Mais quelles négociations voulez-vous mener, Magdalena ? Ou toi, Lyle ? Je ne comprends pas ce que, l'un et l'autre, vous essayez d'accomplir. »

Magdalena roula des yeux. Bon, c'est à quoi l'on devait s'attendre, de la part d'une crétine de Sensitive ; rien que des sentiments et aucune capacité de dresser des plans. Les gens comme Marbet Grant ne comprenaient pas que l'on puisse détenir des atouts bien avant d'avoir à mener des négociations spécifiques. Mais Magdalena savait ce que seraient les siennes.

Laslo. Bientôt. Elle serait de nouveau avec lui.

Apparemment, Kaufman avait une autre idée en tête. « Ce n'est pas ce que nous voulons accomplir, Marbet, répondit-il lentement. Nous voulons retrouver Tom, mais il est possible que Pierce ne sache pas où il est, pas plus qu'il ne sait où se trouve l'artefact. Ce que je pense, c'est que… »

Magdalena lui coupa la parole. « Si Pierce ne sait pas où sont Capelo et Laslo, le fait de lui dire que nous avons l'Artefact Protecteur suffira sacrément à le motiver !

— Nous ne l'avons pas, répliqua Marbet d'un ton acide. C'est McChesney qui l'a. »

Magdalena rit. « C'est la même chose, Sensitive. Ethan n'est pas stupide. Il doit chier dans son pantalon en se demandant ce qu'il doit faire maintenant que son boss est mort et si Pierce n'est pas en train de neutraliser lentement les services secrets de Stefanak.

— Je ne crois pas… commença Marbet.

— Taisez-vous, toutes les deux, dit Kaufman si brusquement que Magdalena se tourna vers lui, surprise. Laissez-moi finir ma phrase.

— Allez-y, alors », répliqua Magdalena. Elle ne l'avait jamais entendu réprimander la Grant ; cela lui faisait plaisir.

« Je pense que le point essentiel, ce n'est pas ce que nous désirons accomplir avec l'Artefact Protecteur. C'est ce que Pierce voudra faire. Magdalena, en tant que civile, vous avez eu affaire à lui. Moi, j'ai opéré des transactions militaires avec lui, lorsque je travaillais pour le CDAS. Il n'est pas comme Stefanak. En dépit de tous ses défauts Stefanak agissait rationnellement. Il pouvait peser les risques tout en conservant les avantages. Mais…

— Sûr qu'il le pouvait, l'interrompit Magdalena d'un ton cinglant. C'est pour cela que les humains sont en train de perdre la guerre.

— Mais, poursuivit Kaufman sans tenir compte de sa remarque, Pierce a un tempérament tout à fait différent. En tant qu'officier supérieur, il est bien plus que téméraire. Il ne fait pas que prendre des risques, il mise d'une façon insensée. Certains disent qu'il est fou. Je pense que c'est tout à fait possible… » Il se tut.

Les deux femmes avaient déjà compris. Magdalena parla la première. « Vous pensez qu'il est capable d'emporter l'Artefact Protecteur jusqu'au système solaire natal des Faucheurs et de le régler sur le nombre premier treize. Pour le détruire. Pariant que leur artefact est quelque part ailleurs dans un autre système. Ou qu'ils ne savent pas les conséquences que peuvent entraîner deux artefacts essayant de se griller mutuellement dans le même système. Ou peut-être qu'ils le savent mais que, une fois que nous aurons déclenché le nôtre, ils ne feront pas pareil, si bien qu'au moins, le tissu de l'espace survivra.

— Oui, approuva-t-il. Je pense que Pierce est capable de faire tout cela. Et vous ? »

Magdalena ferma les yeux. Cela ne pouvait pas l'empêcher de voir la vérité. *Laslo*. « Oui, finit-elle par répondre. Je l'en crois capable. »

Un silence s'ensuivit. Qu'Essa rompit soudain en demandant, en anglais balbutiant : « Nous aller maintenant ? Aller dans tunnel ? Aller où plus d'étoiles ? »

Marbet reprit la fillette dans ses bras. Personne ne lui répondit.

« Nous aller maintenant ? Aller dans tunnel ? Essa aller où plus d'étoiles ?

— Je crois, dit Kaufman, que nous devrions parler avec Ethan McChesney. »

CHAPITRE XVIII

LOWELL CITY, MARS

Lowell City grouillait de soldats portant des bandes vertes sur leurs casquettes.

Amanda se rapprocha d'oncle Martin. Elle n'avait eu aucune conversation intime avec sa tante et son oncle ; le commandant Harper et ses hommes l'avaient encadrée durant le vol jusqu'à Lowell City et dans la navette du spatioport. On avait réparé le dôme, mais des bâtiments étaient en ruine. D'autres bien qu'encore debout n'avaient plus de vitres aux fenêtres. Mais ces soldats aux bandes vertes fourmillaient partout.

« C'est l'emblème de l'Armée de la Liberté », dit le commandant Harper. Il avait dû voir Amanda les regarder. « Bientôt, grâce à nous, Lowell City sera de nouveau totalement fonctionnelle, et nettoyée de tous ses ennemis. »

Amanda avait toujours pensé que les ennemis, c'étaient les Faucheurs.

Les gardes à la porte les laissèrent entrer dans le dôme principal où une voiture les attendait. Les véhicules militaires, seuls admis dans le secteur principal, étaient assez étroits pour se glisser dans les rues et donc, ne pouvaient transporter que quatre passagers. Amanda craignait que le commandant Harper laisse tante Kristen et oncle Martin à la porte, mais au contraire, il les emmena tous les trois avec lui au Sommet.

Encore d'autres soldats avec des bandes vertes.

« Commandant Harper…

— Oui, Amanda ?

— Pourrais-je prendre une douche avant de voir l'amiral Pierce ? S'il vous plaît ? »

Il tourna la tête pour la regarder et Amanda crut voir son regard s'adoucir un peu. « Oui, je pense que ce sera possible, si vous ne prenez pas plus d'un quart d'heure.

— Je peux ! Merci ! »

Mais elle se rappelait qu'à Tharsis, il avait dit qu'ils n'avaient pas quinze minutes à perdre.

Elle pensait qu'elle pourrait se faire aider par sa tante, mais on la conduisit, gentiment mais fermement, jusqu'à une porte, au troisième étage, et on l'y fit entrer seule. C'était une sorte de chambre d'ami, petite mais confortable, avec une salle de bains attenante. Amanda hésita. Son père lui avait toujours dit que chaque centimètre carré du Sommet était constamment sous surveillance — cela impliquait-il que quelqu'un la regarderait ôter ses vêtements ? Cette idée la fit rougir et la mit mal à l'aise.

Elle décida de prendre sa douche en sous-vêtements, en essayant de dissimuler le plus possible ses seins avec ses bras. Puis elle ôta son slip mouillé sous une grande et douce serviette et enfila son pantalon de la même manière. Celui-ci, sa tunique et son soutien-gorge étaient aussi sales, mais au moins, elle se sentait un peu plus propre. Cependant, elle ne supportait pas l'odeur de ses socquettes et ne les remit pas avant d'enfiler ses bottes. Qui irritèrent ses pieds nus.

Sur la coiffeuse de la chambre, il y avait un peigne et une brosse. Amanda démêla ses cheveux et, pour la première fois depuis des semaines, se vit dans un miroir. Cela lui coupa le souffle. La teinture noire ne couvrait plus qu'à demi ses cheveux blonds ébouriffés, coupés court par le père Emil à bord du vaisseau — il y avait combien de temps de cela ? Quelques mois. Des années, lui semblait-il. Elle avait l'air d'une dingue, complètement idiote.

Et Konstantin l'avait vue ainsi.

On frappa un coup à la porte. Amanda reposa la brosse et ouvrit au commandant Harper.

« Vous êtes prête, mademoiselle Capelo ? Suivez-moi, je vous prie.

— Où sont mon oncle et ma tante ?

— Confortablement installés dans l'appartement des invités. Vous les verrez bientôt.

— Ils ne peuvent pas venir voir avec moi l'amiral Pierce ? »

Le commandant ne se donna même pas la peine de répondre, mais la conduisit d'un bon pas, en la tenant par le coude, à l'ascenseur menant au sommet du bâtiment. Amanda sentit son cœur battre à grands coups lents qui lui coupaient la respiration.

Ils passèrent devant d'autres soldats et finirent pas entrer dans une salle située tout en haut du Sommet.
« Amiral, voici mademoiselle Capelo.

— Bien. Laissez-nous, commandant. »

Harper salua et Amanda demeura seule avec le nouveau chef suprême du Conseil de la Défense de l'Alliance solaire.

Après l'imposante stature du général Stefanak vue par tous aux infos holos, l'amiral Pierce semblait petit, bien qu'il fût de taille moyenne. Il était mince, avec des mains fines aux longs doigts. Amanda les remarqua.

Elle était trop inquiète pour observer vraiment le bureau, sauf qu'il comportait une immense table, une rangée de terminaux sur un mur, et offrait une merveilleuse vue sur Lowell City entourée de la rouge plaine martienne.

L'amiral dit poliment : « Merci d'être venue, mademoiselle Capelo. »

Comme si elle avait eu le choix.

La voix de Pierce était basse et musicale, ce qui la surprit. Elle avait cru qu'un amiral parlait d'une manière plus rude. Ou peut-être était-ce seulement, une fois de plus, le cas de Stefanak.

« Mademoiselle Capelo, je sais que vous avez subi beaucoup d'épreuves. Et la plus dure de toutes, j'en suis sûr, ce fut de vous inquiéter pour votre père. »

Elle hocha la tête, la gorge trop serrée pour pouvoir parler.

« Je comprends tout à fait votre sentiment. D'après ce que l'on m'a dit, le professeur Capelo n'est pas seulement un grand physicien, mais aussi un père merveilleux. Sachez que je contacte régulièrement votre belle-mère et votre sœur, et je veux que vous sachiez que nous prenons grand soin d'elles. »

Amanda hocha de nouveau la tête.

« Vous avez agi avec beaucoup de courage en faveur de votre père. Je vais vous demander d'être brave une fois de plus dans son intérêt. Nous avons de très bonnes raisons de croire que c'est le général Stefanak qui l'a fait enlever. Nous en ignorons la raison, mais nous pensons que c'était probablement afin que son régime corrompu puisse en accuser Vivre Maintenant. Ce qu'il a fait, bien sûr. Croyez-moi, mademoiselle Capelo, j'ai tout comme vous hâte de retrouver votre père. Pour effectuer son travail, la science doit rester au-dessus de la politique.

— C'est ce que mon père disait toujours », laissa échapper Amanda. Elle se sentait un peu moins tendue. L'amiral Pierce semblait vraiment gentil, comme s'il comprenait.

« Votre père est un sage. Bon, notre problème est le suivant. Nous ne savons pas où Stefanak a caché votre père. Non, ne prenez pas cet air-là — la situation est loin d'être désespérée. Mes meilleurs agents des services secrets sont en train de localiser les dossiers militaires secrets, de questionner les traîtres que nous avons capturés, de faire tout ce qui est possible pour retrouver votre père. »

Il s'était rapproché d'elle. Ses longues et belles mains étaient croisées sur sa poitrine. « Mademoiselle Capelo, nous avons besoin de votre aide. Nous pensons que très peu de membres du régime de Stefanak savaient où votre père est détenu. Jusqu'ici, nous n'avons pas réussi à les identifier. C'est crucial pour nous. Ce sont les seuls qui nous mèneront à lui. Vous comprenez ?

— Oui, mais… en quoi puis-je vous aider ? » Les mains croisées s'étaient mises à se contracter. Elle les regardait, hypnotisée.

« Oh, vous le pouvez vraiment. Vous pouvez faire quelque chose de très important pour votre père. Si vous le voulez bien.

— Je ferai n'importe quoi ! » Les longs doigts fins croisés se contractèrent convulsivement.

« Il se peut que vous vous souveniez de quelque chose que vous avez vu le soir du deux avril. Vous regardiez par une fenêtre du premier étage… »

Comment le savait-il ? se demanda Amanda, interloquée.

« … et vous avez peut-être vu quelque chose qui permettrait d'identifier les kidnappeurs, dans leur aspect, la manière dont ils parlaient ou se comportaient. Une chose tellement infime que vous ne savez probablement pas que vous l'avez enregistrée. Amanda, une dose de Pandya, vous savez ce que c'est ? »

Maintenant, elle était encore plus surprise. « Je l'ai vu dans des holofilms. Mais je ne savais pas que cela existait vraiment ! »

Il sourit. Ses doigts s'agitaient toujours. Amanda s'obligea à détourner les yeux.

« Oh, le Pandya, cela existe, mais ce n'est pas aussi spectaculaire que dans les holos. On injecte dans le cerveau, à travers la barrière sang-cerveau, un inducteur sélectif agissant sur les cellules. Ce qui veut dire…

— Je sais ce qu'est un inducteur sélectif agissant sur les cellules », répliqua Amanda, offensée. Elle se destinait à la biologie, tout de même !

« Merveilleux. Vous êtes une jeune dame très intelligente. Vous savez donc que la dose contient une substance qui intensifie dans le cerveau la cascade chimique liée au fonctionnement de la mémoire.

— Les éléments de réponse de l'AMP cyclique, plus les protéines PLT[1]. »

L'amiral Pierce affichait maintenant un air surpris, et Amanda eut un peu honte. Son père disait toujours que seuls les esprits médiocres se vantent.

« Vous êtes *vraiment* intelligente. Je suis sûr que vous savez aussi qu'avec une dose de Pandya, la plus grande partie du cortex arrête de fonctionner, sauf la mémoire à long terme, affûtée par le Pandya ; le sujet se

1. PLT : potentialisation à long terme, augmentation réversible de l'efficacité d'une connexion synaptique, obtenue dans des conditions particulières. *(N.d.T.)*

souvient alors du plus petit détail enregistré par ses sens à une occasion donnée. Le genre de détails auquel le cerveau conscient n'a pas accès d'habitude parce qu'ils le surchargeraient de trop de données secondaires. Acceptez-vous de recevoir une dose de Pandya qui nous permettra de tout apprendre sur l'enlèvement de votre père, pour nous aider à le retrouver ? »

Il était vraiment gentil. Inquiet, compatissant… Amanda évita de regarder les doigts de l'amiral et acquiesça vigoureusement : « Je ferai tout ce que vous voulez !

— Vous êtes une enfant merveilleuse et une grande patriote », déclara Pierce. Ces paroles la décontenancèrent ; son père disait toujours que le patriotisme n'était qu'une façade pour les jeux de pouvoirs. L'amiral fit venir un homme qui la conduisit ailleurs, et tout d'un coup elle se retrouva dans une pièce pleine de docteurs, avec divan et paillasse de laboratoire.

« Déjà ? On le fait maintenant ? s'exclama-t-elle.

— Etendez-vous et ne bougez plus, c'est tout, lui répondit une femme au sourire chaleureux.

— Ça va faire mal ? A quoi servent ces tubes ?

— Vous n'aurez pas mal », répondit la femme. Effectivement, Amanda sentit qu'on lui posait un patch sur la nuque ; son cuir chevelu s'engourdit. « J'aide à retrouver mon père », pensa-t-elle, cotonneuse, et tout d'un coup elle fut persuadée que tout se passerait pour le mieux. Bien sûr que tout était pour le mieux ! En fait, elle se sentait plus heureuse qu'elle l'avait jamais été de toute sa vie… Puis elle sombra dans le sommeil.

« Amanda.

— Dans cinq minutes… » Mais le réveil sonnait. Elle allait être en retard à l'école et c'était l'anniversaire de

Yaeko. Amanda lui avait acheté un cadeau génial ; son amie allait être vraiment surprise…

« Amanda, maintenant réveille-toi, ma chérie. »

Elle émergea en sursaut, voulut s'asseoir. Quelque chose clochait dans ses os : ils refusaient de la soutenir, et elle s'effondra de nouveau sur le lit.

« Ne bouge pas, ma chérie. Tes muscles sont affaiblis, ça ne va pas durer. Reste un peu tranquille. » C'était la voix de tante Kristen.

Amanda tourna la tête et fut surprise de constater combien cela lui était difficile. D'autres choses n'allaient pas. Ses lèvres étaient sèches. Elle les lécha, sentit le goût du sang.

Tante Kristen lui essuya la bouche, redressa la tête d'Amanda sur son bras, et lui présenta un verre d'eau. Amanda but à petites gorgées ; cela lui coûta ce qui lui restait d'énergie.

« Les salauds ! Non, ça m'est égal qu'on m'entende, Martin. Ils auraient pu l'hydrater correctement, au moins ! s'exclama tante Kristen.

— Une dose de Pandya n'est pas censée agir aussi longtemps, Kris », fit remarquer son mari. Amanda eut l'impression que lui aussi se moquait bien qu'on l'écoute.

La fillette croassa : « Que s'est… il passé ?

— Tu as été inconsciente pendant vingt-quatre heures, ma chérie. Tout va bien, mais pour le moment ta gorge est à vif d'avoir parlé si longtemps. »

Elle avait parlé pendant vingt-quatre heures ? Qu'avait-elle pu raconter pendant tout ce temps ? Amanda essaya de se concentrer, et l'expérience qu'elle venait de traverser refit lentement surface dans son esprit. Cela aussi, on le voyait dans les holofilms. Une dose de Pandya ne vous faisait pas oublier tout ce que vous aviez pu dire sous son influence. Le méchant était toujours horrifié d'en avoir révélé autant aux gentils.

« Ils m'ont posé des questions… sur…

— Je t'ai dit de ne pas parler, ma chérie », répéta tante Kristen, d'un ton qui signifiait *je suis sérieuse*. Amanda se tut.

Mais elle pouvait réfléchir sans avoir mal à la gorge. Les docteurs ne s'étaient pas contentés de l'interroger sur l'enlèvement. Ils lui avaient fait décrire dans le détail ses moindres faits et gestes et toutes les personnes, sans exception, à qui elle avait parlé entre son vol au départ du spatioport de Walton, sur Terre, et la venue du major Harper. Tout, dans les moindres détails : le père Emil et la recherche de Marbet sur Luna, Salah tentant de l'assassiner, les frères de l'abbaye, et Konstantin. Amanda se sentit rougir. Qu'avait-elle dit à propos de Konstantin ?

« Qu'y a-t-il, Mandy ? A quoi penses-tu ? demanda tante Kristen.

— Ont-ils… découvert où… où est Papa ?

— Ils n'ont pas voulu nous le dire. Ils ont juste déclaré que tu leur avais été d'une grande aide et que nous pouvions te ramener à la maison, répondit tante Kristen.

— A la maison ?

— A Tharsis, pas sur Terre. Pour le moment, ils veulent que tu restes sur Mars. »

Oncle Martin rajouta sombrement : « Tu as une valeur potentielle, pour la presse.

— Chut, tais-toi », dit Kristen, et Amanda ne put déterminer si sa tante s'était adressée à elle ou à oncle Martin.

La fillette tenta de rassembler ses souvenirs. Elle, en train de parler, parler, parler encore… Elle leur avait parlé de Konstantin !… Et les docteurs, penchés sur elle, lui posant des questions, beaucoup de questions, surtout sur Marbet Grant…

Amanda leur avait révélé que Marbet voulait retourner sur Monde.

C'était censé être un secret. Marbet lui avait fait cette confidence des mois plus tôt, lorsque la fillette avait voulu savoir si elle pouvait venir lui rendre visite sur Luna pendant les vacances de Noël.

« *J'aimerais beaucoup que tu viennes, mais je serai peut-être absente, Amanda.*

— *Où vas-tu ?*

— *Je n'en suis pas encore sûre.*

— *Je parie que tu retournes sur Monde. Pour revoir le professeur Sikorski et le professeur Gruber, et Enli.*

— *Tu devrais être une Sensitive, Amanda. Mais n'en disons rien à personne, d'accord ? Voyager hors du système solaire est si… compliqué.*

— *Tu peux me faire confiance, Marbet !* »

Elle s'était sentie tellement adulte parce que Marbet se confiait à elle. Et maintenant, elle avait révélé le secret d'une amie, l'une des choses les plus horribles que l'on puisse faire. Quand Juliana avait raconté à Yaeko le secret de Thekla (le béguin de cette dernière pour Misha Chuprikov), l'amitié entre les deux fillettes avait failli ne pas s'en remettre.

Les docteurs avaient ensuite longuement interrogé Amanda sur son voyage sur Monde, et sur le travail que son père y accomplissait, et pourtant cela remontait à des années. Et ils lui avaient posé encore plus de questions — et ça c'était vraiment bizarre — sur le voyage de retour, de Monde au tunnel spatial, avec à bord l'Artefact Protecteur. Combien de temps avait duré cette partie du voyage, combien de temps ils étaient restés arrimés au *Murasaki*. Jusqu'alors, Amanda n'avait eu aucun souvenir de leur arrimage au *Murasaki*, mais les docteurs lui avaient posé tout un tas de questions à ce sujet. C'était vraiment déconcertant.

Tout ceci la déroutait. Et surtout, elle ne comprenait pas pourquoi l'amiral Pierce refusait de leur dire s'il savait où se trouvait Papa. C'était pourtant bien le propos de la dose de Pandya ! Et il lui avait paru si gentil !

« Je ne… comprends pas », dit-elle d'une voix éraillée. Oncle Martin eut un rire bref et dur :

« Personne ne comprend, Mandy. Mais maintenant, nous allons faire la seule chose en notre pouvoir : te ramener à la maison, et attendre qu'on veuille bien nous en dire plus. »

La maison, à Tharsis. Konstantin s'y trouvait-il encore ? L'avait-il attendue ? Elle se tourna vers tante Kristen. Son cou était plus solide à présent, et elle se sentait mieux à chaque minute qui passait. Elle remarqua les autres patchs appliqués sur ses bras.

« Tante Kristen ?

— Oui, mon poussin ?

— Avant de partir, puis-je… Puis-je aller chez le coiffeur ? »

L'amiral Pierce ne les fit pas raccompagner par avion à Tharsis ; ils ne le revirent plus jamais. Le major Harper les remercia, leur déclara qu'ils étaient libres de partir, et les fit escorter jusqu'à la porte. « Heureusement que j'ai de l'argent sur moi », grommela l'oncle Martin.

Il leur prit une chambre pour la nuit au Lowell Hilton. Des soldats arborant des barrettes vertes sur leurs bérets contrôlèrent leurs rétines en leur souriant courtoisement. Tout le monde était tellement poli, pensa Amanda. Ça au moins, c'était mieux qu'à l'époque du général Stefanak.

L'oncle Martin la surprit en train de sourire à l'un des

soldats. « On peut sourire et sourire et pourtant être un scélérat », déclara-t-il. Cela ressemblait à une citation, mais Amanda ne chercha pas à en savoir davantage. A une époque, l'oncle Martin avait enseigné la littérature, discipline qui entraînait la maladie des citations, comme disait son père.

Son père ! Elle allait le revoir, dès que l'amiral Pierce l'aurait retrouvé !

Elle se sentit plus libre et plus légère qu'elle l'avait été depuis des mois. Oncle Martin s'assit devant le terminal de la chambre d'hôtel pour organiser leur voyage de retour à Tharsis le lendemain, et tante Kristen et Amanda partirent faire du shopping. Elle allait enfin pouvoir se débarrasser de ses vêtements puants et collants de sueur. Elle acheta un pantalon et une tunique bleu clair, plus d'autres objets en prévision de son séjour à Tharsis. Tante Kristen l'emmena chez un coiffeur qui lui coupa les cheveux et effaça la teinture noire inégale. Il lui fit ensuite une couleur or pâle, plus brillante que le blé naturel de ses cheveux. Amanda sourit en se voyant dans le miroir. Elle était de nouveau jolie.

« Merci, tante Kristen !

— Tu ressembles tellement à ta mère, mon poussin. De plus en plus.

— Papa ne me parle jamais d'elle.

— Cela ne me surprend pas. Tom ne se permet qu'une palette très limitée d'émotions. »

Cette remarque surprit Amanda, qui n'avait jamais entendu personne critiquer son père jusqu'alors... Si l'on pouvait appeler cela une critique. Tante Kristen s'adressait à elle comme à une adulte. Timidement, la petite fille demanda : « Est-ce que je ressemble à ma mère pour d'autres choses ?

— Tu es un mélange, mon poussin. Tu possèdes un

peu du calme et de l'optimisme de Karen, et un peu du rationalisme et de l'audace de ton père. Tu es toi, lui répondit tante Kristen en souriant.

— Je t'aime, tante Kristen. »

Sa tante la serra dans ses bras : « Pouvons-nous parler de ce garçon que tu as installé chez nous ? »

Amanda se sentit rougir : « Il m'a sauvée quand le dôme s'est fissuré à Lowell City, je te l'ai raconté. » Involontairement elle jeta un coup d'œil vers le dôme, de nouveau intact. Mais comment pouvait-on être sûr qu'il le resterait toujours ? Elle serait heureuse de rentrer sur Terre, où l'on pouvait compter sur l'atmosphère… Et Konstantin, lui aussi, n'était que de passage sur Mars.

Tante Kristen, qui observait Amanda, dit avec un sourire forcé : « Je vois. Ma foi, il m'a l'air d'être un gentil garçon.

— Il l'est ! Et tu sais quoi ? Il veut être physicien, comme Papa ! Il est vraiment intelligent.

— L'intelligence, c'est une bonne chose, dit tante Kristen d'un ton neutre.

— Tu crois qu'il plaira à Papa ? Quand l'amiral Pierce l'aura retrouvé ? »

Tante Kristen s'arrêta. Elles étaient debout au milieu de la place commerçante, cernées par l'abondance majoritairement importée de Mars. Tante Kristen regarda autour d'elle, s'assurant que personne n'était assez proche pour les entendre :

« Mon poussin, je sais combien tu as envie de revoir ton père. Nous le désirons tous. Mais je veux que tu te prépares à l'idée que l'amiral Pierce puisse ne pas nous le rendre. »

L'atmosphère lumineuse sembla s'obscurcir. « Tu veux dire que… Papa est peut-être mort ?

— C'est possible. Mais peut-être aussi qu'il est

vivant et que l'amiral Pierce ne voudra pas le relâcher, pour des raisons qui lui appartiennent.

— Mais il m'a dit…

— Je sais ce qu'il t'a dit, ma chérie. Et je sais que tu l'aimes bien, que tu aimes cette politesse à ton égard qu'il a imposée à ses hommes. Mais derrière toute cette courtoisie, Pierce est un homme très dangereux, bien plus dangereux que le général Stefanak. Je voulais te le dire avant qu'ils ne t'emmènent pour t'interroger, mais ce major nous suivait de si près que Martin et moi n'en avons pas eu l'occasion. Tu es assez grande pour être mise au courant de la façon dont les choses se passent sur Mars, mon poussin. Surtout après ce que tu as déjà enduré. »

Amanda sentit ses genoux vaciller, mais sa voix resta ferme : « Raconte. »

Tante Kristen vérifia encore que personne ne surveillait leur conversation, et reprit : « Les gens qui s'opposent à Pierce disparaissent, tout simplement. Stefanak compensait sa soif de pouvoir par un certain sens de l'impartialité, même s'il était prêt à sacrifier cette impartialité sur l'autel du pouvoir s'il lui avait fallu choisir un jour. Pierce semble ne posséder que le sens du pouvoir. Depuis que ton père a disparu, nous avons parlé à certains de ses collègues, tu sais. Tous ont été interrogés sur les travaux que menait Tom ; on leur a demandé à quoi ses résultats pourraient s'appliquer à la fois en ce qui concerne l'Artefact Protecteur et d'autres types d'armes. L'un d'eux, le professeur Ewing, n'est jamais revenu de ces interrogatoires. »

Amanda se souvenait vaguement du professeur Ewing : « Un homme grand, avec une barbe roussâtre ? demanda-t-elle, hésitante.

— Oui. C'était un scientifique peu connu, citoyen de

Mars, donc plus facile à faire disparaître que certains autres. Nous ignorons la cause de sa disparition.

— Il est peut-être avec Papa ?

— Qui sait. Ou alors l'interrogatoire du professeur Ewing a… mal tourné. Les doses de Pandya provoquent des allergies mortelles chez certaines personnes, tu sais. Je veux juste que tu sois très, très prudente. Le père de Konstantin Ouranis est un grand partisan de l'amiral Pierce. Des intérêts commerciaux qui — oui, cette couleur est jolie, mais ça te change beaucoup, tu ne trouves pas ? » dit tante Kristen en touchant les cheveux de sa nièce. Un soldat s'était approché.

Quand il se fut éloigné, tante Kristen ne reprit pas la discussion. Elle saisit la main d'Amanda et la tint en murmurant : « Sois prudente, ma chérie. Ne t'avise jamais de critiquer Pierce devant tes nouveaux amis. Ne l'oublie pas. »

Amanda serra fort la main de sa tante en retournant à l'hôtel. En l'espace de cinq minutes, Kristen avait complètement changé sa vision des choses, et pourtant la fillette comprenait pourquoi sa tante avait agi ainsi. Son père lui disait toujours : « Considère les faits tels qu'ils sont. » Amanda allait examiner les faits.

Mais pourquoi n'étaient-ils pas toujours *positifs* ?

Tante Kristen lui avait expliqué qu'elle possédait le calme et l'optimisme de sa mère associés au rationalisme et à l'audace de son père. C'était ce qu'on lui avait dit de plus gentil de toute sa vie, et elle allait essayer de s'y tenir : garder son calme, conserver son optimisme, envisager chaque chose rationnellement, voilà ce qu'elle devait faire.

Ce ne serait pas la première fois.

Amanda se mit à réfléchir avec circonspection. Elle repassa dans son esprit tout ce que Konstantin et elle s'étaient dit, tout ce qu'elle se rappelait avoir raconté sous l'influence de la dose de Pandya, tout ce que tante Kristen lui avait révélé. Elle allait confronter les faits, les trier, chercher à les comprendre. « Des données organisées, c'est ça, la science », comme disait son père.

Sa tante respecta son silence, et une demi-heure plus tard, Amanda sut qu'elle avait mis de l'ordre dans tous ces faits, du moins dans la mesure de ses moyens. Un seul élément la troublait encore : elle ne comprenait toujours pas pourquoi les docteurs lui avaient posé autant de questions sur le voyage vers Monde, trois ans auparavant. Et particulièrement sur le voyage de retour, de Monde au tunnel spatial, lorsqu'ils avaient rapporté l'Artefact Protecteur dans le système solaire. C'était de l'histoire ancienne. Pourquoi cela intéressait-il autant l'amiral Pierce et ses soldats ?

Aucune réponse ne lui venait.

« J'ai des billets de train pour six heures demain matin. Amanda, tu es fantastique ! s'exclama l'oncle Martin.

— Merci », répondit-elle d'un air distrait. Elle ne comprenait toujours pas.

CHAPITRE XIX

À BORD DU *MURASAKI*

Dans la salle de conférences du *Murasaki*, vaisseau de guerre de la Marine de Défense de l'Alliance Solaire, Kaufman et Marbet se disputaient pour la première fois ; pour Kaufman, c'était même la première dispute de sa vie.

Au début, tous deux avaient gardé leur calme, malgré la tension perceptible. Ils étaient déterminés à remonter le courant du torrent des récriminations jusqu'à ce qu'ils aient convaincu l'autre. Après l'arrimage, un policier militaire maussade et lourdement armé les avait conduits dans cette pièce. Magdalena, elle, avait suivi un autre soldat. Kaufman, qui s'attendait à être reçu par le chef de bord du vaisseau, voire même par Ethan McChesney en personne, avait protesté, mais le soldat morose avait fait mine de ne pas l'entendre.

« Sans Magdalena, nous n'aurions jamais pu monter à bord de ce vaisseau. McChesney lui fait confiance, à elle, disait Kaufman à présent.

— Alors il est aussi stupide que toi, Lyle. Elle n'est pas digne de confiance. Je le perçois dans la moindre de ses expressions, le moindre de ses mouvements. Il lui est complètement égal que l'artefact soit à bord ou pas, elle se moque de l'utilisation qu'on en fait. Elle se moque que Stefanak soit mort et que Pierce soit au pouvoir, sauf dans la mesure où cela affecte ses affaires et ses projets personnels. Et Stefanak était l'un de ses anciens amants ! »

Pour une raison ou une autre, ces mots rendirent Kaufman plus furieux que tout le reste : « Tu n'en sais rien !

— Si, je le sais, dit froidement Marbet. Tout comme je sais que tu aimerais bien occuper l'ancienne place de ton chef. Bon Dieu, elle est *vieille*, complètement usée, et pourtant tu la renifles comme un chien renifle une chienne en chaleur !

— Si c'est ça que te révèle ta fameuse "sensibilité", je suis heureux de ne pas la partager.

— Pas de danger que ça t'arrive. Tu ne vois pas plus loin que n'importe quel homme aveuglé par le désir. Elle t'utilise, et elle utilise aussi McChesney. Mais lui, au moins, il ne bouillonne pas de testostérone. Du moins je l'espère.

— Alors que moi si, d'après toi.

— Oui !

— Es-tu certaine que c'est ta perspicacité qui parle, et pas la jalousie ? » voulut savoir Kaufman, qui le regretta aussitôt. Il venait de franchir une frontière affective, il le savait, et il s'exposait également à une riposte prévisible. Le torrent les entraînait tous deux vers l'aval.

« La jalousie, Lyle ? Tu te surestimes. Depuis que nous avons atterri sur Monde, tu es bien moins attirant sexuellement que tu sembles le croire. Tu t'apitoies sur toi-même, tu es égocentrique et tu te ridiculises à force de tourner autour de cette femme. La jalousie ne m'a pas effleurée le moins du monde, dans la mesure où elle implique le désir. Tu es à peu près aussi désirable à mes yeux qu'un matou en rut qui lèche ses blessures et sa queue gonflée. »

Marbet prit l'expression de quelqu'un qui en a trop dit. Et c'était le cas. Ces mots, Kaufman le savait, ne pourraient ni s'effacer, ni s'oublier. Ils s'attarderaient pour toujours, comme un poison subtil. Kaufman avait de bonnes raisons de ne jamais s'être marié.

Marbet savait qu'elle était allée trop loin. La main sur la bouche, elle reprit : « Je suis désolée, Lyle. Je n'aurais pas dû dire ça. »

Mais elle omit de rajouter qu'elle ne pensait pas un mot de sa diatribe.

Il lui répondit avec raideur : « Revenons-en aux décisions concrètes. McChesney va franchir cette porte dans quelques minutes, et il va nous écouter, Magdalena, toi et moi, avant de décider quoi entreprendre. Il vaudrait mieux se mettre d'accord dès maintenant sur ce que nous pensons devoir faire.

— Il faut rapporter l'artefact dans le système solaire ; il devrait s'y trouver depuis longtemps, réglé sur le nombre premier onze. Il faut contacter les gens par radio et les mettre au courant de notre action dans chaque système que nous traverserons. Si l'attention générale est fixée sur nous, Pierce sera obligé de nous épargner et de nous laisser continuer jusqu'à Mars, car nous serons les héros qui ont découvert et contré les mensonges de Stefanak.

— C'est une des possibilités, dit Kaufman.

— Nous sommes sur écoute, c'est ça ? C'est pour ça que tu fais cette tête ? », demanda soudain Marbet.

Kaufman ne savait pas quelle tête il faisait, et s'en moquait éperdument. D'un ton irrité, il répondit :

« Bien sûr que nous sommes sur écoute, ne sois pas naïve.

— Alors pourquoi s'embêter à…

— Tu ne comprendrais pas », répliqua-t-il, mettant ainsi un terme à cette querelle inutile, stupide et destructrice. Il aurait dû parler à Marbet des rapports de surveillance officiels, des petits jeux militaires indispensables pour imposer son point de vue. Pour plus tard, juste au cas où. En ne lui révélant rien, il avait aussi gâché un moyen précieux de reconstruire des rapports de travail entre eux. Mais c'était elle qui l'y avait poussé. Ah, les femmes.

Il n'était pas supposé réagir ainsi aux piques de Marbet. Il avait construit sa carrière sur cette aptitude à ne pas réagir quand on le provoquait.

La porte de la salle de conférences s'ouvrit sur McChesney et Magdalena. « Bon, comme les jeux sont faits, de toute façon… », dit-elle en entrant. Elle sourit ostensiblement à Kaufman. Seigneur, Magdalena les avait écoutés, et McChesney aussi. Elle avait entendu ce que Marbet avait dit du désir.

« J'ai mis en marche la cage de Faraday. Discutons », dit McChesney d'une voix rauque.

Le colonel Ethan McChesney avait fait partie des Renseignements du CDAS tout au long de sa carrière militaire. Il avait dirigé la prise du Faucheur avec lequel Marbet avait communiqué ; il était donc le seul être humain à avoir pu capturer un Faucheur vivant. Sullivan Stefanak avait chargé McChesney de plusieurs Projets Spéciaux. Pour ce qu'en savait Kaufman, McChesney les avait tous menés avec compétence, diligence et discrétion, en faisant preuve d'autant d'intégrité éthique qu'il était possible dans les Renseignements. Cela l'avait rendu indispensable aux yeux de Stefanak, dont la propre intégrité connaissait parfois des éclipses.

Quand on chevauche les vents de la politique, il est bon, en cas de besoin, de disposer d'un point d'ancrage quelque part.

Ces qualités étaient pourtant celles-là mêmes qui faisaient de McChesney un homme dangereux aux yeux de Nikolai Pierce. McChesney était l'agent loyal et beaucoup trop bien informé d'un ennemi destitué. Ce que Pierce avait de mieux à faire, c'était d'extirper les considérables informations secrètes que détenait McChesney à l'aide d'une dose de Pandya, puis de disposer de lui. Si Pierce n'avait pas encore pris de telles mesures, c'était pour une seule raison : il ignorait sans doute où se trouvait physiquement McChesney, au cœur de ce Projet d'Information Spéciale à diffusion compartimentée connu de quelques personnes seulement. Ce n'était qu'une question de temps avant que l'amiral ne le découvre. Quelqu'un, parmi ces rares individus, serait forcé de le révéler.

McChesney en était tout aussi conscient que Kaufman, voire même davantage. Il avait une mine épouvantable. Deux ans auparavant, la dernière fois qu'ils s'étaient vus, Ethan McChesney était un homme vif, soigné et bien nourri, au corps confortablement enrobé et à la chevelure noire et lustrée évoquant le pelage d'une loutre. Il était trop mince à présent ; ses cheveux étaient ternes, ses mouvements empruntés. McChesney avait consacré sa vie et sa loyauté à une organisation qui cherchait maintenant à le tuer. Pour certains hommes, la trahison est pire que la mort.

Tous quatre s'assirent à l'une des extrémités de la grande table de conférence en plastique expansé. Kaufman se concentra, évacuant de son esprit la querelle avec Marbet : « Commençons par examiner les faits, d'accord ? L'Artefact Protecteur est à bord de ce vaisseau, Ethan. Nous en sommes absolument certains.

Certitude étayée par le comportement d'une enfant extraterrestre hystérique, omit-il de préciser.

McChesney ne chercha pas à nier : « C'est exact. L'artefact est ici depuis que vous l'avez apporté à bord du *Alan B. Shepard*, il y a trois ans. Sur ordre direct du général Stefanak, il a été entreposé à bord du *Murasaki* quand vous vous êtes arrimés pour vous approvisionner. Deux personnes seulement ont été mises au courant de cette action, moi et Chand, le chef de bord. »

Kaufman n'allait pas avoir à soutirer des informations à McChesney ; au contraire, ce dernier semblait heureux de pouvoir enfin partager ce poids écrasant. Il changea de tactique et rajouta, avec juste ce qu'il fallait de compassion : « Et vous en avez été responsable depuis lors.

— Oui. L'équipage n'a même pas été remplacé. Les hommes se demandent tous pourquoi, mais qu'y peuvent-ils ? Jusqu'à l'arrivée du vaisseau de Magdalena par le tunnel, nous n'avons eu qu'un seul contact en deux ans. »

Complètement coupés de tout. Seuls les objets physiques traversaient les tunnels spatiaux, pas les ondes porteuses de messages. McChesney avait reçu l'ordre de ne rien envoyer dans l'espace de Caligula, l'avant-poste militaire de l'autre côté du tunnel, et rien ne lui avait été adressé. L'équipage du *Murasaki* tout entier aurait aussi bien pu disparaître au combat, et c'était probablement ce qu'on avait dit aux proches de ces hommes. Pas étonnant que les soldats de la zone d'arrimage aient affiché un air aussi malheureux.

Kaufman l'encouragea à poursuivre : « Vous n'aviez donc aucune idée du pouvoir croissant de la faction de Pierce, ou des menaces qui pesaient sur le général Stefanak ?

— Aucune.

— Et quand avez-vous appris le… coup d'Etat ?

— Quand le vaisseau de Magdalena est arrivé. Nous sommes de vieux amis », rajouta McChesney, et Kaufman prit soin de ne pas croiser le regard de Marbet. « Je ne pouvais pas la laisser monter à bord, mais elle avait enregistré les dernières informations et me les a transmises », rajouta McChesney.

En échange de l'autorisation de descendre sur la planète, pensa Kaufman… Non, il y avait autre chose. Il attendit.

Magdalena ne se fit pas prier : « Allons, Ethan, tu ferais aussi bien de leur dire. Quand je t'ai appris que Stefanak pouvait sombrer, tu m'as demandé de chercher sur cette planète reculée un endroit où dissimuler l'artefact, au cas où on en arriverait là, pour que Pierce ne puisse pas mettre la main dessus. »

Kaufman ne s'y attendait pas. Il était surpris, mais cela semblait logique : McChesney savait le genre d'homme qu'était Pierce — il savait que l'amiral serait assez fou pour utiliser l'artefact réglé sur treize, contrairement à Stefanak. Assez fou pour l'emporter dans le système des Faucheurs et tenter de faire frire l'ennemi, malgré les risques qu'encourrait l'espace-temps.

« Je connais Pierce depuis des lustres. Stefanak était différent. C'était un bon soldat. Pierce n'entend pas les gens qu'il n'a pas envie d'écouter. Il le ferait, Lyle, reprit McChesney.

— Je le sais, répliqua gravement Kaufman.

— Et de toute façon, si tu dois fuir, Ethan, il te sera sacrément plus facile de fuir sans l'artefact, avec toute l'armée à ses trousses », rajouta Magdalena.

McChesney était trop bien élevé pour paraître irrité qu'on l'accuse d'y trouver son intérêt. Ou peut-être était-il trop honnête. Personne ne voulait laisser sa peau dans cette affaire. Et McChesney n'allait pas non plus prétendre que le *Murasaki*, tout vaisseau de guerre qu'il était, pouvait assurer une défense convaincante face au genre de forces que Pierce allait envoyer par le tunnel. Impossible.

« Et comme je l'ai déjà dit à Ethan, j'ai dégoté un endroit où cacher l'engin sur Monde. Pas dans les Monts Neury, où vous l'aviez déterré : ce sera le premier endroit qu'ils inspecteront. Il s'agit d'une grotte sous-marine sur une île lointaine, suffisamment vaste et isolée. Marbet peut acheter le silence des indigènes », conclut Magdalena.

« *Elle fait de longs voyages dans ce glisseur, elle va je ne sais où* », leur avait dit Ann du séjour de Magdalena à Gofkit Shamloe.

« Parfait, dit McChesney. Nous sommes confrontés à deux problèmes : tout d'abord, je n'ai pas renvoyé l'artefact plus tôt parce que si le *Murasaki* n'est pas en orbite autour du tunnel quand les forces de Pierce arriveront, ses soldats monteront à bord de force et je ne sais pas ce qu'ils feront de l'équipage. Je suis responsable de ces hommes. Il m'a paru plus judicieux de courir le risque d'attendre le retour du *Sans Merci*, en espérant que Pierce ne puisse pas me localiser immédiatement. Le *Sans Merci* rapportera l'artefact sur Monde. Avec un peu de chance, les hommes de Pierce ne s'apercevront jamais de son passage, qui n'apparaît nulle part dans les registres du *Murasaki*. Ils fouilleront le vaisseau, ils ne trouveront pas l'artefact, et aucun de mes hommes n'étant au courant de quoi que ce soit, personne ne parlera, même sous l'effet de la drogue. Le chef de bord et moi sommes les seuls au courant. Dans les registres, Chand sera mort d'un arrêt cardiaque il y a quatre mois.

— Chand repartira avec moi à bord de mon aviso, par le tunnel, dit Magdalena. Vous ne vous imaginiez quand même pas que j'allais accompagner l'artefact jusque sur sa planète, Lyle ? »

Kaufman fit comme s'il n'avait pas entendu cette remarque ; il s'adressa à McChesney : « Et vous ?

— Pierce n'ignore pas que j'ai d'autres raisons d'éviter ses questions, en plus de l'artefact », répondit McChesney.

Le suicide. Les deux soldats se dévisagèrent. Pour certains hommes, oui, la trahison était pire que la mort.

Kaufman se contenta de dire : « Cela me semble le meilleur plan possible, Ethan. Mais vous avez mentionné un autre obstacle.

— Oui. » McChesney jeta un coup d'œil à Magdalena, un regard furtif qui mit Kaufman sur ses gardes. A côté de lui, Marbet se raidit sur sa chaise.

« Le second obstacle, c'est le professeur Thomas Capelo. Il est à bord », dit lentement McChesney.

Kaufman n'avait jamais été aussi surpris de sa vie. Mais c'était plutôt logique : placer Tom là où se trouvait l'artefact, pour…

« Laslo ! Où est-il ?

— Qui ? » demanda McChesney. Magdalena renversa sa chaise en se levant brutalement. Elle avait pris une expression insoutenable.

« Laslo Damroscher ! Mon fils ! Il était avec Capelo !

— Il n'y a personne avec le professeur Capelo, Magdalena, répondit McChesney.

— Tu mens ! Laslo est ici ! »

McChesney avait l'air à la fois inquiet et perplexe. « Non. Quand le professeur Capelo a été conduit à bord, il était seul, répliqua-t-il. Il est arrivé bien après l'artefact, il y a seulement quelques mois. Il…

— Rendez-moi mon fils ! » s'écria Magdalena, et sa voix tinta comme du verre qui se brise.

Kaufman se leva à son tour : « Magdalena, si le colonel McChesney dit qu'il n'est pas à bord, c'est qu'il n'y est pas. Les hommes de Stefanak…

— Si tu me mens, Ethan, je t'arrache le foie, et tu sais que je le ferai. Je veux fouiller moi-même le moindre centimètre carré de ce vaisseau. »

Kaufman fit à McChesney un geste que Magdalena ne put voir : *Laissez-la faire*. Après un long moment, McChesney opina. Kaufman reprit : « Vous pourrez fouiller le vaisseau, Magdalena. Mais d'abord, vous devez sortir votre aviso du *Sans Merci* pour permettre le chargement de l'artefact. Il faut absolument qu'il parte pour Monde. Après quoi, le colonel et moi examinerons le vaisseau avec vous. Mais pas avant.

— Vous négociez encore, Lyle ? » dit-elle avec une pointe de son ancienne ironie. Mais la tension était trop forte, et la femme d'affaires ne fit pas illusion bien longtemps. « Très bien… chargez ce foutu machin. »

Patiemment, McChesney rajouta : « Tu dois transmettre cet ordre toi-même à ton équipage. Place ton vaisseau en position de transfert de marchandises par rapport au *Murasaki*. »

Elle ne bougeait pas. Kaufman lui prit le bras et la tira doucement vers la porte. Elle le secoua pour lui faire lâcher prise mais suivit McChesney dehors, et Kaufman et Marbet se retrouvèrent seuls.

« Quand elle se brisera, elle mettra la galaxie en pièces si elle peut, dit Marbet.

— Je sais.

— Tu es certain que son fils est mort ?

— Aussi certain que je peux l'être sans avoir été témoin de l'incident. Je t'ai raconté l'enregistrement : c'était bien la voix de Tom. A mon avis, Stefanak avait fait installer un emplacement-leurre dans la Ceinture pour faire croire que l'artefact s'y trouvait, quelque chose que ses ennemis finiraient par découvrir s'ils poussaient suffisamment leurs recherches. Je pense que Tom y a passé un certain temps, pour une raison ou une autre. Puis, quand Laslo est par hasard tombé sur ce site, Stefanak a décidé de déplacer Tom. J'ignore pourquoi, et pourquoi il l'a amené ici. Tom le sait peut-être.

— Nous n'avons même pas demandé à le voir ! » s'exclama Marbet.

Très juste. Chagriné, Kaufman reprit : « Magdalena a été tellement…

— Je sais. Elle n'a pas toute sa tête, Lyle. Tu ne peux pas te fier à elle, même si tu crois vraiment avoir besoin de son appui. Et d'abord, pourquoi serait-ce le cas, maintenant que nous avons retrouvé Tom ?

— Je ne le sais pas encore. Laisse-moi réfléchir, et ne me fais pas de sermon, Marbet. »

Les yeux verts de la Sensitive s'assombrirent : « Je n'avais pas compris que je n'étais pas autorisée à émettre des observations. Dis-moi s'il y a autre chose que je suis supposée faire ou ne pas faire. Dois-je descendre sur la planète avec l'artefact pour, comme dirait Magdalena, "acheter le silence des indigènes" ?

— Bien sûr que non. Toi, moi, Magdalena et le chef de bord, nous devons quitter le système de Monde avant l'arrivée des hommes de Pierce, si c'est bien ce qui se produit. Et Tom aussi. Heureusement, il y a six places dans l'aviso de Magdalena. Notre appareil est toujours sur Monde et le *Sans Merci* devra le vaporiser, au cas où Pierce envoie des troupes sur la planète. Viens, allons demander à McChesney de nous conduire à Tom. »

Elle ne quitta pas sa chaise : « Tu n'oublies pas quelque chose ?

— Quoi ?

— Essa. »

Seigneur, la fillette lui était sortie de l'esprit. Depuis le début, l'enfant extraterrestre ne leur avait causé que des ennuis.

« Ne prends pas cet air de victime, Lyle. D'abord, sans elle, tu ne saurais même pas que ce maudit artefact est ici », dit Marbet d'un ton caustique.

Il lui répondit calmement : « Essa peut retourner sur Monde dans le vaisseau de Magdalena. C'est sa planète, après tout. Tu viens parler à Tom ? »

Silencieuse, elle se leva et le suivit.

Le vaisseau de McChesney vint se ranger le long du *Sans Merci*. Les deux zones de chargement furent scellées l'une à l'autre, empêchant quiconque d'assister au transfert. Trois ans auparavant, c'était ainsi que l'artefact était passé du *Alan B. Shepard* au *Murasaki*. Kaufman était à bord, à l'époque. On l'avait prétendument chargé de toute l'expédition consistant à déterrer, examiner et transporter l'artefact jusqu'au système solaire ; et pourtant, il n'avait jamais su que l'objet était resté sur le *Murasaki*. Soudain, il voulut revoir l'engin de ses yeux.

McChesney et Magdalena se trouvaient dans les deux zones de chargement accolées. L'équipage du *Sans Merci* poussait l'artefact reposant dans un anneau de métal monté sur une plate-forme à roulettes pour le transborder d'un vaisseau à l'autre. L'objet était identique au souvenir qu'en gardait Kaufman : une sphère grise et terne d'une matière qui ressemblait à du métal mais était en fait une forme allotropique de carbone, évoquant une variété connue de fullerène sans en être. A intervalles réguliers sur sa circonférence se trouvaient sept protubérances, sept petits cratères en relief. Chaque cratère comprenait deux mamelons distincts et correspondait à un nombre premier. Les concepteurs inconnus considéraient également le un comme un nombre premier : un, deux, trois, cinq, sept, onze, treize, chaque nombre représenté par des points en relief juste à côté du cratère.

Pour activer un programme donné, il fallait appuyer sur les deux mamelons. Sous la direction de Thomas Capelo, l'équipe de Kaufman avait testé les réglages un, deux et trois. A un moment ou à un autre au cours des cinquante mille ans d'inhumation de l'artefact sur Monde, deux cailloux s'étaient coincés dans le cratère du nombre premier cinq, maintenant les deux mamelons enfoncés en permanence. Le réglage sur le nombre premier cinq était donc resté activé, assurant la protection de Monde contre l'arme qui, d'après Syree Johnson, avait fait frire tout le reste de son système stellaire. Et provoquant également, d'après Ann Sikorski et Dieter Gruber, le champ de probabilité à effet quantique qui avait conduit le peuple d'Essa à développer la réalité partagée.

Les réglages des nombres premiers sept, onze et treize n'avaient été appréhendés que mathématiquement, par Tom Capelo. Aucun n'avait été testé, sauf si l'on prenait en compte le « test » effectué par les Faucheurs, dont l'artefact vraisemblablement réglé sur sept avait irradié toute la colonie humaine du système stellaire de Viridian. Des millions de gens étaient morts.

Kaufman tendit la main et toucha l'objet.

« C'est une sacrée baffe, pas vrai ? dit Magdalena. Durant tout ce temps, les braves citoyens du Système Solaire ont cru que ce machin était chez eux, réglé sur onze, en train de les protéger. Au lieu de quoi, Stefanak le conservait ici. Pour quelle raison, Lyle ? C'est toi son compagnon d'armes.

— Je n'en sais rien », répliqua Kaufman. Magdalena avait retrouvé son ton moqueur habituel, mais ses yeux étincelaient comme des éclats de verre, et son corps était si tendu que chacun de ses muscles lui ferait mal à la fin de la journée. « Ethan, j'aimerais voir Tom Capelo », rajouta-t-il.

McChesney lui jeta un coup d'œil désolé : « Dès que nous en aurons terminé ici et que le *Sans Merci* sera reparti. »

Kaufman ne discuta pas. Empêcher Pierce de trouver l'artefact était leur priorité numéro un. Il ne chercha pas à savoir ce que McChesney avait dit ou allait dire à l'équipage du *Sans Merci*, parce qu'il s'en doutait : ces hommes allaient devoir rester sur Monde jusqu'à ce qu'on puisse leur envoyer un vaisseau en toute sécurité, c'est-à-dire pendant des années peut-être. Tant qu'ils n'auraient pas été débarqués et disséminés, tant qu'ils ne se seraient pas cachés dans les villages minuscules ou dans les Monts Neury, on ne leur dirait pas la vérité. Les soldats de Pierce allaient avoir du mal à retrouver trente hommes sur une planète entière, surtout s'ils ignoraient où ils étaient censés chercher. *Idem* pour le *Sans Merci* : il faudrait l'envoyer se consumer dans l'atmosphère de Monde.

Pour le moment, les seuls au courant étaient vraisemblablement le capitaine et le second. Quel que fut le marché que Magdalena avait passé avec eux, leur exil forcé en vaudrait indubitablement la peine.

Marbet s'adressa à McChesney : « Il y a une petite fille extraterrestre à bord du *Sans Merci*. Il faudra la déposer par navette aux coordonnées que je vais vous transmettre.

— Une petite extraterrestre ?

Kaufman rajouta : « C'est toute une histoire. » Que McChesney n'avait visiblement pas l'intention d'écouter.

Kaufman, lui, ne prêtait aucune attention à Marbet lorsque celle-ci déclara distinctement : « Tu te rends compte que tu es en train de restaurer la réalité partagée sur cette planète ? »

Restaurer la réalité partagée. Kaufman n'avait pas réalisé, n'y avait d'ailleurs accordé aucune pensée. Oh, Ann… après tout le travail accompli pour créer une nouvelle société ! Enli, Calin, le village avec sa palissade presque neuve… Mais ce n'était pas leur priorité numéro un. Ann s'en tirerait, Monde s'en tirerait. Le souci de Kaufman, c'était la galaxie tout entière.

Il attendit que McChesney le conduise au scientifique.

CHAPITRE XX

À BORD DU *MURASAKI*

« Mon Dieu, mais c'est la cavalerie. Ou peut-être les Indiens, qu'en dis-tu, Lyle ?

— Salut, Tom », dit Kaufman, surpris d'être aussi heureux de le revoir. Après des mois et des mois à contempler son visage, puis celui de sa fille, aux informations holos, des mois et des mois à spéculer pour déterminer si le physicien était mort ou toujours en vie… il était là, devant lui. Maigre, mais Tom avait toujours été maigre. Véhément. Furieux.

« Qu'est-ce que tu fous là, bon Dieu ? Qu'est-ce que *je* fous là ? Es-tu venu me transmettre les derniers ordres militaires d'El Generalissimo Stefanak ?

— Non, je suis ici en tant que civil, répliqua Kaufman, parce qu'il fallait bien commencer quelque part.

— Ma famille ? »

Kaufman hésita, mais la vérité avait toujours été le seul moyen de s'y prendre avec Capelo. Les autres, il finissait immanquablement par vous les faire payer, et cher. « Ta femme et ta fille cadette vont bien. Il semblerait qu'Amanda ait disparu. Nous espérions la trouver avec toi. »

Capelo blêmit : « Elle… elle n'était même pas à la maison quand on m'a enlevé.

— Apparemment si. Aux infos holos, ils ont dit qu'elle avait quitté le cours de natation tôt. D'après ses amies, c'était pour rentrer chez elle. Tom, rien ne prouve que ceux qui l'ont enlevée sont les mêmes qui t'ont enlevé toi, qui qu'ils soient ; si c'était le cas, elle serait probablement ici, avec toi. Il n'y a eu aucune revendication d'ordre politique, aucune demande de rançon. Si elle n'est pas ici, je fais l'hypothèse qu'elle s'est cachée dans la maison, puis est partie se cacher ailleurs. » Kaufman espérait avoir raison.

Capelo reprit un peu de couleurs : « C'est une enfant incroyablement débrouillarde, hein ?

— Je le pense », dit Kaufman. Il avait opté pour une stratégie particulière : assommer Capelo en lui révélant tout ce qu'il savait d'un seul coup. Il reprit : « Tom, nous devons te parler au plus vite. Beaucoup de choses se sont passées, et nous pensons que l'artefact va être utilisé réglé sur le nombre premier treize dans le système stellaire où se trouve l'artefact des Faucheux.

— Personne n'est assez stupide pour faire ça, pas même Stefanak.

— Stefanak est mort. Nikolai Pierce a réussi un coup d'état militaire.

— Pierce ? Il est aussi taré qu'un requin syphilitique ! »

Kaufman n'avait jamais entendu de description plus appropriée : « Exact. Il ignore qu'en fait l'artefact se trouve ici, à bord du *Murasaki*… Tu es au courant ?

— Bien sûr ! Pourquoi crois-tu que les barbouzes de Stefanak m'ont fait venir ? Les soldats ne connaissent rien à la science. Ils sont assez bêtes pour s'imaginer qu'un théoricien de la physique doit être en présence d'un phénomène pour étudier son comportement mathématique. Heureusement qu'ils n'ont pas obligé Sarinsen à développer son travail sur les trous noirs.

— Qu'attendent-ils de toi ? demanda Marbet.

— Que je découvre pourquoi l'artefact affecte le fonctionnement du cerveau. Stefanak refusait de l'emporter dans le système solaire avant d'être certain qu'il n'allait pas réduire en bouillie le cerveau de ses soldats. Quoique, je me demande quelle différence cela ferait. Salut, Marbet. Salut, McChesney. Le taulier en personne, quel honneur. »

Voilà qui expliquait pourquoi l'artefact — et Tom, par voie de conséquence — était ici. Non pas que cela changeât quoi que ce soit à la situation présente.

« A l'heure qu'il est, l'artefact retourne sur Monde. Pierce ne sait pas où il se trouve : manifestement, Stefanak tenait à garder cette information secrète. Mais l'amiral finira par l'apprendre, il lui courra après, et nous pensons qu'il va l'utiliser pour tenter de faire frire le système natal des Faucheux. Nous essayons de l'en empêcher », reprit Kaufman.

Capelo ouvrit de grands yeux : « Eh bien, vous êtes des Prométhée à rebours, tous les trois, on dirait. Et que se passera-t-il quand l'armée de Pierce arrivera et découvrira notre gentille petite bande ?

— C'est pour ça que nous partons. Tout de suite. Rassemble tout ce qui peut permettre de t'identifier et…

— Il n'y a pas grand-chose. Mes kidnappeurs ne m'ont même pas laissé emporter l'album de famille.

— … efface toute trace de ton travail ici du système du vaisseau. Tout de suite.

— J'y vais ; ne sois pas autoritaire, Lyle. Et comment au juste allons-nous partir ? Le colonel McChesney va-t-il nous prêter gracieusement un appareil et nous offrir le prix des billets ? C'est trop gentil… Bon Dieu, mais c'est *qui*, elle ? »

Magdalena venait de faire irruption, repoussant Marbet au passage. McChesney lui avait certes brièvement échappé, mais elle était de retour, et même Kaufman s'écarta de sa route. Le moindre contact avec elle semblait devoir provoquer des brûlures. Il n'avait jamais vu des yeux pareils : désespérés, effrayants, pathétiques.

« Mon fils est-il avec vous ? Laslo Damroscher ? Mon fils ? »

Quelque chose dans cette question, moitié exigence moitié supplique, étouffa dans l'œuf les sarcasmes que Capelo s'apprêtait à lancer comme à son habitude. Kaufman se souvint que la fille du savant avait disparu, elle aussi.

Capelo répondit avec douceur : « Non, madame, votre fils n'est pas ici, ni aucun fils, d'ailleurs. Je suis prisonnier tout seul depuis des mois, et avant cela, j'étais tout seul quand on m'a baladé pendant des mois dans toute la galaxie. Je suis désolé.

— Il était avec vous ! Vous lui avez parlé ! »

Trop tard, Kaufman vit arriver le tsunami. Il voulut éviter la catastrophe : « Magdalena, c'est…

— Ecoutez ! » Elle sortit un cube de données de sa poche, le cube que Kaufman avait entendu sur Monde. Les deux voix ivres, jeunes et stupides emplirent la pièce.

« *Ça d'vrait pas êt'là.* » La voix de Laslo, très soûl.

« *Qu'est-ce qui ne devrait pas être là ?* » Un autre jeune homme, l'air un peu moins soûl. « *C'est juste un astéroïde.*

— L'est pas censé être là. Passe-moi un aut'verre.

— *Il n'y en a plus. Tu as bu le dernier, espèce de porc.*

— *Plus d'champagne ? Autant rentrer à la maison.*

— *Juste un astéroïde. Non… deux astéroïdes.*

— *Deux !* » s'exclama Laslo avec une jubilation qui ne rimait à rien.

« *D'où viennent-ils ? Ils ne sont pas censés être là. Pas d'après l'ordinateur.*

— *C'est pas un problème. La gravité. Fout la pagaille. Jupiter.*

— *Descendons-les !*

— *Ouais !* » cria Laslo, et il hoqueta.

« *Quelle sorte d'armes tu as sur ce truc ? Pas de canon, probablement. Un putain d'avion pour le plaisir d'un gosse de riche.*

— *Y en a… j'y ai fait met' des canons. Papa l'sait pas. C'est illégal.*

— *Tu es un sacré atout, Laslo.*

— *Putain, c'est vrai. Maman l'sait pas non plus. Pour les canons.*

— *Tu en es sûr ? Il n'y a pas beaucoup de choses que ta célébrité de mère ne sait pas. Ou ne fait pas. Bon dieu, ce corps qu'elle a, je l'ai vue dans un vieux…*

— *Ta gueule, Conner*, dit Laslo avec violence. *Ordinateur, active… peux plus me rappeler le mot…*

— *Activation des armes. Bon dieu, Laslo. C'est* TOI *qui dois le dire. C'est réglé sur ta voix.*

— *Activation des armes !*

— *Hé, un message qui vient de l'astéroïde ! Y a des gens ! Peut-être qu'il y a des filles.* »

« *Vous approchez d'une zone strictement interdite*, dit une voix enregistrée. *Quittez immédiatement cette zone.* »

« *Putain de traîtres*, dit Conner. *Descends-les !*

— *Je…*

— *Putain de trouillard !* »

« *CECI EST NOTRE DERNIER AVERTISSEMENT ! VOUS AVEZ ENVAHI UNE ZONE STRICTEMENT INTERDITE ET TRÈS DANGEREUSE. PARTEZ IMMÉDIATEMENT OU NOUS FAISONS FEU SUR VOTRE APPAREIL !* »

Alors, une quatrième voix, parlant très rapidement : « *Appareil inconnu... SOS... Au secours ! Je suis retenu ici — c'est Tom Capelo* »

Une plainte aiguë et très brève.

« Oh Seigneur ! C'était moi, avant qu'ils me déplacent. J'avais trafiqué un transmetteur à courte portée. Ces gardiens débiles n'avaient aucune idée de ce dont j'avais besoin pour travailler ; si seulement je leur avais demandé un fusil à protons... Ils m'en auraient peut-être donné un. L'appareil grandissait sur l'écran de l'astéroïde, j'ai pu briser son pare-feu assez facilement, et j'ai envoyé un message...

— Un message qui a provoqué sa capture, c'est bien ça ? Nous sommes tous au courant », dit Kaufman d'une voix forte. Il se tenait derrière Magdalena et opinait du chef en regardant Capelo. Il ne s'attendait pas vraiment à ce que cette ruse grossière fonctionne : Capelo était trop insensible et Magdalena trop à vif. Mais Kaufman avait tort : quelque chose — peut-être l'empathie causée par la disparition de son enfant — augmentait la réceptivité du physicien. Et le refus de comprendre engourdissait celle de Magdalena, ce qui en disait long sur les illusions qu'elle se faisait.

« Oui, répondit Capelo, mon message a entraîné la capture de l'autre vaisseau. Mais ils n'ont pas emprisonné ses occupants avec moi. Je suppose qu'ils les ont emmenés... autre part. »

De déception, le corps de Magdalena se tendit : « Avez-vous la moindre idée de l'endroit où ils se trouvent ? Avez-vous la moindre idée sur quoi que ce soit ?

— Non ». Le regard de Capelo débordait de compassion.

« Nous devons partir sur-le-champ. Je dois joindre mes contacts dans l'espace de Caligula, avant que Pierce ne les remplace tous. Accompagne-moi jusqu'à la navette, Ethan. Professeur Capelo, je ne vous remercie pas. » Elle sortit majestueusement. Capelo regarda Kaufman : « Mais bordel, qu'est-ce…

— Je te raconterai plus tard. Mais elle a raison, il faut partir tout de suite, et nous aurons besoin de ses contacts. Sais-tu qui est cette femme ?

— Non.

— Magdalena.

— Je ne sais toujours pas de qui tu parles », répliqua Capelo. Les rivages mentaux des physiciens étaient fort éloignés de ceux du commun des mortels, Kaufman s'en aperçut une nouvelle fois.

« Aucune importance. Allons-y, Tom.

— Son fils est mort, dit froidement Capelo.

— Je sais. *Partons*.

— Je viens, mais si tu as vraiment renvoyé l'artefact sur Monde et si Pierce n'a aucune idée de l'endroit où il se trouve, nous sommes probablement moins pressés que tu ne le crois. Quand a eu lieu le coup d'Etat ?

— Il y a environ une semaine.

— Bon, réfléchis, Lyle : si l'un des hommes de Stefanak au courant de l'endroit où nous sommes, moi et l'artefact, était encore en vie, les troupes de Pierce seraient sans doute déjà ici. Si Pierce se contente de chercher au hasard, des mois peuvent s'écouler avant qu'il trouve un indice. Je veux dire, comment pourrait-il deviner où Stefanak a planqué le machin, si tu considères le système des tunnels dans son ensemble ?

— Je l'ignore. Mais je me fie moins au hasard que toi, on dirait.

— Pas au hasard, Lyle. Aux probabilités. C'est mon domaine, tu te rappelles ? Ma pierre de touche, mon gagne-pain, ma malédiction, mon… »

Des alarmes se déclenchèrent dans tout le vaisseau.

« Qu'est-ce que c'est ? Lyle ? » demanda Marbet.

Kaufman s'était déjà rué sur le clavier de Capelo pour saisir les codes standard permettant aux officiers de recevoir partout sur le vaisseau les informations de la passerelle.

« *Lyle* ?

— Nous sommes attaqués, dit Kaufman. Des vaisseaux humains. Quatre, qui arrivent de l'espace de Caligula.

— Les forces de Pierce sont ici. »

Magdalena entendit les alarmes. Ce bruit chassa son désespoir, et elle lui en fut indirectement reconnaissante.

Laslo ne s'était jamais trouvé avec Capelo. A aucun moment. Elle avait gâché des semaines à suivre la trace du savant et de sa petite princesse, tout cela pour rien. Elle n'avait fait aucun progrès dans sa recherche de l'endroit où ce bâtard de Stefanak avait emprisonné Laslo. Elle devait tout reprendre à zéro.

Le plus important était d'utiliser le plus vite possible ses contacts dans l'espace de Caligula. Le major Hofsetter, chargé du trafic des tunnels spatiaux, lui avait déjà permis d'emprunter le tunnel #438 à destination de Monde, et son commandant n'en avait rien su. Hofsetter, ce profiteur gras et laid, avait bien sûr détesté devoir s'incliner. Magdalena savait parfaitement comment Nate Hofsetter se faisait des millions en tirant profit de la guerre grâce au marché noir — en fait, grâce à la coopération d'une des sociétés factices de la femme d'affaires. Il n'avait donc pas vraiment eu le choix.

Hofsetter ne faisait pas partie des hommes que Pierce

allait chercher à remplacer. Ni Pierce ni Hofsetter n'avaient conscience qu'elle était au courant du fait suivant : un certain pourcentage des profits de guerre d'Hofsetter revenant à Pierce, Hofsetter bénéficiait de la protection de l'amiral. Par contre, le général Donnor, commandant de Caligula, était certainement déjà mort. Un loyal soldat de Stefanak. Eh bien, bon débarras, en ce qui la concernait. Magdalena avait toujours trouvé pénible de bosser avec ce connard.

Hofsetter ne saurait pas où était Laslo, mais si elle lui mettait suffisamment la pression, il finirait peut-être par connaître quelqu'un aux Projets Spéciaux. Elle allait devoir se montrer assez dure, et elle allait le sentir passer.

Maudit Laslo ! Les enfants ne comprennent jamais les soucis qu'ils causent à leurs parents. Laslo était comme les autres. Quand elle l'aurait retrouvé, il faudrait mettre les choses au clair… quand elle l'aurait retrouvé… Capelo avait dit…

Pendant un court instant, elle faillit craquer. Puis les alarmes se mirent à sonner.

Les alarmes ! On les attaquait. *Oh ! Seigneur*, les forces de Pierce en provenance de Caligula. Eh bien, elle allait devoir commencer à négocier plus tôt que prévu, voilà tout. Hofsetter était peut-être arrivé avec les attaquants. Sinon, elle trouverait bien le moyen de parvenir jusqu'à lui.

Quoi qu'il en soit, les autres, Kaufman, Grant, Capelo et McChesney, étaient des cadavres ambulants.

Magdalena se mit à courir dans le couloir vers la salle de conférences, Rory et Kendai à ses côtés, les alarmes lui hurlant aux oreilles. Elle se rua dans la pièce, où se trouvait toujours Kaufman. Capelo n'était plus là, sans doute parti avec McChesney. En y réfléchissant, Magdalena comprit que le savant allait s'en sortir. Pierce allait vouloir l'exhiber pendant qu'ils restaureraient l'ordre dans la galaxie, le grand physicien enlevé par Stefanak mais sauvé par les troupes héroïques de l'amiral.

« Rejoignez Capelo sur la passerelle, espèce d'imbécile ! C'est votre seule chance ! S'il vous protège, s'il menace de dire à la presse comment les hommes de Pierce vous auront assassiné, ils ne vous tueront pas. Ils ne pourront pas. Allez-y ! dit-elle d'un ton pressé à Kaufman.

— Je vous cherchais. Les choses ne vont pas se passer comme vous le pensez, Magdalena. Tom et Marbet se cachent. Pourriez-vous éviter de dire à quiconque qu'ils sont montés à bord ? Je vous en prie.

— Ne pas leur dire…

— Vous n'avez rien à gagner en révélant que Tom et Marbet sont ici. Rien. Ils ne vous administreront pas de sérum de vérité, n'est-ce pas ? Pas encore. Ils savent déjà pourquoi vous êtes ici. »

Elle se souvint alors que la cage de Faraday était toujours activée dans la salle. Rien de ce qu'ils disaient n'était enregistré ou détecté.

« Kaufman, vous êtes un crétin. Ils vont vous injecter une dose de Pandya, et je ne parle même pas de McChesney et Chand.

— Pas s'ils pensent que je ne suis qu'un simple homme d'équipage à bord de ce vaisseau.

— Ils vérifieront les listes !

— Peut-être. Dans ce cas ils me découvriront. Mais à mon avis, c'est surtout l'artefact qui les intéresse. Quand ils auront mis la main dessus, ils se contenteront sans doute de repartir avec. Je ne crois pas que Pierce ait l'intention de l'entreposer ici comme Stefanak l'a fait. »

Bien sûr que non. Magdalena reprit : « McChesney et Chand…

— Ils ne doivent rien savoir. » Kaufman était un soldat : il conservait une expression impassible, mais Magdalena comprit où il voulait en venir. Chand supposerait qu'elle partirait trop ouvertement pour pouvoir le prendre à son bord ; Ethan McChesney et Prabir Chand étaient déjà morts.

« Ethan ne vivait déjà plus, de toute façon, répliqua-t-elle durement.

— C'est vrai. Le pivot moral de son univers s'est écroulé.

— Certaines personnes font tourner tout leur univers autour d'un unique objet, et quand celui-ci disparaît, elles s'écroulent. Mauviettes », fit remarquer Magdalena, dédaigneuse.

Kaufman l'observait de très près. Quelque chose bougea dans le regard de l'homme, et Magdalena n'aima pas cela.

« D'accord, Lyle. Je me conformerai à votre plan désespéré. Comme vous l'avez fait remarquer, je n'ai rien à gagner à vous livrer. Donc je ne vous ai jamais vu, ni Capelo, ni votre Sensitive rouquine. Bonne chance. »

Elle fit demi-tour et sortit à grands pas pour rejoindre la passerelle : c'était là qu'aurait lieu la passation de pouvoir. Elle avait du pain sur la planche. Elle allait devoir expliquer pourquoi l'artefact était en train de filer vers Monde dans son propre vaisseau. (« McChesney l'a réquisitionné. ») ; expliquer ce qu'elle faisait dans ce système stellaire, pour commencer (« les affaires » ; leur fournir des détails embarrassants si besoin était) ; et surtout, il lui faudrait entreprendre de nouvelles recherches pour retrouver Laslo.

Malgré elle, une vague d'excitation la traversa. Manœuvrer, comploter, duper l'opposition, c'était ce qu'elle faisait le mieux. Elle était de retour dans la partie.

CHAPITRE XXI
À BORD DU *MURASAKI*

Lorsque Kaufman fut certain que Magdalena allait coopérer — dans la mesure où, avec cette femme, une telle chose pût être considérée comme « certaine » — il se dépêcha de rejoindre la blanchisserie du vaisseau, pièce dont McChesney lui avait donné le code d'accès. A l'intérieur, des robots indifférents s'affairaient à nettoyer les vêtements et le linge, ignorants de l'attaque que subissait le vaisseau. Si le *Murasaki* explosait, ce serait avec des uniformes propres pour tous les membres d'équipage.

Kaufman enfila l'habit d'un matelot de première classe. Ces hommes avaient été enfermés ensemble pendant deux ans et chacun d'eux connaissait trop bien ses coéquipiers. Le commandant Chand avait mis ses officiers au courant de la situation : ils devaient ordonner à l'équipage de se taire. C'était le dernier ordre que Chand donnerait jamais. *Ne pense pas à Chand ni à McChesney. Concentre-toi*. Kaufman savait qu'il ne ressemblait pas à un homme d'équipage, qu'il n'en avait pas l'allure. Ce rôle allait lui demander de constants et prudents efforts.

Il courut au poste de combat du pont inférieur. Quatre membres d'équipage le regardèrent avec défiance, mais ils se redressèrent en sa présence et personne ne dit rien. On les avait prévenus qu'il arrivait. Kaufman prit une armure de combat fixée au poste de combat et la revêtit. Il n'avait pas supervisé ce genre de poste depuis longtemps mais pensait se souvenir de ce qu'il fallait faire, et c'était tant mieux car l'équipage n'attendait qu'une erreur de sa part. Il devait s'assurer du soutien de ces hommes.

« S'il faut vraiment me donner un nom, appelez-moi Armbruster. Plus tard, je m'en souviendrai. Rappelez-vous-en, tous. »

Leurs visages s'éclairèrent. L'un d'eux, plus hardi que les autres, prit la parole :

« Monsieur, allons-nous…

— Armbruster ! Matelot de première classe !

— Désolé, mons… Armbruster. Allons-nous nous rendre ?

— Oui. Les postes de combat ne sont qu'une mesure de précaution.

— Mais ce sont des vaisseaux de la Marine de Défense de l'Alliance Solaire. Je ne comprends pas ! » dit un autre homme.

Qu'auraient-ils pu y comprendre ? En deux ans, ils n'avaient eu aucun contact avec l'extérieur, et n'avaient jamais su que l'artefact était à bord. Kaufman s'adjura intérieurement : il lui fallait troquer la hiérarchie contre la survie.

« Il y a eu une révolution dans le système solaire, dit-il tout bas, d'un ton pressé. Le général Stefanak est mort, et… »

Quelqu'un eut un hoquet de surprise.

« … et l'amiral Pierce est au pouvoir. Nous avons affaire aux troupes de Pierce, qui s'emparent du *Murasaki* par tous les moyens à leur disposition. Mais je ne pense pas qu'elles vont nous tirer dessus. » *J'espère*. « Je vous le répète, les postes de combats ne sont qu'une mesure de précaution. Maintenant, s'il vous plaît, plus de discussion.

— Une dernière question, m… Armbruster. Après la reddition, allons-nous rentrer chez nous ?

— Probablement. » Ces hommes étaient des soldats. Pour la plupart, peu leur importait qui était le commandant suprême ; cela comptait moins en tout cas que de savoir s'ils allaient rentrer. Kaufman les comprenait. De toute façon, l'ennemi ne pouvait être que faucheur, pas humain.

Les alarmes se turent brutalement.

« *Ordre de remiser l'équipement de combat, puis tous les hommes sans exception sur le pont de parade* », tonna la sono.

« Même les gars de la salle des machines ? Jésus-Christ Planétaire ! » s'exclama un matelot.

Le « pont de parade », présent sur tous les vaisseaux de guerre, était une simple salle ouverte utilisée pour réunir l'équipage et les officiers au grand complet. Pour l'usage auquel on la destinait, c'était une salle exiguë. Entre chaque rassemblement, elle servait aux réceptions de dignitaires, aux projections d'holofilms, etc. Les épaules légèrement voûtées et la tête un peu baissée, Kaufman se faufila parmi les hommes d'équipage en formation de rigueur. A voir la façon dont les matelots observaient les policiers militaires, il supposa que ces derniers débarquaient d'un navire de guerre arrimé au *Murasaki*. Les PM étaient ostensiblement armés.

Quand tout le monde fut réuni, l'écran mural s'illumina et afficha l'image de la passerelle. Un commandant s'y tenait, en grand uniforme, flanqué d'officiers à l'allure bizarre. Kaufman n'aperçut aucun signe de la présence de Magdalena.

« *Equipage du* Murasaki, *je suis le commandant Blauman. Je commande à présent ce vaisseau, sur ordre de la Marine de Défense de l'Alliance Solaire. Le commandant Chand et le colonel McChesney, ces traîtres à l'effort de guerre, ont été démasqués et relevés de leur commandement. Ils sont actuellement en route pour le Système Solaire et vont comparaître en cour martiale.* »

Kaufman sentit l'équipage s'agiter autour de lui sous le coup de la surprise.

« *Vous venez de passer deux ans à bord de ce vaisseau sans communication avec l'autre côté du tunnel. Je sais donc que ces révélations vont vous causer un choc. Au cours de ces deux dernières années, l'humanité a eu la chance de pouvoir entreprendre un renouveau de l'effort de guerre. Les traîtres qui n'ont pas souhaité soutenir cet effort ont été éliminés, y compris le traître et lâche général Stefanak. Grâce à l'Armée de Libération de l'Amiral Pierce, la Marine de Défense de l'Alliance Solaire va mener la guerre contre les Faucheurs avec toute la concentration et tous les efforts dont elle est capable, afin de remporter la victoire aussi rapidement que possible ; notre système natal et nos colonies redeviendront enfin des endroits sûrs.* »

Quelqu'un poussa une acclamation, reprise sans conviction par quelques matelots. La plupart avaient l'air abasourdis.

« *Cet équipage a fait du bon travail sans quitter son poste pendant longtemps, et a donc grandement contribué à l'effort de guerre. Etant donné la situation, l'équipage du* Murasaki *sera placé en rotation de départ rapide. Il sera relayé par un équipage de la*

Station Caligula et réaffecté à la défense du système solaire. Vous devriez tous être rentrés d'ici deux semaines. »

Cette fois-ci, les acclamations furent franches et nourries, et les matelots se lancèrent des coups d'œil joyeux. La femme qui se trouvait devant Kaufman effectua quelques pas de claquettes tout en restant au garde-à-vous.

« *Pour le moment, je vous demande de reprendre le service habituel. Les officiers du* Murasaki *sont également en rotation de départ, et certains d'entre eux seront dès aujourd'hui relevés de leurs fonctions. Rompez.* » L'écran redevint blanc.

Les matelots se mirent à bondir partout en poussant des hourras et en se donnant des tapes dans le dos. Rares étaient ceux qui arboraient un air pensif ou renfrogné en réfléchissant aux implications plus générales de ce hâtif changement de commandement. La plupart étaient juste excités à l'idée de rentrer chez eux. Kaufman quitta discrètement la salle dans le sillage d'un groupe d'hommes en train de bavarder. Dans le couloir, il se laissa distancier jusqu'à se retrouver seul, puis il utilisa les codes que McChesney lui avait donnés pour pénétrer dans le local des installations de survie.

Entièrement automatisé, cet endroit offrait la meilleure cachette du vaisseau : son fonctionnement était assuré depuis des moniteurs externes, sauf s'ils signalaient un problème. Kaufman s'apprêtait à entreprendre l'action la plus importante de toute son existence. Installations de *survie*, quelle bonne blague. *Je vous en supplie, faites qu'il ne s'agisse pas d'humour noir.*

Il se glissa à l'intérieur et e-verrouilla calmement la porte derrière lui.

CHAPITRE XXII

À BORD DU *MURASAKI*

Le local des installations de survie était un fouillis de machines, conduits, casiers de stockage, cuves scellées et robots endommagés. L'air et l'eau de presque tout le vaisseau y étaient purifiés. Kaufman se baissa pour passer sous d'énormes tuyaux, puis manœuvra autour de pièces de machinerie fermées et vrombissantes. Au fond, dans un coin, Capelo et Marbet étaient assis par terre, dos contre la cloison ; Marbet serrait ses genoux contre elle.

« Tout se passe bien ? demanda-t-elle.

— Pour l'instant », répondit Kaufman. Il s'assit de l'autre côté de Capelo. La querelle des deux amants, pourtant insignifiante par rapport à tout le reste, leur collait à la peau comme de la suie.

« Et maintenant ? Nous sommes coincés comme des rats qui ne peuvent même pas quitter le navire par les traditionnelles cordes d'amarrage. As-tu réfléchi à la suite, Lyle ? s'enquit Capelo.

— Penses-tu résoudre bientôt le problème de l'enchevêtrement quantique au niveau macro ? »

Capelo écarquilla les yeux, incrédules : « Quoi ? Tu veux discuter de physique *maintenant* ?

— J'ai lu il y a quelques semaines que tu cherches à découvrir la façon dont l'enchevêtrement quantique au niveau macro s'intègre dans la théorie de la force de probabilité. Un enchevêtrement du genre tunnels spatiaux. C'est bien sur ça que tu travailles ?

— En termes simplifiés, oui. Mais pourquoi le mentionner maintenant ?

— Je me demande si on ne t'a pas enlevé justement parce que c'est là-dessus que tu travailles. »

Capelo émit un bruit incongru : « Pas de risque, Lyle. Mon travail est tellement théorique et ésotérique que personne ne s'en soucie dans l'armée. Il ne présente aucune application pratique, aucune possibilité technique, aucune utilité pour faire exploser des trucs, tuer des gens ou réussir des coups d'Etat. Je te l'ai dit, les barbouzes de Stefanak m'ont enlevé et conduit à l'artefact parce que le général se sentait nerveux à l'idée de rapporter dans le système solaire quelque chose qui puisse affecter les cerveaux. Il voulait que je lui fasse part de quelques brillantes considérations supplémentaires.

— En as-tu à émettre ? demanda Marbet.

— Pas la moindre. Et maintenant, Lyle, par quel moyen allons-nous nous tirer d'ici ? Je m'en remets à ta stratégie militaire.

— Nous attendons Magdalena, répliqua Kaufman.

— Je te parle de stratégie, Lyle. »

Capelo avait raison, et pourtant Magdalena leur était indispensable. Pendant les minutes précipitées qui avaient précédé l'arrivée de Blauman à bord, Kaufman avait imaginé un plan truffé d'autant de points faibles qu'il y a d'asticots dans une pomme pourrie, mais il n'y voyait aucune alternative.

« Que se passe-t-il là dehors ? demanda Marbet.

— On a rassemblé l'équipage pour l'informer des changements en cours. Le nouveau commandant, Blauman, fait tourner les hommes aussi vite que possible. Isolés les uns des autres et heureux de partir, ils sont beaucoup moins susceptibles de contester quoi que ce soit. Même chose pour les officiers subalternes. Le *Murasaki* quittera probablement cet endroit dès qu'ils auront retrouvé l'artefact ; nul doute que Blauman s'y emploie en ce moment même. Magdalena va rappeler son vaisseau, elle n'a pas le choix. Il leur est très facile de le rattraper et de le capturer. »

— Pourquoi ne pas faire sauter le *Sans Merci* ? Et l'artefact avec lui ? demanda Marbet.

— Je pense que l'artefact est impossible à détruire. Rappelez-vous : il s'est auto-protégé contre les faisceaux de proton ou les bombes nucléaires dont nous l'avons bombardé. Comment espères-tu t'y prendre ? protesta Capelo.

— Mais tu connais les intentions de Pierce ! Il veut le conduire dans le système natal des Faucheurs, le régler sur le nombre premier treize et détruire leur étoile ! »

Sans aucune trace de son ironie habituelle, Capelo dit lentement : « C'est bien pour cela que nous retournons secrètement et à toute vitesse dans le système solaire, non ? Pour empêcher Pierce d'agir, en alertant la presse. Si les médias protestent, il n'osera pas prendre le risque que les Faucheurs règlent leur artefact sur le nombre premier treize dans le même système stellaire.

— Non, ce n'est pas ainsi que nous allons procéder », le contra Kaufman.

Les deux autres ouvrirent de grands yeux.

« J'ai réfléchi, reprit-il. Je ne crois pas possible d'atteindre le système solaire à bord de l'aviso de

Magdalena avant l'arrivée des troupes de Pierce et de l'artefact dans le système des Faucheurs.

— Nous prendrons de l'avance, si nous quittons cette boîte de conserve aujourd'hui ! rétorqua le physicien. La marine doit d'abord décharger l'artefact du vaisseau de Magdalena, puis obtenir autorisations et autres foutaises pour emprunter les tunnels entre ici et le système des Faucheurs. Combien y en a-t-il ?

— Cinq.

— Et combien jusqu'au Système Solaire ?

— Huit. Magdalena n'a obtenu les autorisations de Blauman que pour les trois premiers, jusqu'au système d'Artémis. Il veut qu'elle s'en aille, mais il ne veut pas qu'elle arrive dans le système solaire avant que Pierce ait accompli son acte héroïque.

— Soit, dit Capelo. Nous possédons tout de même une avance, et…

— Ecoutez-moi, vous deux ! reprit Kaufman. J'ai eu le temps de bien y réfléchir. Ça ne marchera pas, Tom ! Il n'y aura pas "d'autorisation et autres foutaises pour traverser les tunnels". Pas cette fois. Pierce aura organisé tout ceci à l'avance, pour pouvoir partir dès qu'il aura trouvé l'artefact. Il prévoit une attaque surprise, vous ne le voyez pas ? Les attaques surprise reposent sur la vitesse d'exécution et une planification rigoureuse, c'est de la tactique militaire de base. Pierce veut mettre le système solaire devant un fait accompli — "Regardez ! La guerre est finie ! Le système des Faucheurs est détruit !"

« Nous, d'autre part, nous dépendons des négociations de Magdalena pour traverser cinq tunnels au moins sans être identifiés voire même tués. Et une fois du côté Sol du tunnel spatial #1, nous aurons encore à convoquer la presse, à convaincre les journalistes que nous ne sommes pas des marioles et à attendre que les paquets de données des informations atteignent Mars et la Terre. Cela ne marchera pas. Nous n'avons pas le temps. »

Marbet intervint : « Alors nous sommes impuissants. Nous ne pouvons éloigner l'artefact de la marine, et nous ne pouvons mobiliser l'opinion. Mais… L'artefact des Faucheurs sera sûrement réglé sur le nombre premier onze ? Leur système solaire serait protégé quoiqu'il arrive, et nous aboutirions à une impasse !

— Sauf que nous savons que ces enfoirés déplacent leur artefact, intervint Capelo. Ils ont frit tout le système viridien, vous vous souvenez ? Peut-être ont-ils emporté leur artefact ailleurs en prévision d'une attaque. Si c'est le cas, Pierce va dans leur système et le détruit. » Son ton devint amer : « Et alors, serait-ce vraiment un si grand mal ? Ils sont l'ennemi, vous savez. Ils ont tué des millions d'entre nous. »

Compatissante, Marbet posa une main sur le bras de Capelo.

Kaufman réprima son impatience. Ses amis ne considéraient pas la situation dans son ensemble, mais il allait avoir besoin de leur appui. Et de celui de l'imprévisible Magdalena, au moins pour le moment. « Tom, s'il s'agissait juste de frire le système des Faucheurs, cela ne nous tracasserait pas autant. Mais toi, plus que quiconque, tu sais ce qui arrivera à l'espace-temps si nous réglons l'artefact sur treize dans leur système et qu'ils font de même avec le leur.

— Mais peut-être n'iront-ils pas jusque-là, soutint Marbet. Après tout, *eux* savent déjà ce qui arrivera au tissu de l'espace-temps… ils nous l'ont dit, tu te rappelles ? Peut-être qu'ils ne riposteront pas. »

Capelo renifla : « Et qu'ils nous laisseront gagner ? Réfléchis, femme. Les Faucheurs ne communiquent jamais, même pas pour nous dire pourquoi ils nous font cette foutue guerre. Ils ne font jamais de prisonniers. Ils ne se font jamais prendre prisonniers. Ils activeront l'artefact pour nous entraîner dans leur perte. Mais ce sera lent… Rappelez-vous, l'onde qui reconfigurera le tissu de l'espace tridimensionnel voyage à la vitesse de la lumière.

— Alors espérons que l'artefact des Faucheurs se trouvera bien dans leur système, réglé sur onze. De cette façon, c'est l'impasse, conclut sombrement Marbet.

— Non. Vous ne comprenez pas, dit Kaufman.

— Ah bon ? Et quoi donc ? intervint Capelo d'un ton sceptique. Une force irrésistible confrontée à une défense inébranlable, et tout le monde rentre à la maison. Nous devrions peut-être faire de même, si cette dévoyée de Magdalena ne se débarrasse pas de nous dans quelque coin isolé de l'espace. »

Kaufman pensa à ce qui pouvait mal tourner… autrement dit tout. « Surprise et planification rigoureuse », avait-il déclaré à Tom Capelo. Son idée, c'était tout le contraire. Précipitation, geste désespéré, risques énormes, et la plus grande victoire à la Pyrrhus jamais obtenue. Mais ils n'avaient pas d'autres options, et pas de temps à perdre.

« J'ai un autre plan. Certaines informations militaires ne vous sont pas connues. Il nous reste peu de temps avant que Magdalena ne vienne nous chercher, alors écoutez-moi attentivement. Certaines de ces données sont classées top secret et nécessitent des autorisations plus hautes que celles dont vous disposez tous les deux.

— Et bien, quel honneur ! s'exclama Capelo.

— Vous savez que l'un des tunnels partant du système de Caligula, le tunnel #437, donne sur le système d'Allenby. C'est par là que nous sommes venus : il n'existe pas d'autre route vers Monde. Le système d'Allenby est désert. Trois géantes gazeuses, pas d'Humains, pas de Faucheurs. Il comporte un second tunnel qui orbite assez loin du premier, anormalement loin, c'est pourquoi on a mis tant de temps à le découvrir : le tunnel #210, le tunnel Allenby-Artemis, et nous l'avons également emprunté.

— Est-ce un récit autobiographique ? » demanda Capelo ; Kaufman, une nouvelle fois, passa outre le sarcasme. Tom ne pouvait s'en empêcher. C'était sa seule défense contre la peur.

« Le système d'Artémis est vaste. Une planète et une lune colonisées, une station spatiale, une importante présence du CDAS. Nous nous y sommes ravitaillés. Ce système possède cinq tunnels, ce qui en fait un carrefour pour les Humains. L'un de ces tunnels est celui que nous emprunterions pour retourner vers Sol. Artémis serait une cible prioritaire en cas d'attaque des Faucheurs, et tout le monde pense que c'est pour cela que l'armée s'y trouve présente en si grand nombre. Et tout le monde a raison, mais seulement en partie. L'un des tunnels, le #218, n'est jamais reconfiguré ni utilisé. C'est sans doute l'endroit le plus fortifié de la galaxie, après le tunnel spatial numéro un de Sol.

— Le #218 mène au système d'origine des Faucheurs, dit calmement Marbet.

— Non, pas directement, répliqua Kaufman. Ce serait un peu trop près de chez eux. Le tunnel #218 débouche sur un système sans nom que les militaires désignent sous l'appellation Q. Il est désert, et comprend deux tunnels. L'un d'eux est le #218, l'autre est le #301. Le #301 mène au système des Faucheurs. Je vais vous faire un schéma. »

Kaufman traça du doigt un trait sur le sol, mais il n'y avait pas de poussière. Foutu système d'assainissement de l'air ! Silencieusement, Marbet tira un écran portable de la poche de sa combinaison et le lui tendit. Kaufman dessina à grands traits le schéma suivant :

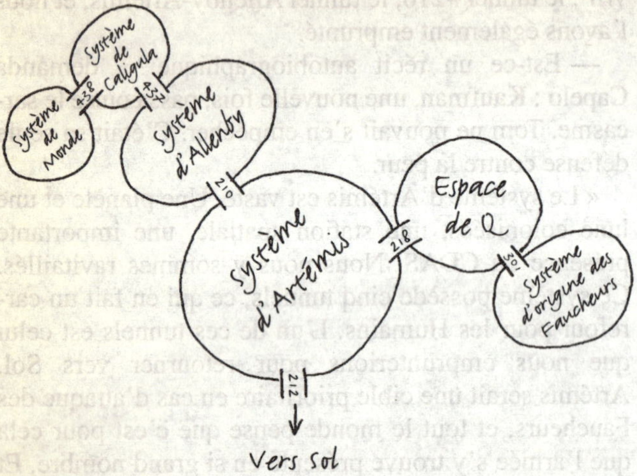

Kaufman rajouta, conscient de l'importance des informations secrètes qu'il était en train de divulguer : « Nous avons un accord avec les Faucheurs : nous avons convenu de ne pas nous rendre dans l'espace de Q. »

Capelo se redressa contre la cloison : « Un accord ? De quoi parles-tu ? Ils ne communiquent jamais avec nous ! »

— Effectivement. Il s'agit d'un accord tacite. Nous avons mené quatre batailles dans le système de Q. L'idée était de les refouler dans leur système d'origine, mais cela n'a pas marché : ils ont rasé le système viridien, ce qui signifie que leur système natal comporte au moins deux tunnels, le #301 et un autre. Et nous avons perdu les quatre batailles. Pire, nous les avons perdues face à un seul vaisseau de guerre. Leur artefact était à bord, réglé sur deux.

— Le bouclier disrupteur de faisceaux. Aucun de nos vaisseaux n'a pu l'atteindre.

— Exact. Il n'a eu qu'à détruire nos vaisseaux, l'un après l'autre. Quatre fois de suite. » Kaufman resta un moment silencieux. Le CDAS avait perdu des hommes de valeur dans ces batailles ; il en avait connu certains. « Suite à quoi, nous avons cessé d'emprunter le tunnel #218 pour nous rendre dans l'espace Q. »

Capelo, qui regardait le croquis dessiné à l'écran, demanda : « Pourquoi les Faucheurs n'ont-ils pas pris ce tunnel pour aller dans le système d'Artemis ? Avec leur artefact réglé sur deux à bord, ils étaient protégés. Nous n'aurions pas pu les stopper. Il leur suffisait ensuite de passer sur le réglage treize pour détruire Artémis.

— Ils auraient pu. Au lieu de quoi ils ont frit le système viridien. Nous pensons que c'était un test. Ils ignoraient, tout comme nous, que le réglage treize allait entraîner la destruction de tout un système. C'était de la théorie, et ils ont mis la théorie en pratique. Détruire le système d'Artémis aurait pu être l'étape suivante. Sauf que… c'est à ce moment-là qu'ils ont appris que nous avions nous aussi un artefact. Ils scannent nos communications, vous savez. Nous ne savons ni où ni comment, mais ils se débrouillent mieux que nous dans ce domaine. Nous n'avons jamais pris les mesures nécessaires pour déchiffrer leur langage. Les Faucheurs ont donc découvert que nous avions également un artefact.

— Et ? » le relança Capelo.

Marbet devina plus vite que le physicien ce qui motivait l'ennemi : « Ils se sont dit que nous risquions d'apporter notre artefact dans leur système d'origine par un tunnel différent. Ils se sont dit que nous avions peut-être découvert des itinéraires alternatifs…

— Ils se trompent, mais ils l'ignorent, dit Kaufman.

— … et ils ont donc rapporté leur artefact dans leur monde d'origine pour le régler sur onze. En mode protection. Nous voici de nouveau dans une impasse.

— Ça se peut, mais il existe une autre possibilité.

— A mon avis, ce ne sont que des spéculations, dit Capelo.

— Ça te va bien de dire ça, Tom, toi dont le métier consiste justement à transformer la spéculation en théorie et la théorie en fait », jeta Marbet d'un ton cassant.

Capelo eut un rire contraint. Kaufman sourit à Marbet, son premier véritable sourire depuis la dispute. Il reprit : « L'autre ou les autres tunnels de leur système d'origine mènent sans doute à des colonies faucheuses, ou du moins à des avant-postes militaires. Les Humains ne sont jamais apparus à aucun d'entre eux. Donc, le temps passant, les Faucheurs en ont déduit que nous connaissions un seul chemin vers leur système d'origine : celui qui passe par l'espace de Q. Et ils pensent que nous ne sommes même pas sûrs de cet itinéraire, car aucun Humain n'est jamais revenu vivant pour confirmer cette information.

« De plus, les deux parties semblent être parvenues à un genre d'accord tacite : les Humains n'empruntent pas le tunnel #218 pour se rendre dans l'espace de Q, car il est trop bien fortifié. Et les Faucheurs n'utilisent pas le tunnel #218 en sens inverse pour aller dans le système d'Artémis, car notre côté du tunnel est tout aussi fortifié. Personne ne peut gagner. Nous poursuivons la guerre ailleurs.

— Mais Lyle, je n'arrive toujours pas à comprendre pourquoi tu penses que Pierce ne se retrouvera pas dans une impasse s'il emporte notre artefact dans leur système. Il le règle sur treize, ils se défendent sur onze, et rien ne se passe, voilà tout, intervint Marbet.

— Ce n'est pas tout. Nous savons que lorsque l'artefact, réglé sur un ou sur trois, est utilisé comme une arme, il se forme une zone autour de lui, zone qui n'est pas affectée. Elle ne se déstabilise pas. Nous le savons depuis le premier test de Syree Johnson, qui se trouvait près du premier artefact et n'a pas été touchée ; mais sa navette, plus éloignée, si. Le pilote de la navette est mort. Chaque atome au nombre atomique supérieur à soixante-quinze a été brièvement déstabilisé. Pendant cette courte période, ces atomes ont projeté un nombre invraisemblable de particules alpha. Les réglages sept et treize déstabilisent ceux qui ont un nombre supérieur à cinquante. Il existe peut-être également une "zone de sécurité" immédiatement autour de l'artefact réglé sur ces nombres, ce qui expliquerait pourquoi le vaisseau faucheur qui l'a transporté dans le système de Viridian n'a pas été détruit lui aussi.

— Pas nécessairement, contra Capelo. Ils ont pu envoyer l'artefact dans le tunnel avec un détonateur prévu pour activer le réglage treize. Il explose, le système de Viridian est frit, ils attendent que l'onde se dissipe, puis retournent dans le système récupérer leur artefact. Nous y sommes bien allés plus tard pour prendre depuis l'espace des photos haute résolution de la colonie de Viridian. »

Kaufman les avait vues. Il écarta ce souvenir. « Oui, les choses ont pu se dérouler ainsi, Tom. Ou alors il y a une zone de sécurité autour de l'artefact, avant que l'onde ne fasse effet. Nous l'ignorons. Mais voici mon hypothèse : les Faucheurs en savent plus que nous là-dessus, parce qu'ils ont frit un système stellaire sur le réglage treize et pas nous.

— Effectivement, renchérit Capelo, parce que notre artefact se trouvait dans le *Murasaki* pour que je puisse le sonder grâce à mon scalpel mental. Les crétins. »

Il fallait laisser fulminer le physicien, Kaufman le savait d'expérience : c'était la seule façon d'obtenir de lui qu'il se conforme à son plan. Mais ces interjections leur coûtaient un temps précieux. Kaufman se mit à parler plus vite :

« Les Faucheurs maîtrisent mieux le fonctionnement de l'artefact que nous. Ils savent que nous ne connaissons qu'un seul itinéraire pour aller dans leur système d'origine. Nous avons essayé à de multiples reprises de trouver un second tunnel d'accès, sans succès. Donc s'ils protègent le tunnel espace-de-Q/système-natal-des-Faucheurs, ils sont complètement en sécurité. *A moins que*, comme ils l'ont fait, nous nous ouvrions la route à coups de canon, avec notre artefact réglé sur deux à bord.

« C'est vrai : ils peuvent très bien conserver leur artefact réglé sur onze pour protéger leur système d'origine, mais cela ne nous empêcherait pas d'y mettre les pieds. Or, ce que nous savons des Faucheurs nous dit qu'ils ne le supporteraient pas. C'est la forme de vie la plus xénophobe connue. Notre hypothèse est qu'ils feront tout pour nous maintenir hors de leur système stellaire. Marbet, tu es le seul être humain à avoir réellement pu communiquer avec un Faucheur, et il ne t'a absolument rien dit jusqu'à ce que tu lui révèles que nous avions nous aussi un artefact. Il a alors voulu transmettre le message suivant : "Ne vous avisez jamais de réunir les deux artefacts et de les déclencher dans le même système !"

— Viens-en au fait, c'est dur par terre, dit impatiemment Capelo.

— Le fait est, Tom, que la stratégie militaire des Faucheurs et leur psychologie nous apprennent toutes deux la même chose : leur artefact ne se trouve pas dans leur système natal, réglé sur onze. Il est dans l'espace de Q, leur “avant-cour”, réglé sur le nombre premier deux pour protéger le vaisseau ou la station qui l’héberge ; et si jamais nous remettons un pied dans cette avant-cour, ils nous vaporiseront avec des armes conventionnelles ou des bombes atomiques, tout en restant eux-mêmes protégés. Si par chance nous parvenons à emporter notre artefact dans le système de Q, ils le sauront car leurs armes seront inefficaces contre notre vaisseau. Dans ce cas ils régleront leur artefact sur treize pour faire frire le système de Q tout entier, sauf eux-mêmes dans la zone de sécurité. Quand l’onde sera passée, ils récolteront notre artefact, s’il existe encore, et les voici avec deux artefacts. Et si le nôtre n’existe plus, les Faucheurs auront alors en leur possession le seul artefact existant. Plus rien ne les empêchera d’aller faire frire Sol.

— Seigneur, s’exclama Marbet. Stefanak connaissait-il cette hypothèse ?

— Bien sûr. C’est la raison pour laquelle il n’a jamais cherché à utiliser son artefact pour attaquer le système des Faucheurs. Stefanak était ambitieux et sans pitié, mais pas idiot.

— Pierce n’est pas stupide non plus, dit Marbet.

— C’est vrai, mais contrairement à Stefanak, il ne s’intéresse ni à la science ni à la technique, répliqua Kaufman. Tom, je ne pense pas que Pierce *croie* en ta théorie de la probabilité. Pour lui, ce sont juste des élucubrations embrouillées sans aucun but pratique. Il croit en la destruction par l’artefact d’objets matériels comme les planètes, parce qu’il en a vu le résultat concret. Pour lui, la destruction de l’espace-temps reste une chose abstraite.

« Quoi qu’il en soit, il pense que les Faucheurs ne régleront jamais leur artefact sur treize dans un système où se trouverait notre artefact, parce que nous pourrions faire de même, et que les Faucheurs, eux, croient réellement ce charabia concernant la destruction du tissu de l'espace. Ils y croient assez pour te l'avoir dit, Marbet, afin d'éviter que cela se produise par mégarde. Donc Pierce est persuadé qu'ils n'oseront jamais régler leur artefact sur treize dans le système de Q, et que s'ils le font, il y a de grandes chances pour que rien ne se passe.

— Il est cinglé ! s'exclama Capelo.

— Oui, et je pense que c'est exactement ce qu'il s'apprête à faire : emporter l'artefact dans le système de Q et une fois là-bas, le régler sur le nombre premier treize, pour exterminer les unités faucheuses. Peut-être dans le dessein de s'emparer ensuite de leur artefact, mais peut-être pas. Dans les deux cas, le vaisseau de Pierce attendra jusqu'à ce que l'onde se soit suffisamment dissipée, puis empruntera sans entrave le tunnel #301, et frira le système faucheur sans défense.

— Alors Pierce a tort. Les Faucheurs détecteront que notre vaisseau a réglé l'onde sur treize… le peuvent-ils ? Avant qu'elle les atteigne ? Je croyais qu'elle voyageait à la vitesse de la lumière, dit Marbet.

— C'est bien le cas. Non, ils ne sauront pas qu'elle arrive avant qu'elle les atteigne. Mais rappelle-toi la manière dont elle fonctionne, Marbet. Tous les atomes au nombre atomique supérieur à cinquante vont être déstabilisés, mais pas instantanément. Les atomes émettront plus de radiations alpha que d'habitude, puis encore plus, etc. Ils auront le temps de régler leur artefact sur treize, en particulier s'ils l'ont bricolé pour qu'il se déclenche automatiquement avec un dispositif composé d'atomes au nombre atomique inférieur à cinquante. Rien de plus simple.

— Donc ils constateront que nous venons raser leur

système stellaire d'origine, et ils choisiront de détruire l'espace-temps.

— Et pourquoi pas ? De cette manière ils sont sûrs de nous entraîner avec eux, rajouta Kaufman.

— Mais Pierce doit savoir tout cela ! s'écria la jeune femme.

— Je te l'ai dit… *Il n'y croit pas*. Il compte sur l'un des trois scénarios suivants : premièrement, l'artefact des Faucheurs est réglé sur onze dans leur système d'origine et les protège ; de cette façon, il se retrouve dans une impasse mais n'a rien perdu. Ou bien, deuxièmement, leur artefact est dans le système de Q, il n'y a pas de zone de sécurité, et il détruit leurs vaisseaux et le sien. Il aura frit le système de Q, et en un tour de main il ramasse un voire deux artefacts, avant même que les Faucheurs, de l'autre côté du tunnel #301, n'aient appris ce qui s'est produit. Ou alors, troisièmement, leur artefact est dans le système de Q mais l'ennemi respecte trop l'avis de ses physiciens pour prendre le risque de détruire l'espace-temps. Ils ne peuvent donc pas arrêter Pierce ; protégé par le réglage deux, il prend le tunnel suivant et va frire la planète d'origine des Faucheurs.

— Tu n'en sais rien, Lyle. Toi, Stefanak et Pierce vous ne faites que tourner dans tous les sens des scénarios purement hypothétiques, protesta sombrement Capelo.

— Exact, mais un seul de ces scénarios est acceptable. Le troisième n'aura pas lieu : les Faucheurs détruiront l'espace-temps plutôt que de laisser les Humains remporter la victoire. Stefanak le savait. Pierce est trop égocentrique pour le voir. Il veut consolider son pouvoir en devenant le plus grand héros de guerre de l'histoire de l'humanité.

« Le deuxième scénario, les deux artefacts réglés sur treize dans le même système stellaire, aura pour résultat un effondrement transitionnel qui modifiera tellement l'espace-temps que personne, Humain, Faucheur ou bactérie, n'y survivra. Inadmissible.

« Le seul scénario acceptable, c'est l'impasse. Je pense qu'en ce moment l'artefact des Faucheurs n'est pas dans leur système d'origine, réglé sur onze pour les protéger. Je pense que l'artefact des Faucheurs se trouve dans le système de Q, et les conseillers militaires plus rationnels du régime de Stefanak me rejoignaient apparemment sur ce point. Il faut donc convaincre les Faucheurs de déplacer leur artefact et de changer sa programmation. »

Capelo et Marbet dévisagèrent Kaufman. Dans l'espace exigu entre la cloison et la machinerie, bouches bées et pétrifiés, ils ressemblaient à des poupées impuissantes. Capelo prit finalement la parole : « Et qui va aller les convaincre ?

— Nous », dit Kaufman ; et il leur expliqua son plan dément.

CHAPITRE XXIII
THARSIS, MARS

Lorsque le système domotique eut laissé entrer Amanda, tante Kristen et oncle Martin dans l'appartement de Tharsis, ils constatèrent que toutes les pièces étaient pleines de fleurs. Partout, d'énormes bouquets de roses génémods rayées, d'humbles dahlias et de gardénias à la carnation parfaite et à l'intense fragrance, et des masses de ces fleurs nyctalopes à croissance rapide que les Martiens appellent « fleurs de rocher ». Toutes les fleurs de Tharsis, pensa Amanda, stupéfaite. Toutes rassemblées en un seul lieu.

« Ah-man-dah ! Tu être rentrée maintenant ! s'exclama Konstantin en s'élançant vers elle.

— Oh mon Dieu, murmura tout bas tante Kristen.

— Bonjour, professeur Blumberg, madame Blumberg, rajouta poliment Konstantin. « Je acheté fleurs pour Ah-man-dah. Parce qu'elle rentrer à la *maison*.

— Elles sont magnifiques, souffla Amanda. Quand les filles de l'école vont l'apprendre !

— Tu être encore plus belle », dit Konstantin en

contemplant avec admiration ses jolis vêtements et ses nouveaux cheveux blonds. « Très belle ! Splendide !

— On se croirait aux pompes funèbres », dit tante Kristen. Oncle Martin lui décocha un regard d'avertissement.

« Et ton père ? Tu as trouvé lui ? Il vient aussi ?

— Nous ne savons pas encore où il est », répondit Amanda. La récente conversation avec tante Kristen revint la frapper de plein fouet. Sa tante lui avait dit que l'amiral Pierce n'était pas l'homme sympathique qu'il semblait être, qu'il pouvait ne pas lui rendre son père. Que Papa était peut-être mort, tué comme les gens qui s'étaient opposés à Pierce et avaient disparu, par exemple le professeur Ewing, l'ami de son père. Que le père de Konstantin était un chaud partisan de l'amiral Pierce, et qu'Amanda devait par conséquent veiller très soigneusement à ne jamais critiquer l'amiral en présence de Konstantin ou de Démétria.

« L'amiral Pierce va retrouver ton père, dit Konstantin d'un ton confiant. Va te ramener lui.

— Tu le penses vraiment ? voulut savoir Amanda.

— Oh oui », affirma-t-il.

Peut-être avait-il raison ! Après tout, tante Kristen avait déclaré que le père du jeune homme était un grand copain de l'amiral Pierce, alors qu'elle-même n'avait jamais rencontré l'amiral, pas même lors de son récent voyage avec Amanda à Lowell City. Konstantin connaissait forcément mieux Pierce que sa tante, n'est-ce pas ? C'était une pensée réconfortante. Pleine de gratitude, Amanda sourit au jeune homme.

« Ça sent bon, dit l'oncle Martin, changeant délibérément de sujet.

— Démétria pour cuisiner. Venez !

— Merci de m'inviter chez moi », grommela tante Kristen.

La petite table de la salle à manger croulait sous la nourriture grecque, ou aussi grecque que possible avec les ingrédients disponibles sur Mars. Amanda sentit l'eau lui venir à la bouche. Même tante Kristen eut l'air plus détendu. Tout le monde mangea ; Démétria, muette, rayonnait devant le succès obtenu.

« Raconte-moi quoi se passe à Lowell City, Ah-man-dah. »

Elle avala une bouchée poisseuse de baklava martien et dit prudemment : « Ils m'ont posé des questions. Je leur ai raconté tout ce que je savais, et l'amiral Pierce m'a dit qu'il allait essayer de trouver Papa.

— Splendide. Mon père le faire aussi. »

Tante Kristen arrêta de mâcher : « Quoi ?

— Je appelé mon père, en Grèce. Il connaître beaucoup gens très importants. Je demandé lui aider à trouver professeur Capelo parce que je être dans la maison de sa fille, la belle Ah-man-dah. Je dis Ah-man-dah est à Lowell City, chez amiral Pierce, pour questions. Mon père très intéressé. Il dit oui, il aider. »

Tante Kristen ferma les yeux.

Oncle Martin intervint, avec une retenue perceptible : « Merci, Konstantin. Je sais… Je sais que tes intentions sont bonnes. Nous espérons tous que le professeur Capelo reviendra bientôt.

— Très grand physicien, dit Konstantin avec sérieux. Beaucoup de respect pour les physiciens. Le professeur Stajevic appelé de la Terre pour vous, madame Blumberg.

— Et avez-vous regardé ce message, Konstantin ? » demanda tante Kristen d'un ton égal.

Amanda retint son souffle. Son oncle et sa tante étaient très à cheval sur la vie privée.

— Oh non. Le système domotique dire que message arrivait. Pour vous, pas moi. »

Amanda respira de nouveau. « Excusez-moi », dit

tante Kristen en quittant la pièce ; elle referma derrière elle la porte de la chambre à coucher.

« Konstantin, Démétria et toi devez manquer à vos parents ? Ne veulent-ils pas que vous retourniez sur Terre ? demanda oncle Martin.

— Oh, non. Nous allons à Terre pour l'école. Pas l'été. Maintenant, visiter Mars. Très intéressant, splendide. Je m'occuper Démétria. »

Cette dernière, en entendant son nom, regarda son frère d'un air boudeur. Etait-ce à cause de Nikos, se demanda Amanda ? Cette famille n'agissait comme aucune de celles qu'elle connaissait.

Tante Kristen revint : « Le professeur Stajevic voulait savoir si nous avons en notre possession des papiers personnels de Tom concernant le travail qu'il menait. Apparemment, Stajevic fait des recherches dans le même domaine, et jusqu'à la disparition de Tom, ils échangeaient des idées. Stajevic a ce qu'il appelle “un nouvel angle d'attaque”, et si nous avons le moindre papier de Tom, il va le poster sur le Net pour que lui ou quiconque travaillant sur le même problème puisse y avoir accès. »

— Mais si Tom revient, il pourra les poster lui-même, dit oncle Martin en jetant un rapide coup d'œil à Amanda.

— C'est ce que je lui ai répondu », répliqua tante Kristen en attaquant son gyro avec une vigueur inutile.

Il y eut un long silence, si long qu'il en devint pénible. Au bout d'un moment, pour le briser, Amanda posa une question : « Sur… Sur quoi Papa travaillait-il ?

— Le macro-enchevêtrement. Pour l'intégrer dans la théorie de la probabilité. Ses équations initiales sont prometteuses », répondit Konstantin. Sa connaissance de l'anglais s'améliorait dès qu'il parlait de physique.

Amanda supposa qu'il mémorisait des passages entiers d'articles scientifiques.

Tante Kristen prit un air étonné : « Comment le savez-vous ?

— Je lis articles de physique sur le Net. Toujours. Le professeur Capelo poste toujours. Des bouts de théorie, aussi, pas terminées. Le professeur Capelo demander à les autres physiciens de l'aider. Pour trouver réponses de physique. Grand, grand homme. »

— Kris, si c'est ça… Peut-être devrions-nous demander à la police de Boston de nous rendre tous les papiers confisqués chez Tom, et laisser ce monsieur Stajevic les poster.

— Je vais y réfléchir », dit tante Kristen.

Quand ils eurent terminé le repas, ils se rendirent tous au salon, et oncle Martin alluma le poste sur une chaîne d'information. Konstantin s'assit à un bout du canapé, et tante Kristen à l'autre. Démétria et oncle Martin prirent des fauteuils. Le milieu du canapé était le seul endroit encore libre, et Amanda s'installa gauchement à côté du garçon. D'aussi près, son odeur lui parvint, et quelque chose se serra dans sa poitrine. Elle se sentit rougir. Heureusement, il ne la regardait pas…

« … *Départ surprise de Lowell City à destination du tunnel spatial numéro un à bord du* Vladivistok, *vaisseau amiral de la Marine. La porte-parole de l'amiral Pierce a déclaré à la presse qu'une « urgence militaire » non spécifiée requérait la présence de l'amiral au tunnel. Elle a par la suite annoncé que le* Vladivistok *voyageait aussi vite que possible pour réduire au minimum le temps d'absence de l'amiral Pierce sur Mars. Les spéculations vont bon train quant à la nature de cette urgence militaire, mais aucune information supplémentaire ne nous est pour l'instant parvenue du Sommet. A l'heure où nous parlons, nous ignorons si l'amiral Pierce a vraiment l'intention de quitter le système solaire par le tunnel spatial un.*

« L'amiral Pierce a désigné le général Yang Lee comme commandant suppléant du CDAS pendant son absence. Cependant, l'amiral a assuré à l'Alliance Solaire qu'il resterait en contact radio constant avec le commandant suppléant. Pendant ce temps-là, dans la Ceinture... »

« Mon père est à tunnel spatial un », dit négligemment Konstantin.

Tante Kristen le regarda : « Ne nous avez-vous pas dit que votre père était en Grèce ?

— Oh oui. En Grèce. Et à tunnel un. Et à la Ceinture. Et à Mars. Mon père avoir beaucoup vaisseaux, beaucoup appareils. Mon père être toujours dans beaucoup endroits.

— Je vois », dit tante Kristen. Elle pensait que Konstantin se vantait, comprit Amanda. Mais ce n'était pas vrai, il ne faisait qu'énoncer des faits ! Comme disait son père, il fallait prendre tous les faits en considération ; c'est ce à quoi s'appliquait Konstantin, et il n'y avait rien de mal à cela.

« Demain est dimanche, fit-il remarquer.

— Et alors ? s'enquit Amanda, car tout le monde se taisait.

— Toi venir église avec moi, Ah-man-dah ? Pour écouter la messe. Il doit avoir église par Tharsis. »

Il voulait dire une église catholique, réalisa-t-elle. Konstantin pensait qu'elle était croyante. Normal, la première fois qu'il l'avait vue, devant le spatioport, elle tenait le calice en or de frère Meissel, calice qui trônait à présent dans la pièce principale.

Une vague d'émotion inattendue la submergea. Frère Meissel, l'abbaye d'Ares. Les voix profondes psalmodiant le plain-chant : laudes, primes, tierces, sextes, vêpres, matines. « “*Une fois que vous appartiendrez à Dieu dans la mesure où il le souhaite, Dieu en personne vous donnera à d'autres.*” *C'est de Saint Basil, Amanda, souviens-t'en...* »

« Ah-man-dah ? »

Son père disait toujours que la religion était un ramassis de superstitions idiotes pour les gens qui refusaient de penser. Mais Frère Meissel pensait, et il n'était pas idiot, même si rien de ce qu'il disait n'avait vraiment de sens. Elle s'y perdait. Pourquoi fallait-il que tout soit si embrouillé ?

« Ah-man-dah ?

— D'accord, Konstantin. Demain, j'irai à la messe avec toi. Oncle Martin, y a-t-il une église catholique à Tharsis ?

— Je l'ignore. » Oncle Martin la regardait avec étonnement, tante Kristen avec appréhension. Et bien, soit ! Etait-ce un si grand crime d'aller à l'église avec un garçon qu'on aimait bien ? L'invité de votre maison ?

« Splendide », dit Konstantin. L'oncle et la tante d'Amanda dévisageaient toujours la fillette ; elle se sentait très mal à l'aise, mais soudain Démétria bondit sur ses pieds : « Café ! » dit-elle d'une voix forte. Amanda lui fut reconnaissante sans même savoir pourquoi.

En revenant vers la salle à manger, une autre pensée la frappa. Konstantin dormait dans la chambre d'amis, d'après le coup d'œil furtif qu'elle avait lancé dans la pièce. Le petit sac de Démétria était rangé à côté du canapé, donc elle y passait probablement la nuit. Où allait dormir Amanda ? A sa grande consternation, elle sentit son cou et son visage rougir violemment. Tout le monde allait le remarquer !

Mais en fait, personne ne s'en aperçut. Konstantin parlait en grec à Démétria, et Amanda entendit tante

Kristen, derrière elle, demander très bas à oncle Martin : « A ton avis, pourquoi Pierce se rend-il si vite au tunnel ?

— Je ne sais pas », répondit ce dernier, et Amanda respira mieux. Ils n'avaient pas remarqué qu'elle rougissait, en fin de compte. Tout allait bien.

Tout irait pour le mieux.

CHAPITRE XXIV

ESPACE DE CALIGULA

A l'arrière du local des installations de survie, dans leur cachette exiguë encombrée de machines ronronnantes et de caisses poussiéreuses, des conduits au-dessus de leurs têtes, Tom Capelo et Marbet Grant le regardaient comme s'ils avaient affaire à un dément. Kaufman, en son for intérieur, partageait leur opinion. Rien de tout cela n'était clair. Les machines dégageaient beaucoup de chaleur ; il sentait la sueur perler sur son cou, sous la tunique de matelot à laquelle il n'était pas habitué.

« Cela ne marchera pas, dit lentement Capelo, sans faire preuve le moins du monde de son ironie habituelle. Lyle… *Réfléchis*. C'est impossible.

— Ton plan repose sur trop d'inconnues, ajouta Marbet. Magdalena, les vaisseaux de surveillance de la marine postés à cinq tunnels différents… *cinq*. Et ensuite, pour finir…

— C'est moi qui suis censé penser en termes de probabilités », l'interrompit Capelo d'un ton acide. L'un d'eux au moins avait retrouvé son état normal, constata

Kaufman. Quel que soit le sens du mot « normal » dans ces circonstances. Il laissa le physicien déverser tous ses arguments : c'était le seul moyen de le manœuvrer.

« Si je devais appliquer la méthode de somme de tous les chemins à ce plan dément, continua Capelo, il finirait tout droit aux toilettes. Lyle, nous ne pouvons pas faire ça.

— As-tu autre chose à suggérer ? demanda doucement Kaufman.

— N'importe quoi d'autre !

— D'accord, j'attends. Peut-être te viendra-t-il une meilleure idée, Tom. Tu es bien plus intelligent que moi, personne ne le nie. Mais trouve-la vite, cette idée, parce que Magdalena va bientôt arriver et que nous n'aurons pas d'autres occasions de nous parler seuls.

— Je ne te suivrai pas, Lyle. Je veux revoir mes filles dans cette existence.

— D'accord. Rentre chez toi, va voir tes filles. Et quand le tissu de l'espace-temps sera détruit parce que les deux artefacts auront été déclenchés sur le réglage treize dans le même système solaire, calcule le temps qu'il te reste pour les revoir ne serait-ce qu'une fois encore.

— C'est fait, rétorqua Capelo. L'onde de l'effondrement transitionnel voyage à la vitesse de la lumière, donc il s'écoulera des siècles avant qu'elle atteigne le Système Solaire. Le monde d'origine des Faucheurs est à plus de mille années-lumière de la Terre.

— Es-tu vraiment certain qu'elle voyage à la vitesse de la lumière, Tom ? Dieter a émis cette hypothèse après la destruction ici même, près du tunnel, du premier artefact par Syree Johnson, parce que l'effet de cette destruction a été immédiat sur Monde, un milliard de kilomètres plus loin. Es-tu absolument convaincu qu'aucune espèce d'enchevêtrement de niveau macro n'existe entre les tunnels spatiaux, eux-mêmes enchevêtrés, et l'artefact ? N'est-ce pas l'objet de tes recherches actuelles ?

— Comment peux-tu savoir sur quoi je travaille ?

— J'ai lu les articles à ma portée. Sur le Net », rajouta Kaufman. Pendant ces longues heures à bord du *Sans Merci*, à éviter Marbet et à tenter de comprendre les articles consacrés à une discipline pour laquelle il n'avait aucune formation.

Marbet reprit la parole : « Tom… Lyle a-t-il raison ? Est-il envisageable que l'onde réglée sur treize ait un effet *immédiat* sur l'espace-temps ?

— Personne n'en sait rien, répliqua Capelo. Quelques équations font même allusion à un effet à retardement, comme le décalage de l'onde de déstabilisation elle-même, mais ces équations sont peu concluantes… Foutu Lyle ! D'accord. Je veux bien accorder une chance à ta bêtise rayonnante. Mais à mon avis, l'issue la plus probable de ton plan, c'est notre mort à tous les trois, sans aucun résultat.

— Nous mourrons de toute façon », dit Kaufman, qui regretta immédiatement ces paroles. La vérité ne devait pas sembler si grandiloquente, si tapageuse. Il aimait qu'elle surgisse par petites touches robustes et utilitaires s'accumulant graduellement pour, au final, composer une image stable et triviale.

Ce n'était pas le cas cette fois-ci.

« Très bien », dit-il sans conviction. Rajoutant : « Tom, échangeons nos vêtements. »

Capelo, dix centimètres et près de vingt kilos de moins que Kaufman, se mit à ricaner.

« Pas le pantalon », dit Kaufman en contenant son irritation. « Mais passe-moi ta chemise, elle bâille sur toi, de toute façon, et prends ma tunique de matelot.

— Exactement ce que j'ai toujours voulu éviter…

Appartenir à la Marine de Défense de l'Alliance Solaire. Matelots, levez l'ancre…

— S'il te plaît, Tom », lâcha Marbet, épargnant cette peine à Kaufman.

Coincé entre la cloison et une machine énorme et ronronnante, Kaufman retira maladroitement sa tunique et enfila la chemise de Capelo. Il ne parvint pas à la fermer, et la laissa telle quelle sur sa combinaison extensible. La tunique de matelot tombait des épaules étroites du physicien et lui arrivait presque aux genoux. Les deux hommes devaient avoir l'air ridicule : Marbet souriait.

Côté couloir, la porte s'ouvrit.

« Vite, venez », s'exclama Kaufman, et il les guida hors du local.

C'était Kendai, et non Magdalena, qui les attendait près de la porte. Le jeune garde du corps lui jeta un regard furieux. Il n'était pas aussi discipliné que Rory, et laissait encore voir ses émotions. Kaufman mit cette information de côté pour l'utiliser ultérieurement si le besoin s'en faisait sentir.

Ils se coulèrent rapidement le long du couloir désert puis dans la soute tout aussi déserte du vaste vaisseau de guerre. Comment Magdalena s'y était-elle prise pour faire disparaître tout le monde ? Elle avait ses méthodes, et, bien entendu, tous les vaisseaux de combat s'étaient lancés à la poursuite du *Sans Merci* pour récupérer l'artefact, qui ne parviendrait jamais jusqu'à Monde. Les seuls véhicules visibles dans la soute étaient la navette d'atterrissage et l'aviso de Magdalena.

Elle attendait à son bord en compagnie de Rory, et s'agitait entre les six sièges rapprochés : « Pourquoi avez-vous mis tout ce temps ? »

Ils n'avaient pourtant pas traîné. Kaufman ne discuta

pas, se contentant de s'attacher à son siège : « Avons-nous l'autorisation d'emprunter le tunnel ?

— Oui, évidemment. Les trois prochains tunnels, vers le système d'Artémis. Allez, la Sensitive, remuez-vous. Pas le temps de sonder nos cervelles. »

Magdalena était aussi tendue qu'un câble d'ascenseur, constata Kaufman. La tension s'élevait d'elle comme de la chaleur. Elle s'installa dans le fauteuil de pilotage et lança un ordre à la passerelle. Les portes de la soute s'ouvrirent, et l'aviso se rua vers le tunnel spatial #438, celui qui menait de Monde au système de Caligula.

Le tunnel flottait droit devant eux, profusion impénétrable de panneaux et de câbles ayant vaguement la forme d'un beignet. L'intérieur était obscur, d'un gris soutenu… quelque chose d'indéfinissable. L'aviso volait droit vers le gris. Kaufman observa Capelo du coin de l'œil : que voyait le physicien ? Une masse d'équations incomplètes ? Le résultat d'une physique extraterrestre inconnue ? Le moyen (peut-être) de permettre à une onde qui en temps normal se serait propagée à la vitesse de la lumière de le faire instantanément, façon la plus efficace de reconfigurer l'espace-temps ? Le visage maigre et sombre du savant ne laissait rien paraître.

Kaufman se tortilla sur son siège pour obtenir un dernier aperçu de Monde ; mais avant qu'il ait eu le temps de localiser la planète parmi les étoiles, l'aviso avait franchi le tunnel et Kaufman contemplait dans le ciel des configurations complètement différentes.

La Station Caligula orbitait autour du tunnel, et des avisos patrouillaient entre les deux structures. Caligula était en fait un système à tunnels : pour des raisons inconnues, il en comportait trois, alors qu'aucune de ses planètes n'était habitable. Contrairement aux Humains, les inventeurs des tunnels devaient accorder une grande importance à cette zone. Les deux autres tunnels n'étaient pas assez proches pour être visibles à l'œil nu, mais ils apparaissaient sur le radar de Magdalena.

Aucun colon ne s'était installé dans ce système ; seuls des militaires y résidaient. La Station Caligula assurait essentiellement une fonction d'agent de la circulation pour les voyages incluant les tunnels du périmètre. Elle n'avait jamais vu une bataille, et tout officier ayant un peu d'ambition s'efforçait d'obtenir son transfert aussi vite que possible. Après quinze ans, n'y restaient que ceux qui en étaient dépourvus ou qui étaient incompétents ou vénaux.

« *Aviso, identifiez-vous* », prononça une voix juvénile et ennuyée.

« Aviso du *Sans Merci*, civil, permis de voyage numéro 1264A, émis le 11 juillet. Quatre personne à bord », répondit Magdalena d'un ton coupant.

Kaufman compta les secondes : une, deux… six, sept…

« *Aviso du* Sans Merci *?* » reprit la jeune voix sans plus montrer le moindre ennui. « *Votre autorisation s'applique au voyage de retour du vaisseau original, pas à cet aviso.*

— Cette autorisation a été modifiée. Contrôlez le message prioritaire qui vous est parvenu il y a une heure. C'est à vous qu'il s'adresse. »

Cette fois-ci la pause dépassa de beaucoup les sept secondes. Kaufman savait ce que pensait l'officier de pont : bon sang, mais que faisaient des autorisations de voyage civils dans un message destiné à des militaires, et comment une civile pouvait-elle connaître ces procédures ?

« *Autorisation de rejoindre la station Caligula, quatre*

personnes à bord », déclara finalement l'officier de pont. « *Poursuivez, aviso. Les données d'arrimage vont vous parvenir.*

— Merci », répondit Magdalena ; et elle coupa la ligne. Elle vibrait de tension.

A voix très basse, Marbet dit à Kaufman : « Quand tu seras sur la station, peux-tu veiller à ce qu'elle prenne des dispositions pour Essa ? »

Essa. Kaufman n'avait pas accordé la moindre pensée à la petite extraterrestre. Essa avait été renvoyée chez elle, sur Monde, en même temps que l'artefact, à bord du *Sans Merci*. Mais le *Sans Merci* n'atterrirait jamais sur Monde. Essa allait être capturée par les combattants de Blauman et ramenée sur le *Murasaki*. Elle allait se retrouver à bord d'un vaisseau de guerre humain sans personne pour s'occuper d'elle. Qu'est-ce que Blauman allait en faire ?

« Tu n'as pas pensé une seule seconde à Essa, fit remarquer Marbet. Et maintenant que tu penses à elle, tu te sens plus contrarié que coupable.

— Essa n'est pas notre préoccupation principale.

— Je sais. Mais nous sommes responsables d'elle. »

Kaufman ne voyait pas les choses ainsi, n'avait jamais envisagé les choses de cette manière. Magdalena était responsable d'Essa, du moins en théorie, parce que c'était elle qui avait amené l'extraterrestre dans l'espace. Il se garda bien de le dire tout haut.

De toute façon, peu importait qu'il le dise tout haut ou pas. Marbet le savait.

La Station Caligula, énorme complexe difforme grêlé d'innombrables impacts de météores minuscules, apparut sur l'écran vidéo. Plusieurs vaisseaux de combats et un vaisseau de guerre de classe Thor étaient arrimés côte à côte. « Très bien, les enfants, dans les toilettes, s'exclama Magdalena. Et soyez sages là-dedans, vous deux. »

Kaufman lança un regard d'avertissement à Capelo, qui s'abstint de rétorquer quoi que ce soit. Même Tom savait combien ils avaient besoin d'elle. Sans Magdalena, ils ne pourraient emprunter les tunnels spatiaux #437 et #210 jusqu'au système d'Artémis. Et ensuite il faudrait qu'elle les aide à… Kaufman écarta cette pensée. Un combat à la fois.

Capelo et Marbet détachèrent leurs ceintures et se glissèrent tous deux dans les minuscules toilettes de l'aviso. Ces appareils n'étaient pas conçus pour le confort ou les voyages au long cours, et les toilettes y étaient le seul endroit invisible depuis la porte. Les placards de rangement étaient tous trop petits pour y loger un corps humain, excepté ceux où l'on suspendait les combinaisons spatiales, qui occupaient tout l'espace. Et dans les toilettes, deux personnes ne pouvaient s'asseoir en même temps. Mais ils n'avaient pas le choix. La porte des toilettes se referma et Kaufman entendit cliqueter la serrure.

« Vous êtes sûre qu'ils ne vont pas fouiller un vaisseau civil ? demanda-t-il à Magdalena.

— C'est ce qu'ils sont supposés faire, n'est-ce pas ? Vous êtes au courant. Mais non, ils ne le feront pas. La Station Caligula regorge des marins les plus paresseux, gras, stupides et sales que je connaisse. »

Kaufman se disait la même chose, en termes plus polis. Il espérait que Magdalena avait raison.

L'aviso en pilotage automatique se posa dans une soute dont la porte se referma derrière lui. La soute se pressurisa, et Magdalena sortit immédiatement, suivie de Kaufman et des deux gardes du corps.

« Passeports », dit le second maître de passerelle, maussade. Il était mal peigné et au-dessus du ceinturon réglementaire, son uniforme arborait le holo incontestablement non réglementaire d'un couteau dégoulinant de sang. Le pont était sale. Où était l'officier de pont ? L'envie de punir lui-même le marin démangeait Kaufman, mais il resta impassible. Il n'était pas supposé se comporter comme un membre du CDAS.

L'officier de passerelle inspecta leurs passeports qu'il compara à leurs scans rétiniens. Kaufman utilisait de nouveau le faux passeport qui le présentait comme le « Eric James Peltier » qu'il avait été à bord du *Cascade d'Etoiles*.

« Quatre civils à bord, autorisés. Où doivent-ils se rendre ? grogna l'officier dans son telcom.

— *Au bureau du commandant Hofsetter*, lui répondit-on.

— Carver, conduis ces quatre personnes au commandant Hofsetter, ordonna l'officier de passerelle au planton de service.

— Trois », intervint Magdalena. Elle désigna du doigt le plus jeune de ses gardes du corps : « Kendai reste avec l'aviso.

— Trois », rectifia le chef de passerelle. « Carver ! »

Le planton, toujours assis sur une caisse à regarder un portable, se mit debout à contrecœur. Kaufman grinça des dents en apercevant une image porno à l'écran. Action ou pas, cet avant-poste était une honte. Pas étonnant que Magdalena ait pu acheter ces autorisations de passage.

Eh bien, Kaufman allait maintenant en tirer parti.

Magdalena s'adressa à Kendai : « Personne ne monte à bord de l'aviso, sous aucun prétexte. C'est bien compris ? »

Le garde du corps opina du chef. Kaufman réalisa tout d'un coup qu'il ne l'avait jamais entendu prononcer un mot. Peut-être le jeune homme en était-il incapable.

Kaufman suivit Carver, Magdalena et Rory à travers le dédale de couloirs et d'ascenseurs qui constituait la Station Caligula. Il fut soulagé de constater que certains secteurs étaient bien plus réglementaires que la soute d'arrimage. Le sol et les cloisons étaient propres, les soldats portaient correctement leur uniforme. Toute la station n'était pas négligée, et le secteur de l'armée de terre avait bien meilleure apparence que celui de la marine. Les installations spatiales du CDAS comportaient toutes un indispensable mélange des services, et sur la Station Caligula, les habituelles guerres de territoire avaient visiblement été remportées par l'ADAS.

Sauf en ce qui concernait Hofsetter. Cet officier de carrière gras et transpirant ne se leva pas quand ils entrèrent, et Kaufman le catalogua d'un seul coup d'œil. A l'époque où il avait commandé des unités de combat, c'était exactement le genre de soldat dont il se débarrassait. Hofsetter était prêt à vendre un vaisseau de combat du moment que le prix qu'on lui en proposait était assez élevé et qu'il pensait ne pas pouvoir être pris.

« Salut, Hofsetter, dit Magdalena. Je suis venue négocier.

— Un nouveau garde du corps, ma jolie ? Il est moins impressionnant que Rory. Et il porte la moitié d'un uniforme de la MDAS.

— C'est un des hommes d'équipage du *Sans Merci*, et je me fous complètement de ce qu'il porte et d'où il trouve ses vêtements. J'ai une grosse offre pour vous, Hofsetter. C'est ce que vous verrez de mieux au cours de votre carrière minable et visqueuse, alors écoutez-moi attentivement. »

Elle s'assit à côté de lui sans y être invitée. Kaufman constata qu'elle ne cherchait pas à tirer parti de ses atouts féminins spectaculaires : c'était un marché sans équivoque. Rory restait vigilant, observant à la fois Hofsetter et la porte, et Kaufman décida d'en faire autant.

« Je veux que vous décortiquiez tous les rapports d'incidents survenus dans la Ceinture le trois juillet de cette année. Tous. Je veux le fichier d'un de ces incidents, et je suis prête à soudoyer la Marine au grand complet s'il le faut. Plus un million de crédits pour vous. »

Un million de crédits !

Quelque chose n'allait pas. Les yeux d'Hofsetter s'élargirent, dans la mesure où ils le pouvaient. Kaufman y distingua comme prévu la surprise et la cupidité, mais aussi autre chose : un triomphe sournois et sale.

« Un million de crédits, répéta Hofsetter.

— Oui. Par puce à authentification rétinienne. »

Indispensable, pensa Kaufman. Aucune communication n'était possible à travers les tunnels, donc les échanges bancaires non plus. Tant que le vaste empire financier de Magdalena existerait, une puce à authentification rétinienne garderait sa valeur pour le jour où Hofsetter choisirait de retourner dans le système solaire.

« Donnez-la-moi, alors. Je sais déjà ce qui est arrivé à Laslo Damroscher. »

Magdalena se mit à rire, un son sans aucune allégresse. « Bien sûr que vous le savez.

— Oui, je le sais. »

Magdalena avait beau ricaner, Kaufman comprit qu'Hofsetter disait la vérité. Oh, Seigneur, non… *pas maintenant*.

Magdalena plissa les yeux : « Prouvez-le.

— La puce d'abord. Authentifiée.

— Plutôt crever. Je vais vous la montrer. La vérification aura lieu quand j'aurai vu votre prétendue preuve.

— Ça me va », répondit Hofsetter. Kaufman distingua à nouveau la lueur de triomphe dans ses yeux porcins.

Comment allait-elle réagir ? Il était incapable de le prévoir. Il avait besoin de Marbet, mais elle était enfermée dans les toilettes de l'aviso en compagnie de Tom Capelo. Quelle que soit la réaction de Magdalena, Kaufman allait devoir tout faire pour ne pas laisser passer cette occasion unique.

Hofsetter saisit des e-codes sur le pupitre de son bureau et en retira un cube de données couvert des habituels avertissements militaires. Il inséra le cube dans son terminal. Ce n'était pas un holo mais un simple enregistrement de routine en deux dimensions. Le terminal vérifia le code d'intégrité des données : si cet enregistrement, ou le signal d'intégrité, avaient été altérés d'une façon ou d'une autre, le cube allait s'autodétruire. Il existait des moyens de contourner ces protections, mais cela nécessitait un véritable travail d'expert. Et pourtant, si seulement Magdalena pouvait croire que les données avaient été falsifiées… Kaufman la dévisagea. Elle savait qu'elles étaient authentiques. Comment était-ce possible ?

« Je les ai… obtenues, disons… après que vous êtes passée ici il y a quelques semaines », dit Hofsetter. Cela expliquait tout : trois semaines avant, Hofsetter ignorait encore que le fils de Magdalena avait disparu. La Station Caligula était presque aussi isolée que le système de Monde, et les ressources nécessaires pour créer un cube à intégrité falsifiée se trouvaient à des tunnels d'ici.

Les données, visuelles et audio, commencèrent à s'afficher — une conversation de cockpit ? Non, il ne s'agissait pas d'un vaisseau mais d'un édifice.

Kaufman avait déjà entendu l'autre versant de cet échange. La scène se déroulait implacablement tandis qu'un point grandissait à l'écran. Il n'arrivait pas à distinguer les commandes d'affichage, mais devina ce qu'elles signalaient : distance, vitesse, accélération, signature thermique, disponibilité en armes de l'appareil en approche.

Il savait ce qu'il allait voir : le complément de l'enregistrement de Magdalena, le même événement vu de l'intérieur de l'astéroïde. Le terrible yin d'un yang effroyable.

« *Monsieur… Vaisseau à l'écran.*

— *Je le vois. Distance et identification ?*

— *Cinq cents kilomètres de distance… Un aviso, monsieur.*

— *Militaire ?*

— *Une sec… Non, monsieur, civil.*

— *Bordel de… attendons de voir s'il approche.* »

Silence.

« *En approche, monsieur.*

— *Avertissement sur toutes les fréquences.* »

Une voix enregistrée, forte : « *Vous approchez d'une zone strictement interdite. Quittez immédiatement cette zone.* »

Puis, avec un décalage, un telcom soudain ouvert par erreur sur l'autre appareil, et la voix de Conner : « *Il ne veut pas de nous. Descends-le !*

— *Attends ! Peut-être…*

« *Vous approchez d'une zone strictement interdite. Quittez immédiatement cette zone.* »

« *Putain de traîtres ! Descends-les !*

— *Je…*

— *Putain de trouillard !* »

« *Monsieur, l'appareil accélère.*

— *Nouvel avertissement, monsieur Tambwee.*

— *Oui monsieur.* »

« *CECI EST NOTRE DERNIER AVERTISSEMENT ! VOUS AVEZ ENVAHI UNE ZONE STRICTEMENT INTERDITE ET TRÈS DANGEREUSE.*

PARTEZ IMMÉDIATEMENT OU NOUS FAISONS FEU SUR VOTRE APPAREIL ! »

« *Appareil inconnu… SOS… Au secours ! Je suis…* »

« *Mais… Comment bordel ce fils de pute peut-il envoyer…*

« *… retenu ici — c'est…* »

« *Feu !* »

« *… Tom Capelo —* »

Un invisible faisceau de protons frappa l'aviso et le vaporisa. Un instant avant le vaisseau grossissait à l'écran ; l'instant d'après ce dernier n'affichait plus qu'un espace vide semé d'étoiles glacées.

« *Je l'ai eu, monsieur. Dois-je enregistrer un rapport d'incident ?*

— *Non, pas pour ce projet. Contentez-vous de valider l'enregistrement automatique.*

— *Oui monsieur.* »

L'écran du terminal redevint noir.

Magdalena ne bougeait pas. Son expression n'avait pas changé ; elle fixait l'écran d'un air absent, les lèvres légèrement incurvées. Hofsetter se mit pesamment debout. Il lança un coup d'œil à Rory, dont Kaufman ne pouvait voir le visage. Un long moment s'écoula.

Elle s'affaissa soudain sur le bureau de l'officier, un effondrement soudain, comme si tous ses os s'étaient dissous. Cela ne dura qu'une seconde, puis elle se raidit, et de sa poitrine monta un son animal, un son que Kaufman n'avait jamais entendu chez aucun être humain. Elle se jeta sur Hofsetter, tous ongles dehors, cherchant les yeux de l'homme.

Il l'esquiva, gêné par son poids, et se mit à hurler. Magdalena poussait toujours ce cri terrible, qui couvrait ceux de l'homme. Des bruits de pas retentirent dans le couloir. Rory se pencha et tira sa patronne en arrière tandis que les policiers militaires faisaient irruption dans la pièce. Le garde du corps jeta Magdalena à Kaufman et adopta une posture de défense, en se déplaçant si vite que Kaufman, avec la petite partie toujours calme de son esprit, se demanda de quels genres d'augments bénéficiait cet homme. Il n'avait jamais vu un soldat bouger aussi rapidement. Magdalena s'écroula dans ses bras.

Perplexes, les policiers militaires s'arrêtèrent, attendant les ordres. « Bordel ! Elle m'a griffé, la salope ! Sortez-la d'ici ! » hurla Hofsetter en leur faisant signe de partir.

Le corps de Magdalena était flasque. Kaufman voulut hisser ce poids mort sur son épaule mais Hofsetter s'exclama d'un ton cassant : « La signature rétinienne, d'abord ! Elle a promis ! »

Kaufman le regarda.

« J'ai tenu ma part du marché ! »

Il fit un signe de tête à Rory, qui hésita, attendant des ordres de sa maîtresse. Elle ne bougeait pas, et serrait ses lèvres exsangues avec une force telle qu'elles paraissaient bleues. Cette phase n'allait pas durer, Kaufman le savait. De plus, il ignorait la nature des autres marchés conclus entre Magdalena et Hofsetter. « Faites-le », ordonna-t-il à Rory.

Le garde du corps prit la puce contenant les crédits, ouvrit l'un des yeux de Magdalena, et déposa rapidement le petit objet contre son cristallin. Hofsetter cria : « Ce n'est pas légal tant qu'elle n'a pas cligné des yeux ! »

Rory se pencha au-dessus d'elle et la gifla légèrement. Elle n'était pas inconsciente : elle cilla. Rory retira la puce et la jeta sur le sol.

Kaufman transporta Magdalena hors de la pièce, sous le regard éberlué des policiers militaires. « Conduisez-nous jusqu'à la soute », s'exclama-t-il sèchement. Les policiers se rebiffèrent, mais Hofsetter répéta l'ordre et ils obtempérèrent.

Si seulement Magdalena restait en état de choc le temps de rejoindre l'aviso…

Ce ne fut pas le cas. Sur le pont E, dans un couloir étroit, elle se convulsa dans les bras de Kaufman et se mit à le frapper. Il la déposa, fit un pas en arrière. Elle faillit tomber mais se redressa ; en apercevant son visage, Kaufman détourna le regard.

« Ils ne vont pas s'en tirer comme ça. Je ne les laisserai pas s'en tirer comme ça. Ils ne vont pas s'en tirer comme ça. Je ne les… »

Kaufman voulut lui prendre la main, mais elle le gifla et il retira tout de suite la sienne. Il avait remarqué quelque chose qu'Hofsetter n'avait pas vu lorsqu'elle l'avait griffé : un dard avait jailli de sous un ongle de cette femme. Kaufman espérait seulement que le poison agirait assez lentement pour leur laisser le temps de s'échapper du système de Caligula avant qu'Hofsetter ne sombre dans l'agonie.

« Ils ne vont pas s'en tirer comme ça. » Elle parlait maintenant d'un ton monocorde, encore plus horrible que sa fureur des débuts. C'était comme si elle voulait anéantir la galaxie tout entière, comme si elle en avait le pouvoir.

« Ce soldat nous conduit à l'aviso », lui dit Kaufman d'un ton respectueux mais ferme.

A son grand soulagement, elle ne discuta pas. Elle repartit à grands pas, et Kaufman se laissa un peu distancer, pour éviter d'avoir à regarder son visage. Vue de dos, elle ressemblait de nouveau à la bâtisseuse d'empires froide et déterminée qu'elle était en réalité.

Mais elle ne put feindre très longtemps. Juste avant d'arriver à la soute, elle se tourna vers lui. Il comprit alors que l'horreur, tout aussi létale que le poison qu'elle avait injecté dans les veines d'Hofsetter, venait d'atteindre son cerveau. « Laslo… » Ce n'était plus qu'un chuchotement. « … Laslo… ». De nouveau, elle s'effondra sur le sol ; cette fois, elle s'était évanouie pour de bon. Son corps avait mis fin à l'horreur de la seule façon possible.

Cet état ne durerait pas non plus. La première partie du plan de Kaufman venait de débuter, mais pas de la façon prévue, même si cela pouvait faciliter les choses. Si Capelo y arrivait…

Cette fois-ci, Kaufman laissa Magdalena sur le sol. Il partit vers l'aviso à une allure soutenue, et Rory dut porter sa patronne, qu'il manipulait comme si elle pesait dix kilos. Kaufman passa devant le planton éberlué et son chef débraillé, puis devant un Kendai perplexe, et ouvrit brutalement la porte de l'appareil.

« Départ immédiat. Surveillez votre écran, bon sang ! », s'exclama-t-il à l'adresse de l'officier de garde.

Alarmé par le ton de Kaufman, ce ton dont l'officier avait toute sa vie usé avec les soldats négligents, le chef courut précipitamment vers la cabine de garde, le planton sur ses talons. Kaufman entendit siffler le verrou quand ils fermèrent la porte pour lancer la dépressurisation.

Rory grimpa dans l'aviso et laissa tomber Magdalena dans un des sièges passagers, laissant libre le fauteuil de pilotage. La porte des toilettes s'ouvrit, mais Kaufman ne bougea pas. Il savait que Rory, produit d'un long entraînement, ne consacrait qu'une partie de son attention à Magdalena. Le garde du corps employait le reste à observer soigneusement les faits et gestes de Kaufman, le soldat entraîné, et moins soigneusement ceux de la petite civile et du chétif scientifique. Ils ne disposaient que de très peu de temps avant que Rory reprenne sa place habituelle, adossé à la cloison, la cabine entière sous sa surveillance.

Tom Capelo tira depuis les toilettes. Kaufman claqua et verrouilla la porte de l'aviso, empêchant Kendai d'y monter.

Le neverwash était conçu pour faire effet sur des soldats normaux, pas sur des individus augmentés. De plus, Capelo — même à une distance aussi courte — n'avait pas touché Rory en plein dans la nuque, comme il était supposé le faire, mais à l'épaule. Le garde du corps se retourna vivement pour se diriger vers le physicien. Le neverwash, qui agissait instantanément, n'avait pas paralysé l'homme, mais avait au moins ralenti ses mouvements. Avant que Rory n'abatte son poing augmenté sur le physicien, le tuant de façon quasi certaine, Kaufman l'empoigna par-derrière. Lui non plus n'aurait pu supporter un coup direct et violent de Rory, mais les yeux du garde roulèrent dans leurs orbites et il trébucha. « Tire encore ! », cria Kaufman à Capelo en espérant qu'une deuxième dose ne tue pas l'augmenté. Le physicien fit feu, rata le garde, fit feu une troisième fois, et Rory s'effondra finalement sur Magdalena toujours inconsciente.

« Doux Jésus, Tom, Marbet s'en serait mieux tirée !

— Tu n'avais qu'à lui dire de s'en charger ! »

La jeune femme s'était glissée devant Capelo sur le siège de pilotage. D'une voix claire, elle s'adressa par telcom à la cabine de garde : « Ouvrez la soute. Nous partons.

— J'ai les choses en main, maintenant, Marbet », dit Kaufman.

Elle s'extirpa du fauteuil et tira Rory vers l'arrière pour dégager Magdalena. Elle fit glisser l'homme dans un siège, puis les sangla tous les deux : « Aide-moi, Tom ! »

Capelo s'y employa. Kaufman s'adressa au garde stupéfait et à Kendai qui cognait vainement contre l'aviso : « Vos instructions stipulent un départ, matelot. Occupez-vous-en. Kendai, soit vous allez dans la cabine de garde avant la dépressurisation, soit vous mourrez.

— Monsieur... » dit le marin ; l'emploi de ce titre confirma à Kaufman que cette honteuse parodie de soldat allait lui obéir.

« Allez, matelot ! Suivez les instructions de la passerelle !

— A vos ordres, Monsieur ! » La sonnerie signalant la dépressurisation retentit, régulière.

Kendai sprinta vers la cabine de garde. Kaufman fut soulagé de constater que le militaire le laissait entrer et scellait la porte derrière lui. Il n'avait pas voulu tuer Kendai, mais n'aurait pas hésité si cela s'était avéré nécessaire. Il avait déjà mis un terme à la carrière du second maître de passerelle devant une cour martiale, même si cet imbécile n'allait s'en rendre compte que plus tard. Exactement ce qu'il méritait.

L'air s'échappa en sifflant de la soute ; la porte extérieure coulissa, révélant l'ouverture, et Kaufman fit voler l'aviso de Magdalena hors de la Station Caligula, direction le tunnel spatial menant au Système d'Allenby.

Magdalena se sentait à moitié morte, mais Laslo, lui, l'était vraiment.

Il se passait des choses autour d'elle, mais peu lui importait. Rien ne lui importerait plus, rien. Rien de tout cela ne comptait. Rien ne le pouvait.

Laslo était mort.

Ce n'était pas possible. Elle le voyait trop clairement, elle le goûtait, le sentait, cette odeur douceâtre dans le cou des bébés, là où les cheveux bouclent, aussi fins que de la soie d'araignée. Il était allongé dans son lit d'enfant, un pli rose autour de ses petits poignets dodus comme ceux d'une poupée. Elle le soupesait, poids dense et moite des petits enfants, et sentait les os dans son dos robuste. Il levait les bras : « En haut, en haut… » ; elle le prenait. Il crapahutait à côté d'elle dans l'aviso, tout fier quand elle le laissait toucher au codepad, tendant le cou pour mieux voir, la tête trop grande pour son corps à la façon dont les têtes de tous les petits garçons sont trop grandes pour leurs corps. Il riait, et c'était le son le plus puissant de l'univers, un son pour travailler, intriguer et tricher, afin qu'il possède tout ce qu'elle n'avait jamais eu, qu'il soit en sécurité comme jamais elle ne l'avait été… Elle le protégerait toujours…

Et maintenant, il était mort.

Aide-moi, Sualeen, aide-moi…

Elle n'avait pas non plus été capable d'aider Sualeen. Sualeen était morte sans réaliser son rêve le plus cher : offrir de vraies pierres tombales à toute sa famille. Le premier geste de May Damroscher quand elle avait hérité de l'argent d'Amerigo Dalton avait été de retourner à Atlanta et d'acheter des pierres tombales en granit taillé pour tous les morts de la famille de Sualeen. Elle avait assisté en personne à leur érection dans le cimetière.

Son second geste : embaucher quelqu'un pour retrouver l'oncle Harris qui lui avait pourri la vie quatorze mois auparavant. Lorsqu'on l'eut retrouvé, elle le fit violer par un robot. Elle n'assista pas au viol, ni ne regarda le holo que l'homme lui remit comme preuve. Il lui suffisait de savoir que cela s'était produit, et que l'oncle savait qui en était à l'origine.

Elle aurait pu tuer pour Laslo, mais n'avait pas été capable de le sauver : il était déjà mort. Mort sans pierre tombale. Sualeen avait la plus belle pierre tombale que l'argent pouvait offrir mais Laslo…

« *Feu !*

— *Je l'ai eu, monsieur. Dois-je enregistrer un rapport d'incident ?* »

Elle ignorait que quelque chose pût faire aussi mal. Si elle bougeait, si elle prenait une grande bouffée d'air, la douleur se déversait dans son corps comme de la lave. Une douleur incandescente, une douleur pénétrante…

« *Je l'ai eu, monsieur. Dois-je enregistrer un rapport d'incident ?* »

Ils allaient le payer. Elle leur ferait payer. *Oh, Seigneur, faites que ce soit moi et pas Laslo, faites que cela s'arrête, faites que cela s'arrête…*

Tout était terminé.

Elle hurlait, et personne ne l'entendait, et la douleur de sa perte durerait éternellement.

Laslo…

CHAPITRE XXV

THARSIS, MARS

Lorsque Amanda revint de l'église en compagnie de Konstantin et de Démétria, l'appartement était vide. Tante Kristen et oncle Martin avaient laissé une note : *Amanda, nous avons dû sortir, nous serons de retour à l'heure du dîner*.

« C'est bizarre, dit Amanda.

— Pardon ? »

Elle montra la note au jeune homme : « Tante Kristen et oncle Martin sont partis, mais ils ne disent pas où. »

Konstantin lut laborieusement le message, et son visage s'illumina : « Démétria cuisiner splendide dîner à eux ! » Il se tourna vers sa sœur et lui parla à toute vitesse en grec. Amanda lutta contre un malaise diffus.

Où étaient-ils ? Et pourquoi l'avaient-ils laissée seule avec Konstantin ? Bien sûr, Démétria était là. Rieuse, elle questionnait son frère, ses dents blanches contrastant avec le rouge de ses lèvres et le doré de sa peau. Ils étaient tellement beaux, tous les deux. Génémods ? Peut-être. Amanda se sentit soudain trop pâle, trop vaporeuse. Trop d'une seule couleur. Il y avait un mot pour cela dans le logiciel de vocabulaire, mais elle ne s'en souvenait pas.

L'église avait été chouette, et effrayante, et triste, tout cela à la fois. Konstantin avait voulu trouver ce qu'on appelait « une église grecque orthodoxe », mais il n'en n'existait pas à Lowell City. Il avait dû se contenter de Notre-Dame-des-Anges, une église catholique. Amanda n'y avait pas vu grand-chose en commun avec l'abbaye d'Ares : les seuls chants entonnés, plutôt mal, l'étaient par les fidèles de l'église. En pensant à Frère Meissel et au Saint Office, Amanda avait sentit sa gorge se serrer. Konstantin avait remarqué sa détresse et lui avait pris la main, ce qui avait conféré son côté effrayant à cette sortie. Il lui avait tenu la main pendant tout le reste de la messe. Amanda avait eu soudain très chaud, puis froid, mais elle avait laissé sa main dans celle du garçon. C'était vraiment saisissant. Elle aurait bien aimé pouvoir en parler à Yaeko, ou Juliana, ou Thekla.

Mais pas à Papa. Amanda avait l'impression qu'il n'aurait pas aimé savoir que Konstantin lui avait tenu la main. Cette pensée la fit se sentir déloyale, ce qui était idiot, mais elle ne pouvait s'en empêcher. L'inquiétude qu'elle éprouvait pour son père était toujours présente, comme un vide menaçant de l'engloutir.

En revenant à pied de l'église, elle s'était sentie mieux. Konstantin avait emmené les deux filles prendre le déjeuner dans un café. Il semblait disposer d'argent à volonté. Tous trois mangèrent de bon cœur sans prendre garde aux soldats avec leurs bérets à bandes vertes, et discutèrent de tout et de rien en anglais (Amanda et Konstantin) et en grec (Konstantin et Démétria). Ils s'étaient bien amusés.

A présent, Démétria s'affairait dans la cuisine : Amanda l'entendait ouvrir les armoires et sortir les plats. La fillette se résolut à demander à Konstantin des précisions sur un détail qui l'intriguait, même si la question semblait déplacée :

« Konstantin… Ta famille est riche, n'est-ce pas ?

— Riche, oui. Beaucoup argent. Splendide. Je acheter tout à toi, Ah-man-dah ! »

Elle rougit. Ce n'était pas ce qu'elle voulait dire ! « Alors comment se fait-il que Démétria sache cuisiner ? N'avez-vous pas de cuisinier ? Ou au moins des robots de cuisine ?

— Si, bien sûr. Beaucoup cuisiniers. Robots, aussi. Démétria cuisiner parce que elle est femme grecque bien. Pour marier homme grec. »

Pour Amanda, cela n'avait aucun sens : « Alors… Quand tu te marieras, ta femme devra savoir cuisiner, elle aussi.

— Oh, non ! Je pas marier une Grecque. La femme grecque pas trop belle. Toi, Amanda, belle.

— Mais Démétria est belle ! »

Il haussa les épaules : « Nikos penser ça. Mon père au telcom tout le matin. Il veut Démétria rentre maison. Il veut moi ramener Démétria.

— En Grèce ? Tu retournes sur Terre ?

— Non. » Il lui sourit. « Je dis à mon père, je pas y aller. Je rester sur Mars. Mon père il… » Le jeune homme chercha un mot « … autre femme venir pour Démétria.

— Il envoie une femme pour ramener Démétria chez vous ?

— Ce soir. Elle très bien. Amie depuis beaucoup d'années. Elle sur Mars maintenant, dans Lowell City.

— Oh. Et Démétria, elle veut rentrer ? demanda Amanda.

— Oui. Nikos aller de nouveau en Grèce. Mon père pas savoir ça. »

Apparemment tous deux bravaient régulièrement

leur père, ce qu'Amanda avait du mal à concevoir. Démétria sortit de la cuisine, parla d'un ton rapide à Konstantin, sourit à Amanda et disparut dans la chambre d'amis, en refermant résolument la porte derrière elle.

« Elle partir… » Konstantin mima le geste de faire sa valise « … et dormir. Avant ce soir. Elle avoir besoin beaucoup de temps. »

Amanda ne voyait pas ce que Démétria avait à emballer qui lui prendrait tant de temps, ni pourquoi elle avait besoin de faire la sieste. La sœur de Konstantin semblait bénéficier d'une énergie sans borne.

« Viens t'asseoir près moi, Ah-man-dah. Maintenant nous parler. »

Il la conduisit vers le canapé du salon. Amanda avait toujours aimé cette pièce : des meubles simples, ni trop ni trop peu. D'authentiques livres, la sculpture d'un oiseau en train de planer, des fleurs, même avant que Konstantin ne dévalise tous les fleuristes de Tharsis. (« Elles sont chères ici, mais je préfère avoir des fleurs fraîches que des vêtements à la mode. C'est mon péché mignon », disait toujours tante Kristen). La vue depuis la fenêtre du troisième étage, à travers le dôme : la plaine rouge et rocailleuse de Mars, austère et belle dans la lumière changeante. Chez Amanda, dans le Massachusetts, le salon était sombre, négligé, perpétuellement encombré des jouets de Sudie, des raquettes de tennis de Carol et des cubes de données de physique et des vestes et des chaussures et des portables de tout le monde.

« Je veux dire à toi chose très importante, Ah-man-dah. Deux choses », dit le jeune homme.

Le souffle d'Amanda s'accéléra, sans qu'elle en comprenne la raison : « Quelles choses ?

— Premier, je faire tout ce qui est possible pour

aider ton père, professeur Capelo. Tout. Tu demander, mon père être riche ? Oui. Très très riche. J'ai — un mot grec qu'Amanda ne comprit pas — à son argent. Il bon avec moi. Je peux avoir toujours beaucoup argent, pas de questions. Tu avoir besoin argent pour trouver ton père, tu demander moi. Toujours. Pas de questions. Tu comprendre ?

— Oui. Merci. » Il était vraiment trop gentil. Elle ne voyait pas en quoi l'argent pouvait aider son père, mais c'était tellement gentil à lui de le proposer.

« Et aussi, mon père connaître amiral Pierce. Grands copains. Je demander à mon père, mon père demander à amiral Pierce, si tu vouloir quelque chose pour aider. »

« *Sois prudente, ma chérie. Ne t'avise jamais de critiquer Pierce devant tes nouveaux amis* », avait dit tante Kristen. Konstantin essayait-il de la faire parler sur le compte de l'amiral ? Cela ne semblait pas être son genre. Mais tout de même…

Elle resta silencieuse si longtemps qu'il s'exclama : « Ah-man-dah ? Tu crois moi ? Je demander à mon père tout pour aider toi.

— Je te crois, Konstantin.

— Splendide. Pas seulement l'argent, aussi. Mon père avoir beaucoup appareils, partout dans système solaire. Je sais appeler eux. Tous les codes. Mon père dire moi, si je avoir besoin vite de transport. »

Ça c'était impressionnant. Au cours de ces derniers mois, Amanda aurait aimé avoir des appareils à ses ordres partout dans le système solaire. Konstantin était vraiment quelqu'un d'important. Comment se faisait-il qu'il l'appréciait autant ?

« Merci.

— Vraiment, oui. Je envoyer appareils partout où tu diras. Deux, je te poser question importante. Tu d'accord ?

— Oui, vas-y. » Et maintenant, quoi ? Amanda, Yaeko, Juliana et Thekla avaient eu d'innombrables discussions sur les garçons et tous ces trucs, le *sexe*, quoi. Elles étaient toutes tombées d'accord pour décréter que si un garçon leur demandait un jour de faire l'amour, elles refuseraient. C'était dangereux et elles étaient trop jeunes et c'était plus facile d'arriver à dire non si elles se serraient les coudes. Les filles avaient besoin du soutien de leurs amies pour combattre les pressions individuelles, c'est ce que disaient ses professeurs. Elle s'arma de courage, sans regarder Konstantin.

« Quel âge tu avoir ? »

Pourquoi posait-il cette question ? Si elle lui disait son âge, il allait peut-être ne plus l'aimer. Soudain, Amanda ne voulut pas qu'il cesse de l'aimer. Elle ne voulait pas faire l'amour avec lui (ou quiconque), mais elle ne voulait pas non plus qu'il arrête de l'aimer. Il était trop merveilleux.

« Je n'ai pas encore dix-sept ans », répondit-elle.

C'était la vérité, après tout. Elle n'avait pas non plus seize ans, ni même quinze, mais elle ne le mentionna pas. Elle savait qu'elle paraissait plus vieille que son âge.

« Je penser toi plus vieille », dit Konstantin. Cela fit plaisir à la fillette.

« Tout le monde dit que je fais très mûre pour mon âge.

— Splendide. Ton père laisser toi venir voir moi en Grèce, peut-être ? Il, venir aussi, et ta famille. Tu as frères, sœurs, mère ?

— J'ai une belle-mère et une petite sœur. J'aimerais beaucoup aller te voir en Grèce. » Elle doutait que son père accepte cette expédition sans ciller, mais après tout, elle n'était plus un bébé et il devait commencer à l'emmener dans des endroits plus adultes. De toute façon, Carol le ferait. Carol était un amour, et elle lui laissait beaucoup plus de liberté que son père.

Ce qui lui faisait vraiment du bien, c'était que Konstantin supposait que son père serait là pour prendre la décision. Konstantin était persuadé que Tom Capelo allait revenir à la maison.

« Splendide ! » s'exclama le jeune homme. Ses yeux sombres étincelèrent. Il était assis tout près d'elle sur le canapé, et Amanda sentit sa poitrine se resserrer. « Ah-man-dah… Je pouvoir embrasser toi ? »

Il lui avait déjà posé cette question, et elle avait refusé. Amanda et ses amies avaient toutes entendu dire que quand les garçons voulaient faire l'amour avec vous, ils commençaient par vous embrasser. A partir de là, les choses se compliquaient. Cela n'en valait pas la peine, elles étaient toutes tombées d'accord sur ce point.

Mais soudain, elle avait très envie d'embrasser Konstantin Ouranis.

« Si… si c'est juste un petit baiser, je suppose que c'est ok. »

Il ne prononça pas le mot « splendide », comme elle s'y était attendue. Il se pencha simplement vers elle, passa le bras droit autour de sa taille et pressa doucement ses lèvres contre les siennes ; il la tenait comme si elle était la chose la plus précieuse de toute la galaxie. Elle lui retourna son baiser, et une vague si puissante la submergea de la tête à la poitrine qu'elle se sentit vraiment étourdie. Quand la bouche du garçon s'éloigna, cela la désola.

« Je t'aime, Ah-man-dah. »

La vague reflua. Elle n'était pas pour rien la fille de Tom Capelo. « Konstantin, tu ne me connais pas assez pour m'aimer. Nous venons juste de nous rencontrer. C'est idiot. »

Il se mit à rire. Peut-être ignorait-il le sens du mot « idiot ». Toujours est-il qu'il se pencha encore vers elle pour un autre doux baiser, et la fillette se retrouva serrée contre lui. De nouveau la vague déferla ; Amanda s'y abandonna.

La porte de l'appartement s'ouvrit, et Amanda bondit sur ses pieds. Konstantin et elle étaient restés étendus de tout leur long sur le canapé, dans les bras l'un de l'autre. Tante Kristen et oncle Martin entrèrent dans le salon, et la fillette sentit le sang affluer dans son visage. Konstantin se mit debout plus lentement.

« Oh mon Dieu », dit tante Kristen. C'était tellement injuste ! Amanda et Konstantin n'avaient rien fait de mal. Ils s'étaient seulement embrassés. Qu'y avait-il de mal à s'embrasser ? Elle n'était plus un bébé, ils devaient arrêter de la traiter comme un bébé !

Oncle Martin posa une main sur le bras de tante Kristen. « Bonjour Amanda, bonjour Konstantin, dit-il calmement.

— Bonjour monsieur », dit gaiement Konstantin. « Bonjour, madame Blumberg.

— Amanda, puis-je te voir un moment ? »

La fillette suivit sa tante dans la cuisine : « Quoi ? »

Kristen avait une expression sévère : « Ne crois-tu pas que tu es un peu jeune pour ce genre de choses, Amanda ?

— J'ai quatorze ans !

— Justement. Ton père serait bouleversé s'il l'apprenait, ma chérie.

— Il croit que je suis encore un bébé. Et bien, ce n'est pas vrai. Et de toute façon, nous n'avons rien fait.

— Je sais que vous n'avez rien fait. Tu es fondamentalement une fille sensée, et tu n'es même pas encore sous contraception. Mais tu es si jeune et ce garçon est tellement attirant. »

Donc tante Kristen la comprenait ! Amanda lui sourit :

« C'est vrai. Mais il n'a fait que m'embrasser.

— Et où est Démétria ?

— Elle fait la sieste. Son père envoie quelqu'un la chercher ce soir pour la ramener sur Terre. Un chaperon.

— Qui vient chercher Démétria, mais pas Konstantin ? »

— Konstantin est assez grand pour aller où ça lui chante, précisa non sans fierté Amanda.

— Ce qui veut dire qu'il est trop vieux pour toi, mon poussin. »

Tout d'un coup, la fillette s'emporta sous le coup d'une impatience complètement inattendue : « Tante Kristen, au cours de ces derniers mois, trois personnes ont essayé de me tuer. J'ai été prise dans un enlèvement, j'ai voyagé clandestinement et je me suis retrouvée au cœur d'une… une révolution. Je suis assez vieille pour décider si je peux embrasser un garçon ou pas », déclara-t-elle, se surprenant elle-même. Amanda fit volte-face et retourna dans le salon, tête haute et jambes tremblantes, plantant là tante Kristen qui la regardait avec stupéfaction.

Elle les entendit chuchoter au lit, quand ils crurent qu'elle s'était endormie. Une femme à l'air sévère était venue chercher Démétria ; dans un anglais impeccable, elle avait remercié les Blumberg pour leur « hospitalité envers la fille de mon employeur. » Oncle Martin avait installé dans leur chambre un lit de camp pliable, ce même lit de camp dans lequel elle avait dormi lors de précédentes visites, même si à l'époque on le dressait dans le salon. Personne ne fit allusion à ce changement.

« Elle grandit, murmura oncle Martin. Tu dois l'accepter, Kris.

— Elle a seulement quatorze ans !

— Ce qu'elle traverse la fait mûrir. »

C'était vrai, pas de doute. Amanda avait toujours eu un faible pour l'oncle Martin, même si dans le couple, tante Kristen était sa parente par le sang. Tante Kristen, emportée et parfois sarcastique, lui rappelait beaucoup Papa.

« Je l'aime tant », chuchota cette dernière d'une voix saccadée, et Amanda se sentit soudain mal de préférer l'oncle Martin. « Si Tom ne revient pas…

— Chhhut, mon cœur.

— Je ne fais pas confiance à ce garçon, c'est tout. Il est trop riche et trop sûr de lui.

— Il a été élevé avec tout l'argent du monde, et apparemment Ouranis le traite comme un adulte. Après le dîner il m'a expliqué sa part de décisions dans leurs opérations minières. Je lui ai posé des questions sur Pierce. »

Le sommier remua : « Tu n'as pas fait ça !

— Si. Prudemment et de façon fortuite, bien sûr. Konstantin n'est pas stupide. Il est conscient des excès de Pierce, mais il est loyal envers son père et désapprouvait les agissements de Stefanak, en particulier l'enlèvement de Tom. On dirait qu'il voue un culte aux physiciens.

— Ce qui explique son attirance exagérée pour Amanda.

— Amanda a largement de quoi attirer par elle-même », répliqua oncle Martin, et une agréable chaleur envahit la fillette. Son oncle comprenait, lui.

« Elle devient tellement belle, tu ne trouves pas ? dit tante Kristen. Autant que Karen. Je veux seulement qu'elle soit prudente.

— Nous serons prudents pour elle.

— Mais le professeur Ewing, cet après-midi… identifier son corps comme cela… complètement raide et gelé…

— N'y pense plus.

— Ce sont les hommes de Pierce qui ont fait ça, quoi qu'en dise la police. Pourquoi ? A cause des travaux de Tom ?

— Je ne sais pas. Nous ne le saurons peut-être jamais », répondit oncle Martin ; et tous deux se turent.

Plus tard, Amanda, toujours éveillée, les entendit ronfler. Ses pensées s'emballaient, elle ne pouvait s'en empêcher. Le corps du professeur Ewing, avaient-ils dit. On avait dû le retrouver, sans doute dans la plaine martienne. Et c'étaient les hommes de Pierce qui l'avaient tué. Peut-être avait-il fait une réaction allergique à une dose de Pandya : tante Kristen lui avait dit que cela se produisait parfois. Ou peut-être l'avaient-ils assassiné pour une raison liée à ses recherches. Et si son père travaillait à des recherches similaires ? Amanda frissonna. Tout se mélangeait dans sa tête : les baisers de Konstantin sur le canapé, son offre de l'aider à retrouver son père du mieux qu'il pouvait, avec tout l'argent à sa disposition. L'argent, la physique, les baisers, les soldats, les pères…

Son oncle et sa tante ronflaient toujours. Amanda tira l'oreiller sur sa tête mais rien n'y fit, elle n'arrivait toujours pas à dormir. Pendant des heures et des heures, elle ne parvint pas à trouver le sommeil.

Mais où donc était son père ?

CHAPITRE XXVI

SYSTÈME D'ARTÉMIS

L'aviso approchait en pilotage automatique du tunnel spatial #437 menant du système de Caligula à celui d'Allenby. Kaufman n'allait pas tarder à rependre les commandes et à faire usage des autorisations de passage obtenues par Magdalena. L'offre qu'elle avait négociée sur le *Murasaki* comprenait les tunnels Caligula-Allenby et Allenby-Artémis, ce qui les conduirait dans le système d'Artémis, populeux et crucial. Des avisos militaires auraient déjà transmis les données les concernant, et Kaufman ne prévoyait aucune difficulté du côté de la surveillance des tunnels. Pas encore. Pour l'instant, les difficultés se déclaraient toutes à bord.

Solidement attaché à son siège, Rory était toujours inconscient. Capelo, dans le fauteuil de pilotage, fronçait les sourcils en fixant le portable de Marbet, indifférent à tout sauf à ce qui se passait dans sa tête. Magdalena était affaissée sur un siège à l'arrière du vaisseau, mais Kaufman était presque sûr qu'elle entendait tout. Elle n'était ni évanouie, ni catatonique. Elle était ailleurs, plongée dans un profond abîme de désespoir qu'il ne pouvait se représenter et dont il ignorait comment la sortir. Magdalena furieuse, Magdalena calculatrice, Magdalena vindicative, et même Magdalena aveuglée par ses illusions pour conserver l'espoir… tout cela, Kaufman pouvait y faire face. Ces éléments faisaient partie intégrante de leurs échanges. Mais ce profond désespoir était au-delà de sa portée émotionnelle, et il le savait.

« Tu n'as pas d'enfant. Pauvre Lyle », dit doucement Marbet en le regardant.

Pauvre Lyle ? C'était pourtant la mère d'un enfant qui avait des ennuis, pour le moment. De plus, à ce compte-là, Marbet non plus n'avait pas d'enfant. « Peux-tu la sortir de cet état ? Nous avons besoin d'elle, dit Kaufman à la Sensitive.

— Impossible. Elle ne réagira pas en ma présence. Tu devras t'en charger, Lyle. » Elle se leva, alla dans les toilettes et ferma la porte d'un air décidé, le laissant pour de bon seul avec Magdalena. Capelo ne comptait pas : il était absent.

Kaufman s'assit à côté de la femme d'affaires et posa la main sur son bras : « Magdalena, c'est Lyle Kaufman. »

A sa grande stupéfaction, elle se tourna vers lui en se contorsionnant, passa ses bras autour de son cou, et se cramponna comme si elle se noyait.

Et merde.

Il fit de son mieux : il la tint contre lui, lui tapota le dos, lui offrit le réconfort d'un contact humain. Elle murmura quelque chose qu'il ne comprit pas. Il approcha l'oreille de sa bouche.

« Sualeen… »

Ce nom ne lui disait rien. Sans conviction, il raffermit son étreinte : il ne savait pas quoi faire d'autre. Elle leva la tête et l'embrassa fougueusement.

Il ne s'y attendait absolument pas. Après le choc

initial, il comprit que Magdalena n'avait que deux façons de réagir aux hommes, si on écartait d'autres types de défis : le combat ou la copulation. Pitié et impatience mêlées le submergèrent. Depuis qu'il avait posé les yeux sur elle, c'était la première fois qu'il ne la désirait pas. Ce n'était ni l'endroit, ni le moment, et Marbet... *Seigneur*, pensa-t-il, et il lui rendit son baiser.

Un peu plus tard, pourtant, elle le mordit violemment dans le cou en le repoussant. Avant qu'il ait pu réagir, elle s'était redressée sur son siège, toute raide : « Ne vous avisez plus jamais de recommencer, Kaufman. Vous avez bien compris ? »

C'était elle qui avait pris l'initiative, et elle ne s'en était même pas rendu compte. Mais d'une façon ou d'une autre cette étreinte l'avait secouée au point de déclencher ses anciennes réactions combatives... en quelque sorte.

Kaufman tenta de conserver un ton égal : « Qu'y a-t-il dans votre salive, Magdalena ? Vais-je subir le même sort qu'Hofsetter ?

— Il n'y a rien dans ma salive. » Ses yeux d'un bleu saisissant étincelèrent en se posant sur lui, et Kaufman comprit qu'elle n'était toujours pas dans son état normal. Ou plutôt si : elle avait à nouveau endossé le rôle ou le personnage qu'elle était condamnée à jouer, mais seulement par habitude. Le noyau de sa personnalité était ailleurs, et dans son regard Kaufman distingua quelque chose de malsain. Il posa la main sur son cou : le sang coulait abondamment.

« Ils vont me le payer, Lyle. Chacun d'eux. Ils vont me le payer », dit-elle.

C'était ce qu'il avait voulu obtenir, ce dont il avait besoin, ce qu'il aurait lui-même cherché à provoquer si Hofsetter ne s'en était pas chargé par la force des choses. Il se serait pourtant bien passé de cet éclat de folie dur et acéré. Magdalena parlait d'une voix trop aiguë, et quand elle se leva, ses mouvements habituellement gracieux étaient saccadés, comme si quelque chose la contrôlait. Kaufman, qui n'était pas croyant le moins du monde, pensa soudain à la possession démoniaque.

Elle se glissa entre les sièges et extirpa Tom Capelo du fauteuil de pilotage, comme si le physicien n'était rien de plus qu'un peu de lest superflu. Incroyable mais vrai, Capelo continua à fixer son écran portable comme si de rien n'était : il n'avait même pas enregistré ce déplacement. Capelo n'avait rien entendu des échanges entre Kaufman et Magdalena, il n'était pas conscient du volcan qui couvait dans la cabine. Le physicien était absorbé dans sa physique, et le reste du monde avait cessé d'exister alors même que le volcan était sur le point d'entrer en éruption et de l'engloutir.

Ils étaient tous les deux cinglés.

Magdalena prit place dans le siège de pilotage. Kaufman la rejoignit et fit à son tour bouger Capelo sans cérémonie. Le physicien s'installa derrière eux.

Kaufman n'avait pas beaucoup de temps à sa disposition, car il ignorait ce qu'elle ferait ensuite : « Magdalena, vous devez traverser les deux prochains tunnels en utilisant les autorisations d'Hofsetter. Ensuite, dans le système d'Artémis…

— Je vais expédier le système d'Artémis en enfer, répliqua-t-elle, d'un ton si neutre qu'il en resta coi. Elle pensait vraiment ce qu'elle disait. Il avait examiné la puissance de feu totalement illégale hébergée à son bord, et savait que Magdalena aurait le temps d'anéantir la Station Artémis et quelques vaisseaux de guerre avant d'être abattue.

« Il y a une meilleure solution, dit-il. Vous pouvez…

— C'est la meilleure solution. » Certitude absolue énoncée d'un ton détaché. Elle savait que sa réponse serait la destruction comme Kaufman savait qu'il avait besoin d'oxygène pour respirer.

Sa tâche était soudain beaucoup plus difficile.

Marbet sortit des toilettes juste au moment où Magdalena poussait l'aviso à son accélération maximale. La jeune femme, projetée contre la cloison, glissa sur le sol et y resta étendue. Trois g au moins plaquèrent Kaufman contre le dossier de son siège : il ne pouvait aider son amie. Il sentit soudain la panique l'envahir. « Marbet…

— Je… je vais bien », s'écria-t-elle.

— Reste où tu es. » Comme si elle avait le choix. Kaufman n'arrivait même pas à lever la main. « Magdalena ! »

Elle sembla ne pas l'entendre, mais elle non plus ne pouvait supporter ces conditions bien longtemps. La trajectoire automatique avait été programmée pour les conduire au tunnel Caligula-Allenby ; l'aviso décéléra en approchant de sa destination. Ils franchirent le tunnel, et Kaufman entendit Marbet se traîner sur un siège. Il se rendit compte que Magdalena n'avait émis aucune réflexion quant à l'absence de Kendai ou aux liens qui maintenaient Rory. Peut-être n'avait-elle rien remarqué.

« *Aviso, identifiez-vous*, dit une voix provenant de l'unique vaisseau de guerre aux abords du tunnel.

— Aviso du *Sans Merci*, civil, permis de voyage numéro 1264A, émis le 11 juillet. Quatre personnes à bord, identités transmises par paquet de données, répondit Magdalena de son étrange voix stridente.

— *Aviso du* Sans Merci, *quatre personnes à bord, accès au tunnel spatial #437 autorisé, pas d'autorisation d'arrimage. Poursuivez votre route* », dit la voix.

Un instant plus tard ils se trouvaient dans le système

d'Allenby, à cent cinquante années-lumière de là. L'aviso fut autorisé à emprunter le tunnel #210 et de nouveau Magdalena accéléra brutalement, fonçant vers le système d'Artémis.

Deux options se présentaient à Kaufman : soit laisser Magdalena emprunter le tunnel puis la maîtriser avant qu'elle ne se mette à faire feu dans le système d'Artémis, soit lui reprendre tout de suite les commandes. Il ignorait quelles armes individuelles elle dissimulait sur elle en plus de sa griffe empoisonnée. Si on lui avait posé des armes dans l'un des bouges de la Ceinture — ce qui était sans doute le cas — elles étaient certainement déplaisantes. Mieux valait agir dès qu'elle mettrait fin à cette accélération démente. La poitrine de Kaufman lui faisait mal ; chaque inspiration était un supplice. « M-Mag… »

Elle l'ignora, et Kaufman lutta pour rester conscient. Capelo et Marbet, qui n'avaient pas l'habitude de telles accélérations, s'étaient probablement déjà évanouis. Lui avait connu cela à une époque, mais plus depuis longtemps. Magdalena ne perdait pas connaissance ; comment était-ce possible ? Il comprit soudain qu'elle bénéficiait d'une capacité respiratoire augmentée.

Après ce qui parut une éternité, l'aviso ralentit, et Kaufman rassembla ses forces. Il n'avait pas mis sa ceinture, ni elle d'ailleurs. La première accélération ne leur avait pas laissé le temps de s'occuper de ce genre de détails. Il se leva.

« Si vous tentez de vous interposer, Kaufman, je vous tue », dit-elle. Détachée, pragmatique, assassine. « Et j'en suis capable. Avant que vous puissiez m'en empêcher de quelque façon que ce soit. »

Il se rassit : « Magdalena, ne tirez pas dans le système d'Artémis. Nous serions tous tués, et…

— Trop bête.

— Le tissu de l'espace-temps est en jeu ! Pierce va apporter et déclencher l'artefact dans le système des Faucheurs. Ensuite ils activeront le leur et l'espace va se déchirer pour…

— Excellent », dit-elle, et au ton de sa voix Kaufman comprit enfin que plus grande serait la ruine, plus douce la revanche. Détruire tout l'espace-temps ne suffirait même pas à compenser la mort de Laslo.

Il n'avait aucun moyen de négocier avec elle. Aucun moyen de la dissuader. Aucun moyen de l'arrêter.

Il se préparait à essayer malgré tout, à mourir dans l'espoir que Capelo et Marbet pourraient mener à bien son plan sans lui, quand le physicien prit soudain la parole : « Magdalena, j'ai deux enfants, moi aussi. »

Elle fit mine de ne pas l'entendre.

Capelo parlait d'un ton dur et morne : « Deux filles. Sudie a sept ans, Amanda quatorze. Elle ressemble à sa mère. Ma femme a été tuée lors d'un raid des Faucheurs il y a cinq ans. Mes enfants sont tout ce qu'il me reste et je ne veux pas qu'elles meurent.

— Pas de veine. Le mien est mort.

— Je sais. Je ne vais pas vous dire que je suis désolé parce que j'ai détesté ces mots quand j'ai perdu ma femme. Personne ne peut être assez désolé. Ils sortent d'où, ces gens qui disent qu'ils sont désolés alors qu'une demi-heure après ils retournent à leurs vies, s'amusent avec leurs amis et travaillent et mangent leurs putains de dîners comme si de rien n'était ? Etre désolé, ils ne savent pas ce que c'est. L'univers aurait dû être désolé par sa mort. Les étoiles auraient dû s'éteindre, et le Big Bang écrabouiller toute cette saloperie d'univers. Je l'aurais fait de mes mains si j'en avais eu les moyens.

— Alors vous comprenez ce que je m'apprête à faire.

— Non, vous ne le ferez pas. Vous aurez à peine le

temps de détruire deux ou trois vaisseaux avant qu'ils vous descendent. C'est minable.

— C'est suffisant.

— Non, ça ne l'est pas. J'ai mieux. Vous voulez anéantir l'espace-temps ? Vous le pouvez. Mais avant d'agir, écoutez-moi bien : ils ne souffriront pas. »

Elle garda le silence.

« Je suis le physicien qui a découvert tout ça, vous vous souvenez ? La déchirure de l'espace-temps découlant du réglage simultané sur le nombre premier treize voyage à la vitesse de la lumière. Et même si l'enchevêtrement des tunnels à l'échelle macro l'accélère... Oubliez ça. Ce qui compte, c'est que l'onde va frapper à trois cents mille kilomètres par seconde, aussi vite que la lumière : personne ne se rendra compte qu'elle arrive. Il n'y a aucun moyen de faire connaître cette information à l'avance. Et personne ne saura que l'onde a frappé parce que les gens s'éteindront comme des bougies. Les particules élémentaires dont leurs corps sont composés se modifieront instantanément. Ils ne sauront jamais ce qui les a atteints, et par conséquent ne souffriront pas. »

Silence. Le tunnel arrivait à portée de vue.

« Vous avez compris ? Ils ne souffriront pas. Ce n'est pas ce que je voulais quand Karen est morte. Je voulais que les salopards qui l'ont tuée soient broyés vivants, comme je l'étais. C'est aussi ce que vous voulez, je le sais. »

Kaufman n'avait jamais entendu de silence aussi intense que celui qui régnait dans l'aviso. Le profil de Magdalena, concentrée sur ses écrans, ne révélait rien.

Capelo reprit, de ce même ton rauque et plat : « Il existe un moyen de les faire souffrir. Stefanak est mort, mais ces soldats qui ont vaporisé votre fils, qui ont donné l'ordre de le faire, eux, sont toujours en vie. On peut les faire souffrir comme vous souffrez, et comme j'ai souffert, en s'en prenant aux personnes qui leur sont chères. Cela n'est possible que si vous ne détruisez pas l'espace-temps. Préservez l'espace-temps pour que les personnes que vous choisirez de tuer manquent à leurs proches, qu'ils les pleurent et se lamentent, et pour que ceux que vous punirez souhaitent mourir après ce que vous leur aurez fait. »

Kaufman sentit un froid glacé lui ramper le long de la colonne vertébrale ; ce raisonnement ne lui serait jamais venu à l'esprit. Ce raisonnement n'aurait jamais dû venir à l'esprit de quiconque. Un poison rongeait Capelo, rongeait Magdalena…

« Préservez l'espace-temps, Magdalena. Aidez-nous à le faire. Vous pour vos raisons, nous pour les nôtres. La fin est la même. Les moyens sont les mêmes. Pour y arriver, nous devons nous soutenir mutuellement. Pensez à Laslo. »

En entendant le nom de son fils, Magdalena se convulsa, comme parcourue par un courant électrique. Kaufman se dit que Tom était allé trop loin, mais elle se retourna, et il put voir son visage en entier.

« Dites-moi comment », dit-elle au moment même où le vaisseau de guerre de ce côté du tunnel Allenby-Artémis s'adressait à eux : « *Aviso, identifiez-vous* ». Kaufman comprit alors qu'ils venaient de frôler la destruction.

Des deux côtés du tunnel, ils furent autorisés à poursuivre sans incident, mais ils durent tout de même attendre leur tour. L'aviso dériva, indolent. Finalement, la surveillance du tunnel leur autorisa le passage, ajoutant : « *Le système d'Artémis vous souhaite la bienvenue* » ; preuve que cette unité avait aussi souvent affaire à des civils qu'à des militaires. Ailleurs, personne ne les avait accueillis ainsi.

Le système d'Artémis comprenait cinq planètes : deux géantes gazeuses et trois planètes solides. Des colonies se développaient sur l'une des planètes, deux grandes lunes et toute une variété de satellites. A seulement cinq tunnels du système solaire, et revendiquant cinq tunnels à elle seule, l'étoile d'Artémis était une destination populaire en pleine expansion. Elle avait également été la première colonie humaine attaquée par les Faucheurs à l'époque où ils s'étaient lancés dans leur inexplicable guerre. Vingt-huit ans plus tôt, trente après la découverte des tunnels par les Humains, leurs vaisseaux avaient surgi en rugissant de l'un des tunnels d'Artémis. Apparemment les Faucheurs avaient découvert l'existence des tunnels dans leur propre système après avoir vu les Humains en sortir pour explorer la zone. Depuis, aucun être humain n'avait plus jamais atteint le système natal des Faucheurs.

Pendant une dizaine d'années, l'émigration vers Artémis avait cessé, et de nombreux colons rentrèrent. Les militaires arrivèrent et fortifièrent le tunnel #218, point d'arrivée des Faucheurs, jusqu'à ce que les attaques menées contre les Humains par cette route ne vaillent plus la perte de vies faucheuses. Finalement, les colons revinrent. Baraquio, la planète habitable du système, était aussi luxuriante et riche que Monde ou Terra avait pu l'être. Il n'y avait sur Baraquio aucune vie intelligente qu'eût pu déranger la bruyante présence des Humains, et les colons commencèrent à s'y sentir tout aussi en sécurité que partout ailleurs.

Les cinq tunnels du système étaient regroupés assez près les uns des autres. De tous ces tunnels, le plus éloigné de l'aviso de Magdalena était celui de l'itinéraire menant à Sol, le tunnel #212, à cinquante mille kilomètres de là. Dans cette direction se trouvaient trois des autres tunnels. Du côté opposé, à sept mille kilomètres, flottait leur destination suivante. Tous les tunnels spatiaux restaient stationnaires et n'exerçaient aucune force de gravité les uns sur les autres, personne ne savait pourquoi. Si les cinq tunnels n'avaient pas été aussi proches les uns des autres, et si Kaufman n'avait pas connu leur disposition à l'avance, son plan n'aurait eu aucune chance de réussir. Maintenant, se dit-il tristement, les chances étaient peut-être de une sur cinq. Peut-être.

L'autorisation suivante obtenue grâce à Hofsetter — la dernière — valait pour un ravitaillement à la Station Artémis. Cette énorme station commerciale dérivait à cinq cents kilomètres de l'aviso, dans la direction des fortifications permanentes et renforcées isolant le tunnel #218 qui menait à l'espace de Q, et, de là, à l'étoile des Faucheurs. La Station Artémis était une destination populaire pour les matelots cantonnés sur les vaisseaux fortifiés.

Magdalena reprit les commandes. Kaufman ignorait depuis combien de temps il volait, mais les minutes entre chaque tunnel avaient semblé s'écouler avec une rapidité surnaturelle. L'aviso dérivait, en apesanteur. Sanglée dans le siège de pilotage, la femme d'affaires se penchait si près de ses écrans qu'elle empêchait parfois Kaufman de les voir. Il s'abstint pourtant de lui en faire la remarque. Elle était aussi tendue et précisément équilibrée qu'un câble d'ascenseur spatial, et tout aussi dangereuse si elle craquait.

« De combien pouvons-nous nous rapprocher du tunnel #218 ? demanda-t-elle.

— Tant que nous nous dirigeons vers la Station Artémis, personne ne nous arrêtera », répondit Kaufman. Elle le savait déjà, évidemment. Elle ne parlait que pour briser le silence. Il préférait ne pas imaginer quelles images peuplaient son silence.

« Exact. Et ensuite… Tout repose sur Capelo, c'est bien ça ? Peut-être qu'il y arrivera. Il s'en est plutôt bien tiré avec moi. » Elle se mit à rire, un son tellement dur et inattendu que Kaufman lui lança un coup d'œil inquiet.

« Ne me regardez pas ainsi, Kaufman. Je vous y amène, d'accord ? Préparez-vous. Tous. Vous aussi, la Sensitive. Ce truc dépend de vous, bordel de merde ! »

Kaufman la laissa leur donner des ordres. Il se détacha, flotta vers les placards de rangement et en tira une combinaison spatiale militaire pour activité extra-véhiculaire, un équipement de pointe que Magdalena n'aurait pas dû posséder. La navette transportait quatre de ces combinaisons, qui occupaient quasiment tout l'espace de rangement disponible. Pour extraire la troisième combinaison, Kaufman dut la faire flotter au-dessus du corps toujours inconscient de Rory.

Il était expert dans l'art d'enfiler des vêtements militaires en apesanteur. Marbet et Capelo, eux, ne l'avaient jamais fait. Il les aida à revêtir leurs combinaisons, et Capelo poussa au passage des jurons imagés. Kaufman procéda ensuite à la vérification de son équipement, puis des autres. Quand il en eut terminé avec Marbet, elle se propulsa maladroitement contre lui et l'embrassa sur la bouche : « Pour te porter chance », murmura-t-elle. Il lui sourit puis l'oublia, concentré sur la tâche à accomplir, comme il y avait été entraîné.

« Prêts ? Allons-y », dit Magdalena. Elle accéléra tranquillement à un g. La gravité revint et Kaufman indiqua à Marbet et Capelo où ils devaient se placer. Le physicien se tenait à un endroit où on l'entendrait clairement parler dans le telcom. Pour terminer, ils mirent leurs casques. C'était inconfortable, mais plus tard, ils ne pourraient plus le faire. Ils laissèrent tous leurs canaux de communication ouverts.

« Ouvrez le telcom de l'aviso sur toutes les fréquences militaires non cryptées », suggéra Kaufman à Magdalena, qui s'exécuta. Dès cet instant tout le monde était tenu de se taire, sauf pour prononcer les paroles prévues.

La Station Artémis apparut sur l'écran vidéo. Comme toujours, le trafic des véhicules était dense dans les deux sens, et l'aviso de Magdalena n'attira aucune attention particulière. Leur vol était bien entendu enregistré sur des douzaines d'écrans de contrôle, mais personne ne les héla.

Ils dépassèrent la Station Artémis à la vitesse d'un g.

De là où il se tenait, Kaufman apercevait les écrans de contrôle de l'appareil. Le tunnel spatial #218, d'accès « strictement interdit », y apparaissait sous forme de point rouge, six mille cinq cent quatre-vingts kilomètres plus loin. Leur appareil se déplaçait à trois mille cent trente-deux kilomètres par seconde.

Magdalena poussa brutalement la navette à trois g. Kaufman fut plaqué contre la cloison, le poids familier écrasant sa poitrine. Immédiatement le telcom se manifesta : « *Aviso numéro 1264A, vous vous trouvez dans une zone interdite. Retournez sur-le-champ à la Station Artémis.* »

Personne ne dit mot.

« *Aviso numéro 2164A, vous êtes dans une zone interdite ! Retournez immédiatement à la Station Artémis !* »

L'aviso accéléra. A six mille cent kilomètres du tunnel.

« *Aviso numéro 2164A, si vous ne retournez pas immédiatement à la Station Artémis, vous serez abattu ! Faites demi-tour !* »

Espérons que Capelo se rappelle quoi faire…

« Je suis le professeur Thomas Capelo. Ne tirez pas ! J'ai fui les troupes de Stefanak ! », hoqueta le physicien dans l'écrasante gravité.

Bref silence. Un officier de pont au moins avait donc reconnu le nom de Capelo. Premier obstacle franchi avec succès.

« *Professeur Capelo, retournez immédiatement à la Station Artémis* !

— Je ne peux pas. Je ne sais pas comment piloter cet appareil. Je viens de tuer… »

Capelo haleta et expira délibérément, puis ajouta : « Aidez-moi ! »

A présent, d'autres fréquences, fouillis de voix sur les canaux de la flotte, faisaient leur apparition sur l'écran du radar militaire complètement illégal de Magdalena.

« *Feu, bordel ! Les instructions sont de…*

— *Si c'est vraiment lui…*

— *… dans la merde…*

— *… rien à foutre qui c'est…* »

Et une voix jeune et perçante : « *Allez réveiller le vieux !* »

Quatre mille cent kilomètres avant le tunnel.

Une voix plus âgée et plus décidée : « *Professeur Capelo, ou qui que vous soyez à bord de la navette 1264A, vous devez retourner à la Station Artémis. Ralentissez et faites demi-tour.* »

— Le pilote automatique ne me laisse pas passer en mode manuel, hoqueta Tom. Ne tirez pas, je vous en supplie, j'ai les équations… que voulait l'amiral Pierce… ne… »

« *Que veut-il dire, "ne le laisse pas passer en mode manuel" ? Qu'est-ce qui…*

— *… aucune preuve que c'est lui…*

— *si je descends Tom Capelo…*

— *… l'artefact protecteur…* »

Une voix encore plus décidée : « *Professeur Capelo, c'est notre dernier avertissement. Vous approchez d'une zone strictement interdite. Ralentissez et retournez immédiatement à la Station Artémis ou vous serez vaporisé.*

— Je ne peux pas ! » hurla Tom, atteignant des sommets de fureur démente malgré le poids écrasant de la gravité. « Si vous… me descendez… dites d'abord à l'amiral Pierce… écoutez bien, enregistrez ça tout de suite ! F au carré fois le cube de gamma sigma moins… Vous enregistrez ça, bande de connards ? »

Kaufman ne put s'empêcher de sourire malgré les circonstances. Balancez assez de jargon scientifique à des non-scientifiques et ils hésiteront toujours, adorateurs confondus devant l'autel voilé de la science.

« Ça va nous faire gagner cette foutue guerre ! Enregistrez ça avant de me descendre, espèces de salauds ! » brailla Capelo.

Et quelque part au sein de la flotte, sur un canal ouvert entre quelques copains, un amateur éclairé intervint sans savoir qu'on l'écoutait : « *Vous savez… On dirait bien la voix de Capelo.* »

Deux mille kilomètres avant le tunnel.

Coincée à côté de lui dans le sas ouvert sur l'intérieur, Marbet tâta d'une main pesante la combinaison de son compagnon. Elle ne pouvait pas communiquer, mais il perçut son mouvement futile. Il n'avait aucun moyen de lui dire *Pas encore.*

Il se demanda si quelqu'un notait vraiment les équations de Tom. Bien entendu, tout le monde les enregistrait, mais confrontés au génie pur, les gens pouvaient l'oublier. Capelo cria d'une voix enrouée quelque chose à propos du réglage sur le nombre premier onze et de l'enchevêtrement à l'échelle macro, et de vaisseaux faucheurs se fendant comme des melons à des distances trop lointaines pour que l'ennemi puisse détecter les responsables.

Mille kilomètres avant le tunnel.

Le silence s'appesantit. Quelque part, sur des fréquences cryptées inaccessibles à l'aviso, des conciliabules rapides et désespérés se tenaient.

« *Parés à tirer sur mon ordre…* »

L'aviso se lança dans de spectaculaires manœuvres d'évitement. C'en était fait d'eux, Kaufman le savait. Aucun appareil civil doté d'un ordinateur de bord défectueux ne pouvait se comporter ainsi. « *Ouvrez le feu !* », hurla le telcom.

Pas assez près !

Mais le logiciel de Magdalena, encore un programme de pointe, leur accorda dix secondes supplémentaires rien qu'en manœuvres. Cela ne durerait pas, mais dix secondes, c'était toujours cela de pris…

La porte du sas s'ouvrit, et Kaufman, Capelo et Marbet furent éjectés dans l'espace.

Les communications en provenance des vaisseaux de la flotte ne leur parvenaient plus.

Magdalena remarqua à peine leur départ. Elle ne faisait qu'un avec l'ordinateur, esquivant et virevoltant, chaque atome de son corps accordé sur une unique fréquence de vibration. Elle ne faisait qu'un avec son vaisseau, qui apparaissait à l'écran avec tous les autres. Et surtout, elle ne faisait qu'un avec le large faisceau protonique poussé à pleine puissance. Et ce fut elle, silencieuse, qui se jeta dans le vide à la vitesse de la lumière, droit sur l'ennemi.

Manqué, encore. Esquiver, bouger. Nouveau coup manqué.

Le temps avait ralenti. Elle/eux (l'ordinateur, le vaisseau, le faisceau) disposai(en)t de tout le temps du monde pour exécuter évasions et attaques. Elle/ils se déplaçai(en)t avec assurance et une précision infaillible à travers le temps infini.

Mais elle/ils n'étai(en)t pas seul(e)s. Les autres vinrent se placer à ses côtés, les deux personnes qu'elle avait aimées, complétant l'univers. Comme il se devait. Sualeen lui sourit.

Sualeen…

Un vaisseau de guerre explosa silencieusement dans une gerbe de lumière, et disparut de son écran.

Et de l'autre côté de Magdalena, comblant de bonheur le temps infini, était assis Laslo, une main posée sur le bras de sa mère.

Laslo…

A l'écran, un second vaisseau disparut.

A présent, Laslo lui souriait. Magdalena se tourna vers lui et lui rendit son sourire, et tout fut de nouveau un, chaque chose trouva sa justification ; l'aviso fut touché, vaporisé, et Magdalena retrouva son fils bien-aimé.

CHAPITRE XXVII

DANS L'ESPACE DE Q

Juste avant l'éjection, Kaufman avait eu un dernier aperçu des écrans d'affichage : ils se trouvaient à sept cents kilomètres du tunnel spatial #218 menant à l'énigmatique espace de Q. Capelo, Marbet et lui se déplaçant à dix-huit kilomètres par seconde, la vitesse de la navette, ils devaient l'atteindre trente-huit secondes plus tard, sauf si on leur tirait dessus ou s'ils déviaient de leur trajectoire.

Kaufman s'aperçut avec un soudain coup au cœur que Capelo et lui n'allaient plus dans la bonne direction. Marbet par contre se dirigeait droit vers le tunnel, projectile humain lancé vers le cœur de la cible. Kaufman écarta de ses pensées l'image de Magdalena et utilisa ses rétrofusées pour corriger sa trajectoire.

Il avait expliqué hâtivement la façon de s'y prendre à Capelo, le civil qui n'avait jamais pratiqué de sortie dans l'espace. Le physicien venait de toute façon de remplir sa part du contrat en retardant les tirs contre eux juste assez longtemps pour leur permettre de s'éjecter à proximité du tunnel. On pouvait envisager le sacrifice de Capelo, tout comme celui de Magdalena ; cela, Kaufman l'avait très vite compris. La part d'humanité en lui détestait ce genre de calculs, mais la part militaire les savait justes et indispensables.

Vingt-trois secondes.

Kaufman tablait sur le fait que les capteurs de la flotte étaient programmés pour ne tenir compte des objets dotés d'une masse faible que s'ils sortaient du tunnel, pas s'ils s'y dirigeaient. Sinon les vaisseaux de guerre prenaient le risque de se toucher les uns les autres ou de toucher les patrouilles d'avisos en tirant des faisceaux de protons sur des météores. Vingt ans auparavant, à l'époque où Kaufman avait pris part aux combats, cela n'avait rien d'une théorie, et la masse limite était alors de quatre-vingt-dix kilos. Capelo et Marbet, tous deux fluets, n'atteignaient pas ce poids même avec leurs combinaisons sur le dos. Kaufman en approchait, mais restait juste sous la limite.

Ce chiffre avait sans arrêt diminué au cours des vingt dernières années, mais Kaufman ignorait plus ou moins à quoi il correspondait à présent. Dans les vingt-trois secondes qui allaient suivre, la marine le vaporiserait peut-être, voire les vaporiserait tous les trois. Ou alors les Faucheurs s'en chargeraient de l'autre côté.

Kaufman regarda droit devant lui vers le tunnel spatial qui grandissait à chaque seconde et attendit la mort. Du coin de l'œil, il vit Capelo faire une soudaine embardée. Seigneur, une correction de trajectoire à trois g comme celle-ci pouvait lui avoir fêlé une côte, ou même pire. Si Capelo atteignait le tunnel, il serait peut-être déjà mort en le franchissant.

Quinze secondes.

Apparemment les capteurs de la marine ne tenaient toujours pas compte des corps célestes de moins de quatre-vingt-dix kilos qui volaient vers le tunnel.

Le corps de Capelo, en pleine accélération, se convulsa de nouveau et reprit la bonne trajectoire. La chance du débutant ? Pas s'il s'était mortellement blessé en changeant de direction.

Marbet était la seule qui comptait vraiment. Elle était l'unique être humain à avoir jamais communiqué avec un Faucheur. Il lui avait fallu des mois pour découvrir comment s'y prendre, et cet échange, effectué à contrecœur, avait été partiel et au mieux peu concluant. Pourtant, elle y était arrivée. Pourvu que lui soit accordée l'occasion de recommencer !

Dix secondes.

On ne sentait rien quand on franchissait un tunnel à bord d'un vaisseau. Qu'en était-il en combinaison spatiale ? Kaufman n'aurait peut-être pas l'occasion de mémoriser ce que ses sens capteraient de la traversée, car, de leur côté du tunnel, les Faucheurs pouvaient très bien ioniser tout ce qui arrivait dans l'espace de Q, quelle que soit la masse de l'intrus. Une bombe nucléaire pouvait posséder une très petite masse.

Justement, Kaufman comptait là-dessus. Une bombe qui détonait à la seconde même où elle arrivait risquait d'anéantir des vaisseaux de surveillance. Cela expliquait pourquoi on empêchait la flotte de stationner trop près des tunnels. On laissait un espace vide entre tunnels et vaisseaux, assez d'espace pour donner à l'armée le temps d'identifier ce qui arrivait du tunnel avant de le vaporiser. Assez de temps, peut-être, pour constater qu'on avait affaire à trois êtres humains désarmés, à trois êtres humains en tout cas. Du temps pour décider, tandis que les trois Humains foncent toujours dans l'espace de Q, s'il faut les détruire — ou si l'on préfère prendre le risque de les recueillir afin de découvrir pourquoi ils se sont répandus à cet endroit depuis un système stellaire situé à des centaines d'années-lumière du vôtre, et ceci malgré la guerre en cours.

Jusqu'où allait la curiosité des Faucheurs envers leurs ennemis ? Elle était suffisante pour qu'ils aient décidé de surveiller les communications des Humains, alors que ceux-ci, de leur côté, ne s'en étaient pas donné les moyens avec celles des Faucheurs.

Cinq secondes.

Le « brouillard » gris du tunnel n'était pas brumeux comme le brouillard terrien ; il avait l'air aussi solide que du roc, et pourtant Kaufman vit Marbet s'y précipiter comme si elle fonçait dans le vide. Il la suivit une fraction de seconde plus tard. Il voulut garder les yeux grands ouverts, mais le réflexe de cligner des yeux en atteignant quelque chose qui avait tout l'air d'un mur solide fut trop fort. Kaufman cligna des yeux.

Et traversa le tunnel menant à l'espace de Q en s'attendant à mourir, littéralement sans avoir eu le temps de s'en rendre compte.

Il ne mourut pas. Les vaisseaux faucheurs n'ouvrirent pas le feu.

Kaufman n'en vit aucun, mais aperçut Marbet et Capelo devant lui. Marbet était en train de ralentir : elle avait utilisé ses retrofusées, comme il le faisait à présent, mais pas Capelo. Cela voulait probablement dire qu'il était trop sérieusement blessé pour en être capable. Impuissant, Kaufman regarda Thomas Capelo s'amenuiser et disparaître dans la noirceur de l'espace.

Les vaisseaux faucheurs ne tiraient toujours pas.

Ils avaient tout le temps. Cela signifiait sans doute que les Faucheurs se consultaient de vaisseau à vaisseau pour décider de l'action à entreprendre. Ils ne faisaient aucun prisonnier, et savaient peut-être, ou peut-être pas, que l'un des leurs avait été pris deux ans auparavant. Cela modifierait-il leur politique vis-à-vis des Humains ? Jamais ils ne s'étaient vu offrir pareille opportunité : des Humains vivants, hors de tout vaisseau spatial, dans une aire contrôlée par les Faucheurs comme l'était l'espace de Q. Dans leur propre avant-cour.

Et quelque part dans cette avant-cour flottait l'artefact des Faucheurs, si les esprits les plus brillants du CDAS avaient raison.

Au moins, l'ennemi constatait que Kaufman, Capelo et Marbet n'avaient pas apporté avec eux l'artefact des Humains. Il était trop gros pour passer inaperçu. Les trois Humains pouvaient très bien être armés y compris d'une arme nucléaire, mais ils ne transportaient pas l'autre artefact.

Plus il restait en vie longtemps, raisonna Kaufman, plus ses chances de rester en vie augmentaient. Il lui fallait pourtant tenir compte d'un seuil auto-imposé : la réserve d'air des combinaisons spatiales était limitée. Les Faucheurs préféreraient peut-être laisser mourir les Humains puis recueillir leurs cadavres pour les étudier.

Mais ils avaient déjà eu l'occasion de récolter des cadavres. Ici, ils pouvaient obtenir des spécimens vivants, pour un coût nul sauf celui de l'emploi d'un vaisseau spatial robotisé, s'ils avaient ce genre d'engin en leur possession.

Du temps passa encore. Kaufman n'apercevait plus Marbet, ni le tunnel dans son dos. Il examinait des étoiles, l'une des lointaines géantes gazeuses sans vie du système, et ses propres pensées.

Magdalena. Morte.

Tom Capelo. Mort, peut-être.

Marbet Grant, qu'il avait aimée. Morte elle aussi, qui sait.

L'amiral Pierce. Il envoyait sans doute à l'instant même une force chargée de régler l'artefact des Humains sur le nombre premier treize dans l'espace de Q, et se rendait donc coupable de la destruction de l'espace-temps, par cupidité, arrogance et stupidité.

Le système solaire tout entier, cessant d'exister à l'instant exact où l'espace-temps se reconfigurait en nouvelles particules élémentaires.

Il examina l'écran au poignet de sa combinaison. Il lui restait dix minutes d'air.

Kaufman ferma les yeux et laissa dériver son esprit de concert avec son corps. Il existait de pires façons de mourir. Il avait fait tout ce qu'il pouvait, et ce n'était pas suffisant. Il existait aussi de meilleures façons de mourir.

Lorsqu'il rouvrit les yeux, il découvrit un vaisseau brillamment coloré, d'une forme étrange, qui volait silencieusement à ses côtés. L'appareil avait ajusté sa vitesse et sa trajectoire aux siennes. Incrédule, Kaufman vit un filet de filaments ténus émerger d'une ouverture. Lui aussi accorda sa vitesse et sa trajectoire aux siennes, en gardant une légère avance sur lui. Puis le filet ralentit, et Kaufman s'y retrouva pris comme un saumon stoppé dans sa course folle vers l'amont, sa ruée vers un lieu que le malheureux poisson n'avait ni l'entendement ni la capacité mémorielle de visualiser le moins du monde.

Il revint à lui d'un seul coup, sans transition, comme un holo qu'on vient de lancer. Il s'assit, un mouvement rapide et trop impulsif qui lui obscurcit la vision. La gravité était d'un demi-g ou un peu moins. Il reprit ses esprits et regarda éperdument autour de lui.

Kaufman était assis, nu, dans une petite pièce quelconque. Il respirait sans problème : les Faucheurs avaient dû analyser et dupliquer l'air de son réservoir. Marbet reposait inconsciente à côté de lui, et contre le mur, Capelo l'observait.

« Salut… Lyle », dit le physicien. Une soudaine vague d'allégresse submergea Kaufman : Capelo était vivant, même s'il devait souffrir énormément, à la façon dont il s'exprimait.

Kaufman s'avança vers le physicien, qui voulut lui sourire mais n'y parvint pas : « Nous… avons réussi. Plus ou moins. Je pense que nous sommes à bord d'un vaisseau faucheur, ou d'une station, un machin comme ça.

— Tu es sérieusement blessé, Tom ?

— Un bras cassé, c'est certain. Des côtes fêlées, je pense — j'ai mal quand je respire. En tout cas rien ne saigne à l'extérieur, et à l'intérieur, je ne peux pas savoir. »

Rien dans la pièce ne pouvait faire office d'attelle pour le bras de Capelo, qui pendait selon un angle anormal. Les Faucheurs ne prenaient aucun risque avec leurs captifs. Kaufman se demanda quel genre de recherches ils avaient pu effectuer pendant qu'il était inconscient, et fut heureux de n'en rien savoir.

Marbet remua. « Vas-y, reprit Tom. Elle est… la raison… de cette folie, pas vrai ? Arrange-toi pour qu'elle… fonctionne. »

Kaufman retourna auprès de Marbet. La jeune femme ouvrit les yeux, l'aperçut et lui agrippa le bras. « Lyle… » Au ton qu'elle employa, il comprit la profondeur des sentiments qu'elle éprouvait pour lui, et sentit instinctivement la gêne l'envahir.

« Tom est ici, lui aussi, mais il est blessé, dit-il avec brusquerie. Es-tu en état de travailler, Marbet ? Nous ignorons combien de temps il nous reste avant l'arrivée des troupes humaines et de l'autre artefact.

— Je le suis. » Comme toujours, elle interprétait mieux ses attitudes corporelles que ses paroles : elle comprit la rudesse de Kaufman à son égard et la teneur du travail qu'elle allait devoir entreprendre. « Où se trouve leur dispositif de surveillance ?

— Invisible. »

Elle s'assit trop brutalement pour cette faible gravité, corrigea sa position et étudia soigneusement la pièce, décidant de ce qu'elle allait faire selon des critères que Kaufman ne pouvait appréhender. « Va t'asseoir près de Tom, dans ce coin. Ne bougez pas et restez calmes, tous les deux. Et surtout évitez de me distraire. »

Kaufman alla rejoindre Tom ; Marbet se mit debout face au mur, dans un coin. Elle se concentra un moment, la tête basse, le corps nu et parfait ; son attitude était vigilante mais pas tendue. Kaufman entendit son amie prendre une grande inspiration…

Et elle devint quelqu'un d'autre.

Il avait déjà assisté à cette transformation, mais cela le stupéfia malgré tout. Le stupéfia, le perturba, le dégoûta. Marbet s'était à moitié accroupie, son torse et ses membres épousant des angles bizarres, déformés. Ses muscles faciaux se tordirent, ses yeux adoptèrent un regard différent (*comment fait-elle* ?), et elle commença à se balancer aléatoirement. Ses mains battaient l'air à petits gestes incompréhensibles. En une fraction de seconde, cette séduisante Humaine s'était transformée en une chose étrangère et déplaisante.

Kaufman savait, parce qu'elle le lui avait dit, que Marbet ne se contentait pas d'imiter les gestes des Faucheurs ; elle faisait de son mieux pour exhaler leur version de la féminité. Trois ans auparavant, elle avait adapté ses réponses aux réactions de l'ennemi prisonnier, dans l'optique de provoquer chez lui des manifestations de désir, telles qu'elle les entendait. C'était le seul moyen à sa disposition pour que le Faucheur, xénophobe à un degré inconnu même des Humains les plus chauvins, consente à « l'écouter ». Cette tactique avait fonctionné deux ans avant ; Marbet, Kaufman et Capelo espéraient qu'elle marcherait encore.

A côté de Kaufman, Capelo gémit doucement. Il avait fermé les yeux et grimaçait de douleur.

L'artefact ennemi était-il à bord de ce vaisseau ? Etait-ce bien un vaisseau ou une espèce de station ? Combien de temps s'était écoulé, ce temps plus précieux que l'ennemi ne le pensait, depuis que les trois Humains avaient été recueillis dans l'espace ?

Aucune réponse. Et aucune réaction aux mouvements de Marbet.

Elle se mit à bouger plus intensément. Elle dodelinait de la tête, et ses pieds se déplaçaient en formant de minuscules figures tremblantes. Kaufman était incapable de deviner dans quelle mesure ce qu'elle « disait » exprimait un simple désir de réponse, ou bien transmettait vraiment leur dilemme aux Faucheurs. Comment faire comprendre à votre ennemi qu'un grand danger le menace ? Et pourquoi vous croirait-il ?

Les Faucheurs devaient pourtant être stupéfaits de constater qu'un Humain parvenait à imiter leur langage corporel. Il leur faudrait au moins prendre ce fait en compte.

Marbet travaillait depuis une bonne demi-heure. Visiblement, elle fatiguait. Kaufman avait presque abandonné tout espoir lorsqu'un mur de maille se mit à descendre du plafond. Il s'abaissa lentement, séparant méticuleusement l'espace où se trouvaient les deux hommes de celui où « parlait » Marbet. Il se força à ne pas réagir. Puis, du côté du filet où se trouvait la jeune femme, une porte s'ouvrit, laissant le passage à ce qui ne pouvait être qu'un robot. Il tenait le casque et le réservoir d'air vraisemblablement rechargé de Marbet. La jeune femme mit son casque, et Kaufman eut des sueurs froides en le voyant se sceller autour de la gorge délicate de sa compagne. Le robot, qui tenait toujours le réservoir d'air, entoura Marbet d'une grille de maille et la conduisit hors de la pièce.

Elle avait réussi à communiquer. Mais quel message, et à qui ? Et qu'allaient en faire les Faucheurs ?

Quinze autres longues minutes s'écoulèrent lentement. Capelo semblait dormir, ce qui était indubitablement une bonne chose : le sommeil émousse la douleur. Mais lorsque les robots faucheurs réapparurent enfin, c'était Capelo qu'ils voulaient.

Ils se tinrent de l'autre côté de la pièce, deux robots extraterrestres, tandis que le mur de mailles remontait dans le plafond. L'un des robots se dirigea vers les deux hommes et tendit un casque et un réservoir d'air à Capelo qui, en voulant s'en emparer, retomba sur le sol avec un cri de douleur. Le robot s'immobilisa.

« Il a mal », dit Kaufman en prenant soin de ne pas effectuer de mouvement soudain ou agressif. Il mima un bras dressé puis un autre plié et pendillant, une respiration facile puis, en se tenant la poitrine, des râles laborieux.

Les robots se figèrent. Recevaient-ils des instructions par impulsions électromagnétiques ? Probablement, car au bout de dix secondes l'un des robots quitta la pièce, pour revenir quelques instants plus tard doté d'un deuxième casque et d'un deuxième réservoir d'air, ainsi que d'un récipient en maille contenant tout un bric-à-brac. Il tendit le tout au premier robot, qui à son tour le tendit à Kaufman. Le bric-à-brac, constata ce dernier, comprenait du linge, des baguettes métalliques, de petits coussins circulaires, des objets en forme de coquillage dont il ne parvint pas à deviner l'usage, et un couteau effilé curieusement recourbé. Impassible, le robot attendait.

« Ça va faire mal, Tom. Essaye de ne pas t'évanouir.

C'est toi qu'ils veulent, et c'est forcément bon signe. Soit ils savent qui tu es, soit Marbet a réussi à le leur faire comprendre. Maintenant, ne bouge plus.

— Très bien », dit Capelo en fronçant les sourcils d'un air décidé. Kaufman vit combien il coûtait au physicien d'apparaître dépendant et faible. Il comprenait et respectait sa fierté.

Il utilisa le couteau pour découper des bandes dans ce linge étonnement résistant. Le bras d'abord. Kaufman l'examina puis redressa vigoureusement l'os brisé pour le fixer à l'aide d'une baguette métallique, et Capelo cria. Heureusement, la fracture n'était pas compliquée. Kaufman banda ensuite les côtes de Capelo, qui sombrait dans l'inconscience et en émergeait à intervalles réguliers.

« Reste avec moi, Tom.

— D-d'accord.

— Tu aurais fait un bon soldat.

— J-j-jamais de la vie. »

Kaufman avait fini. Bon Dieu, il aurait tout donné pour un seul patch antidouleur ! « Maintenant, je vais te mettre ton casque et t'aider à te redresser.

— Je… peux me lever.

— Non, tu ne peux pas. Début des opérations. » Kaufman ajusta le casque sur Capelo, puis enfila le sien, et le flux d'air se déclencha automatiquement. Il saisit le physicien par la taille, et le hissa sur ses pieds. L'ossature de Capelo était délicate, légère. Il s'appuya contre Kaufman.

« Tiens bon, Tom. Tu peux le faire. Allons-y. »

A moitié en portant, à moitié en conduisant Capelo, Kaufman suivit les robots hors de cette pièce quelconque au cœur de la station des Faucheurs.

CHAPITRE XXVIII

À BORD DE LA STATION DES FAUCHEURS

Une matière douce et violette sous ses pieds, des vrilles grimpant le long de murs inégaux. Pas de séparation claire entre le couloir et les pièces, de simples espaces se fondant les uns dans les autres selon des configurations bizarres. Des trous à mi-hauteur sur certains murs et pas sur d'autres. Et partout, de petits insectes ou pseudo-insectes volants, qui se posent sur sa peau nue, font du sur place devant son casque et émettent un bourdonnement bas et continu.

Des insectes, ou autre chose ? Si seulement Ann pouvait les voir !

Kaufman n'aperçut aucun Faucheur, mais le trajet fut de courte durée. Ils firent halte dans un grand espace. Dans un coin, une chose énorme, que Kaufman vit se soulever légèrement, puis se poser à nouveau. C'était une masse amorphe de la taille d'un bus, et cela ne ressemblait ni à du cytoplasme, ni à une forme de vie végétale, ni à un matériel quelconque, ni à quoi que ce soit d'imaginable. C'était peut-être un ordinateur. Ou une réserve de vivres. Ou un animal de compagnie. Ou un sac de couchage vivant. Impossible à déterminer, impossible de ne pas éprouver de la stupéfaction.

Deux Faucheurs entrèrent dans la pièce. Ils firent comme si la masse n'était pas là. Elle se soulevait régulièrement en silence et remuait contre le mur rugueux.

Peut-être se grattait-elle.

Kaufman avait déjà vu un Faucheur de près, sur le *Alan B. Shepard*. Il reconnut ces corps bipèdes et cylindriques, ces queues puissantes servant à les équilibrer comme celle des kangourous, ces tentacules se terminant par des mains et ces faces extraterrestres. Les deux individus portaient des vêtements de couleurs vives (des uniformes ?) et se tenaient à l'extrémité la plus éloignée de ce que Kaufman prit d'abord pour une table. Du côté le plus proche attendait Marbet, toujours nue excepté le casque qu'elle portait.

Ce n'était pas une table, mais un écran horizontal, une surface plate et triangulaire posée sur un socle effilé. Marbet et l'un des extraterrestres tenaient des baguettes incurvées, sans doute des espèces de stylets.

« Tom, ils m'ont montré ces choses mais je ne sais pas ce qu'ils essayent de me dire ou quoi leur dessiner pour leur expliquer que Pierce veut apporter notre artefact dans le système de Q. Je ne pense pas être parvenue à établir la communication avec eux. Es-tu en état de tenir ce truc ? », demanda Marbet d'un ton pressé.

D'une voix plus forte qu'auparavant, remarqua Kaufman, Capelo répondit : « C'est quoi ces foutues bestioles qui nous tournent autour ? »

Marbet sourit derrière le plastique transparent de son casque : « A mon avis, il doit s'agir de symbiotes intelligents, appartenant à la biologie des Faucheurs.

— Intelligents ? Je dessine pour ces bestioles ou pour les autres connards ?

— Aucune importance. Dessine ! » répliqua Kaufman.

Marbet referma les doigts de la main valide du physicien autour du stylet. Ce qui était dessiné à la surface disparut, et Kaufman hala Capelo jusqu'à la table. C'est alors qu'il remarqua quelque chose qu'il avait négligé jusqu'à présent : les deux Faucheurs ne portaient pas de casque car ils respiraient leur atmosphère, mais tous deux avaient des genres de bouchons enfoncés dans les trous qui, d'après Kaufman, leur faisaient sans doute office d'orifices respiratoires.

Pour eux, notre odeur est atroce.

Ou peut-être était-ce autre chose. D'après Marbet, les Faucheurs étaient encore plus sensibles aux phéromones que les Humains. Sans doute bloquaient-ils l'odeur des Humains pour contenir les réactions agressives instinctives et irrépressibles qu'elle provoquait. Et si ces bouchons de narine étaient un signe de bonne volonté ?

Capelo se pencha, chancela et faillit tomber sur la table. Kaufman le stabilisa selon un angle qui lui permettrait de dessiner de sa main valide.

Les « insectes » bourdonnaient, tournoyaient, se posaient et planaient sans discontinuer.

« D'accord », dit Capelo, manifestement à sa seule attention. « Ça, bande de connards, c'est le tunnel #218. Vous voyez ce beignet qui flotte dans l'espace ? Bordel, comment saurais-je ce que vous voyez ? Ici, du côté Artémis du tunnel, cinq planètes. Par là, il y a le tunnel #301 qui mène tout droit à votre système natal. Notez bien le petit Faucheur que j'ai dessiné de votre côté du tunnel. Ah, je vous ai bien eus, regardez-vous en train de vous dévisager tous les deux ! Ce que j'aimerais vous lasériser juste là où vous vous tenez !

— Y a-t-il une chance que ces deux-là comprennent l'anglais ? demanda Kaufman à Marbet.

— Non. J'ai essayé.

— Et voici votre artefact, juste là dans l'espace de Q, la grande avant-cour des Faucheurs », continua Capelo. Il avait dessiné une sphère dotée des sept protubérances familières.

L'un des extraterrestres émit un grincement aigu. Marbet sursauta et Kaufman se tendit soudain, mais Capelo continuait à s'agiter comme si de rien n'était, homme maigre et nu précairement suspendu au-dessus d'une table et affublé d'un casque bulbeux transparent, un bras grossièrement éclissé ballant le long de son corps et l'autre dessinant frénétiquement pour sauver plusieurs mondes. C'était une vision incroyable.

« Votre artefact est réglé sur le nombre premier deux, hein, les deux branleurs ? » Il gribouilla vigoureusement le réglage : deux petits points à côté de l'objet. « Tout prêt à détecter notre artefact si nous étions assez cons pour l'amener dans l'espace de Q. Ce qui est le cas de Pierce, mais vous l'ignorez encore. Quoi qu'il en soit, vous êtes prêts. Et maintenant… regardez ! »

Capelo se mit à dessiner encore plus vite. D'où tirait-il cette énergie ? Pure adrénaline, supposa Kaufman, libérée par la tension, la peur, la haine. Le système endocrinien de Capelo pompait sans doute suffisamment d'endorphine pour émousser la douleur. Mais cela ne pouvait durer ; Capelo ne tiendrait pas ce rythme très longtemps. Les exaspérants insectes bourdonnaient et tournoyaient toujours.

« Regardez, ça c'est notre artefact qui arrive par le tunnel, depuis système d'Artémis… Alors, vous m'écoutez maintenant, hein ? Nous l'avons réglé sur le nombre premier treize… » gribouillage, gribouillage « … et regardez… Observez ! »

Capelo fit aller et venir le stylet sur la table avec brutalité, encore et encore, laissant d'épaisses couches de noir sur tout l'espace de Q, excepté sur les artefacts eux-mêmes. « Kaboum !

— Ne fais pas de grand bruit, Tom. Cela déclenche leur agressivité, intervint Marbet.

— C'est trop bête. Bon maintenant, regardez : vous autres trous du cul, vous arrivez depuis votre système… » — il fit délicatement traîner le stylet dans le tunnel qui menait du monde des Faucheurs à l'espace de Q — « et vous ramassez les deux artefacts. Vous voyez ? Maintenant, Marbet, efface l'écran.

— Je ne sais pas comment faire, dit-elle d'une voix faible.

— Alors on est cuits », dit Capelo. Doucement, très doucement — ne pas provoquer d'agression — Kaufman passa sa main sur le dessus de la table, en regardant celui qui, avait-il décidé, était le Faucheur le plus gradé. L'extraterrestre fit quelque chose et la table redevint nue.

« Beau spectacle, Lyle », dit Capelo. Il redessina rapidement les deux tunnels spatiaux, mais cette fois-ci plaça l'artefact des extraterrestres dans le système natal des Faucheurs, en le noircissant sur le réglage au nombre premier onze. Sa main tremblait. Il fatiguait.

« Tiens bon, Tom », dit Marbet, d'un ton encourageant. Capelo ne sembla pas le remarquer.

« Scénario numéro deux. Vous écoutez, bande de culs visqueux ? Votre artefact est en train de faire son job peinard, il protège votre "home sweet home". Nous, on arrive avec le nôtre… Vous voyez ? On vous passe droit sous le nez dans l'espace de Q, parce que nous sommes réglés sur deux, un bouclier génial… Maintenant, nous voici dans votre territoire, et nous réglons notre artefact sur treize… Et rien ne se passe. Vous voyez ? C'est l'impasse, et nous rentrons à la maison. » Le stylet refit le chemin inverse, à travers deux tunnels, jusqu'au système d'Artémis. « Marbet, comment bordel puis-je être certain que ce que je raconte parvient jusqu'aux cervelles de ces têtes de nœud ?

— Ça y parvient, répliqua-t-elle.

— Tant mieux, parce que je déteste gâcher un bon cours… Je déteste…

— Je te tiens, Tom. Tu ne vas pas tomber. Continue, dit Kaufman.

— Encore une chose. Voici les deux… les deux… » Capelo glissa de biais contre Kaufman. Le stylet tomba par terre.

« Occupe-toi de lui, Marbet », dit Kaufman en ramassant le stylet. Allaient-ils le laisser continuer à la place de Capelo ? Si Marbet voyait juste, leur réaction aux agressions, tellement violente qu'elle en devenait difficilement contrôlable, était éveillée par des hommes tels que Kaufman, forts et habitués au commandement. Les Faucheurs étaient capables de discerner ces caractéristiques, lui avait-elle expliqué. Kaufman attendit qu'une arme inconnue le frappe.

Cela n'arriva pas, mais nul besoin d'être un Sensitif pour remarquer les changements qui affectaient les muscles des Faucheurs, les collerettes qui se redressaient. Plus déroutant encore, les nuages d'insectes, devant son visage, se mirent soudain à enfler et à bourdonner plus vigoureusement.

« Accroupis, Lyle ! » s'exclama Marbet. « Ne regarde personne, et commence à dessiner, vite !

Kaufman se courba et baissa les yeux vers la table ; il détesta y être contraint, réaction humaine instinctive… Il tenta d'imiter le style de Capelo : il dessina les deux artefacts dans l'espace de Q, noircissant leurs deux réglages sur treize. Comment illustrer la déchirure de l'espace-temps ? Il opta pour de simples traits ondulés qui oblitéraient tout, et cette fois-ci prolongea les traits des deux côtés de chaque tunnel, annihilant non seulement l'espace de Q mais aussi le système d'Artémis et le monde natal des Faucheurs. Tout.

« Ne lève pas les yeux », reprit Marbet. « Je vais leur demander d'effacer l'ardoise. » Prudemment, elle fit passer son bras au-dessus de la table. Un des Faucheurs fit de nouveau un geste, et Kaufman fixa un écran vide.

On en arrivait au point décisif.

Capelo et lui avaient proposé trois scénarios aux Faucheurs : deux d'entre eux étaient gagnants pour les extraterrestres et l'autre menait à une impasse. L'ennemi avait semblé approuver. Ou tout du moins n'avait rien fait que Kaufman puisse interpréter comme un désaccord, par exemple lui tirer dessus. Il allait à présent leur exposer un quatrième scénario, et il faudrait se montrer le plus convaincant possible car ce scénario n'était qu'un ramassis de mensonges.

Il redessina les tunnels spatiaux #218 et #301, avec l'espace de Q entre les deux et l'artefact des Faucheurs flottant dans l'espace de Q. Il disposa les cinq planètes du système d'Artémis de l'autre côté du tunnel #218 et la minuscule figure du Faucheur de l'autre côté du tunnel #301. Il dessina alors un autre tunnel flottant dans le système des Faucheurs ; un vaisseau humain contenant l'artefact le traversait pour se rendre dans le système des Faucheurs. Il en noircit le réglage sur treize.

Nous connaissons une autre route. Nous pouvons détruire votre système natal pendant que vous avez le dos tourné, en train de protéger votre périmètre.

Nouveau crissement, aigu et puissant. Kaufman résolut de ne pas lever les yeux, mais quelque chose d'extraordinaire était en train de se produire et il fut contraint de le faire. Tous les insectes présents plongeaient droit dans la masse qui se soulevait dans un coin. Elle se mit à son tour à vrombir à une fréquence tellement élevée que le soldat ressentit une douleur atroce dans les oreilles et en laissa tomber le stylet. Puis tout disparut.

« Lyle. Réveille-toi. Lyle ! »

Marbet. Kaufman voulut ouvrir les yeux, sans succès.

« Allez, Lyle. Tu es le seul à savoir faire voler ce truc ! »

Faire voler ? Ces mots étaient si inattendus, si incongrus que Kaufman crut qu'il rêvait. Puis il comprit que ce n'était pas le cas, et avec un effort herculéen, parvint à ouvrir les yeux. Toujours nue mais sans son casque, Marbet se penchait au-dessus de lui. Et il était couché…

Impossible.

« Debout, Lyle ! » s'écria-t-elle, et il se leva lentement.

Tout autour de lui, il y avait les cloisons rapprochées, le pont, les instruments, les sièges, le terminal — tout ! — d'un appareil militaire humain de classe XXPell3. Une simulation ? Holo ou décor de scène ? Non. C'était bien réel.

Marbet l'entraîna vers le siège de pilotage. Sur l'écran de vision, un mur incurvé était en train de disparaître en glissant vers le haut, découvrant les étoiles. Une soute d'arrimage.

« Coccinelle, coccinelle », dit Capelo depuis le siège où il était sanglé, plusieurs patchs parsemant sa poitrine et son cou dénudés. Des patchs bleus, de type militaire standard. Marbet avait mis la main sur la trousse de soin de cet aviso de combat.

« Où sommes-nous ? » demanda Kaufman. « Que…

— L'aviso était stocké là-bas, répondit Marbet, qui le poussait toujours vers le siège de pilotage. Dieu seul sait où ils l'ont trouvé. Ils veulent que nous retournions dans le système d'Artémis pour prévenir les Humains que l'artefact des Faucheurs retourne dans leur système natal. Mais tu ne pouvais pas le savoir, Lyle. Je pense qu'ils s'y sont mal pris avec nous : ils t'ont frappé trop durement, bien plus que Tom et moi, parce que tu es plus grand ou que tu dégages davantage d'autorité, je suppose. Quoi qu'il en soit, nous sommes incapables de piloter ce truc, il va falloir que tu t'en charges !

— Mets ta ceinture, Marbet », ordonna Kaufman. Il chercha le terminal à tâtons. Il n'était pas codé pour lui, mais le soldat connaissait les moyens de le prendre en main en le reconfigurant. La dernière fois qu'il avait piloté un XXPell3 remontait à dix ans, mais l'appareil avait au moins dix ans lui aussi. Kaufman préféra ne pas penser à ce qui avait pu arriver aux trois membres d'équipage.

Il connecta les écrans d'affichage, qui enregistrèrent la présence de deux tunnels spatiaux, et absolument rien d'autre. L'espace de Q avait dû être passé au peigne fin, et le moindre rocher errant assez grand pour obstruer un écran de vision avait sans doute été éliminé.

Kaufman extirpa l'appareil de la soute. Les instruments détectèrent alors deux éléments : le XXPell3 et la station des Faucheurs. Non, trois : un autre appareil quittait la station et se dirigeait vers le tunnel spatial #301. Les Faucheurs ramenaient leur artefact à la maison.

« Ils nous ont crus », dit-il tout haut. « Ces fils de pute nous ont crus.

— Et ils nous ont laissé partir ; mais pourquoi ont-ils pris cette peine ? A l'instant même où nous émergerons du tunnel #218 dans le système d'Artémis, notre propre armée va nous vaporiser, fit remarquer Capelo.

— Non, pas dans cet appareil », dit Kaufman. « Ils

nous écouteront au moins pendant quelques instants, et nous pourrons dire qui nous sommes. » Il espérait avoir raison. C'était une possibilité, en tout cas.

« Bon, soit. Ils vont attendre de savoir ce que nous avons révélé aux Faucheurs avant de nous tuer. Pierce va adorer quand il apprendra que nous avons ruiné son joli coup militaire.

— Ferme-la, Tom ! Laisse Kaufman piloter ! » s'exclama Marbet.

Lyle dirigea l'appareil vers le tunnel spatial #218. Quelque chose clochait. Les Faucheurs voulaient que Capelo, Marbet et lui expliquent à leurs semblables que l'artefact des Faucheurs était de retour dans le système natal de ces derniers et qu'il le protégeait. C'était ce qu'ils avaient fait savoir à Marbet. Mais *pourquoi* voulaient-ils transmettre ce message ? Pourquoi ne pas laisser les troupes de Pierce conduire l'artefact des Humains dans le système des Faucheurs, tenter de le frire, et découvrir que c'était impossible, tout simplement ? S'il devait en résulter une impasse… Bénie soit cette impasse. Les trois compagnons y auraient au moins apporté leur concours. Les artefacts ne seraient pas réglés dans le même système sur le nombre premier treize. L'espace-temps ne se déchirerait pas, ne se réparerait pas dans un effondrement transitionnel à l'échelle de l'univers, détruisant l'espace-temps qui hébergeait la vie telle qu'on la connaissait. Mais s'il devait y avoir impasse, pourquoi envoyer Kaufman, Capelo et Marbet l'annoncer à l'avance ?

Pour que plus aucun Humain ne pénètre dans l'espace de Q. La xénophobie des Faucheurs allait aussi loin que cela même pour leur avant-cour.

Un troisième spot apparut sur l'écran d'affichage.

Kaufman le regarda fixement. Non, c'était bien ce qu'il croyait. Il le voyait vraiment, ne se méprenait pas, et ne pouvait l'obliger à disparaître. Un troisième spot s'était engagé dans l'espace de Q, par le tunnel #218 qui menait à Artémis. Un quatrième spot, un cinquième, un sixième. Les troupes de Pierce étaient arrivées.

Le vaisseau des Faucheurs transportant leur artefact chez eux était trop loin du tunnel #301 pour y parvenir à temps. Les deux artefacts, dont l'un contrôlé par un dément, se trouvaient à présent dans l'espace de Q.

Kaufman arrivait trop tard. Tout était terminé.

CHAPITRE XXIX

ESPACE DE Q

« Que se passe-t-il ? » Marbet observait Kaufman, car ses yeux de Sensitive avaient vu. Il ne chercha pas à lui cacher la vérité :

« La marine est ici.

— Avec l'artefact ? » demanda Capelo en hâte.

Sur l'écran de Kaufman, la station des Faucheurs fit feu. Le vaisseau de la MDAS poursuivit sa route à pleine vitesse, intact.

« Avec l'artefact. Réglé sur le nombre premier deux, répondit-il.

— Pourront-ils atteindre le tunnel qui mène au monde natal des Faucheurs avant la flotte de Pierce… ?

— Non. Tenez-vous prêts à accélérer et à des manœuvres d'évitement si nécessaire. »

Il dirigea l'antique appareil vers le tunnel dont venaient à peine d'émerger les vaisseaux de la flotte. Son écran ne put lui fournir leur identification : la banque de données du petit aviso était trop ancienne pour inclure ces modèles. Kaufman ouvrit le telcom sur toutes les fréquences :

« Vaisseau de la Marine de Défense de l'Alliance Solaire, ici le colonel Lyle Kaufman, dans un XXPell3 obsolète. Demande permission de voler à vos côtés. »

Pendant le décalage de transmission, Capelo s'adressa à lui : « Bon Dieu, c'est vrai. S'ils ont réglé les deux artefacts sur le nombre premier treize, il devrait y avoir une zone protégée autour des... Qu'est-ce que je raconte ? Si l'espace-temps s'engage dans un effondrement transitionnel... Lyle, essaye d'obtenir la permission d'emprunter le tunnel ! Vite ! Nous ne savons toujours pas si l'effondrement transitionnel voyage à la vitesse de la lumière ou s'il peut lui-même traverser les tunnels !

— *Mais vous êtes qui, bordel ? L'espace de Q est une zone interdite, mon colonel !* » furent les mots qui jaillirent du telcom.

— Je le sais. C'est une longue histoire. Je demande la permission d'utiliser le tunnel spatial numéro 218. Je raconterai tout dans le système d'Artémis. Vous ne tenez pas à nous avoir dans les pattes, je me trompe ? »

Nouveau décalage. Kaufman accéléra autant qu'il l'osait : les côtes de Capelo ne résistaient que grâce à ses premiers soins sommaires. Finalement, une réponse leur parvint : « *Prenez ce putain de tunnel, colonel. Code de passage : "San Juan Hill." Vous avez cinq minutes !* »

Kaufman s'abstint de demander « *cinq minutes avant quoi* ? ». Il connaissait déjà la réponse. Le vaisseau des Faucheurs fonçait vers le tunnel spatial #301, pour emporter leur artefact dans leur système natal afin de protéger ce dernier. Il ne l'atteindrait pas. Leur station ne pouvait détruire le vaisseau de guerre de la marine, ni le vaisseau détruire la station, pas si les artefacts à leurs bords étaient réglés sur le nombre premier deux. Mais les Faucheurs allaient certainement passer sur le réglage onze, protégeant ainsi tout le système de Q d'une attaque réglée sur treize. C'était sûrement la décision qu'ils allaient prendre…

Il accéléra à 5 g en direction du tunnel #218.

Les Faucheurs allaient sûrement régler l'artefact sur onze…

Quelque chose se passa sur ses écrans. Le vaisseau de guerre et la station des Faucheurs disparurent en même temps.

« Ils l'ont fait ! », hurla Kaufman malgré ses poumons douloureux et l'inutilité de ce cri. Ils étaient passé à l'acte, ils avaient dû passer à l'acte. Pas de zone protégée avec le réglage treize, apparemment. L'artefact de Syree Johnson avait explosé après avoir frit tout le système de Monde sauf la planète elle-même ; la militaire avait cru que la masse de l'artefact était trop importante pour traverser le tunnel, ce qui d'après elle avait provoqué l'explosion, mais c'était faux…

Pierce et les Faucheurs sont passés à l'acte. Deux artefacts activés, nombre premier treize, le même système…

L'onde avait un effet de retard, sinon leur appareil aurait déjà disparu…

Ils l'avaient fait, ces enfoirés de trous du cul…

Kaufman accéléra furieusement en direction du tunnel. Combien de temps durait l'effet de retard ? Kaufman se sentit perdre conscience, il ne fallait pas, la marine de l'autre côté du tunnel allait les frire s'il ne pouvait pas s'expliquer… Rester conscient… « San Juan Hill »… ils l'avaient fait…

L'appareil plongea dans le tunnel. Trois secondes plus tard, l'effet d'onde d'un artefact réglé sur le nombre premier treize atteignait le tunnel spatial #218. Et l'inévitable se produisit.

Les ténèbres.
« San… Juan… »
Un poids écrasant.
« Hill… »
Kaufman ignorait depuis combien de temps il prononçait ces mots d'une voix entrecoupée, des mots vides de sens pour son esprit en déroute. L'obscurité le submergea, se retira, revint. Le telcom babillait… quelque chose… vide de sens…
Il était du côté système d'Artémis du tunnel, et toujours en vie.
« Couper… l'accélération… »
Le poids écrasant disparut brutalement. L'avion fonçait tout droit.
« *Ralentissez, bon Dieu !* » ordonna la voix dans le telcom. Rassemblant chaque parcelle de force encore en sa possession, Kaufman transmit l'ordre de ralentir à l'ordinateur de bord.
Marbet. Tom.
Il se retourna. Tous deux étaient affaissés dans leurs sièges. Le cœur et les poumons de Kaufman travaillaient trop dur pour qu'il espère les rejoindre. C'était comme si son crâne ne pouvait plus contenir un cerveau qui enflait démesurément. Il ne lui restait que la voix, et il s'efforça d'en faire usage.
« Notre vaisseau de guerre… disparu… la station des Faucheurs aussi… les deux artefacts… Treize…
— *Comment le savez-vous ? Colonel, que s'est-il passé là-bas ?*
— N'y allez pas… »
Mais ils le feraient inévitablement. Et sur ses écrans, Kaufman vit des points se détacher de la flotte d'Artémis et foncer vers le tunnel 218.
« N'y allez… pas… encore…
— *Appareil non identifié, désactivez vos armes et*

préparez-vous à l'arraisonnement », dit le telcom. Retour aux procédures réglementaires de la marine. Les imbéciles.

Mais Tom, Marbet et lui étaient toujours en vie. L'onde voyageait donc à la vitesse de la lumière et ne traversait pas les tunnels. L'effondrement transitionnel allait se répandre à la vitesse de la lumière depuis le système de Q, déchirant l'espace-temps puis le corrigeant au moyen d'une reconfiguration radicale ; des centaines d'années allaient s'écouler avant qu'il ne détruise le système solaire.

Maigre consolation.

« Prêt à… vous recevoir à bord », ânonna Kaufman. Il voulut quitter son siège pour aller examiner Marbet, mais l'effort fut trop grand. Il retomba en arrière, et faisait donc face aux écrans lorsque l'événement se produisit.

Il le vit se produire, en direct.

C'était impossible, mais il le vit de ses yeux.

Trois vaisseaux de la MDAS volèrent en direction du tunnel spatial #218. Dans sa direction, puis en plein dedans. Pas à l'intérieur, mais en plein dedans. Deux vaisseaux, à trente secondes l'un de l'autre, heurtèrent un mur invisible au cœur du beignet flottant et explosèrent. Le troisième vaisseau s'écarta juste à temps pour éviter le tunnel.

Qui n'était pas un tunnel, d'une façon ou d'une autre.

Kaufman s'extirpa de son siège. Une réserve d'énergie dont il ignorait l'existence le galvanisait. Il attrapa Capelo et le secoua, sans se soucier des blessures du physicien. Le corps menu du savant ballotta en tous sens, mais il respirait. Kaufman l'abandonna et alla chercher une arme électrique.

Des alarmes braillèrent dans le telcom. Les alarmes de la flotte. Les alarmes signalant une attaque. Mais ce n'en était pas une, sauf si les militaires considéraient que Kaufman les attaquait. Il tira sur Capelo avec l'arme électrique et le physicien se réveilla en criant. « Que… Ohhhhhhh… » Un cri de pure souffrance.

Kaufman n'en tint pas compte : « Tom, écoute-moi… écoute-moi, bon Dieu ! Les tunnels sont en train de se refermer !

— Que…

— Le tunnel spatial qui mène au système de Q s'est refermé ! C'est devenu un mur solide ! Les adversaires ont tous deux réglé les artefacts sur le nombre premier treize dans le système de Q et *le tunnel s'est refermé* ! Il faut que je sache si tous les tunnels sont fermés, ou si seuls sont atteints ceux qui mènent au système de Q ! »

Capelo le regardait fixement ; il ne gémissait plus. « Comment veux-tu que je le sache, bordel ? » s'exclama-t-il enfin.

Kaufman l'abandonna et sauta de nouveau dans son siège. Aucun secours à attendre de la théorie, il ne restait plus qu'à agir. Il redémarra le XXPell3 et accéléra dans la direction opposée, vers le tunnel spatial #212. Le tunnel suivant sur la route de Sol.

Personne ne fit feu, personne ne lui ordonna de s'arrêter. Il n'y avait rien de surprenant à cela : la flotte venait de perdre deux vaisseaux dans un *accident qui n'aurait jamais dû se produire*. Aucun des détenteurs de l'autorité n'accordait la moindre pensée à Kaufman. Ils y penseraient dans quelques minutes, mais à ce moment-là il aurait traversé le tunnel #212 menant au système stellaire de Han.

Si le tunnel le laissait passer.

Il ralentit à mi-chemin, c'est-à-dire à peu de distance : les tunnels orbitaient l'un près de l'autre. En approchant du tunnel #212, il s'adressa par telcom aux vaisseaux de garde : « XXPell3 en approche, aviso désigné pour tester le tunnel #212 menant au système de Han. Code “San Juan Hill”. Souhaitez-moi bonne chance, les gars ! »

Le silence, dû en partie au décalage horaire, en partie à la confusion. Puis une voix juvénile et effrayée : « *Je n'ai pas… Poursuivez votre route, aviso, et bonne chance !* »

Quelques secondes plus tard : « *Ce n'est pas…* » Mais il était déjà trop tard. La communication de Kaufman avait voyagé plus vite que celle provenant de la flotte qui gardait l'entrée fortifiée de l'espace de Q. Le XXPell3 atteignit l'immatérielle masse grise du beignet flottant.

Kaufman aborda le tunnel à faible vitesse, pour minimiser l'impact.

Il n'y eut pas d'impact. Il était passé.

« Jésus Marie Newton, dit Tom Capelo dans son dos.

— Qu'y a-t-il ? »

Capelo ne répondit pas. Une voix en provenance des vaisseaux gardant le tunnel du côté Han s'adressa à eux : « *Identifiez-vous, aviso.*

— Aviso XXPell3, colonel Lyle Kaufman. Information urgente en provenance du système d'Artémis, priorité un, Informations Spéciales Compartimentées.

— *Arrimez-vous à votre convenance, mon colonel. Mais votre vaisseau…*

— Traverse le tunnel suivant, Lyle ! Maintenant ! Ils vont tous se refermer, et je ne sais pas combien de temps il nous reste ! Tu m'entends ? *Ils vont tous se refermer !* cria Capelo.

— *Qu'est-ce que c'était, colonel ?* demanda leur interlocuteur d'un ton brusque.

— Rien », répondit Kaufman. La carte des tunnels spatiaux situés entre eux et Sol lui apparut soudain en esprit. Curieusement, cette image, très éloignée de l'interprétation formelle habituellement utilisée par les militaires, évoquait le dessin grossier qu'il avait tracé sur le portable de Marbet. Kaufman distinguait ce nouveau schéma, dans tout son caractère primitif, aussi clairement que s'il flottait en l'air, sous ses yeux.

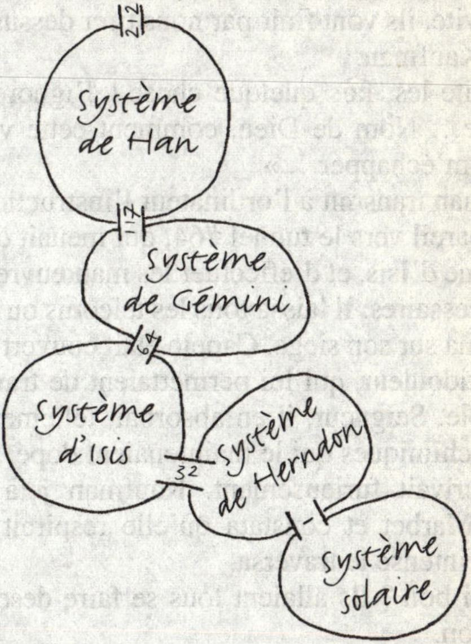

Encore quatre tunnels avant le système solaire, leur foyer.

« Changement d'ordres de dernière minute, priorité un, ISC. Demande permission de poursuivre par le tunnel #117 dans le système de Gémini.

— *Je n'ai pas l'autorisation de…*

— Alors trouvez quelqu'un qui l'ait ! Je viens de vous dire qu'il s'agit d'une Information Spéciale Compartimentée, et je poursuis ma route par le tunnel #117 ! », s'exclama Kaufman d'un ton ferme et impatient. Le tunnel orbitait à seulement vingt secondes devant lui.

« *Je n'ai aucune… Pouvez-vous… Halte !* »

Trop tard. Kaufman était passé. Il émergea dans le système de Gémini. Encore trois tunnels.

« Tom, ils vont nous courir après. Si tu ne leur parles pas très vite, ils vont finir par nous tirer dessus, dit hâtivement Kaufman.

— Evite-les, fais quelque chose ! J'ignore à quelle vitesse le… Nom de Dieu, comment cette variable a-t-elle pu m'échapper… »

Kaufman transmit à l'ordinateur l'instruction de diriger l'appareil vers le tunnel #64, qui menait de Gemini au système d'Isis, et d'effectuer les manœuvres d'évitement nécessaires. Il laissa tous les telcoms ouverts, puis se retourna sur son siège. Capelo était couvert de patchs bleus antidouleur, qui lui permettaient de travailler sur le portable. Seigneur, il en absorbait tellement, de ces produits chimiques qui le maintenaient dopé… Le physicien écrivait furieusement. Kaufman jeta un coup d'œil à Marbet et constata qu'elle respirait toujours. Une joie intense le traversa.

A quoi bon ? Ils allaient tous se faire descendre, de toute façon.

« *XXPell3, arrêtez-vous immédiatement ou j'ouvre le feu sur vous.*

— Ici le professeur Capelo ! Ne tirez pas ! hurla Tom. Ecoutez-moi, les tunnels sont en train de se refermer, ils se ferment ! Je sais pourquoi ! Ne tirez pas ou je ne pourrai pas vous l'expliquer !

— *XXPell3, arrimez-vous immédiatement ou je fais feu. C'est mon dernier avertissement.* »

Le tunnel Gémini-Isis était trop éloigné pour qu'ils l'atteignent avant qu'un faisceau protonique ne les frappe.

Kaufman sentit sa poitrine se serrer. Il pouvait tirer sur les vaisseaux du tunnel, il n'y en avait que deux. En effectuant des manœuvres d'évitement, il arriverait probablement à les toucher tous les deux…

Il ne pouvait pas. Il ne pouvait pas descendre deux vaisseaux de la MDAS en service actif, pas pour sauver sa vie et celle de Marbet, pas même pour permettre à Capelo de prévenir la galaxie de ce qui était en train de se produire. Ses habitants le sauraient bien assez tôt, de toute façon.

« A vos ordres, nous faisons halte », dit-il, sans tenir compte du hurlement de Capelo dans son dos.

Un vaisseau explosa sur son écran vidéo, le saturant de lumière. L'écran de contrôle lui apprit qu'il s'était agi d'un vaisseau cargo civil, autorisé à traverser l'un des deux autres tunnels du système de Gémini. Le vaisseau avait tenté de le franchir à une vitesse d'un g et s'était heurté à de la matière solide. Un autre tunnel s'était refermé.

« Les tunnels se ferment, exactement comme le professeur Capelo vous l'a dit ! s'exclama Kaufman en redémarrant son appareil. Nous poursuivons notre route vers le tunnel #64 à destination du système d'Isis, priorité un, Informations Spéciales Compartimentées… »

Personne ne prit la peine de répondre. Ils étaient probablement tous bouleversés par ce qui venait d'arriver au vaisseau cargo. Réduit en miettes par ce qui aurait dû être le vide. Combien y avait-il eu de matelots à bord ?

Kaufman maintint sa vitesse. Vingt-deux secondes, dix-huit, douze… Ils étaient de l'autre côté.

« *Aviso XXPell3, identifiez-vous. Pas d'autorisation enregistrée*, dit une voix féminine perplexe du côté Isis du tunnel.

— Nous avons davantage de temps à partir d'ici, fit

remarquer Capelo. Je crois. Les équations… Comment ai-je pu rater ça, Seigneur… »

La poussée d'adrénaline de Kaufman se dissipait. Contrairement au physicien, il n'était pas couvert de patchs bleus. Capelo était bien trop shooté ; ces patchs ne pouvaient être de simples analgésiques. Sans doute des accélérateurs systémiques, du peen ou du gull.

Encore deux tunnels entre eux et Sol.

« Ici l'aviso XXPell3, pas d'autorisation en cours. Demande permission de poursuivre à travers le tunnel spatial #32 vers le système de Herndon.

— *Pourquoi n'est-il fait aucune mention de vous, aviso XXPell3 ? Je constate que votre appareil militaire est obsolète.*

— C'est exact. Je suis… » Kaufman coupa la ligne un moment et se tourna vers Capelo : « Combien de temps avons-nous ? Les autres tunnels, quand vont-ils se refermer ? As-tu une foutue idée de ce que tu fais ?

— Non ! Je travaille depuis seulement dix minutes sur une avancée physique majeure ! »

Kaufman rouvrit le telcom : « *… pas compris la fin de votre phrase. Veuillez répéter, XXPell3.*

— Je répète », dit Kaufman d'un ton las. Pour la première fois depuis ce qui lui avait semblé des heures — moins de vingt minutes en réalité — il se rendit compte que Marbet, Capelo et lui étaient toujours tout nus. « Je suis en mission militaire spéciale de priorité un, Informations Spéciales Compartimentées.

— *Le code pour les missions ISC ?* »

Kaufman ne le connaissait pas, bien sûr. Leur folle ruée vers Sol se terminait ici. Il ne lui restait plus qu'à dire la vérité.

« Ecoutez, système de Gémini. Le professeur Thomas Capelo, le physicien disparu que recherchait l'amiral Pierce, est à bord de mon appareil. Il vient de découvrir que les tunnels spatiaux se referment l'un après l'autre, et il en a l'explication scientifique. Il est vital que nous fassions parvenir cette information à l'amiral Pierce, sur Mars, le plus rapidement possible. L'amiral ignore encore que ce phénomène est en train de se produire. Nous n'avons pas le code ISC, mais il en va du sort de la galaxie tout entière.

— *Le professeur Thomas Capelo ?* répéta la voix d'un ton incrédule. *Vous m'en direz tant, XXPell3. Désactivez vos armes et préparez-vous à l'arraisonnement.*

— Je vous ai dit que nous n'avions pas le temps ! Les tunnels spatiaux sont en train de se refermer !

— *XXPell3, désactivez vos armes et préparez-vous à un arraisonnement immédiat.*

— A vos ordres, répondit Kaufman. Armes désactivées ; nous sommes prêts à vous recevoir à bord. Ici le colonel Kaufman, CDUS à la retraite. Pouvez-vous au moins nous rendre un service ? Pouvez-vous envoyer...

— *Lyle ?* l'interrompit une autre voix féminine. *Lyle Kaufman ? Ici Marjorie Barella.* »

Kaufman ferma les yeux. Il avait combattu à ses côtés quinze ans auparavant. Par pur hasard à l'époque, par pur hasard aujourd'hui. « Marjorie ? Je suis bien Lyle Kaufman. Effectuez un scan vocal... Vous avez le résultat ?

— *Oui.*

— Ecoutez, colonel Barella...

— *Général Barella.* »

Encore mieux. « Mon général, nous sommes dans une situation de crise sans précédent. Le professeur Thomas Capelo est à bord. Nous revenons à l'instant du système d'Artémis. » Il ne mentionna pas le système de Q ; générale ou pas, elle n'appartenait pas au CDAS et ignorait donc tout à son propos. « C'est une longue histoire, mais toujours est-il que les tunnels spatiaux sont en train de se refermer les uns après les autres, à une vitesse indéterminée et variable. Cela peut paraître incroyable, j'en suis conscient. Tout ce que je vous demande, c'est d'envoyer un aviso dans le système de Gémini pour vérifier que les tunnels deviennent bien inutilisables. Dans le même temps, je désactiverai nos armes et me préparerai à l'arraisonnement, si c'est ce que vous souhaitez, même si à mes yeux ma mission prioritaire reste de faire parvenir ces renseignements jusqu'à Sol.

— *Vous avez ordre de désactiver vos armes et de vous préparer à l'arraisonnement, Lyle. Mais vous étiez… Je vais envoyer un aviso d'observation.*

— Merci, Marjorie. » Un pur hasard à l'époque, un pur hasard aujourd'hui. Vraiment trop injuste.

Mais telle était la loi de l'univers, il l'avait toujours su.

Il coupa le canal de sortie et s'adressa à Capelo : « Combien de temps avons-nous ? Et que se passe-t-il exactement ?

— Je l'ignore. Les seuls éléments à ma disposition sont les données se rapportant à trois tunnels refermés ; c'est un échantillon trop petit, pour l'amour de Dieu… Je sais seulement pourquoi ça se produit. »

Seulement. Kaufman était trop fatigué pour émettre le moindre commentaire sur le choix extraordinaire de ce mot. Il s'extirpa de son siège et chercha maladroitement un patch d'adrénaline pour Marbet, toujours assise sans connaissance.

Capelo babillait ; le physicien planait plus haut que la Lune. « Je ne comprends pas comment ça a pu nous échapper… Une fois qu'on sait où regarder… Vous vous rappelez tous ces gens qui disaient "mais non, deux réglages sur le nombre premier treize ne vont pas déchirer tout l'espace-temps, les concepteurs originels auront prévu des sauvegardes pour être sûrs que cela ne se produise pas"… Vous vous rappelez ? Tous ces gros lards optimistes, sans preuve, pleins d'espoir ? Et bien *ils avaient raison* ! Ou à moitié raison, en tout cas : l'espace-temps se déchire bel et bien et se répare grâce à un effondrement transitionnel radical qui transforme l'énergie, je ne me trompais pas à ce sujet… mais l'effondrement transitionnel n'agit pas comme je le croyais : il se propage par les tunnels et les ferme, ce qui absorbe l'énergie transitionnelle, Seigneur, toute cette énergie générée et absorbée… ce qui a pour double effet de préserver la configuration de l'espace-temps et de retirer ces dangereux joujoux que sont les artefacts des mains de ceux qui en font manifestement un mauvais usage ! Ah, c'est merveilleux, les maths sont merveilleuses, comment ne l'ai-je pas vue avant, cette équation qui… »

Kaufman ne l'écoutait plus. Il posa un patch sur le cou de Marbet, qui remua immédiatement en se tenant la poitrine : « Ooohhhh, gémit-elle.

— Ne bouge pas, Marbet. Tu as des côtes cassées, je pense. Tom aussi, mais… Ne bouge surtout pas. Les secours arrivent.

— Où sommes-nous ? » Elle souffrait mais était complètement réveillée.

« Dans le système d'Isis. L'administration du tunnel va monter à bord dans quelques minutes. Reste tranquille ou bien…

— *Lyle !* » La voix de Marjorie Barella dans le telcom. « *Lyle, vous aviez raison ! Mon Dieu !*

— Ouvre la fréquence de sortie ! » cria Kaufman à l'ordinateur. « Marjorie, que…

— *L'aviso d'observation a trouvé la flotte de Gémini en plein désarroi. Le tunnel Gémini-Han est un mur solide. Comment… ? aucune importance. Poursuivez vers Sol et expliquez-le au CDAS. Pas la peine d'envoyer des autorisations de vol, vous franchirez les tunnels aussi vite qu'un aviso. Si…* » Elle laissa cette phrase en suspens. « *Le code ISC vous est transmis en ce moment même. Il vous autorisera l'accès à tous les tunnels. Allez-y !*

— Départ immédiat », dit Kaufman. Il s'était déjà rassis aux commandes, redémarrait le vaisseau, réactivait les armes. Le code ISC crypté lui parvint dans sa banque de données sécurisée et Kaufman accéléra, se ruant vers le tunnel spatial #32 pendant qu'il en était encore temps, s'il en était encore temps. Après le #32, ne se dresserait plus entre lui et Sol que le tunnel spatial #1.

CHAPITRE XXX

THARSIS, MARS

Amanda Capelo et Konstantin Ouranis regardaient le bulletin d'informations dans le salon des Blumberg. Dans son bureau (en fait un coin de sa chambre à coucher), oncle Martin préparait ses cours d'université, assis devant son terminal. Le dernier trimestre commençait le lendemain. Tante Kristen était rentrée tôt du travail et s'affairait maintenant à préparer le dîner dans la cuisine minuscule. Oncle Martin était le meilleur cuisinier des deux, mais ce soir, c'était le tour de Kristen. On avait monté le son des informations pour qu'elle puisse les entendre de la cuisine.

« Regardez ! Mon père ! » s'exclama soudain Konstantin.

Amanda ne prêtait pas vraiment attention aux nouvelles, trop occupée à jeter des coups d'œil furtifs au si beau profil du jeune homme, tout en se faisant du souci pour le lendemain.

Le problème, c'était oncle Martin. Ou plutôt, c'était le mensonge d'Amanda.

Elle n'aurait jamais dû laisser croire à Konstantin

qu'elle avait presque dix-sept ans. Cela lui faisait… espérer des choses. Il vivait chez les Blumberg depuis maintenant deux semaines, et Amanda avait l'impression qu'il attendait toujours plus d'elle. Et demain, les cours reprenaient à l'université, et oncle Martin partirait enseigner toute la journée, et tante Kristen se rendrait à ce travail qui lui prenait quatre jours par semaine, dans l'exploitation agricole située aux abords de Tharsis. On y cultivait des récoltes alimentaires génémods à fort rendement sous des dômes conçus comme des serres. Jusqu'alors, son oncle et sa tante n'avaient jamais quitté l'appartement en même temps, sauf si Amanda et Konstantin les accompagnaient. Essentiellement parce qu'ils voulaient que quelqu'un soit présent si un appel au telcom concernait le père d'Amanda, disaient-ils. Pourtant, la jeune fille soupçonnait que c'était aussi parce qu'ils souhaitaient éviter qu'elle se retrouve seule avec Konstantin.

Et maintenant, elle non plus ne voulait plus se retrouver seule avec lui.

Mais il était tellement adorable ! Il ne se disputait jamais avec elle, n'exerçait jamais aucune pression, ne tentait jamais rien de ce que les garçons tentent quand ils veulent vous persuader de rentrer dans leur jeu, un sujet qu'Amanda, Yaeko, Juliana et Thekla avaient maintes fois abordé. Konstantin n'était pas comme ces garçons. Il était toujours gentil, toujours doux, toujours attentionné à son égard. Elle lui avait raconté des histoires sans fin sur son père, et il l'avait écoutée avec intérêt, et il l'avait serrée dans ses bras quand elle pleurait et lui avait dit que le professeur Capelo allait vraiment revenir. Konstantin ne se vantait jamais. Et pourtant… pourtant…

Amanda se rendait compte qu'elle allait chaque jour un peu plus loin avec lui. D'abord les baisers légers, puis des baisers plus profonds, puis avec la langue, puis il lui caressait les flancs, ses mains se rapprochaient de sa poitrine…

Il y avait seulement un an, elle n'avait pas de poitrine.

Encore et encore, elle s'exerçait en esprit à lui dire la vérité. « *Konstantin, je n'ai que quatorze ans.* » Mais chaque fois qu'elle voulait le dire tout haut, elle n'y parvenait pas. D'abord, ce serait avouer qu'elle avait menti. Ensuite, il pourrait très bien ne plus l'aimer. Troisièmement… ce troisième point était difficile à admettre, même pour elle. Mais elle dut bien finir par le reconnaître. Les faits, comme disait son père. Et c'était un fait.

D'une certaine façon, elle ne voulait pas qu'il arrête.

Et pourtant, elle aurait bien voulu ! Et demain, quand oncle Martin et tante Kristen seraient partis…

« Ah-man-dah ? Tu écoutes moi ? C'est mon père !

— Vraiment ? » Elle regarda l'écran. Stavros Ouranis, un homme petit et ventru aux drôles de cheveux noirs hérissés, la surprit : ce n'était vraiment pas de lui que Konstantin et Démétria avaient hérité leur beauté. M. Ouranis prononça quelques mots en grec, et un interprète reprit en anglais : « *Je souhaite tout le succès possible à l'amiral Pierce dans ses efforts pour mettre fin à la menace extraterrestre au tunnel spatial #1. Mes gens se tiennent prêts à l'aider de toutes les façons possibles.* »

« Ton père est vraiment quelqu'un d'important », dit Amanda parce qu'il fallait bien dire quelque chose. Tante Kristen était sortie de la cuisine, et regardait les nouvelles d'un air absent en s'essuyant les mains dans un torchon à vaisselle.

« Très très important », approuva Konstantin. Ce n'était pas une vantardise, juste une constatation.

« Souvent il dire des choses à amiral Pierce et amiral Pierce écouter mon père et faire les choses.

— Oh », dit Amanda.

Konstantin se tortilla dans son fauteuil : « Après dîner, moi et Amanda marcher, madame Blumberg ? C'est OK ?

— Si Amanda est d'accord », répondit tante Kristen d'un ton neutre, et elle disparut dans la cuisine.

« Tu d'accord marcher avec moi, Ah-man-dah ?

— Oui. Mais pour l'instant il faut que j'aide tante Kristen à la cuisine.

— Splendide », dit Konstantin, qui se retourna pour regarder les nouvelles.

Cela l'énervait un peu : Konstantin ne proposait jamais d'aider dans l'appartement, comme tout invité se devait de le faire (c'était du moins ce qu'elle avait appris). D'un autre côté, il demandait chaque fois la permission à tante Kristen quand il voulait l'emmener à Tharsis, même pour aller chez le glacier, dans le bâtiment d'à côté, exactement comme si elle avait l'âge de Sudie. Il était égoïste, et super-poli, et incroyablement généreux, et sexiste, et respectueux, et effrayant, et merveilleux. Il la plongeait tout le temps dans la plus grande confusion.

Après le dîner, il s'adressa à elle, tout sourires : « Allons promener, Ah-man-dah ? ». Soudain, elle voulut plus que toute autre chose au monde se promener en sa compagnie. Lentement, la couleur lui monta au visage. Tante Kristen la dévisagea tristement.

Ils flânèrent jusqu'au parc minuscule situé au bord du dôme de Tharsis. Les arbres et les fleurs génémods adaptés à la lumière martienne formaient une voûte au-dessus de leurs têtes. Le parc était plein de monde ce soir-là : tous les bancs étaient occupés, et il y avait des enfants dans tous les bacs remplis de sable rouge. Les sentiers entre les parterres de fleurs étaient encombrés de promeneurs, et Amanda aperçut plusieurs soldats portant le béret aux barres vertes. A l'extérieur du dôme, la poussière était retombée, et le ciel, remarquablement transparent, scintillait d'étoiles. Tous ces gens étaient sortis pour profiter de la soirée.

« Ah-man-dah, nous marcher dehors, ok ? dit Konstantin.

— Dehors ?

— Oui, splendide, pourquoi non ?

— Mais… Nous n'avons pas les combinaisons ! Ni les pass ! »

Il rit et lui fit un clin d'œil. Il lui prit la main et l'entraîna rapidement hors du parc, dans les rues bondées.

« Konstantin, où allons-nous ?

— Tu savoir bientôt ! Surprise ! »

Elle le suivit, à moitié à contrecœur. Il ne la laissait jamais prendre la moindre décision ! Mais la pression des doigts chauds du garçon dans les siens était délicieuse, et en plus, ce serait vraiment intéressant de sortir. S'ils ne s'éloignaient pas trop.

Il s'arrêta en face d'un édifice sans enseigne, tout au bord du dôme. D'un côté, le bâtiment était construit comme une ziggourat, avec des étages en terrasse qui s'ajustaient à l'incurvation du dôme ; de l'autre côté, il était vertical. Konstantin monta la marche menant à la plate-forme de sécurité, Amanda à sa suite. Le jeune homme se plaça en face du scanner rétinien, qui émit quelques mots en grec. Konstantin répondit longuement, puis s'écarta.

« Maintenant toi, Ah-man-dah.

— Mais où sommes-nous ? C'est quoi, ce bâtiment ?

— Les Entreprises Ouranis. Maintenant toi. Je lui dire laisser rentrer toi. Viens. »

Elle s'approcha du scanner, impressionnée par le

pouvoir que le garçon détenait sur les affaires de son père. Le scanner se remit à parler en grec, et Konstantin lui répondit encore. La porte s'ouvrit.

A l'intérieur, un système discuta en grec avec Konstantin. Au bout d'un moment, un chariot-robot leur présenta deux combinaisons-s et deux casques. Konstantin sourit à la fillette, qui se mit à rire, soudain gagnée par l'esprit d'aventure.

Ils enfilèrent les combinaisons. Avant de mettre la sienne, le garçon sortit un cube de données de la poche de sa tunique. Puis Konstantin contrôla amoureusement les joints et les contrôles de la fillette, après quoi il fit de même avec les siens. « Tu vois, ça un canal privé pour parler. Toi et moi.

— OK. Et ça, c'est quoi ? » s'enquit Amanda. Konstantin soulevait une boîte grande et lourde par sa poignée métallique et passait les courroies par-dessus son casque.

« C'est rien.

— Non, vraiment, Konstantin, dis-moi ce que c'est. »

Il fronça les sourcils. « Mon père dire je emmène ça dehors. Emetteur très puissant. Crypté. Va recevoir tout. Il vouloir me contacter partout. Et envoyer messages pour affaires à moi.

— Ça se conçoit, je pense », commenta la fillette. Il arrêta de froncer les sourcils, et elle se sentit soudain plus âgée. Il avait eu honte d'avoir à transporter cet émetteur parce qu'il trouvait que cela faisait bébé, et elle l'avait rassuré ! Elle, Amanda ! Elle lui décocha un sourire tellement radieux que juste avant de lui mettre son casque, il l'embrassa légèrement sur la bouche.

Konstantin glissa le cube de données dans l'émetteur, puis ils traversèrent tout le bâtiment sans croiser personne. C'était le soir, et les employés étaient sans doute tous rentrés chez eux. Le bâtiment possédait son propre accès au dôme. Konstantin saisit les codes, et le sas s'ouvrit.

Dehors, c'était magnifique. Ils se trouvaient du côté opposé du dôme par rapport à la voie de chemin de fer, à l'entrée où la navette ramassait et déposait les passagers du spatioport et aux sentiers qui menaient à l'exploitation agricole. Amanda aperçut quelques rares promeneurs, mais personne à proximité.

Main dans la main, ils s'éloignèrent du dôme. Le sol était complètement recouvert d'empreintes de pas et de véhicules. Près du dôme, les rochers étaient rare, car les touristes et les robots les avaient presque tous ramassés. Mais une centaine de mètres plus loin, les roches naturelles de Mars apparaissaient de nouveau, des roches de toutes tailles, rouges, et noires, et brunes, et jaunes, des roches pour la plupart arrondies et grêlées. Toutes recouvertes de poussière, mais aux yeux d'Amanda, même la poussière était belle.

« Konstantin, dit-elle pour tester le canal privé, autrefois, il y avait un grand volcan ici.

— Oui ? Splendide !

— Il a formé le relief de Tharsis. C'est pourquoi la vue est si belle. C'est mon père qui me l'a dit. »

Comme toujours à chaque fois qu'on mentionnait le père d'Amanda, Konstantin se tourna vers elle avec dans ses yeux sombres un intérêt respectueux. Il lui pressa la main : « Il rentrer bientôt, Ah-man-dah. Je certain.

— Oui », dit-elle ; mais elle n'était plus sûre d'y croire encore. Pendant un instant le merveilleux paysage extraterrestre parut se ternir.

« Bientôt », rajouta Konstantin. Puis : « Regarde ! En haut, en haut ! »

Un météore zébra le ciel nocturne. « Vite, fais un

vœu ! Avant qu'il ne touche… oh, trop tard ! s'exclama Amanda.

— Je faire un vœu, oui » dit Konstantin en lui pressant la main.

Ils marchaient toujours. Lorsque le dôme commença à sombrer derrière l'horizon, Amanda lui dit d'un ton ferme : « C'est assez loin, Konstantin. »

Le garçon s'arrêta docilement. Il découvrit un gros rocher et s'y assit en l'attirant à ses côtés. Le rocher était froid sous leurs fesses ; ils ne pourraient rester très longtemps. Konstantin passa son bras autour d'elle et ils se serrèrent aussi près l'un de l'autre que leur permettaient leurs casques.

Amanda gloussa. C'était tellement bête ! Elle s'était inquiétée de se retrouver seule avec Konstantin, et ici ils étaient aussi seuls qu'il était possible, avec des combinaisons-s sur le dos, dans un froid intense et avec des casques bulbeux qui empêchaient même un simple baiser. Bien sûr, le lendemain restait un problème, mais pour le moment elle était aussi protégée que ces vierges vestales dont elle avait entendu parler en cours d'histoire.

« Ah-man-dah, je veux dire vœu à toi », dit Konstantin.

Il lui fallut une minute pour comprendre. « Tu vas me dire quel vœu tu as fait quand ce météore est passé ?

— Oui. Avant, deux semaines plus loin, je dire à toi je t'aime. Te souviens ?

— Je me souviens, répondit-elle en s'écartant un peu de lui.

— OK. Maintenant je dire… Merde ! »

Elle le regarda avec étonnement, mais ce gros mot ne lui était pas destiné. Konstantin fronçait les sourcils en fixant l'émetteur posé à leurs pieds sur le sol rocailleux, et elle le vit changer d'expression. Ses yeux noirs s'écarquillèrent, et quand il se tourna vers elle, son visage exprimait la surprise et la joie.

« Ah-man-dah, un telcom pour toi ! Programme je écrire à lui !

— Quoi ?… Je ne comprends pas… » Etait-ce tante Kristen, qui ordonnait à Amanda de rentrer ? Etait-elle fâchée contre sa nièce ?

« Je écrire programme ! Pour recevoir messages adressés à toi ou à autres dans paramètres d'adresse ! Même cryptés parce que l'émetteur a puissant programme de décryptage, pourquoi il est gros ! Un telcom pour toi !

— Mais… »

Il la prit par les épaules et la secoua avec tant de force qu'il la fit chanceler : « Ah-man-dah ! C'est telcom pour le système domotique des Blumberg ! Ton père ! »

CHAPITRE XXXI

TUNNEL SPATIAL #1

Pour Capelo, la descente était dure après le pic induit par l'accélérateur systémique qu'il s'était auto-administré.

Kaufman n'avait pas le temps de s'occuper du physicien. Toute son attention se concentrait sur les moniteurs et le XXPell3 qu'il poussait autant qu'il l'osait sans esquinter encore plus ses trois passagers. Il réfléchissait aussi à la meilleure façon d'agir par la suite. Armé du précieux code ISC de Marjorie Barella, Kaufman parviendrait à traverser l'ultime tunnel avant Sol. Sans doute. Mais ensuite, quoi ? Allait-il vraiment dire aux forces militaires de l'amiral Pierce, de l'autre côté du tunnel spatial numéro un, que le tunnel allait se refermer ? S'il parlait, il lui faudrait raconter toute l'histoire, y compris le fait que le général Stefanak avait caché Tom Capelo et l'Artefact Protecteur — soi-disant en train de protéger le système solaire — sur le *Murasaki*, dans le système de Monde. Et que Pierce s'était ensuite emparé de l'artefact pour l'emporter dans le système de Q, déclenchant la fermeture des tunnels après avoir mis en danger le tissu de l'espace-temps.

Révéler ces vérités-là reviendrait à signer leur arrêt de mort à tous les trois.

Mais s'il ne racontait pas aux militaires son improbable saga, comment expliquer qu'un colonel de l'armée à la retraite détienne un code ISC ? Comment expliquer la fermeture des tunnels ? Que fallait-il en dire, et à qui ?

C'est alors qu'il prit conscience d'un fait dont il aurait dû s'apercevoir depuis le début, et dont il se serait aperçu s'il n'avait pas été aussi épuisé : il ne lui appartiendrait de prendre aucune de ces décisions.

« Tom, tu nous as dit que les tunnels se ferment à une vitesse variable. Peux-tu l'évaluer ? Combien de temps nous reste-t-il avant que le tunnel #1 soit affecté ? En as-tu une idée ?

— Oui, je… crois. Dix heures. A mon avis. »

Dix heures. Il leur faudrait à peine une heure pour atteindre le système solaire. Ils avaient largement le temps d'y arriver. Mais ensuite, que se passerait-il ?

Quelque chose tomba par terre dans son dos. Il jeta un coup d'œil derrière lui : le portable de Capelo.

Le savant était dans un état épouvantable : les effets du stupéfiant en train de se dissiper combinés à ses blessures, à la tension, aux efforts et à la peur. Il avait vraiment le teint gris ; ce cliché se concrétisait pour la première fois sous les yeux de Kaufman. Capelo tremblait de tous ses membres, et sa voix tremblait elle aussi :

« Marbet… un autre… patch…

— Pas question.

— Si !… dois… travailler…

— Cela te tuerait, Tom. Non, tu n'en auras pas d'autres.

— Salope… Non, je ne voulais pas dire… laisse-moi enregistrer un message. Mes filles. Je t'en prie ! »

Elle ne pourrait pas refuser, Kaufman le savait. Il dirigea l'aviso vers le tunnel spatial #1, et envoya à l'avance le code ISC et la demande de poursuivre. *Le tunnel #1*. Il était presque à la maison.

« Ne peux pas… sans… un patch…

— Tu n'as pas le choix, Tom. Je ne t'en donnerai pas d'autre. Enregistre ton message, et dès que nous serons de l'autre côté, Lyle l'enverra vers Mars une fois crypté. Fais-le, merde ! » dit Marbet.

Capelo commença à enregistrer ; la colère raffermissait sa voix. Les Sensitifs étaient des manipulateurs consommés… Tom n'avait pas la moindre chance face à Marbet. Puis Kaufman les oublia tous les deux : le message de réponse en provenance du tunnel #1 venait de leur parvenir.

« *Aviso XXPell3, code ISC bien reçu. Poursuivez sur-le-champ par le tunnel spatial #1.* »

Une flotte au complet en alerte maximale veillait sur ce tunnel avec une vigilance extrême. Mais grâce au code ISC, Kaufman put la dépasser sans problème, prendre la tête de la file d'attente et traverser le tunnel dans la foulée. Tout avait été si difficile jusqu'alors, et là, c'était tellement facile !

Ils étaient de retour dans le système solaire ; neuf heures s'écouleraient — si Tom voyait juste — avant que le tunnel ne se ferme pour de bon. Et ensuite, tout redeviendrait difficile.

« *Identifiez-vous, aviso* », exigea par telcom la surveillance du tunnel. Des spots apparurent sur tous les écrans de contrôle de Kaufman. Ce côté de l'entrée dans Sol était également sécurisé par une flotte assignée à la garde du tunnel. C'était le monde d'origine. Si jamais Kaufman faisait le moindre faux mouvement, ces soldats le vaporiseraient, avec ou sans l'autorisation ISC. Stefanak lui-même avait considéré ce genre d'action comme une procédure standard, et Pierce était trois fois plus démonstratif que son prédécesseur pour ce qui était de « protéger le berceau de l'humanité ».

« Aviso XXPell3, colonel Lyle Kaufman, détenteur d'informations urgentes en provenance des systèmes d'Artémis et de Han, priorité un, Informations Spéciales Compartimentées. Code ISC transmis à l'instant.

— Envoie aussi ces données, Lyle. C'est le message crypté de Tom pour Amanda et Sudie. Je te l'ai téléchargé, dit doucement Marbet derrière lui.

— Je ne peux pas sans leur fournir des explications...

— Je crois que Tom est mourant, Lyle.

— Ah, merde. » Il programma dans l'ordinateur l'adresse spécifiée. Cela n'avait plus d'importance à présent. Avec les sérums de vérité, aucun d'eux n'allait pouvoir cacher quoi que ce soit de tout ce qui s'était produit. Pourquoi n'en avait-il pas pris conscience plus tôt ?

Une voix différente leur parvint du telcom : « *Aviso XXPell3, code ISC bien reçu. Votre aviso n'est pas enregistré, et votre numéro d'identification personnel ne correspond pas aux archives militaires. Désactivez vos armes et préparez-vous à un arraisonnement immédiat.*

— A vos ordres, dit Kaufman. Prévoyez un débriefing en zone sécurisée, en présence du commandant de la flotte, s'il vous plaît. Je suis en possession de renseignements ISC concernant la guerre, à sa seule intention. J'ajoute que nous avons à bord un homme qui a besoin de soins médicaux d'urgence. Il s'agit du professeur Thomas Capelo. »

Aucune réaction. « *Préparez-vous à un arraisonnement immédiat* », fut l'unique réponse qui leur parvint ;

autrement dit, il se passerait un moment avant qu'on le rapproche ne serait-ce qu'un peu du commandant de la flotte. Si on l'en rapprochait. Ils allaient l'examiner, à la recherche de tout type d'armes envisageable, y compris biologique. Cela se passerait dans un vaisseau médical sécurisé, si nécessaire sacrifié avec l'équipage au complet s'il s'avérait que Kaufman transportait quelque chose de dangereux. Et simultanément, on allait sans doute lui injecter une dose de Pandya. L'autorisation ISC était une chose, mais l'apparition de Kaufman dans un appareil obsolète, hors circulation depuis une dizaine d'années, en provenance d'une zone de la galaxie ne faisant aucune mention de lui, transportant des renseignements qu'il n'aurait pas dû posséder, et émettant un message crypté non autorisé à destination de Mars… Ça, c'était autre chose. Le CDAS ne prendrait aucun risque. Il y avait une guerre en cours.

Il se tourna vers Marbet et Capelo. L'apesanteur était revenue dans l'appareil quand il avait coupé les moteurs. Marbet, qui avait localisé la zone de rangement, en avait tiré trois combinaisons-s démodées ; elle n'arrivait pas à mettre la sienne.

« Marbet ? » dit Kaufman. Il remarqua pour la première fois qu'elle avait un patch antidouleur sur le cou.

Elle parvint à lui sourire : « Je ne peux pas me pencher assez pour mettre ma combinaison. Une côte, je crois. Et pour Tom, c'est sans espoir. »

Sans prendre garde à sa propre côte douloureuse, Kaufman se détacha, flotta vers Capelo et lui souleva les paupières. Les pupilles du savant n'étaient ni fixes ni dilatées. « Tom est toujours avec nous. Regarde dans le compartiment du bas… non, pas celui-là, celui du dessous — est-ce que tu vois des couvertures ?

— Oui, dit Marbet d'un ton reconnaissant ; elle sortit trois de ces minces couvertures thermiques. Tous deux s'en enveloppèrent, couvrant leur nudité, et Kaufman parvint à en glisser une en partie sous le harnais de Capelo, suffisamment en tout cas pour couvrir les organes génitaux du blessé.

« Que vont-ils faire, Lyle ? » demanda calmement Marbet.

Il la regarda, admiratif. Elle était toujours vaillante, toujours capable d'affronter la situation. « Sérum de vérité. Ensuite, je ne sais pas. »

Elle inclina la tête : « Je t'aime, Lyle. »

C'était le dernier de ses soucis : il avait adopté son mode de pensée militaire. Il lui retourna pourtant la pareille, à voix très basse. Juste après, un choc léger lui apprit que l'appareil médical avait attiré le XXPell3 à son côté pour l'arraisonner. Des médecins, des soldats, des spécialistes des armes, des agents des renseignements, prêts à envahir la moindre faille du vaisseau, du corps et de l'esprit de Kaufman.

Bienvenue à la maison.

Des soldats en uniforme les firent sortir tous trois de l'aviso. Personne ne leur posa de question, ce qui ne surprit pas Kaufman. Procédure réglementaire. Et lui, de son côté, ne leur donnerait aucune information de lui-même. Quand ils en auraient fini avec lui, se disait-il, la nouvelle que les tunnels se fermaient serait arrivée des systèmes éloignés. Après tout, Sol avait encore neuf heures (peut-être) devant lui. Et cette donnée conforterait le récit de Kaufman. Les seuls mots qu'il prononça quand l'équipe fut montée à bord, il les adressa au docteur qui se penchait sur Tom Capelo : « Va-t-il s'en sortir, capitaine ?

— Oui, répondit la femme », à sa grande surprise. Elle n'avait pas émis la plus petite réserve ; elle ne cherchait pas à couvrir ses arrières. Il la regarda respectueusement.

Ils le séparèrent de Marbet et de Capelo, l'attachèrent à une robocivière et le firent sortir de l'appareil. Kaufman sentit qu'on lui posait un patch léger sur le cou. Sa dernière pensée fut de se demander s'il pourrait se réveiller à temps pour assister à la fermeture du tunnel spatial #1, le portail de l'humanité vers les étoiles.

Un long intervalle, vide et monotone, éveillé puis endormi. Il savait ce qu'il était en train de dire, mais il le savait comme dans un rêve, quand tout ce qui arrive vous arrive à vous et à un autre vous qui ne l'est pas tout à fait. Kaufman flottait dans ce pays de rêve incolore, et parlait, en sachant qu'il parlait, sans pouvoir s'arrêter. Il savait que des machines le grignotaient, prélevant des échantillons de sang, de tissus et même de sperme pour effectuer des cultures biologiques, mais ce n'était pas lui qu'elles grignotaient. C'était lui pourtant, malgré tout. Il sentit qu'on lui bandait sa côte cassée et qu'on la traitait, mais ce n'était que partiellement sa côte, et il ne se sentait que partiellement son propriétaire. Propriété partielle, intrusions corporelles partielles, outrage partiel. Seule la soumission était totale.

Lorsqu'ils en eurent terminé, ils savaient tout ce qui lui était arrivé depuis son départ de Mars. Ils savaient aussi qu'il disait la vérité.

Cela n'était plus de son ressort. Peut-être n'avait-ce jamais été de son ressort, même s'il n'était pas convenable qu'un soldat pense ainsi.

Lyle Kaufman sortit finalement de la transe induite par le sérum de vérité. Il était couché et attaché dans une pièce vide au cœur d'un quelconque vaisseau. Il n'y avait personne d'autre. Personne n'avait plus besoin de lui ; il avait été vidé de tout ce qui pouvait s'avérer utile. Le contenant avait perdu toute importance, jusqu'au moment où quelqu'un devrait décider de ce qu'il convenait de faire de lui.

Il pensait savoir quelle serait cette décision. Pour tous ceux qui connaissaient la vraie histoire.

Kaufman fut soudain heureux d'avoir envoyé le message de Capelo. Les décrypteurs de Pierce parviendraient à le déchiffrer, évidemment, mais quand ce moment arriverait, Capelo aurait dit au revoir à ses filles.

CHAPITRE XXXII

PLAINE DE THARSIS, MARS

Amanda dévisagea Konstantin à travers sa visière. Est-ce qu'il plaisantait ? Non, il n'était pas cruel, et ce n'était pas drôle, en plus… *son père*…

Konstantin coda manuellement des données sur son émetteur. « Je faire message pour arriver à ton récepteur, Ah-man-dah… c'est très long ! Non, c'est *deux* sections de données avec cryptages différents… Je ne comprends pas… »

Amanda non plus, assurément, mais si cela avait été le cas, toute compréhension se serait volatilisée à l'instant même. La voix de son père résonnait dans ses oreilles :

« *Amanda et Sudie et Carol, ici Tom. Papa. Je suis rentré, mes chéries, je suis de retour dans le système solaire.* »

« Papa ! » cria tout haut Amanda, sans même s'en rendre compte. Mais quelque chose n'allait pas dans la voix de son père : elle était faible et hésitante, comme s'il était malade.

« *J'aimerais vous voir, mais je ne sais pas si je pour-*

rai arriver jusqu'à Mars ou à la Terre. L'amiral Pierce ne va pas aimer ce que j'ai fait, et j'ignore ce que je vais devenir. Il a tenté de déclencher les deux artefacts sur le nombre premier treize près du monde d'origine des Faucheurs, avec pour résultat la fermeture progressive de tous les tunnels spatiaux. Environ cinq heures après que vous aurez reçu ce message, le tunnel #1 aura disparu pour toujours. Je suis du côté Sol du tunnel, mais je suis salement blessé… De toute façon l'amiral Pierce ne va pas nous laisser… mais écoutez-moi, ce n'est pas ce que je veux que vous reteniez. Retenez plutôt que je vous aime toutes les trois, et que je vous aimerai toujours, pour l'éternité. »

Sa voix avait faibli jusqu'à n'être plus qu'un murmure. « *Carol ou Kristen, détruisez le disque dur sur lequel vous avez reçu le message, et n'en dites jamais rien à personne. Je ne veux pas vous mettre en danger, vous aussi. Vous comprenez ? Adieu pour le moment…* »

« Non ! Non ! cria Amanda.

— Professeur Capelo penser qu'il mourir — pourquoi ? Pas logique, dit Konstantin.

— Parce que l'amiral Pierce va le tuer ! cria Amanda, hystérique. L'amiral Pierce n'est pas le type bien que tu crois ! Il va tuer Papa ! »

Konstantin voulut attraper la fillette, mais elle le repoussa violemment et se mit à courir comme une folle, sans regarder dans quelle direction, sans s'en soucier. L'amiral Pierce allait tuer son père… Pour elle, c'était en train de se transformer en certitude, en horrible fait… je vous en prie Seigneur, *Dei volente*…

Konstantin la rattrapa, la serra contre lui. « Pas courir, Ah-man-dah ! Si tu tomber, ton combinaison se déchire !

— Ça m'est égal ! Je veux mourir, moi aussi ! Laisse-moi, oh laisse-moi partir non non non Papa… »

Il la tenait fermement, sans prendre garde aux efforts d'Amanda qui se démenait pour se dégager. Finalement, il rajouta : « Deux messages. Ecoute l'autre message, Ah-man-dah !

« *Kristen, Martin, c'est Marbet Grant* » retentit dans le récepteur d'Amanda ; elle arrêta de se débattre, se figea. « *Je suis avec Tom. Ci-joint un dossier crypté concernant tout ce qui nous est arrivé dernièrement, y compris les actions héroïques de l'amiral Pierce. J'envoie ceci au moment même où nous franchissons le tunnel #1. Ou plutôt, je me suis arrangée pour que Lyle l'envoie sans le savoir. Il a beaucoup de choses à gérer pour l'instant…* » Marbet hésita, se reprit.

« *Il est d'une importance vitale que vous retransmettiez ce message immédiatement, à tous les médias d'information importants sur Mars et la Terre. Vous n'avez probablement pas plus d'une heure pour le faire. Peut-être moins. Retransmettez ce message* absolument tel quel. *Les gens doivent savoir que l'amiral Pierce a empêché les Faucheurs de détruire le tissu de l'espace. C'est un grand héros. Retransmettez tout de suite ce message au maximum de gens possibles. D'autres messages en provenance du tunnel et à destination de Mars suivront peut-être celui-ci, mais ils ne diront pas la vérité. A mon avis il ne vous reste pas plus d'une demi-heure après réception de ce message. Retransmettez-le tout de suite !* »

« L'amiral Pierce… Elle dit qu'il est héros ! Mais professeur Capelo dit Pierce va tuer ton père ! s'exclama Konstantin.

— Oui !

— Pas logique, ça !

— Si, ça l'est ! Marbet dit ça parce que… Je ne sais pas pourquoi ! Mais Papa dit la vérité ! L'amiral Pierce va le tuer !

— Amiral Pierce est pas dans le système solaire. Tu te souviens ? »

Et soudain Amanda se souvint. Tante Kristen s'essuie les mains dans le torchon à vaisselle puis retourne à la cuisine pour préparer le dîner — c'était il y a seulement quelques heures. Amanda la suit, énervée parce que Konstantin ne propose jamais d'aider à la cuisine. Il est assis, il écoute les nouvelles, et Amanda écoute à moitié ; elle met la table, fait chauffer de l'huile végétale, nettoie un cœur de laitue génémod. Un avatar présentateur dit que l'amiral Pierce a fait… quoi ? « *Un séjour sans précédent à l'extérieur du système solaire, en raison d'une urgence militaire. Les spéculations sont que l'amiral va mener une campagne secrète à la tête des flottes de l'armée de l'autre côté du tunnel spatial #1, et peut-être également au-delà d'autres tunnels…* »

Amanda se sentit soudain prise de vertige.

Elle ne pouvait pas faire ça. Ou peut-être que si ?

« Konstantin, combien de temps a mis ce message pour… Qu'est-ce que tu fais ?

— Je prends message de ton père de l'émetteur pour faire copie. Pour laisser ici, sous les rochers de Mars, tu venir prendre plus tard. Message de Marbet Grant, je transmets. Elle dit retransmettre. Mais nous sauvegarder message de ton père pour que tu le garder toujours ! »

Il sortit un cube de données de l'émetteur, prit la main d'Amanda et l'entraîna à sa suite. Il se baissa et poussa le cube de données sous un tas de cailloux rouges et noirs, puis la traîna de nouveau vers l'émetteur.

« Maintenant je retransmets message de Marbet Grant. Les soldats, ils pister le message, oui ? Ils prendre mon émetteur. Oui, c'est sûr. Pas beaucoup de temps ! »

Prendre l'émetteur. Ses mots renforcèrent la détermination d'Amanda. Cette idée était insensée, mais… il lui fallait cet émetteur !

« Konstantin, dit-elle en parlant aussi vite que possible tout en essayant de rester compréhensible, combien de temps reste-t-il avant que le tunnel #1 se ferme ? Mon père a dit cinq heures, mais si tu envoies un message maintenant, je veux dire, si tu envoies un message vers le tunnel, y parviendra-t-il avant la fermeture du tunnel ? Oui ? »

Il ouvrit de grands yeux : « Oui. Le temps de transmission est… je pense fort… penser quelle distance est le tunnel de l'orbite de Mars… peut-être quatre heures et dix minutes. Mais, Ah-man-dah, si ton père être blessé…

— Il n'est pas blessé ! Ou plutôt… J'en sais rien ! Mais je sais que l'amiral Pierce va le tuer !

— Mais… Si amiral Pierce tuer professeur Capelo, ton père pas reçu ton message !

— Je sais. Je sais bien. » Ses mains se contractaient toutes seules sur les bras du garçon ; elle semblait incapable de les garder immobiles, et se rappela soudain la façon dont l'amiral Pierce crispait ses mains aux longs doigts à Lowell City. Un homme affreux, horrible…

« Ce n'est pas à mon père que je veux envoyer mon message.

— Alors qui… regarde, un tout-terrain. Il venir chercher nous.

— Baisse-toi ! » Elle l'entraîna au sol, qu'elle sentit complètement gelé à travers sa combinaison. Ils pourraient les retrouver tous deux grâce à leur signature thermique ; même Amanda le savait. Il ne lui restait pas beaucoup de temps. Konstantin ramassa un caillou bien lourd et ramena son bras en arrière pour le projeter sur l'émetteur. Amanda s'agrippa à lui : « Ne fais pas ça !

— Mais ton père dit détruire…

— Je sais ce qu'il a dit. Mais attends juste une

minute, Konstantin. Konstantin… est-ce que tu m'aimes ? »

Il la dévisagea avec étonnement. « Oui !

— Donc tu feras tout ce que je te demanderai ? Pour sauver mon père ?

— Oui ! » Puis, plus prudemment : « Faire quoi ?

— L'amiral Pierce est de l'autre côté du tunnel spatial #1, qui va se fermer dans moins de cinq heures. Tu m'as dit, tu n'as pas arrêté de me dire, tu m'as dit… » Elle n'arrivait pas à mettre de l'ordre dans ses pensées, à les faire défiler en rangs bien nets. Ses mains tiraient sans arrêt sur les bras du garçon. Le tout-terrain surgit au-dessus de l'horizon obscur, ombre mouvante contre le ciel.

« … m'as dit que ton père a des avisos partout. Et que tu as les codes pour les envoyer où tu veux. Envoie un aviso des Entreprises Ouranis à travers le tunnel pour dire à l'amiral Pierce que ton père lui conseille de rester de l'autre côté du tunnel pendant encore quelques heures ! »

A travers la visière de Konstantin, une faible lumière éclairait l'intérieur du casque ; il plongea ses yeux sombres dans ceux d'Amanda. Il avait l'air différent. Pas le garçon qui lui tenait la main, qui l'embrassait, qui lui parlait dans son anglais tendre et amusant… Il n'avait pas l'intention de faire ce qu'elle lui demandait. C'était de toute façon une idée stupide, une idée insensée…

« Amiral Pierce tuer ton père. Professeur Capelo a dit, je croire lui. Personne doit tuer grand scientifique. Scientifiques sont très grands, plus grands que amirals. Mon père pas penser ça. Je penser ça. »

Elle ne savait pas quoi dire ; elle avait peur de l'interrompre.

Konstantin s'assit, tripota l'émetteur légèrement

cabossé. Il tapa un code et se mit à parler en grec. Le ton de sa voix surprit Amanda, qui écoutait la conversation sur le canal privé. Ce n'était pas la même voix. Plus profonde, plus dure… plus *âgée*.

Elle n'avait aucune idée de ce qu'il était en train de dire.

Le tout-terrain tourna soudain dans leur direction, délibérément. Ils avaient capté leur signature thermique.

Konstantin parlait vite. A la fin il cria presque, cassant, puis coupa la transmission. Amanda s'écarta de lui, brusquement effrayée. Mais un instant plus tard il était de nouveau le jeune Konstantin, et il la remit debout, le bras tendrement passé autour de sa taille.

« Je dire que… » un mot en grec. Elle le regarda sans comprendre. Il refit une tentative : « Je dire beaucoup personnes faire du mal à l'amiral. Il pas aller dans système solaire avant mon père dire oui. Pour sa sécurité.

— Tu as raconté à l'amiral Pierce qu'il y avait une conspiration, dit Amanda. Une… une révolution comme celle pendant laquelle il a tué l'amiral Stefanak. Sauf que cette fois c'est contre lui, et ton père lui conseille d'attendre avant de revenir. C'est ça ?

— Oui, splendide », approuva Konstantin, et Amanda se sentit de nouveau prise de vertige. L'amiral Pierce allait-il vraiment écouter M. Ouranis et rester de l'autre côté du tunnel jusqu'à ce qu'il se referme ? Peut-être, mais seulement s'il ignorait que le tunnel allait se fermer. Le savait-il ? Allait-il écouter M. Ouranis ?

Qui était vraiment Konstantin ?

Qui était-elle vraiment, à donner des directives à un amiral ?

« Dis rien, Ah-man-dah », lui chuchota-t-il férocement. Le tout-terrain les avait presque rejoint. « Message de ton père est dans émetteur encore. Et ils pister le message quand même, mais pas trop tôt, je pense. Peut-être. Appareils de mon père volent vite.

— Mais…

— Dis rien aux gens dans le tout-terrain ! » rajouta Konstantin ; et la main levée en guise de salut, il sourit aux silhouettes en combinaison qui se précipitaient vers eux.

Des soldats. De nouveau. Cette fois-ci, ils ne l'emmenèrent pas à Lowell City, mais les conduisirent, elle et Konstantin, chez tante Kristen. Tous quatre — Amanda, Konstantin, oncle Martin et tante Kristen — furent entassés dans le débarras, seule pièce de l'appartement ne disposant pas d'une connexion. Les soldats étaient très polis. Etait-ce à cause de Konstantin, qui leur avait révélé son nom ? Mais avant cela, ils avaient été polis avec Amanda, également. C'était à vous donner la chair de poule.

Elle s'adressa à oncle Martin, coincé à côté d'elle : « Avez-vous reçu le message de Marbet ? »

Il posa un doigt sur ses lèvres : *Ne dis rien.* On les surveillait ? Dans un débarras ? Malgré tout, elle fit oui de la tête.

Tante Kristen empilait des boîtes les unes sur les autres, poussait des objets sur des étagères déjà surchargées. « Si on n'avait pas autant de cochonneries… Martin, je t'ai dit l'année dernière que nous devions nous débarrasser de ces vieux livres… Voilà. Maintenant je crois qu'il y a assez de place pour qu'on puisse au moins tous s'asseoir. »

C'était effectivement le cas, mais tout juste. Amanda, bloquée près de Konstantin, s'en moquait.

Il l'avait vraiment fait. Envoyer le message aux avisos de son père. Pour elle.

Tante Kristen se pencha en avant. Amanda ne put voir ce qu'elle faisait, mais sa tante lui passa subrepticement un minuscule bout de papier arraché de l'un des vieux livres. Dessus, tante Kristen avait écrit : NOUS AVONS REÇU LE MESSAGE ET L'AVONS ENVOYÉ À LA CHAÎNE D'INFOS.

Amanda fit oui de la tête et passa le bout de papier à Konstantin, qui fronça les sourcils en le regardant. Elle se souvint alors qu'il ne savait pas lire l'anglais. Faisant semblant de caresser les cheveux d'Amanda, tante Kristen arracha le message à Konstantin et l'avala tout de suite après.

Amanda gloussa.

Tante Kristen la regarda d'un air sévère, mais moins sévère que les réprimandes que s'adressait la fillette. A quoi pensait-elle… Glousser ! Alors qu'ils étaient emprisonnés ici et qu'ils allaient peut-être mourir ! Et Papa qui allait être tué !

Tante Kristen avait envoyé toute l'histoire aux gens des infos. Quelle que fût cette histoire. Quels que fussent les propos de Marbet. Cela les protégerait peut-être. Et Konstantin avait demandé aux avisos de son père de convaincre l'amiral Pierce de rester de l'autre côté du tunnel spatial…

Comment un tunnel pouvait-il se fermer ? Amanda n'en avait aucune idée. Mais son père disait que c'était en train de se produire. Oh, ferme-toi vite, ferme-toi avec l'horrible amiral Pierce de l'autre côté !

« Quelle heure est-il ? » demanda-t-elle tout haut. C'était une question plutôt innocente. Les soldats leur avaient pris leurs montres, leurs telcoms, leurs bijoux.

« Dix heures et trente, je penser », répondit Konstantin en lançant un regard à la fillette.

Dix heures trente. A quelle heure Konstantin avait-il

envoyé le message ? Amanda l'ignorait. Quatre heures et dix minutes avant que le message n'atteigne Mars, avait-il expliqué. A l'école, elle avait appris que la vitesse de la lumière était de trois cent mille kilomètres par seconde. Elle essaya de faire le calcul pour évaluer à quelle distance se trouvait son père, mais échoua. C'était trop dur de se concentrer.

Combien de temps allait-on les garder dans ce stupide débarras ?

La nuit s'écoulait lentement. Oncle Martin parlait : il récitait un vieux poème, probablement tiré de ses cours de littérature anglaise. Amanda n'écoutait pas. La somnolence la guettait, mais comment aurait-elle pu dormir dans des circonstances *pareilles* ? Quelle crétine elle faisait ! Mais elle était si fatiguée…

« *En ce lieu où le monde est paisible*
En ce lieu où tout souci semble
Turbulence de vents morts, de vagues écroulées
Dans les songes incertains des songes »,

récita oncle Martin, puis, plus tard, « *Et de tout, hors le sommeil* [1]. »

Amanda ne se réveilla vraiment qu'une seule fois. Elle était affalée contre Konstantin, la tête et les épaules presque affaissées sur les genoux du jeune homme. La lumière du réduit grilla ou quelqu'un l'éteignit, et elle sentit Konstantin lui caresser la poitrine. Amanda se réveilla d'un seul coup.

Elle se redressa précipitamment, sans réfléchir. Il n'y avait pas assez de place pour s'enfuir. A sa droite, tout près de sa tête, l'oreille de son ami. Elle se rapprocha le

1. *Le Jardin de Proserpine*, poème de Algernon Charles Swinburne, 1837-1909. Traduction Pascal Aquien, éd. José Corti. *(N.d.T.)*

plus possible, sentit le sang lui monter au visage, et désespérée, murmura :

« Konstantin, non, s'il te plaît… Je n'ai que quatorze ans ! »

Amanda Capelo éclata en sanglots.

CHAPITRE XXXIII
TUNNEL SPATIAL NUMÉRO UN

Kaufman passa des heures dans cette pièce vide, attaché nu sur une table médicale. Il s'attendait à être exécuté d'un instant à l'autre, mais s'en inquiétait moins que de ses propres pensées. Il avait tout raté. Les regrets le rongeaient comme des rats.

Le système solaire ne saurait jamais que l'Amiral Pierce, dans son ardeur mégalomaniaque à s'emparer du pouvoir, avait imprudemment pris le risque de détruire le tissu même de l'espace-temps. Pierce allait concocter une version tenant les Faucheurs pour responsables de la fermeture du tunnel. La guerre serait terminée. Lyle Kaufman, Marbet Grant et Tom Capelo, les trois personnes qui connaissaient la vérité, disparaîtraient sans faire de vagues. La plupart des gens à connaître leur existence allaient se retrouver isolés de l'autre côté du tunnel spatial #1, à des années-lumière de distance. Les rares personnes au courant de ce côté-ci du tunnel seraient réduites au silence à coups d'avancement ou par la mort.

Carol, Sudie et Amanda (si elle était toujours vivante)

recevraient bien sûr le message de Tom. Comment Pierce allait-il réagir ? Probablement en contraignant Carol au silence. Elle devait protéger Sudie ; elle se tiendrait tranquille sans trop de problème.

Kaufman aurait dû préparer un compte rendu complet de la situation, le transmettre à la seconde où il avait franchi le tunnel spatial #1, avertir le système solaire tout entier des actes de Pierce. Il avait tout simplement été trop occupé à rester en vie pour y penser.

Aucune excuse. S'il avait réussi à informer les médias sur ce qui s'était produit, Pierce l'aurait fait assassiner. Mais de toute façon, c'était ce qui allait se passer, pour tous les trois. A moins que l'amiral ne décide de garder secrètement Capelo en vie, comme l'avait fait Stefanak : le cerveau de Capelo retenu en otage en échange du bien-être de sa famille.

C'était la faute de Kaufman. Il n'avait pas tout planifié, n'avait pas suffisamment anticipé. L'absence de vision était un péché que l'univers ne pardonnait pas. L'amiral Pierce allait donc devenir une espèce de héros, le vainqueur à la Pyrrhus de la guerre contre les Faucheurs, cet ennemi diabolique qui avait confisqué les étoiles au genre humain. Et Marbet mourrait, Capelo peut-être, Kaufman certainement. Magdalena était déjà morte. Et Laslo, et sans doute Amanda. Il était responsable.

La porte s'ouvrit et un officier entra. Ça y était, alors. Kaufman aurait aimé revoir Marbet une dernière fois.

« Colonel Kaufman, mettez ceci, monsieur, je vous prie. » Le jeune homme transportait un uniforme au grand complet.

« Est-ce vraiment nécessaire pour la suite ? demanda sèchement Kaufman.

— Oui, monsieur. » L'officier détacha Kaufman et quitta la pièce.

Il revêtit cet uniforme, qu'il n'avait pas porté depuis des années. C'était mieux que de mourir tout nu. L'épée de cérémonie manquait, mais cela n'avait rien d'étonnant.

Par contre, les événements suivants le surprirent. L'officier revint et salua vivement : « Par ici, s'il vous plaît. Les autres sont déjà rassemblés et l'amiral est en route. »

Les autres ? L'amiral Pierce ? Non, Pierce devait être de retour sur Mars. Une enquête plus poussée ne se justifiait pas, pas avec du sérum de vérité. Alors, que se passait-il ?

Kaufman ne posa pas la question. L'officier le guida dans un long couloir, et il observa tout ce qui l'entourait. Les cloisons et le pont reluisaient ; les marins avaient l'air de recruteurs holos ; l'air manquait totalement des odeurs et des relents du recyclage intensif. Ils se trouvaient sur un gros bâtiment, une station ou un vaisseau amiral.

« Entrez, monsieur », dit l'officier en ouvrant la porte ; il fit respectueusement un pas de côté pour laisser passer Kaufman.

« Bonjour, colonel Kaufman », dit un homme mince et grand portant un uniforme de général trois étoiles de l'ADAS. Kaufman ne le reconnut pas, mais il n'y avait pas à se méprendre sur son air d'autorité : il était en présence du commandant de la flotte.

« Monsieur », répondit Kaufman d'un ton neutre, sans saluer. Techniquement, il était à la retraite. Cinq autres militaires se tenaient un peu en arrière du commandant : deux généraux deux étoiles et trois colonels.

La porte s'ouvrit de nouveau et un lieutenant escorta Marbet Grant à l'intérieur. Kaufman se sentit transporté de joie. La jeune femme était vêtue d'une tunique et d'un pantalon de matelot trop grand pour elle, sans doute les seuls vêtements disponibles sur le vaisseau. Quelle que fut la gravité de ses blessures aux côtes, elles étaient guéries, ou du moins, rendues temporairement inexistantes grâce au plâtre et aux médicaments. Les yeux verts et brillants de la Sensitive lui sourirent, et elle se mit à étudier toutes les personnes présentes dans la pièce, l'une après l'autre, sans montrer la moindre hésitation. Peut-être savait-elle ce qui se passait ?

« Madame Grant », dit sans chaleur le commandant. Kaufman reconnut l'antipathie généralement manifestée à l'égard des Sensitifs. L'officier s'adressa au lieutenant : « Où est le professeur Capelo ?

— Il arrive de la zone médicale, monsieur. Ils sont en route.

— Colonel Kaufman, madame Grant, asseyez-vous, je vous prie. Je suis le général Rickman Dvorovenko, commandant de la flotte de défense du tunnel spatial #1. J'ai apporté…

— Lyle ! Je te croyais mort ! En fait je me croyais mort moi aussi, s'exclama Tom Capelo depuis le seuil. C'est toi, hein, Marbet ? Quelle femme intelligente et rusée. Je te tirerais bien mon chapeau métaphorique si je pouvais bouger mon bras qui lui ne l'est pas.

— Professeur Capelo, c'est un honneur, dit le général Dvorovenko.

— Pas pour moi. Je ne suis pas trop entiché de cette armée qui m'a retenu prisonnier pendant six mois, répliqua froidement Capelo.

— C'était l'armée du général Stefanak, fit remarquer Dvorovenko. La situation a changé. Quoi qu'il en soit, j'aimerais pouvoir parler sans être interrompu, professeur Capelo. »

Le physicien, enfoncé dans un fauteuil roulant poussé par un docteur, haussa les épaules. Sa condition

— bras et côtes cassés dans des plâtres, visage aux traits tirés — semblait effroyable, mais moins mauvaise que lors du dernier contact que Kaufman avait eu avec lui. Combien d'heures s'étaient-elles écoulées depuis ? Impossible à déterminer.

« Mon premier devoir est de vous apprendre que l'amiral Pierce est en route pour vous féliciter personnellement. Il est encore de l'autre côté du tunnel spatial numéro un, dans le système de Herndon, mais il revient aussi vite que possible et franchira le tunnel avec largement assez d'avance pour précéder la fermeture à l'heure prévue par vos équations, professeur Capelo. Il participera à la conférence de presse, bien entendu », commença Dvorovenko.

Marbet lança à Capelo un regard d'avertissement. Il s'en aperçut et haussa de nouveau les épaules. Kaufman comprit qu'ils avaient tous deux été détenus ensemble et qu'ils avaient pu discuter.

« Bien entendu, reprit Dvorovenko d'un ton aigre, nous aurions préféré faire nous-mêmes part aux médias de l'héroïsme de l'amiral et de la fermeture tragique des tunnels. Mais comme Mme Grant a estimé judicieux de s'en charger, il est important que chacun sache quelles informations peuvent être rendues publiques sans compromettre la sécurité militaire. »

C'est alors que Kaufman comprit.

Marbet avait ajouté un enregistrement au message d'adieu de Tom à sa famille. Tandis qu'il faisait la course avec la fermeture des tunnels et l'armée du CDAS, elle avait tranquillement enregistré ce compte rendu qu'il avait négligé. Mais contrairement à Kaufman, elle ne s'en était pas tenue à la vérité. Sa version glorifiait Pierce, mensonge absolu ; elle l'avait jointe en catimini au message de Capelo pour s'assurer que Kaufman ne remette pas son contenu en question. Ce contenu, elle l'avait élaboré de façon pragmatique, dans le dessein de leur sauver la vie. Cette transmission était une négociation, pas la vérité.

Et Kaufman qui se croyait le négociateur de l'équipe !

« Je pense que nous comprenons tous la situation, général Dvorovenko. Le professeur Capelo, le colonel Kaufman et moi-même en raconterons aussi peu que possible. Quand on nous posera des questions, nous dirons la vérité, cette même vérité que j'ai exposée dans ma transmission. A savoir que les forces du Conseil de Défense de l'Alliance Solaire se sont ruées à la rencontre d'une invasion de Faucheurs incroyablement massive avant que l'ennemi n'atteigne le tunnel spatial numéro un. Qu'une bataille majeure a eu lieu dans le système de Gemini, et que lorsqu'il est devenu clair que les Faucheurs allaient gagner et envahir le système solaire, nos courageux soldats ont fait la seule chose qu'il restait à faire, sous le commandement de l'amiral Pierce.

« L'amiral savait, grâce aux brillants travaux du professeur Capelo qui œuvrait en secret au bénéfice de l'effort de guerre, que si les deux artefacts étaient déclenchés sur le nombre premier treize, cela n'allait pas, comme on l'avait cru dans un premier temps, détruire l'espace-temps, mais plutôt provoquer la fermeture des tunnels. Confronté à cette terrible alternative, l'amiral Pierce a donné l'ordre d'emporter l'artefact par le tunnel spatial #1. Il a fait évacuer toutes les troupes humaines encore présentes et a déclenché l'artefact à distance. Et le tunnel spatial #1 s'est refermé en sauvant le système solaire de la destruction. »

Toute l'assemblée fixait Marbet : Dvorovenko avec l'aversion de celui qui est obligé de s'en remettre à quelqu'un en qui il n'a aucune confiance ; Capelo avec une ironie sardonique : il détestait devoir mentir sur ce qui s'était passé, mais le ferait dans l'intérêt de sa famille ; Kaufman avec… Quoi ? Avec admiration pour la rapidité de sa réflexion, et la justesse méticuleuse de ses mensonges. Et avec la tristesse qu'elle en soit arrivée là. La mort et la vérité auraient été plus honorables.

« Nous sommes donc tous d'accord sur les faits », reprit Dvorovenko de ce même ton amer. « Nous allons réécouter l'enregistrement de Mme Grant, c'est la prochaine étape. Et dès que l'amiral Pierce sera arrivé, nous ouvrirons les telcoms à la presse. »

« *Dès que l'amiral Pierce sera arrivé.* » Cette fois Kaufman entendit le ton de Dvorovenko, l'entendit vraiment. L'amertume du général n'était pas due au fait que Marbet avait transmis son message avant l'armée ; le récit de l'héroïsme de Pierce par une civile impartiale ajouterait certainement à sa crédibilité. Non : l'amertume de Dvorovenko découlait de ce que Marbet avait glorifié Pierce, justement. Dvorovenko aurait préféré voir Pierce dénigré, car ce dénigrement aurait déclenché la contre-révolution. Dvorovenko ne soutenait Pierce que pour la galerie.

Pierce était-il au courant ? Certainement pas, sinon Dvorovenko n'aurait pas été à la tête de la flotte du tunnel. Les généraux dans son cas devaient être nombreux, ne soutenant le commandant suprême que parce que la seule autre alternative était la mort, mais rongeant aussi leur frein en attendant une occasion. Une vieille, vieille histoire… les conjurés et la couronne.

Kaufman regarda Marbet et fit furtivement glisser son regard vers Dvorovenko. Elle bougea très légèrement la tête. Elle avait entendu, elle aussi. Ou, plus probablement, elle le savait depuis son premier coup d'œil à Dvorovenko.

Ils ne pouvaient utiliser cette information. Un

marché avait déjà été conclu, et Kaufman se prépara à louer publiquement l'amiral Pierce, l'homme qui avait assassiné Sullivan Stefanak, Laslo Damroscher, Magdalena, Ethan McChesney, Prabir Chand…

« Colonel Brady, les enregistreurs sont-ils prêts ? demanda Dvorovenko.

— Oui, monsieur.

— Donc dans quelques minutes… quel est ce bruit ? »

Des cris dans le couloir. Des bruits de course. Un capitaine fit irruption dans la pièce : « Désolé, monsieur, on a besoin de vous sur la passerelle ! Une transmission ISC de priorité un et nous en sommes les destinataires !

— Cela justifie-t-il tout ce tumulte ? Dites à ces hommes de se calmer ! s'exclama Dvorovenko avec humeur.

— Oui monsieur ! C'est à cause des informations qui nous parviennent, monsieur ! »

Dvorovenko sortit précipitamment. Les deux généraux subalternes se lancèrent un coup d'œil, puis le suivirent. Les trois colonels restèrent dans la pièce.

« Que quelqu'un nous mette les infos ! Je ne peux pas croire que cette somptueuse salle de conférences soit dépourvue du moyen de les recevoir ! » dit Capelo.

Personne ne bougea.

« Oh Jesus Newton Christ, je vais le faire, alors ! »

Mais Capelo ne pouvait déplacer son fauteuil roulant sans aide. Il voulut s'extraire du fauteuil mais retomba en arrière en grimaçant de douleur. Kaufman se leva et fit ce que tout militaire savait faire : il programma l'écran mural pour recevoir les nouvelles de l'extérieur.

L'écran afficha le logo de la MQA. C'était une chaîne d'information clandestine, fréquemment arrêtée et suspendue par le gouvernement puis, tel le phœnix renaissant de ses cendres, réapparaissant ailleurs pour faire entendre sa voix. Ces gens arrivaient à envoyer des robocaméras, voire même des reporters en chair et en os, dans les endroits les plus improbables.

Un présentateur avatar qui aurait pu être de n'importe quelle origine ethnique parlait avec excitation : « *... ne sont encore que des rumeurs. Cependant, la conspiration visant à répandre le bruit erroné que les tunnels spatiaux se ferment provoque une panique générale dans les entreprises du système solaire. D'après la rumeur, la cible de cette conspiration serait l'amiral Pierce, dont on attend le retour de l'autre côté du tunnel spatial #1 plus tard dans la journée. Les rumeurs prétendent que l'amiral se jette dans un piège mortel. Les conspirateurs, d'après ce qui a été dit à MQA, sont en ce moment même identifiés et encerclés par le CDAS. Je le répète, il s'agit d'informations non confirmées transmises à MQA par une source anonyme. Cependant...* »

L'écran redevint blanc.

« Des salauds irresponsables... » grommela l'un des colonels, qui se leva et quitta la pièce.

Kaufman lança un nouveau coup d'œil à Marbet ; elle secoua la tête. Sa transmission sauvage n'était pas à l'origine de ce qui se passait à présent, quoi que cela pût être.

Dans le couloir, encore des cris, qui cessèrent brusquement. Un second colonel quitta la pièce. Le troisième rejoignit la porte à grands pas et cria : « Lieutenant !

— Monsieur ? » Une jeune femme se matérialisa instantanément. « Qu'est-ce qui se passe là dehors, bon dieu ?

— Je n'en suis pas sûre, monsieur, mais on dit... quelqu'un a dit...

— Dit *quoi* ?

— Que le tunnel s'est refermé, monsieur. Que nous avons perdu un vaisseau, qui vient d'entrer en collision avec le tunnel et a disparu. Et… et que l'amiral Pierce ne l'a pas encore traversé. »

Le colonel lança un regard furieux au malheureux lieutenant. « Surveillez ces gens ! » lui ordonna-t-il d'un ton sec, et il partit.

« Oui monsieur. » Le lieutenant prit position sur le seuil, l'attention et les oreilles visiblement tournées vers les nouvelles en provenance du reste du vaisseau.

Capelo se mit à rire : « Pierce coincé de l'autre côté du tunnel !

— Tu ne sais pas si c'est vrai », dit Kaufman. Il se sentait hébété. Trop de choses se passaient, et trop vite.

« Es-tu en train de me conseiller de m'en tenir aux faits, *à moi*, Lyle ?

— A votre avis, la MQA peut-elle avoir raison ? Y a-t-il eu conspiration… Non, attendez une minute. L'avatar des infos a déclaré que la conspiration visait à convaincre Pierce que la fermeture des tunnels se produisait vraiment alors que ce n'était qu'un mensonge ! Mais *c'est la vérité* ! » s'exclama Marbet.

Capelo rit de nouveau : « Et si Pierce est vraiment piégé de l'autre côté, la conspiration est dirigée contre lui, d'accord. »

Kaufman s'aperçut que le lieutenant buvait leurs paroles. « La conspiration… s'il y a conspiration… quelqu'un a voulu faire croire à Pierce que les tunnels *ne se fermaient pas*, et que prétendre le contraire n'était qu'une tentative pour l'attirer dans une embuscade. Si c'est le cas, cela te compromet, Tom. Tes travaux.

— Et alors ? Mes travaux sont bien réels, eux. Le tunnel s'est fermé, il y a tout juste… laisse-moi réfléchir… dix minutes. Et si cela s'est produit comme tu le racontes, Pierce est piégé de l'autre côté. Pour toujours.

Notre homme a manqué le dernier canot de sauvetage du *Titanic*, le dernier bateau à quitter l'Atlantide. »

Le lieutenant se retourna lentement vers les trois civils. Kaufman fut soudain heureux de porter l'uniforme : la jeune femme allait peut-être lui répondre. « Lieutenant, si l'amiral Pierce est piégé de l'autre côté du tunnel, qui est le responsable, ici ?

— Le général Dvorovenko, monsieur. »

Dvorovenko avait-il manigancé tout ceci ? Non, décida Kaufman. Dvorovenko s'était montré réticent quand il s'était agi d'organiser une conférence de presse. Mais alors, qui ?

A voix très basse, Marbet s'adressa à Kaufman : « Pas Dvorovenko. Pas un militaire. Les réactions des officiers ne cadrent pas. »

Capelo les entendit. Contrairement aux autres, peu lui importait de parler à voix basse. Estropié et cabossé, couvert de plastique expansé et de patchs médicamenteux, trop maigre et trop épuisé, le physicien ressemblait à un rat mâchouillé. Il s'exclama tout haut : « Pas un militaire ? Mais qui d'autre aurait l'oreille de Pierce ? Quel putain de civil de génie aurait les simples couilles, et ne parlons pas de l'influence, de convaincre Pierce que la vérité scientifique est en fait un mensonge, une vulgaire conspiration politique le visant personnellement ? Quelqu'un s'est servi du point faible de Pierce, sa paranoïa. »

Le général Dvorovenko refit son entrée, suivi de ses officiers. Kaufman n'avait pas besoin d'être un Sensitif pour percevoir dans leur attitude le choc et l'excitation qu'ils ressentaient.

« Messieurs, madame, changement de plan, dit Dvorovenko. La conférence de presse aura bien lieu, mais sans vous. La situation a changé. Vous serez reconduits dans vos quartiers pour y attendre des instructions ultérieures.

— S'il vous plaît, mon général, attendez », dit Marbet d'une voix suave. Tout d'un coup, elle avait l'air plus doux, vulnérable, une femme sans défense s'en remettant à une source reconnue de pouvoir. « Pouvez-vous nous expliquer ce qui se passe ? Je veux dire, nous l'avons entendu aux nouvelles, je sais, mais… pouvez-vous nous en dire plus ?

— Certainement, madame Grant. En repoussant une dernière et soudaine attaque des Faucheurs, l'amiral Pierce a été tragiquement piégé de l'autre côté du tunnel en train de se refermer. Il ne pourra pas revenir. Le gouvernement qu'il a laissé en place en partant garantira une transition sans heurt à son second sur Mars, le commandant suprême suppléant, le général Yang Lee. »

Capelo éclata de rire, hilare.

Kaufman ne savait rien de Yang Lee ; ce général avait dû monter en grade pendant son séjour sur Monde. Il s'adressa à Dvorovenko : « Mon général, le général Lee est-il en position de contenir l'agitation qui va inévitablement résulter de changements aussi énormes dans le… le système solaire dans son ensemble ? » Plus de guerre. Plus de tunnels spatiaux. Plus de commerce avec les colonies. La moitié de la flotte disparue pour toujours de l'autre côté des tunnels.

« Je suis sûr qu'il en est capable, répliqua Dvorovenko. Nous allons maintenant vous escorter jusqu'à vos quartiers.

— Merci », dit Marbet.

Ils suivirent le jeune lieutenant hors de la pièce. « Je reste avec toi, Lyle, dit la Sensitive une fois dans le couloir.

— Moi aussi », renchérit Capelo. Le lieutenant, impatient de retourner dans la salle de conférences, ne s'y opposa pas.

Dans une luxueuse cabine que Kaufman voyait pour la première fois (« *vos quartiers* »), Marbet, Tom et lui échangèrent des regards. « Une nouvelle révolution ? Des combats, encore ? dit Marbet.

— Aucune idée. Tout a changé, répondit Kaufman.

— Et Pierce est parti, rajouta-t-elle.

— Quand vont-ils nous ramener chez nous, à votre avis ? voulut savoir Capelo.

— Oh, bientôt. Nous sommes des personnages publics, maintenant. Bien sûr, Tom, tu l'étais déjà avant, fit remarquer Marbet.

— Des conneries, s'exclama l'intéressé. Tout ce que je veux, c'est revoir ma famille.

— Nous devons pour l'instant nous en tenir au récit de Marbet », dit Kaufman.

La jeune femme lui fit face : « Tu m'en veux pour ça, Lyle, je le sens bien.

— Elle nous a sauvé la vie ! dit Capelo.

— Je sais. »

Avec une soudaine virulence, Capelo ajouta : « Et si tu y avais réfléchi, tu aurais fait pareil, Lyle. Considère tous les mensonges que tu as inventés pour que nous puissions atteindre le tunnel #1. Ne t'offusque pas de ne pas être cette fois-ci celui qui tramé cette brillante supercherie. Accorde-lui-en le mérite et arrête de vouloir mener tout seul la revue. »

Kaufman sentit la colère l'envahir, mais il n'eut pas le temps de réagir : Capelo avait fait rouler son fauteuil jusqu'à la porte. « Je vais dormir pendant que je le peux. Mais il y a une chose que je sais… j'aimerais vraiment rencontrer celui qui s'est arrangé pour que

Pierce reste de l'autre côté du tunnel le temps qu'il se ferme. *Le voilà*, le brillant baratineur ; comparés à lui, Marbet et toi vous avez l'air de vendeurs d'élixirs miraculeux. Je me demande qui ça peut être, bordel. »

CHAPITRE XXXIV

STATION THÉRA, ORBITE DE MARS

Pendant les semaines que dura le voyage depuis le tunnel spatial #1, Kaufman partagea son temps entre le pont d'observation et les programmes différés contradictoires et confus en provenance de Mars.

Capelo, Marbet et lui voyageaient en première classe à bord d'un luxueux vaisseau paquebot répondant au nom stupide de *Diamant d'or*. Le vaisseau avait transporté des hommes d'affaires, des diplomates et des touristes à destination du système d'Artémis, mais maintenant que le tunnel vers Artémis n'existait plus, il rebroussait chemin et revenait avec son chargement de passagers perplexes. La plupart des vaisseaux de la flotte du tunnel avaient également été détachés et renvoyés vers Mars. A cette extrémité du système solaire, il ne restait plus rien à défendre, et personne de qui se protéger.

Le gouvernement militaire provisoire du général Lee tomba en une semaine. Kaufman déduisit des informations qui leur parvenaient que Lee, quoique fermement aux commandes de la marine, n'avait jamais bénéficié du soutien de l'armée ni d'une base politique suffisante pour se maintenir au pouvoir. Si Mars avait contrôlé le système solaire, c'était parce qu'elle avait possédé le contrôle des tunnels spatiaux. Sans les tunnels, la population considérablement plus importante de la Terre fit valoir sa force, une force qui restait cependant à deux mois de distance de Mars. Des combats éclatèrent à Lowell City, Tharsis, Arcadia, N'sanga, Pomeroy, Kepler City, Shangsitsu. Un triumvirat fut constitué et se démena pour organiser un suffrage populaire sur deux planètes, deux lunes, des stations spatiales qui se déclaraient elles-mêmes entités politiques indépendantes, et dans la Ceinture. Cette tentative échoua.

Des entreprises firent faillite. D'autres furent soudainement privatisées, parfois dans l'opposition, mais pas toujours. Emergeant de tout ce chaos, les employés des services publics de Mars firent figure de héros populaires. Contre toute attente, et sans en avoir vraiment le choix, ils maintinrent opérationnels les dômes, les exploitations et l'infrastructure des transports. Les dictateurs en herbe se mirent à cultiver des liens avec les fonctionnaires importants qui avaient accompli de véritables miracles excédant de loin leur mandat. De toute façon, personne ne connaissait plus le détail de ces mandats, et le peuple de Mars commença à apporter son soutien aux ingénieurs et aux pontes des transports.

En ces temps troublés, les communications furent mises à mal, puis restaurées, puis de nouveau mises à mal. Les paquets de données que visionnait Kaufman se contredisaient les uns les autres. En cherchant à faire le tri, Kaufman comprit que quelque chose d'autre sous-tendait l'hystérie politique, les magouilles militaires, et même les interviews larmoyantes à n'en plus finir des gens dont les familles avaient été séparées pour toujours par la fermeture des tunnels spatiaux.

« Les Perdus », c'était ainsi que les médias surnommaient les disparus. Mais on avait perdu bien plus que des individus dans cette affaire, se disait Kaufman. Bien plus que des colonies, des vaisseaux de guerre ou des empires commerciaux. L'humanité dans son ensemble avait beaucoup perdu dans l'idée qu'elle se faisait d'elle-même.

L'optimisme démonstratif du système solaire avait découlé des tunnels spatiaux, même en temps de guerre. Nous voyageons vers les étoiles ! Nous sommes en conflit avec des extraterrestres ! Nous avons le contrôle potentiel de l'espace-temps lui-même !

Plus maintenant. Terminé, tout ça, disparu comme un membre sain amputé par erreur, un bras, une jambe. Le système solaire avait beau croire que les Faucheurs étaient responsables de la fermeture des tunnels malgré le combat héroïque de l'amiral Pierce pour arrêter leur progression, il n'en restait pas moins que les tunnels avaient été sectionnés. L'humanité, diminuée, était en état de choc systémique.

Le genre humain avait perdu les étoiles.

Personne ne croyait que la technologie actuelle pouvait permettre de construire des vaisseaux capables de couvrir les distances gigantesques entre les systèmes stellaires. Personne n'avait jamais ressenti le besoin de commencer à développer une telle technologie : les tunnels existaient, accordés aux hommes par des dieux depuis si longtemps disparus qu'ils ne menaçaient aucunement la part divine des Humains. Le tunnel spatial #1 s'était transformé en un invisible mur flottant, et seul restait le système solaire. A une époque immense océan d'espace inexploré, ce n'était plus qu'une simple mare par contraste avec ce que l'humanité venait de perdre.

Sur le pont d'observation, Kaufman suivit des yeux dans le ciel noir le tracé des constellations familières.

En direction de Draco se trouvait le système d'Artémis. Le système de Han n'était pas très éloigné du système de Beltégeuse, en Orion. La Vierge « contenait » le système de Gémini. Habités, tous les trois. Visibles mais inatteignables depuis Sol. Leurs colonies ne pouvaient pas non plus rejoindre le monde d'origine. C'était une perte partagée pour des systèmes qui ne partageraient jamais plus rien d'autre.

Kaufman voulut communiquer certaines de ces réflexions à Tom Capelo, mais le physicien se montra indifférent :

« Lyle, la seule alternative, c'était l'effondrement transitionnel de l'espace-temps. Comparé à ça, on ne s'en sort pas trop mal.

— Je le sais, mais ce que nous avons perdu…

— Considère plutôt ce que nous avons gagné, dit impatiemment Capelo. Ces nouvelles équations — je ne cherche pas à me vanter, note-le — ont jeté une lumière considérable sur la physique des effondrements transitionnels à grande échelle. Sans compter la perte de ce foutu va-t'en-guerre de Pierce. Non pas que notre nouvelle brochette de dirigeants me paraisse beaucoup plus valable.

— Ils le sont peut-être.

— Rien ne le prouve pour l'instant », répliqua Capelo, qui s'éloigna avec précaution pour aller encore une fois consulter ses messages. Les soins médicaux dispensés à bord du *Diamant d'or* étaient excellents, et Tom se remettait rapidement. Mais il se déplaçait toujours avec prudence, et le souci qu'il continuait à se faire pour sa famille n'aidait pas à son rétablissement. Carol et Sudie étaient en sécurité sur Terre ; Capelo avait éprouvé une joie immense en apprenant qu'Amanda se trouvait avec sa sœur Kristen et son mari. Mais depuis qu'il avait reçu ce message d'un troisième parti par un canal officiel (autre mystère inexpliqué), Capelo avait perdu leur trace. Les informations faisaient état de combats à Tharsis.

A la grande surprise de Kaufman, Marbet ne partageait pas plus que Capelo sa sensation de perte à propos des tunnels spatiaux. « D'abord, on n'aurait jamais dû nous faire confiance pour ces tunnels, dit-elle.

— "Dû" ? "faire confiance" ? Ce sont des jugements moraux, Marbet. Il ne faut pas confondre histoire et morale.

— Je le sais bien », répliqua-t-elle en le regardant, la mâchoire contractée. Rien n'avait été facile entre eux depuis le mensonge public élaboré par Marbet sur l'héroïsme de Pierce et sur leur rôle passif d'observateurs. Comme l'avait aigrement fait remarquer Capelo, ce mensonge leur avait sauvé la vie, mais il les avait aussi condamnés, y compris Kaufman, à vivre avec ce poids pour le restant de leurs jours. Kaufman n'arrivait pas à l'accepter.

« L'histoire et la morale ne sont peut-être pas la même chose mais les êtres qui ont fabriqué les tunnels et les artefacts, quels qu'ils fussent, étaient excessivement moraux, reprit Marbet. Ils se sont arrangés pour que toute espèce ne respectant pas les contraintes des artefacts et des tunnels ne puisse plus les utiliser.

— Pour toi, nous sommes des sales mômes qu'on a renvoyés dans leur chambre.

— Exactement. Nous n'avons jamais été prêts pour les tunnels spatiaux. Rappelle-toi Essa. »

Kaufman ne pensait jamais à elle. « Pour toi, elle est un peu un symbole, pas vrai ? dit-il.

— Oui. Téméraire, audacieuse, complètement indisciplinée. Comme l'humanité. Elle n'était peut-être pas humaine, mais elle était issue de la même graine d'ADN. Et où est Essa à présent ? Avec un peu de chance, elle est de nouveau confinée sur Monde. Si elle a joué de malchance, elle est morte. Nous avons eu de la chance, Lyle : nous sommes rentrés. Ann et Dieter ont eu de la chance, eux aussi : les voici forcés de rester à l'endroit où ils voulaient être. Les malchanceux sont piégés dans des systèmes qui ne peuvent assurer leur survie sans approvisionnement en provenance de Sol. Nous sommes responsables — nous au sens général du terme, l'humanité — avec notre témérité et notre indiscipline. Tant que nous ne nous améliorerons pas, nous devrions rester dans notre propre système stellaire. »

Il lui lança un regard vide d'expression. Si belle, si réceptive, si sensible. Jusqu'alors, il ne s'était jamais rendu compte à quel point leurs deux modes de pensée étaient éloignés.

Evidemment, elle lut très clairement en lui : « Tu n'es pas d'accord, je le sais. Tu penses que nous ne sommes pas faits l'un pour l'autre, c'est ça ?

— Je n'en sais rien. »

Elle détourna le regard et contempla les étoiles, dehors. « A toi de décider.

— A toi aussi.

— Non. Il faut être deux pour créer un lien, mais pour le briser, un seul suffit », dit-elle.

Rien à répliquer à cela. Il s'éloigna, mais Marbet l'attrapa par le bras : « Lyle… non… » Il fallut un moment à la jeune femme pour parvenir à exprimer ce qu'elle avait sur le cœur.

Finalement, elle reprit : « Ecoute-moi, mon amour. Cette vérité est dure à entendre, mais c'est pourtant la vérité. Laisse-moi emprunter cette image à Tom. A la physique.

« Dans l'univers quantique de Tom tel que je le comprends, tout est probabilité. Tout, même l'existence de la matière. Des choses comme la masse et l'énergie peuvent changer de forme, mais jamais disparaître. Le temps peut s'écouler dans les deux sens : rien n'est complètement irréversible. Mais cela n'est tout simplement pas vrai dans l'univers humain que nous occupons. Certaines actions — certains choix ! — sont irréversibles. Les tunnels se sont fermés. Ann et Dieter ont choisi Monde. La première femme de Tom est morte. A l'échelle humaine, beaucoup de choses se produisent une fois pour toutes, et nous ne pouvons que vivre avec leurs conséquences.

— Je ne saisis pas le sens de ta plate petite homélie, dit-il avec raideur.

— Si, tu comprends, répliqua-t-elle en lui lâchant le bras. J'ai raconté un mensonge que tu désapprouves. Je ne peux pas défaire ce que j'ai fait. Je ne veux pas le défaire, même si ce n'est pas ce que tu aurais choisi, toi. Soit tu acceptes ce qui s'est passé et nous restons ensemble, soit nous ne restons pas ensemble. Mais je ne veux pas de ton indécision polie, de ton attitude "on est ensemble mais pas vraiment". Je ne l'admets pas. Alors choisis, Lyle, et acceptes-en les conséquences irréversibles. »

Il ne répondit rien. « Je ne vais pas attendre toute ma vie », rajouta-t-elle. Kaufman ne répondait toujours pas. A l'autre bout du pont d'observation, une vague parcourut la foule des passagers, et il se retourna pour voir ce qui se passait. C'était Tom Capelo, fonçant inconsidérément vers eux, jouant des coudes pour écarter les gens. « Lyle ! Marbet !

— Tom, tu vas encore casser ton plâtre ! » s'exclama Marbet.

Trop tard. Capelo grimaça de douleur. Une femme d'un certain âge se frotta le bras en lui lançant un regard furibond, mais il ne parut pas s'en apercevoir. « J'ai eu des nouvelles de Kristen !

— Merveilleux ! Où sont…

— Sur la Station Thera, en orbite autour de Mars ! J'ignore ce qu'ils font là-bas, le message était trop court, mais Amanda est avec eux et ils sont tous trois sains et saufs ! » Le visage étroit et basané de Capelo rayonnait. Ses cheveux avaient besoin d'une bonne coupe ; ils lui donnaient l'allure fantasque d'un joyeux pochetron.

« Je suis tellement heureuse pour toi, dit chaleureusement Marbet.

— Viens avec moi. Tu vas m'aider à convaincre notre capitaine paranoïaque que le vaisseau peut s'arrimer un moment à Thera sans être vaporisé à l'état de particules quantiques. »

Marbet et Capelo s'éloignèrent. Kaufman saisit des données sur son portable pour se connecter à la bibliothèque du vaisseau. La Station Thera appartenait aux Entreprises Ouranis, énorme conglomérat d'affaires incluant contrats militaires importants et présence étendue dans tout le système solaire, avec la réputation de magouiller un peu en marge des lois interstellaires. Une grosse installation Ouranis représentait un acteur majeur au cœur du chaos politique considérable qui régnait sur Mars ; la station opposait sûrement une forte résistance aux conséquences belliqueuses qui en résultaient. Mais Kaufman n'arrivait pas à comprendre comment la sœur de Capelo avait pu se retrouver sur la Station Théra.

Le *Diamant d'or* approchait de Mars ; la vue déstabilisante des étoiles perdues fut partiellement obstruée par la courbe obscure du côté nocturne de la planète. Kaufman l'observa qui grandissait toujours plus. Elle avait l'air solide, éternelle.

Un nouveau nom était apparu sur le devant de la

scène dans les informations traitant des luttes politiques qui se déroulaient à la surface : celui du général Tolliver Gordon, du CDAS. Gordon n'était autre que l'officier qui avait patronné le premier voyage de Kaufman sur Monde, l'expédition destinée à déterrer l'Artefact Protecteur. Sans ses manœuvres adroites, visionnaires et concrètes, cette expédition n'aurait jamais eu lieu, ni rien de tout ce qui avait suivi. Gordon essayait de forger une alliance valide entre les différentes factions militaires et transnationales commerciales qui luttaient pour prendre le contrôle de Mars.

« Tom ne tient pas en place », dit Marbet à Kaufman ; c'étaient quasiment les premiers mots qu'elle lui adressait depuis des jours. Ils se trouvaient en compagnie de Capelo dans l'aire d'accueil protégée de la soute à véhicules du *Diamant d'Or*. Le capitaine du vaisseau avait refusé de s'arrimer à la Station Théra ; trop de passagers réclamaient leur retour de toute urgence. Mais il avait accepté qu'une navette de la station vienne chercher le célèbre professeur Thomas Capelo. La femme de Capelo et sa plus jeune fille étaient toujours sur Terre, où se rendrait Capelo pour reprendre sa chaire à Harvard, mais dans les minutes qui allaient suivre, Kristen, Martin et Amanda seraient à bord du *Diamant d'Or*.

Capelo n'arrivait pas à se calmer. L'aire d'accueil, pont d'observation miniature en plastique transparent et robuste, ne se dépressurisait pas quand la soute à véhicules le faisait. Elle ne mesurait pas plus de dix mètres de long sur trois de large, et Capelo l'arpentait d'un pas rapide. Il se cognait aux autres et chacun de ses gestes était saccadé comme le recul d'une arme. *Chaque action entraîne une réaction opposée et équivalente*, pensa amèrement Kaufman. Capelo n'avait pas vu sa fille bien-aimée depuis des mois, et sa joyeuse impatience gagnait tout le monde. Même le mécanicien du vaisseau souriait.

Le capitaine du *Diamant d'Or*, un homme aux yeux bleus d'une beauté génémod, observait attentivement le physicien. Kaufman reconnut son expression. A une époque, lui aussi avait regardé Capelo de cette manière : comme un extraterrestre dont il faut suivre soigneusement chaque mouvement avant qu'il n'agisse de façon trop bizarre pour qu'on puisse le contenir.

La porte de la soute à véhicules s'ouvrit en coulissant. La navette arborant le logo des Ouranis avança doucement à l'intérieur, et Kaufman vit l'écran de l'accueil signaler la repressurisation. A la seconde où la porte en plastique se débloqua, Capelo se précipita.

« Amanda ! »

Le sas de la navette s'ouvrit, et Amanda Capelo se jeta dans les bras de son père.

Kaufman cilla : il n'avait pas vu la fille de Tom Capelo depuis — quoi ? Deux ans ? Trois ? Il s'en souvenait comme d'une gamine polie, grande et maigre, aux cheveux blonds et raides. La personne qui serrait Capelo dans ses bras était une jeune femme au visage remarquable ; ses cheveux courts coupés à la mode étaient ramenés en arrière pour laisser voir des boucles d'oreilles terriblement dispendieuses. « Quel âge a-t-elle ? demanda Kaufman à Marbet.

— Elle est plus vieille que Tom ne le pense. »

Ils suivirent le capitaine du *Diamant d'or* dans la zone des véhicules. Trois autres personnes émergèrent du sas de la navette : la femme petite et mince qui ressemblait à Tom était indubitablement sa sœur, et son mari se tenait un peu en arrière. Il souriait tranquillement, formant un contraste saisissant avec le beau jeune homme qui fourra sa main dans celle de Capelo dès que ce dernier eut relâché Amanda.

« Professeur Capelo. Je tellement heureux rencontrer vous ! Splendide ! Grand honneur pour moi ! »

Capelo le regarda d'un air interrogateur. « Papa, voici Konstantin Ouranis, mon… mon ami », dit Amanda, dont le teint vira au bordeaux marbré.

« Tiens tiens », murmura Marbet à l'oreille de Kaufman.

Capelo serra la main du garçon sans vraiment le voir, puis se retourna pour enlacer sa sœur. Amanda attendit quelques minutes qu'ils aient fini de bavarder et de s'étreindre, puis rajouta d'un ton ferme : « Papa, Konstantin m'a sauvé la vie. Et si nous sommes sur la Station Théra, c'est grâce à lui. Il nous accompagne sur Terre. »

Capelo pivota lentement sur lui-même pour faire face à sa fille.

« J'ai beaucoup de choses à te raconter, dont certaines vraiment incroyables ! reprit-elle.

— Tom, nous sommes en fait les invités de Konstantin, et c'est un des vaisseaux de son père qui va nous ramener sur Terre, rajouta rapidement Martin Blumberg. Dès aujourd'hui, si tu le souhaites. Kristen et moi nous vous accompagnons, au moins pour le moment. Tharsis n'est pas un endroit très tranquille actuellement. »

Cet homme était doué pour les euphémismes.

Impossible de dire si Capelo l'avait entendu. Son expression, affreux mélange de surprise, de suspicion et de joie, était presque comique. Il balaya sa fille du regard, de la tête aux pieds. Elle était vêtue d'un short bleu et d'une tunique ajustée, et Kaufman avait remarqué depuis un moment ses jambes longues et belles. Sous l'intensité du regard de son père, Amanda chercha à tâtons la main de Konstantin, et le visage de Capelo se tordit tellement plus encore que Kaufman dut réprimer un sourire.

« J'ai eu des nouvelles de Carol ce matin, Tom, dit hâtivement Kristen. Sudie et elle sont mortes d'impatience ! Notre vaisseau est l'un de ces nouveaux G-quatre ; nous pouvons rejoindre l'orbite terrestre en moins de trois mois, nous a dit Konstantin… » Elle hésita.

« Salut, Amanda, s'exclama bien fort Marbet.

— Marbet ! » Et Amanda étreignit vigoureusement la Sensitive, qu'elle dépassait largement. Kaufman échangea des poignées de mains avec Kristen, Martin et Konstantin. Le capitaine leur fut présenté et se lança dans un discours fleuri. Capelo regardait Amanda comme si des ailes lui avaient poussées dans le dos. Ou des cornes. Il attrapa la main libre de sa fille, et son visage se recomposa en une expression de rage perplexe.

« Colonel Kaufman, mademoiselle Grant, il y a place pour vous deux dans vaisseau à moi. Pour aller vers Terre. Très bienvenus ! dit Konstantin.

— Merci, répondit Kaufman.

— Suivez-moi, tout le monde ! Il y a une petite fête donnée en votre honneur sur la station ! s'exclama le capitaine.

— Amanda, je veux te parler seul à seule, dit Capelo.

— Bien sûr. Mais nous avons tout le temps. Oh Seigneur, j'avais tellement peur que tu sois mort, Papa ! Et j'ai tant de choses à te raconter ! » Elle tenait toujours la main de Konstantin Ouranis.

« Tout de suite. Je veux te parler tout de suite.

— Plus tard, Papa », dit-elle de sa voix haute et claire, et elle entraîna son père et les autres à sa suite.

Kaufman resta un peu en arrière. « Une action irréversible s'il en fut. Elle a grandi. Et Tom va devoir s'adapter, c'est bien ça ? » fit-il remarquer à Marbet.

Elle s'arrêta net. Il se retourna vers elle ; il savait qu'elle avait perçu bien davantage dans sa voix que dans les mots prononcés, qu'elle déchiffrait bien mieux son langage corporel que le sens de ses paroles — les siennes, en tout cas.

« Lyle ?

— Je ne rentre pas sur Terre avec eux, Marbet. Rien ne m'attend là-bas. Mais Mars va avoir besoin de tous les négociateurs impartiaux disponibles, et le général Tolliver Gordon est dans une position favorable. Je le connais. C'est un homme bien. »

Elle attendit.

« J'ai besoin de me rendre utile. Je crois que c'est ça. Et autre chose : Magdalena m'a parlé, avant de mourir… Je vais faire fabriquer une pierre tombale pour elle, sur Mars. Elle m'a parlé d'une femme nommée Sualeen Harris… mais tout cela peut attendre. Marbet, viendras-tu avec moi sur Mars ? »

Elle attendit encore.

« Il y a aussi du travail pour toi, ici. Seigneur, oui. En tant que Sensitive, en tant que symbole ; je suppose que nous sommes tous les deux des symboles, après les annonces de la presse à propos du tunnel. En tant que… en tant que personne dont j'ai besoin à mes côtés.

— Oui, Lyle. Je reste. »

Il lui prit la main. Capelo avait déjà commencé à se disputer avec sa fille. Ils essayaient de parler à voix basse, mais Kaufman les entendait. Amanda agrippait d'une main celle de son père et de l'autre les doigts de Konstantin Ouranis, qui souriait toujours, silhouette jeune et forte aussi inéluctable que la gravité régnant sur la planète en conflit sous leurs pieds.

Kaufman et Marbet sortirent de la soute d'arrimage, et suivirent leurs compagnons au cœur de la Station Théra.

www.pocket.fr
Le site qui se lit comme un bon livre
Informer
Toute l'actualité de Pocket, les dernières parutions collection par collection, les auteurs, des articles, des interviews, des exclusivités.
Découvrir
Des 1ers chapitres et extraits à lire.
Choisissez vos livres selon vos envies :
thriller, policier, roman, terroir, science-fiction...
Il y a toujours un Pocket à découvrir sur www.pocket.fr
POCKET

Achevé d'imprimer sur les presses de

BUSSIÈRE

GROUPE CPI

à Saint-Amand-Montrond (Cher)
en février 2005

POCKET - 12, avenue d'Italie - 75627 Paris Cedex 13
Tél. : 01-44-16-05-00

— N° d'imp. : 50455. —
Dépôt légal : mars 2005.

Imprimé en France